35
Kurgchowska
xandrowsk
Kalmius R.
Taganro
Marioupol
elitopol
Birdjansk
Nogaisk
Nadeschdina
C. Dolgaja
Jeiskoje
Dolchanskaja
Jeisk
Kugu Jeja R.
Nowosherbinowskaja
MER D'AZOF
L. Beisuski
Achtari
COSAQUES
DE LA MER NOIRE
Tschelbasy
Kertsch
Jenikalé
Temrjuk
Potrowskoja
Ust-Labinsk
Ladowskaja
Iekaterinadar
Stavropol
45
Arabat
Marienthal
Kouban Fl.
Laba
Anapa
Rajewskaja
Gelendschik
Dschuba
Tenjinsk
Nebujsk
Ochsten
Monts
Caucase
Golowinsk
Lachowsk
Gagri
Pizunda
ABKASIE
Gounista
Soukhoum Kale
Kodor
C. Kodor
N
O
I
R
E
Hori
Gajidas
MINGRELIE
Redout-Kale
Poti
Sinope
Tschobandar
Gerse
Batoum
Bafira
Melitsch
Makrialos
Archawa
Witse
Artaschen
Antwin
Samsoum
Terme
Jason Burun
Tireboli
Fol
Platana
Rize
Unieh
Ordu
Fatisa
Zefre
Trebizonde
Surmene
Aptar
Keresoun
Olti
Niksar
Amasia
Tokat
40
Erzeroum
A R M E N I E
Ersingjan
Siwas
Kysyl-Irmak Fl.
Euphrate Fl.
35
0
50
100
150

JULES VERNE

KERABAN DER STARRKOPF

BÜCHERGILDE GUTENBERG

Frankfurt am Main Wien Zürich

Jules Verne 1828–1905

KERABAN DER STARRKOPF

Mit zahlreichen Illustrationen der französischen Erstausgabe

Jules Verne · Keraban der Starrkopf

Erstes Kapitel

in welchem Jan Van Mitten und sein Diener einen Spaziergang in seltsamer Umgebung machen

Unsere Geschichte beginnt an einem sechzehnten August. An jenem Tage wirkte der Top-Hane-Platz zu Konstantinopel auffallend still, wenn nicht gar düster. Statt der unübersehbaren Menschenmenge, die sonst hier hin und her wogte, gab es nur ein paar Fremde. Meist liefen sie eilig über den Platz und verschwanden bald wieder in den engen Seitengassen, die in die Vorstadt Pera führten. Pera wurde vornehmlich von Ausländern bewohnt, deren blendend weiße Villen zu den dunklen Zypressenhainen der hügeligen Umgebung einen herrlichen Kontrast bildeten.

Selbst in seiner Verlassenheit wirkte der Top-Hane-Platz noch malerisch. Gewiß, das schillernde Farbenspiel der türkischen Nationaltrachten fehlte an diesem Tage vollkommen, aber da waren immer noch die vielen Läden mit ihrem überreichen Angebot von Früchten aller Art, von Spezereien und köstlichen Getränken. Und unten an der Ufertreppe schaukelten wie eh und je die buntbemalten Kajiks, jene kleinen Boote, die zu Hunderten den Fährdienst zwischen dem europäischen und dem asiatischen Ufer des Bosporus versahen.

Soeben betraten zwei Fremde, offensichtlich westeuropäische Touristen, den verlassenen Platz. Sie schickten neugierige Blicke in die Runde, reckten die Nasen prüfend in die Luft und begannen schließlich unsicheren Schrittes auf und ab zu promenieren.

Hätten sich die Herren entschlossen, das Hafengebiet zu verlassen und weiter in das Stadtzentrum einzudringen, sie wären überall auf dasselbe unheimliche Schweigen gestoßen.

Schließlich gaben die beiden Fremden das Umherspazieren auf. Kopfschüttelnd fragten sie sich, ob sie etwa das Reiseziel verfehlt hätten. War diese tote Stadt wirklich das vielgepriesene

Konstantinopel, der steingewordene Traum Konstantins und des zweiten Mahomet? Doch es gab nicht einmal jemanden, der ihnen Auskunft erteilen konnte. Übrigens hätten sich die Herren durchaus in der Landessprache verständigen können, denn beide beherrschten das Türkische ganz ausgezeichnet, der eine, weil er es seit zwanzig Jahren in seiner Geschäftskorrespondenz benutzte, der andere, weil er für seinen Herrn den Sekretär spielte, obwohl er ursprünglich nur als Diener engagiert war.

Die Fremden waren Holländer. Mijnheer Jan Van Mitten und sein Diener Bruno stammten beide aus Rotterdam, und gemeinsam waren sie durch ein sonderbares Schicksal an das Ufer des Bosporus verschlagen worden.

Van Mitten war daheim eine wohlbekannte Persönlichkeit. Er mochte fünfundvierzig Jahre zählen und war, alles in allem, ein stattlicher Vertreter der Niederlande. Zu seinem blonden Haar und dem blonden Backen- und Kinnbart paßten die blauen Augen und die frische Gesichtsfarbe ganz vortrefflich. Seine Nase war ein wenig kurz geraten; dafür saß der gutgeformte Kopf auf geraden Schultern. Der Herr neigte ein wenig zu Übergewicht, was aber seiner Gesamterscheinung keinen Abbruch tat, denn er war überdurchschnittlich groß und stand auf kräftigen, wenn auch nicht gerade eleganten Füßen.

Leider hatte Jan Van Mitten einen kleinen – charakterlichen – Schönheitsfehler, der nicht verschwiegen sein soll: Er gehörte ganz eindeutig zur Kategorie der Sanftmütigen! Auseinandersetzungen ging er aus dem Wege, wenn es nur irgend möglich war, einem Widersacher gab er rasch in allen Punkten nach, und insgesamt schien er eher zum Gehorchen als zum Befehlen geschaffen. Stillen Phlegmatikern seines Schlages wird gern nachgesagt, sie hätten überhaupt keinen eigenen Willen. Aber das ist eine böswillige Übertreibung... und wenn es so wäre!... schlechter als andere Menschen sind diese Sanftmütigen darum auch nicht.

Nur einmal, ein einziges Mal in seinem Leben, hatte sich Jan Van Mitten in einen Streit hineinziehen lassen, was dann auch

Mijnheer Jan Van Mitten und sein Diener Bruno

sogleich sehr böse Folgen zeitigte. An jenem Tage war er sich selber vollkommen untreu geworden, und obgleich er alsbald wieder in seine gewohnte Nachgiebigkeit zurückfiel, war das Unglück schon geschehen. Doch greifen wir den Ereignissen unserer Erzählung nicht vor!

»Ach, Mijnheer«, seufzte Bruno, als er an der Seite seines Herrn auf dem Top-Hane-Platz stehenblieb.

»Nun, Bruno?«

»Da wären wir also in Konstantinopel.«

»Ganz recht, Bruno, in Konstantinopel, unendlich viele Meilen von Rotterdam entfernt.«

»Sie finden also endlich auch, daß wir weit genug von Holland fort sind?«

»Von Holland kann man gar nicht weit genug fort sein«, sagte Van Mitten. Er sprach ganz leise, als fürchte er, seine Stimme könnte daheim im Vaterland gehört werden.

Jan Van Mitten hatte in Bruno einen Diener gefunden, der ihm in allen Stücken treu ergeben war. Der brave Bursche tat schon viele Jahre im Hause Van Mittens Dienst, und mittlerweile war er seinem Herrn in gewissen Punkten ähnlich geworden – natürlich nur, soweit der Respekt die Nachahmung zuließ. Die beiden Männer waren während der letzten zwanzig Jahre tagtäglich beisammen gewesen. Zwar galt Bruno deswegen noch nicht als Freund seines Herrn, aber er war doch mehr als ein bloßer Diener. Er versah seinen Dienst verständig und sorgfältig und wagte durchaus, Van Mitten Ratschläge zu erteilen oder, wenn nötig, Vorhaltungen zu machen. Sein Herr nahm weder die einen noch die anderen übel. Eines wurmte Bruno allerdings unaufhörlich: Van Mittens Neigung, die Wünsche anderer Leute widerstandslos zu erfüllen. Der Diener kam nicht umhin, in dieser Schwäche einen bedenklichen Charaktermangel seines Herrn zu erblicken.

»Ihre Nachgiebigkeit wird noch eines Tages Ihr Unglück sein«, klagte er oft, und er pflegte dann hinzuzusetzen: »Und mein Unglück dazu.«

Wir müssen hier noch erwähnen, daß der nunmehr vierzigjährige Bruno ein ausgesprochen seßhaftes Naturell hatte. Nichts war ihm mehr zuwider als erzwungener Ortswechsel. Was konnte schon dabei herausschauen? Allenfalls strengte man sich über Gebühr an, brachte den ganzen Organismus aus dem Gleichgewicht, ja verlor vielleicht sogar einige Pfunde Körpergewicht. Und nichts Ärgeres konnte Bruno widerfahren! Stieg er doch wöchentlich einmal auf die Waage, um sich zu vergewissern, daß er auch nicht ein einziges Gramm seines stattlichen Gewichtes eingebüßt hatte! Als er in Van Mittens Dienste trat, hatte er kaum einen Zentner gewogen – beschämend wenig für einen rechten Holländer. Dank der guten Kost im Hause seines Herrn war er binnen eines Jahres um dreißig Pfund schwerer geworden und hatte sein Minderwertigkeitsgefühl verloren. Inzwischen war er sogar eine recht stattliche Erscheinung; er brachte einhundertundsechzig Pfund Lebendgewicht auf die Waage – das Ergebnis weiterer neunzehn Jahre im Dienste Van Mittens. Bruno konnte jetzt wenigstens mit dem durchschnittlichen Holländer konkurrieren. Sein höchstes Ziel, zwei Zentner, wollte er erst in späteren Jahren in Angriff nehmen.

Bruno empfand echte Anhänglichkeit für sein Heim, seine Vaterstadt und die Niederlande überhaupt. Und nie hätte er sich bereit gefunden, das behagliche Haus am Nieuwe Haven, die gute Stadt Rotterdam oder gar Holland selbst, das herrlichste aller Königreiche auf Erden, ohne zwingende Gründe zu verlassen. Tatsache aber ist, daß sich Bruno zur Stunde mitten in Konstantinopel befand, im alten Byzanz, dem Stambul der Türken, in der Hauptstadt des ottomanischen Kaiserreiches.

Nun fehlt nur noch eine kleine Ergänzung zur Personenbeschreibung Van Mittens. Soviel Bruno auch an seinem Brotgeber bemängeln mochte, Van Mitten war immerhin ein erfolgreicher Kaufmann, seines Zeichens Tabakhändler in Rotterdam. In dieser Eigenschaft importierte er die feinsten Erzeugnisse von Havana, Maryland, Virginia, Varinas und Porto-Rico, insbesondere aber Tabakprodukte Mazedoniens, Syriens, Kleinasiens überhaupt.

Schon zwanzig Jahre lang machte Van Mitten beachtliche Geschäfte mit dem Handelshaus Keraban in Konstantinopel, das seine wohlbekannten garantiert reinen Tabake in alle fünf Erdteile exportierte. Und der häufigen Korrespondenz mit diesem bedeutenden Handelshause verdankte Van Mitten seine gründliche Beherrschung der türkischen Sprache, genauer gesagt des Osmanli, das im ganzen Reiche gebraucht wurde. Er hatte es sogar so weit gebracht, daß sein Osmanli von dem eines echten Untertanen des Padischah nicht zu unterscheiden war.

Selbstredend sprach auch Bruno fließend Türkisch, einmal aus reiner Sympathie für seinen Herrn, zum andern, weil er vollkommen in die Geschäfte Van Mittens eingeweiht war.

Unsere beiden Sonderlinge hatten zuvor vereinbart, auch untereinander nur türkisch zu sprechen, sobald sie in Konstantinopel an Land gegangen wären. Der Sprache nach hätte man die beiden Reisenden tatsächlich für Osmanli halten können – was Van Mitten amüsierte und Bruno außerordentlich mißfiel.

Dennoch brachte es der gehorsame Diener über sich, seinen Herrn jeden Morgen auf türkisch zu begrüßen. Auf seine Frage:

»Efendum, emriniz nè dir?«, was soviel bedeutet wie »Mijnheer, Sie befehlen?«, pflegte Van Mitten dann ebenfalls auf türkisch zu antworten:

»Sitrimi, pantalounymi fourtcha«, »bürste mir Rock und Hose aus!«

Nach dem bisher Gesagten besteht wohl kein Zweifel mehr, daß sich Van Mitten und Bruno keineswegs aus sprachlichen Gründen in der großen Stadt Konstantinopel verloren fühlen mußten. Überdies hoffte Van Mitten auf freundliche Aufnahme im Hause Keraban. Sein türkischer Geschäftspartner hatte vor etlichen Jahren die Niederlande besucht, und wie so häufig bei kraß entgegengesetzten Charakteren, war zwischen beiden Männern eine echte Freundschaft entstanden. Diese Freundschaft wiederum hatte Van Mitten bewogen, nach dem erzwungenen Aufbruch aus Rotterdam die Türkei zum Reiseziel zu wählen, wohin ihm Bruno höchst widerwillig gefolgt war. Und deshalb befanden sie sich nunmehr auf dem Top-Hane-Platz zu Konstantinopel.

Endlich wurde es Abend, und da tauchten auch einige Passanten auf. Die meisten waren zwar immer noch Ausländer, aber schließlich erschienen doch zwei, drei Untertanen des Sultans. Wie die Fremden promenierten sie auf und ab und schwatzten miteinander. Der Caféhausbesitzer vom äußersten Ende des Platzes trat ins Freie und begann gemächlich, die noch unbesetzten Tische vor der Tür für die Gäste herzurichten.

»Noch ein Stündchen bis Sonnenuntergang«, sagte ein Türke.

»Dann wollen wir tüchtig essen und trinken und vor allem rauchen«, fiel sein Begleiter ein.

»Dieses Ramadan-Fasten nimmt wieder einmal gar kein Ende«, seufzte der eine.

»Wie alle Feste«, ergänzte sein Freund.

Auch zwei Ausländer, die an einem Caféhaus vorbeischlenderten, unterhielten sich über den Ramadan.

»Wunderliche Leute, diese Türken«, sagte der eine, »wer Konstantinopel nur in der öden Fastenzeit kennenlernt, bekommt einen höchst traurigen Eindruck von Mahomets Hauptstadt!«

»Seien wir ehrlich!« erwiderte sein Gefährte, »London am Sonntag ist nicht weniger langweilig. Gewiß, die Türken fasten jetzt tagsüber, aber abends entschädigen sie sich dafür reichlich. Warten Sie nur den berühmten Kanonenschuß bei Sonnenuntergang ab! Dann duftet es aus allen Gassen nach gebratenem Fleisch und herrlichen Getränken, und überall qualmen Tschibuks und Zigaretten.«

Der Fremde hatte recht. Schon rief der Caféhausbesitzer nach seinem Kellner und erteilte ihm Aufträge.

»Eil dich! In einer Stunde kommen die Gäste, und am liebsten wollen dann alle zugleich bedient sein.«

Die beiden Ausländer nahmen ihren Gesprächsfaden wieder auf.

»Ich jedenfalls finde Konstantinopel im Fastenmonat aufregender als zu anderen Jahreszeiten«, sagte der eine. »Zugegeben, tagsüber sieht die Stadt geradezu trostlos aus, aber nachts wird sie um so lebendiger. Nach der Aschermittwochstimmung am Tage herrscht abends und nachts richtiger Rosenmontagstrubel. Finden Sie den Kontrast nicht interessant?«

Etliche Türken blickten neiderfüllt zu den Fremden hinüber.

»Ausländer müßte man sein«, seufzte einer. »Dann könnte einem niemand das Essen, Trinken und Rauchen verbieten.«

»Das würde Ihnen gar nicht viel nützen«, erwiderte sein Begleiter.

»Im Augenblick serviert Ihnen niemand den kleinsten Happen, von einem ordentlichen Lämmer-Kebab, einem Hühner-Pilaw oder sonst etwas Herzhaftem ganz zu schweigen!«

»Sie kennen nur nicht die richtigen Lokale«, versetzte der andere. »Opfern Sie ein paar Piaster, und Sie finden auch immer einige Gastwirte, die von Mahomet dem Zweiten eine Sonderlizenz zu besitzen scheinen.«

»Bei Allah!« jammerte sein Gesprächspartner, »die Zigaretten in meiner Tasche werden bereits krümelig. Ich wäre schon fast bereit, für ein paar Züge ein kleines Bußgeld zu zahlen.«

Und auf die Gefahr hin, tatsächlich ein Strafmandat zu bekommen, zog unser Gläubiger, der sich so wenig aus seinen Glaubensvorschriften machte, eine Zigarette aus der Tasche, zündete sie rasch an und tat ein paar hastige Züge.

»Vorsichtig!« mahnte sein Begleiter, »wenn Sie ein orthodoxer Ulema erwischt...«

»... schlucke ich den Rauch herunter, und er merkt überhaupt nichts.«

Die beiden Männer setzten ihren Weg fort. Sie überquerten den Platz und verschwanden in einer der angrenzenden Straßen, die bis in die Vorstädte Pera und Galata hinaufführen.

Bruno ließ indessen den Blick noch immer ratlos über den fast menschenleeren Platz schweifen.

»Komische Stadt«, brummte er, »seitdem wir das Hotel verlassen haben, sind wir bloß noch Gespenstern begegnet, sozusagen den Geistern der Bewohner von Konstantinopel. Straßen,

Quais, alles ist totenstill. Selbst diese spindeldürren gelben Köter sind zu faul, nach unseren Waden zu schnappen. Da schwärmen die Leute immer, wieviel man auf Reisen lernen kann, und wie sieht die Wirklichkeit aus? Nichts, gar nichts profitiert man! Mein liebes Rotterdam und das gute alte Holland sind mir tausendmal mehr wert als das ganze Konstantinopel!«

Van Mitten dagegen blieb gelassen wie immer.

»Geduld, Bruno!« mahnte er, »schließlich sind wir erst vor ein paar Stunden angekommen. Allerdings muß ich zugeben, daß ich auch ein wenig mehr von Konstantinopel erwartet hatte. Ich dachte, unsere Reise führte ins Morgenland. Statt dessen habe ich das Gefühl, eingesperrt zu sein...«

»... in einem riesigen Kloster, unter Menschen, die so griesgrämig aussehen wie Mönche in Klausur«, fiel Bruno ein.

Van Mitten versuchte, den Diener zu besänftigen.

»Mein Freund Keraban wird uns schon das Rätsel lösen«, sagte er.

»Aber wissen Sie überhaupt, wie dieser Platz und dieser Quai hier heißen?« fragte Bruno.

»Wenn mich nicht alles täuscht, befinden wir uns auf dem Top-Hane-Platz, weit draußen am Goldenen Horn. Hier vor uns liegt der Bosporus, und dort drüben müßte das asiatische Ufer sein. Drehe dich einmal um! Hinter dem Hafen dort kannst du die Serail-Spitze erkennen und, ein wenig höher gelegen, genau darüber, das eigentliche Türkische Viertel.«

»Den Serail!« rief Bruno, »wirklich den Palast, in dem der Sultan seine achtzigtausend Odalisken hält?«

»Achtzigtausend wären selbst für einen Türken zuviel, Bruno. Du weißt ja, in Holland macht einem oft schon eine einzige Ehefrau das Leben zur Hölle.«

»Nicht mehr davon sprechen, Mijnheer – oder doch nur so wenig wie möglich«, erwiderte Bruno.

Er wandte sich um und erblickte das immer noch leere Caféhaus.

»Mijnheer, dort drüben ist ein Café«, rief er erfreut. »Finden

Sie nicht, daß der lange Weg von Pera hierher recht anstrengend war, noch dazu in dieser türkischen Gluthitze? Ich meine, eine Erfrischung täte Ihnen gut.«

»Auch eine Art, mir klarzumachen, daß du selber Durst hast«, erwiderte Van Mitten. »Meinetwegen, gehen wir ins Café!«

Sie ließen sich an einem kleinen Tischchen vor dem Eingang des Caféhauses nieder.

»Cawadji!« rief Bruno und pochte in europäischer Manier auf die Tischplatte.

Niemand rührte sich.

Bruno rief noch lauter als zuvor.

Da zeigte sich der Wirt im Hintergrund seines Lokals, beeilte sich aber keineswegs, zu den Gästen herauszukommen. Er warf einen Blick auf die beiden Herren.

»Fremde«, brummte er. »Ob diese Ausländer wirklich glauben, ich...«

Immerhin kam er schließlich näher.

»Cawadji, bringen Sie uns eine Flasche Kirschwasser, aber ganz frisches«, sagte Van Mitten.

»Mit dem Kanonenschuß«, erwiderte der Wirt.

»Höre ich recht?« rief Bruno, »Kirschwasser mit einem Kanonenschuß? Mit Pfefferminz, das ließe ich mir noch gefallen! Sie haben uns falsch verstanden, Cawadji.«

Van Mitten unterbrach Brunos Rede.

»Dann bringen Sie eben für jeden ein Glas rosa Rahtlokum. Mein Reiseführer empfiehlt ihn als etwas ganz Besonderes.«

»Mit dem Kanonenschuß«, sagte der Wirt wiederum und zuckte die Achseln.

»Was hat er bloß dauernd mit dem Kanonenschuß?« Bruno sah seinen Herrn fragend an.

Van Mitten blieb ruhig und machte einen dritten Versuch.

»Hören Sie, guter Mann«, sagte er zum Wirt, »wenn Sie keinen Rathlokum führen, bringen Sie uns wenigstens zwei Tassen Mokka, meinetwegen auch Sorbet oder was Sie sonst anzubieten haben.«

»Mit dem Kanonenschuß!«

»Mit dem Kanonenschuß!«

»Mit dem Kanonenschuß?« echote jetzt sogar Van Mitten.

»Und nicht eine Minute vorher!« ergänzte der Wirt. Ohne weitere Erklärung zog er sich in das Innere seines Lokals zurück.

»Gehen wir, Mijnheer«, sagte Bruno aufgebracht. »In diesem Etablissement haben wir nichts verloren. So ein Spitzbube von einem Türken! Das einzige, was er zu bieten hat, ist sein ewiger Kanonenschuß.«

Van Mitten versuchte, den Diener zu besänftigen.

»Schon recht, Bruno, gehen wir. Sicher gibt es noch ein anderes Café mit einem weniger ungehobelten Wirt.«

Die beiden Holländer traten wieder auf den Platz hinaus.

»Wenn ich mir eine Bemerkung erlauben darf«, sagte Bruno, »ich meine, es wird höchste Zeit, daß wir Herrn Keraban finden. Zu dumm, daß er vorhin nicht in seinem Kontor war. Wir wüßten jetzt sicher, woran wir sind.«

»Sei doch nicht so ungeduldig, Bruno! Seine Schreiber haben mir versichert, daß ich ihn auf dem Top-Hane-Platz finde.«

»Aber nicht vor sieben Uhr, Mijnheer! Wenn ich die Leute richtig verstanden habe, soll ihn ein Boot von diesem Quai hier zu seiner Villa in Scutari am anderen Bosporus-Ufer hinüberbringen.«

»Das stimmt schon, Bruno. Auf jeden Fall wird er uns aber vorher erklären können, was hier vor sich geht. Denn Keraban ist ein echter Osmanli, ein treuer Anhänger der alttürkischen Partei und alttürkischer Sitten. Mit seinen Parteifreunden bekämpft er alles, was modern ist, ganz gleich, ob es sich um kulturelle oder praktische Dinge handelt. Keraban haßt geradezu alle technischen Erfindungen der Neuzeit. Statt mit der modernen Eisenbahn zu fahren, reist er in der altmodischen Kutsche, und anstelle des schnellen Dampfbootes nimmt er noch immer die Tartane. Ich kenne Karaban schon seit zwanzig Jahren, und in der ganzen langen Zeit haben sich seine Anschauungen nicht im geringsten geändert. Du weißt doch, daß er vor drei Jahren in Rotterdam war. Selbstverständlich war er mit der Postkutsche gekommen, die für die Strecke genau viermal soviel Zeit brauchte wie die Eisenbahn. Um ehrlich zu sein, Bruno, ich habe noch nie im Leben einen Menschen getroffen, der so starrköpfig wäre wie mein Freund Keraban.«

»Er wird nicht wenig staunen, wenn er Sie hier in Konstantinopel wiedertrifft«, sagte Bruno.

»Das möchte ich annehmen«, erwiderte Van Mitten, »aber es macht mir auch ein wenig Spaß, ihn so zu überraschen. Eines kann ich dir versichern: Du bist nicht richtig in der Türkei, ehe du nicht den ›Alttürken‹ Keraban kennengelernt hast! Niemals wird sich mein Freund bereitfinden, die blaue Redingote und den roten Fez der ›Jungtürken‹ zu tragen!«

»Wenn die Leute den Fez lüften, sieht es allemal so aus, als wenn der Korken aus einer Flasche springt«, meinte Bruno amüsiert.

»Ich möchte wetten, daß Freund Keraban noch haargenau so gekleidet ist wie bei unserem letzten Zusammentreffen«, fuhr Van Mitten fort. »Paß auf, er trägt bestimmt wieder einen zimtbraunen oder narzissengelben Kaftan und dazu einen weitausladenden Turban...«

»So ein richtiger Dattelhändler, wie?« rief Bruno.

»Dattelhändler vielleicht, aber einer, der mit goldenen Früchten handelt und obendrein reich genug ist, sie selber zu verzehren. Aber, Spaß beiseite: Als Türke hat sich Keraban gerade den richtigen Handelszweig ausgesucht. Es wäre schon seltsam, wenn ein Tabakhändler hierzulande nicht zu Reichtümern käme. Die Leute rauchen doch von morgens bis abends und, genau genommen, auch noch vom Abend bis zum Morgen.«

»Höre ich recht?« rief Bruno ungläubig. »Die Leute rauchen? Aber wer raucht denn, Mijnheer? Keine Menschenseele! Schauen Sie sich doch um! Und ich Einfaltspinsel habe mir vorgestellt, die Türken hockten gleich scharenweise vor ihren Häusern, um die Wasserpfeife oder ihre langen Kirschholzpfeifen zu rauchen. Und wie sieht die Wirklichkeit aus? Nirgends riecht man auch nur Zigarren- oder Zigarettenrauch!«

»Das ist tatsächlich nicht zu begreifen, Bruno«, versetzte Van Mitten. »Ich muß zugeben, Rotterdam duftet entschieden mehr nach Tabak als sämtliche Straßen von Konstantinopel zusammen genommen.«

»Mijnheer, sind Sie ganz sicher, daß wir nicht die Richtung verfehlt haben?« fragte Bruno zweifelnd. »Vielleicht sind wir gar nicht in der Türkei. Vielleicht haben wir den entgegengesetzten Weg eingeschlagen, und der Strom hier unten, mit den vielen Dampfbooten, ist die Themse, und die Moschee dort drüben ist auch nicht die Hagia Sophia, sondern die St. Pauls-Kathedrale. Sie glauben, wir wären in Konstantinopel? Niemals! In London sind wir!«

»Nun höre schon auf, Bruno«, erwiderte Van Mitten. »Für einen Sohn der Niederlande bist du reichlich nervös. Harre in Geduld, wie dein Herr, und wundere dich über gar nichts mehr. Denk doch einmal nach! Wir verließen Rotterdam, weil ... nun, du weißt ja, warum.«

»Und ob!« sagte Bruno düster und schüttelte den Kopf.

»Ferner weißt du genau, daß unsere Reiseroute über Paris, den Sankt Gotthard, Italien, Brindisi und das Mittelmeer ging. Du glaubst doch selbst nicht, daß das Postschiff acht Tage lang mit uns in der Welt herumgereist wäre, um uns schließlich an der London Bridge abzusetzen! Es hat schon seine Richtigkeit: Wir sind, wie geplant, an der Brücke von Galata an Land gegangen.«

»Und doch ...«, fing der Diener wieder an.

»Nun hör auf, Bruno. Ich muß dich auch dringend bitten, deine spaßhaften Vermutungen in Gegenwart meines Freundes Keraban zu unterlassen. Der Brausekopf könnte sie sehr übel aufnehmen und deswegen noch einen handfesten Streit beginnen.«

»Werde es mir merken«, versprach Bruno. »Übrigens, gestatten Sie mir wohl, jetzt ein Pfeifchen zu rauchen? Andere Erfrischungen bekommen wir ja doch nicht mehr.«

»Aber gern, Bruno. Ich wäre kein Tabakhändler, wenn mir der Anblick eines Rauchers nicht gefiele. Ich bedauere sogar, daß uns die Natur nur mit einem einzigen Mund ausgestattet hat, wobei ich zugeben will, daß immerhin die Nase zum Tabakschnupfen gut ist...«

»Die Zähne zum Tabakkauen nicht zu vergessen!« ergänzte Bruno.

Während des Gespräches hatte er schon den mächtigen buntbemalten Porzellanpfeifenkopf gestopft. Nun zündete er die Pfeife an und tat, sichtlich getröstet, ein paar tiefe Züge.

Im selben Augenblick tauchten die beiden Türken wieder auf, die sich zuvor so ungeniert über die Fastenvorschriften des Ramadan hinweggesetzt hatten.

Ausgerechnet der Zigarettenraucher nahm Anstoß an Bruno, der neben seinem Herrn dahinspazierte und genüßlich an der Pfeife sog.

»Bei Allah!« rief der Türke, »wieder so ein nichtswürdiger Fremder, der es wagt, das Gebot des Koran zu mißachten. Dem Burschen werde ich es zeigen...«

»Dann machen Sie wenigstens erst Ihre eigene Zigarette aus«, sagte sein Begleiter.

»Schon gut!« Er warf die Zigarette fort, marschierte stracks auf unseren biederen Holländer zu, schleuderte ihm zornig das wohlbekannte »Mit dem Kanonenschuß!« entgegen und entriß ihm die Pfeife.

»He, meine Pfeife!« schrie Bruno erschrocken.

Van Mitten versuchte, den Diener zu besänftigen; vergeblich.

»Mit dem Kanonenschuß, verdammter Christenhund!« schrie der Türke.

»Selber Hund – Türkenhund!« brüllte Bruno zurück.

»Ruhig Blut!« mahnte Van Mitten.

»Der Kerl soll mir wenigstens meine Pfeife wiedergeben«, jammerte Bruno.

»Mit dem Kanonenschuß!« erscholl es wieder, und Brunos Pfeife verschwand in den weiten Falten eines türkischen Kaftans.

»Man darf eben nicht gegen die Sitten eines Gastlandes verstoßen«, sagte Van Mitten.

»Schöne Sitten – Strauchdiebsitten!«

Van Mitten versuchte, Bruno vom Schauplatz des Dramas zu führen.

»Komm endlich«, mahnte er. »Mein Freund Keraban wird erst um sieben Uhr hier sein. Wir wollen vorher noch ein wenig spazierengehen und ihn dann rechtzeitig abfangen.«

Bruno war noch immer höchst erbost über den Verlust seiner geliebten Pfeife, aber schließlich folgte er seinem davongehenden Herrn.

Die beiden Türken schauten den Holländern kopfschüttelnd nach.

»Es ist die Höhe! Freiheiten nehmen sich diese Ausländer heraus!« sagte der eine.

»Rauchen vor Sonnenuntergang! Hat man so etwas schon erlebt!« schimpfte der andere, zog eine Zigarette aus der Tasche, zündete sie an und sagte:

»Auch ein Zigarettchen?«

»Ja, gern«, erwiderte sein Begleiter.

Zweites Kapitel

in welchem der Verwalter Scarpante und ein gewisser Kapitän Yarhud

Pläne entwickeln, die der Leser unbedingt kennen muß

Van Mitten und Bruno spazierten gemächlich an den Quai-Anlagen von Top-Hane entlang bis hin zu der Schiffsbrücke, die den Namen der Sultanin Valide trug. Die Schiffe dieser Linie verbanden das diesseits gelegene Galata mit dem alten Stambul auf dem anderen Ufer.

Inzwischen war es sechs Uhr abends geworden. Schon zum vierten Male während dieses Tages waren die Muezzins auf den Galerien der Minarette erschienen, von denen jede Moschee, die auf eine Stiftung des Sultans zurückging, mindestens vier besaß. Wie stets hatten die Gebetsrufer ihr »La ilâhâ illallâh ve Mohammed reçoul Allah!« (»Es gibt keinen Gott außer Gott, und Mohammed ist sein Prophet!«) über der Stadt erschallen lassen, und wie immer waren die Gläubigen gehorsam im Gebet versunken.

Während unsere beiden Holländer noch dem Treiben an der Schiffsbrücke zusahen, bog ein Türke eilig um die Ecke der Mahmud-Moschee. Auf dem Top-Hane-Platz blieb er einen Augenblick stehen und musterte verstohlen die wenigen Passanten. Unschlüssig lief er weiter und schaute aufmerksam nach links und rechts in die Mündungen der zahlreichen Gassen, entdeckte aber keine Spur von der Person, die er doch offenbar erwartete.

»Verdammt!« schimpfte er wütend. »Dieser Yarhud wagt es, mich warten zu lassen.«

Er umkreiste noch mehrmals den Platz und lief schließlich bis zum Nordflügel der Top-Hane-Kaserne. Dort suchte er mit den Blicken die Kanonengießerei ab – doch vergebens! Erbost stampfte er mit dem Fuß auf. So eine Unverschämtheit, ihn,

Scarpante, Verwalter des reichen Herrn Saffar, einfach zu versetzen! Schließlich machte er kehrt und ging auf das noch immer unbesetzte Café zu, in dem man vorhin Van Mitten und seinen Diener so schnöde abgewiesen hatte.

Scarpante nahm zwar an einem der Tischchen Platz, unterließ es aber, nach dem Cawadji zu rufen. Als gläubiger Mohammedaner respektierte er, daß die Stunde des Essens und Trinkens noch nicht gekommen war.

Inzwischen wollen wir den Leser mit dem ungeduldigen Herrn ein wenig näher bekanntmachen. Scarpante war, wie schon erwähnt, Verwalter bei einem reichen Ottomanen namens Saffar. Herr Saffar lebte in Trapezunt, also in jenem Teil der asiatischen Türkei, der die Südküste des Schwarzen Meeres bildet. Im Augenblick befand er sich auf Reisen in Südrußland, wollte aber nur noch einen kurzen Abstecher in den Kaukasus machen und demnächst nach Trapezunt zurückkehren. Für die Zeit seiner Abwesenheit hatte er seinen Verwalter mit einer recht heiklen Aufgabe betraut.

Herr Saffar war unermeßlich reich. Seinen luxuriösen Equipagen folgten allerorten bewundernde Blicke, und sein Palast in Trapezunt war wegen seiner märchenhaften orientalischen Prachtentfaltung weithin berühmt.

Die Vorstellung, daß ein Untergebener auch einmal bei der Ausführung der Befehle seines Herrn versagen könnte, war dem reichen Saffar gänzlich fremd. Wie so viele Nabobs in Kleinasien liebte er es, die Allmacht, die ihm sein Reichtum verlieh, bis zur Neige auszukosten.

Der Verwalter Scarpante war ein wagemutiger Mann, der vor keiner Aufgabe zurückschreckte, die ihm sein anspruchsvoller Herr stellte. Daß er dabei neben erlaubten auch unerlaubte Mittel anwendete, ist eine andere Sache.

Diesmal galt es, mit einem gewissen Kapitän Yarhud von der Insel Malta Verbindung aufzunehmen. Dieser Kapitän befehligte die Tartane ›Guidare‹, mit der er zumeist das Schwarze Meer befuhr.

Der Seemann war unserem Scarpante in allen Stücken ebenbürtig. In der Hauptsache beschäftigte er sich mit Schmuggelgeschäften, nebenbei aber betrieb er ein noch weniger ehrenvolles Gewerbe: Er handelte mit Sklaven, unglücklichen Schwarzen und Braunen aus dem Sudan, aus Ägypten und Äthiopien, und gelegentlich auch mit Tscherkessen- und Georgiermädchen. Der Hauptumschlagplatz für diese spezielle Ware war eben der Top-Hane-Platz, was die Behörden schweigend duldeten.

Der erwartete Kapitän ließ sich noch immer nicht blicken. Scarpantes Ungeduld wuchs mit jeder Minute. Er schäumte innerlich vor Zorn, wenn er auch äußerlich ganz gelassen blieb.

»Wo bleibt der verdammte Kerl?« zischte er wütend. »Hat sich wohl schnappen lassen! Vorgestern sollte er schon in Odessa abreisen...«

In diesem Augenblick tauchte ein maltesischer Seemann unten am Quai auf. Yarhud! Er blickte sich suchend in allen Richtungen um und entdeckte bald Scarpante, der ihm bereits entgegeneilte. Inzwischen war das Publikum auf dem Top-Hane-Platz zahlreicher geworden. Von den beiden Männern nahm niemand Notiz.

»Ich bin es nicht gewohnt, warten zu müssen«, begann Scarpante sogleich in unmißverständlich scharfem Ton.

»Herr Scarpante möge mir verzeihen«, bat Yarhud. »Ich habe alles darangesetzt, um pünktlich hier zu sein...«

»Du bist gerade angekommen?«

»Soeben; mit der Eisenbahn von Ianboli, und hätten wir nicht Verspätung gehabt...«

»Wann bist du in Odessa abgereist?« unterbrach ihn Scarpante.

»Vorgestern.«

»Und dein Schiff?«

»Liegt im Hafen von Odessa.«

»Traust du deinen Leuten?«

»Vollkommen. Alles Landsleute von mir. Parieren aufs Wort, vorausgesetzt, die Heuer ist gut.«

»Werden sie auch diesmal mitmachen?«

»Selbstverständlich!«

»Na schön! Und was für Nachrichten hast du auf Lager?«

»Gute und schlechte, wie man es nimmt«, sagte der Kapitän jetzt ein wenig leiser.

»Dann zuerst die schlechten!« befahl Scarpante.

»Schlecht finde ich, daß die junge Amasia, Tochter des Bankiers Selim aus Odessa, in Kürze heiraten soll. Ihre Entführung wird dadurch wesentlich erschwert, mit anderen Worten, wir müssen viel schneller handeln, als wir geplant hatten.«

»Diese Hochzeit wird nicht stattfinden, merk dir das, Yarhud!« sagte Scarpante unvorsichtig laut. Und er fuhr fort: »Nein, bei Mahomet, nein! Niemals wird es so weit kommen!«

»Ich sage ja auch bloß, daß die Hochzeit stattfinden soll, nicht, daß sie stattfinden wird«, entgegnete Yarhud beschwichtigend.

»Keine Spitzfindigkeiten!« knurrte Scarpante. »Jedenfalls erwartet Herr Saffar, daß das Mädchen noch vor Ablauf der nächsten drei Tage auf den Weg nach Trapezunt gebracht wird. Solltest du allerdings glauben, der Plan sei unmöglich durchführbar ...«

»Unmöglich habe ich ja nicht gesagt, nur recht schwierig ...«

»Schwierig!« echote Scarpante höhnisch. »Es wird wohl nicht das erste Mal sein, daß eine junge Türkin oder Russin auf Nimmerwiedersehen aus Odessa verschwindet!«

»Bestimmt auch nicht das letzte Mal«, versicherte Yarhud, »es sei denn, der Kapitän der ›Guidare‹ versteht sich nicht mehr auf sein spezielles Geschäft.«

»Wen soll übrigens diese Amasia heiraten?« fragte Scarpante.

»Einen jungen Mann ihres Volkes – einen Türken.«

»Aus Odessa?«

»Nein, aus Konstantinopel.«

»Wie heißt er?«

»Ahmet.«

»Stand? Familie?«

»Ahmet ist der einzige Neffe und Erbe des reichen Kaufmanns Keraban aus Galata.«

»Was treibt dieser Keraban?«

»Tabakhandel. Er ist schwerreich. Seine Geschäfte in Odessa werden vom Bankhaus Selim abgewickelt. Selim und Keraban verbindet eine alte Freundschaft. Sie besuchen sich gegenseitig, und bei so einer Gelegenheit hat Kerabans Neffe Ahmet die junge Amasia kennengelernt. Schließlich haben die beiden alten Herren die Heirat der jungen Leute beschlossen.«

»Und wo sollte die Hochzeit stattfinden?«

»Nun, in Odessa.«

»Wann? Ich muß das genaue Datum wissen!«

»Weiß ich nicht. Ich könnte mir aber denken, daß der verliebte Ahmet auf den allerfrühesten Termin drängt.«

»Wir dürfen keinen Tag mehr verlieren. Wo ist dieser Ahmet im Augenblick?«

»In Odessa.«

»Und sein Onkel Keraban?«

»In Konstantinopel.«

»Hast du den jungen Mann in Odessa gründlich angeschaut?«

»Und ob! Schließlich hatte ich ein besonderes Interesse daran, mir das Gesicht einzuprägen. Er ist ein hübscher junger Herr, der dem Bankierstöchterchen zu gefallen scheint. Obendrein soll er mutig und entschlossen sein. Jedenfalls müssen wir mit ihm rechnen.«

»Ist er in seiner Stellung unabhängig? Hat er selbst Vermögen? Ich muß alles über den jungen Mann wissen. Er ist in unserer Rechnung ein sehr unsicheres Element«, sagte Scarpante.

Yarhud konnte auch diese Fragen erschöpfend beantworten.

»Ahmet hängt finanziell von seinem Onkel Keraban ab, der ihn zum Nachfolger heranbildet. Der Alte liebt den Burschen übrigens wie einen eigenen Sohn, und sicher wird er bald nach Odessa abreisen, um an der geplanten Hochzeit teilzunehmen.«

»Kann man Kerabans Abreise nicht verzögern?«

»Das beste wäre es schon«, meinte Yarhud nachdenklich. »Für uns bedeutete es Zeitgewinn. Aber wie sollen wir so einen Aufschub bewerkstelligen?«

»Deine Sache, Yarhud! Mich interessiert lediglich, daß der Wunsch meines Herrn respektiert und Amasia so bald wie möglich in seinem Palast in Trapezunt abgeliefert wird. Im übrigen arbeitest du wahrhaftig nicht zum ersten Male für Herrn Saffar. Wie gut er solche Dienste bezahlt, solltest du auch nicht vergessen haben...«

»Über die Bezahlung klage ich ja gar nicht, Herr Scarpante«, warf Yarhud beschwichtigend ein.

Doch der Verwalter hatte noch einige Erklärungen hinzuzufügen, die ihm wichtig zu sein schienen.

»Hör zu, Yarhud!« sagte er eindringlich. »Mein Herr hat das junge Mädchen bei einem kurzen Aufenthalt in Odessa kennengelernt. Er war von ihrer Schönheit sofort tief beeindruckt. Sie wird es nie bedauern, das Vaterhaus in Odessa mit dem Palast in Trapezunt vertauscht zu haben. Erweise ihr also die nötige Ehrerbietung. Im übrigen wiederhole ich noch einmal, was ich vorhin sagte: Wenn du dir die Entführung nicht zutraust, sag es gleich, damit ich mir den richtigen Mann suche!«

»Ich will es ja tun, Sie können sich auf mich verlassen«, versprach Yarhud jetzt, ohne weitere Einwände zu machen. »Aber hören Sie rasch noch meine guten Nachrichten an!«

»Sprich!« befahl Scarpante, der schon wieder eine nachdenkliche Miene aufgesetzt hatte.

»Wie ich schon sagte«, begann Yarhud, »bringt uns die geplante Hochzeit in Zeitnot. Andererseits geben mir die Festvorbereitungen sicher eine Möglichkeit, ohne Aufsehen in das Haus Selims zu gelangen und dem Mädchen zu begegnen. Schließlich bin ich nicht nur Kapitän, sondern auch Kaufmann. Meine ›Guidare‹ hat eine Fracht geladen, die ein junges Mädchen schon in Aufregung versetzen kann. An Bord haben wir Seidenstoffe aus Brussa, Marder- und Zobelfelle, schweren Brokat, feinste orientalische Goldborten und noch tausend Kleinigkeiten, die das Herz einer Braut schneller schlagen lassen. Es dürfte doch nicht schwer sein, das Mädchen zur Besichtigung der Waren an Bord zu locken. Und dann, nichts wie fort! Ist der Wind günstig,

»Ich verlasse mich auf Dich, Yarhud!«

können wir außer Sichtweite sein, ehe man ihr Verschwinden entdeckt.«

»Kein schlechter Plan, Yarhud«, bestätigte Scarpante. »Aber paß auf, daß niemand vorzeitig Verdacht schöpft.«

»Keine Sorge, Herr Scarpante«, sagte Yarhud fest.

»Bist du ausreichend mit Geld versehen?«

»Um Geld bin ich nie verlegen, wenn ich für Ihren großzügigen Herrn arbeite.«

»Um so besser. Verliere jetzt keine Zeit mehr. Herr Saffar legt nicht den geringsten Wert darauf, etwa Ahmets angetraute Ehefrau in Trapezunt in Empfang zu nehmen.«

»Selbstverständlich nicht!«

»Sobald das Mädchen an Bord ist, setzt du Segel. Wie lange dauert die Überfahrt von Odessa nach Trapezunt?«

»Drei Wochen. Wir müssen im Sommer immer mit Flauten und plötzlich wechselnden Windrichtungen rechnen.«

»Na schön«, sagte Scarpante. »Ich werde rechtzeitig nach Trapezunt fahren, und Herr Saffar wird dann auch bald in seinen Palast zurückkehren.«

»Ich will versuchen, noch vor Ihnen dort zu sein«, versicherte Yarhud eifrig, »und die junge Dame werden wir mit so viel Ehrerbietung behandeln, als sei sie Herr Saffar in Person.«

»Ich verlasse mich auf dich, Yarhud!«

»Das dürfen Sie auch, Herr Scarpante.«

»...und auf deine Schlauheit!«

»Um die Wahrheit zu sagen«, fing Yarhud noch einmal an, »sicherer wäre ich meiner Sache schon, wenn man die Hochzeit aufschieben könnte. Es sollte doch möglich sein, diesen Keraban an der Abreise zu hindern.«

»Kennst du den Kaufmann?«

»Ich halte es immer für nützlich, meine gegenwärtigen und meine zukünftigen Feinde zu kennen. Dieser Keraban gehört zweifellos zur zweiten Sorte. Gleich nach meiner Ankunft vorhin machte ich einen kurzen Besuch in seinem Kontor. Unter einem Vorwand habe ich...«

»Hast du ihn nun kennengelernt oder nicht?«

»Ich sah ihn einen Augenblick, aber der genügte, um...«

Yarhud unterbrach sich plötzlich, trat ganz dicht an Scarpante heran und flüsterte:

»Das nenne ich einen Zufall! Vielleicht sogar einen glücklichen!«

»Ich verstehe gar nichts«, sagte Scarpante ärgerlich.

»Sehen Sie den dicken Mann, der dort hinten in Begleitung eines Dieners die Straße von Pera herunterkommt?«

»Wer sollte das sein?«

»Niemand anders als unser Keraban, Herr Scarpante. Verstecken wir uns ein wenig. Aber aufgepaßt, daß wir ihn nicht aus den Augen verlieren! Mir ist bekannt, daß er von hier aus jeden Abend zu seiner Villa in Scutari hinüberfährt. Schlimmstenfalls muß ich ihm ans andere Ufer folgen. Dort drüben werde ich sicher bald herausbekommen, ob und wann er nach Odessa zu reisen beabsichtigt.«

Inzwischen füllte sich der eben noch leere Top-Hane-Platz zusehends mit Spaziergängern. Scarpante und Yarhud mischten sich unter die Menschenmenge. Es fiel ihnen nicht weiter schwer, den ›Seigneur Keraban‹, wie er allenthalben in Galata genannt wurde, zu belauschen; denn der Kaufherr sprach mit dröhnendem Baß und tat rein gar nichts, um seine gewichtige Persönlichkeit aus dem Blickfeld der flanierenden Menge zu rücken.

Drittes Kapitel

in welchem der Seigneur Keraban höchst erstaunt ist, seinen Freund Van Mitten in Konstantinopel zu treffen

Der Seigneur Keraban war, um einen modernen Ausdruck zu gebrauchen, ein extravertierter Typ, und zwar in geistiger wie auch in körperlicher Hinsicht. Sein glattes, übrigens höchst intelligentes Gesicht sprach für einen Mann von vierzig Jahren. Seiner Leibesfülle nach mochte er fünfzig sein, in Wahrheit war er fünfundvierzig.

Der Seigneur beobachtete die Umwelt aus stechend-schwarzen Augen, die unter rabenschwarzen Brauen auch die kleinste Begebenheit mit der Exaktheit eines Präzisionsgerätes notierten. Die Lippen hielt Herr Keraban meist fest zusammengepreßt; ließ er sich aber doch zu einem Gespräch herbei, konnte man zwei volle Reihen prächtiger weißer Zähne bewundern. Die eindrucksvolle Physiognomie wurde vervollständigt durch ein mächtiges Kinn, eine wohlproportionierte Adlernase und eine hohe gewölbte Stirn, die von einer typischen Starrkopf-Falte senkrecht tief durchfurcht wurde.

Kein Zweifel, man hatte es mit einem selbstbewußten Herrn zu tun, dem man nur einmal zu begegnen brauchte, um ihn nie wieder zu vergessen.

Jan Van Mitten hatte richtig vermutet: Der Seigneur Keraban trug wie eh und je alttürkische Tracht, den ausladenden Turban, weite faltenreiche Hosen, die über die ›Pabudj‹ aus weichem Leder herabfielen, eine ärmellose bortenverzierte Weste mit großen funkelnden Knöpfen, einen breiten Schal, der anstelle eines Gürtels die umfangreiche Taille umschloß, und darüber, wie konnte es anders sein, den narzissengelben Kaftan, der in majestätischen Falten über den Rücken herabwallte. In Kerabans Aufmachung war auch nicht die allerkleinste Anlehnung an die

Keraban trug wie eh und je alttürkische Tracht

europäische Mode zu spüren, die neuerdings die Kleidung der Jungtürken deutlich beeinflußte.

Keraban trug seine ›antike‹ Tracht ganz bewußt aus Anhänglichkeit an die alte türkische Kultur und zugleich auch aus Protest gegen das neue Zeitalter. Er scheute sich nicht, in aller Öffentlichkeit dem Erlaß des allmächtigen Sultans Mahmud zu trotzen, der eine gemäßigt europäisierte Kleidung für alle Osmanlis vorschrieb.

Selbstverständlich trug auch Kerabans Diener alttürkische Tracht. Dieser Nizib mußte in den Augen eines rechten Holländers erschreckend mager wirken. Da er seinem starrköpfigen schwierigen Herrn niemals widersprach, hätte er auch im Traume nicht daran gedacht, gerade im Punkte Kleidung eigene Ansichten zu vertreten.

Der Ehrlichkeit halber wollen wir zugeben, daß Nizib auch gar nicht fähig gewesen wäre, eigene Ansichten zu entwickeln oder gar seinem Herrn gegenüber zu verteidigen. Er stimmte Keraban grundsätzlich in allem und jedem zu und schwang sich höchstens dazu auf, wie ein Echo das Ende der Reden seines Gebieters zu wiederholen.

Diese Methode bewahrte ihn vor allzu häufigen Zurechtweisungen von seiten seines reizbaren Brotgebers.

Herr und Diener kamen eine der Straßenschluchten von Pera herabgeschritten. Wie stets sprach Keraban mit laut dröhnender Stimme. Er scherte sich nicht im geringsten darum, daß alle Welt seine Privatgespräche mitanhören konnte.

»Bei Allah«, schimpfte er gerade laut, »seit alters her hatte jedermann das Recht, abends auszugehen, wie es ihm beliebte. Und nun schon wieder eine neue Polizeiverordnung! Ich denke nicht daran zu gehorchen und mit einer Laterne in der Hand spazieren zu gehen! Hat man Worte! Wenn es mir Spaß macht, in das nächstbeste Wasserloch zu fallen oder mich von einem herrenlosen Köter beißen zu lassen, so ist das ganz allein meine Sache!«

»Herrenlose Köter beißen...«, plapperte Nizib nach.

»Spar dir deine dummen Warnungen, oder ich ziehe dir die Ohren so lang, daß dich alle Esel dieser Welt samt ihren Treibern drum beneiden…«

»…drum beneiden…«, erscholl prompt das Echo.

Wir brauchen wohl kaum darauf hinzuweisen, daß dem Diener nichts ferner gelegen hatte, als seinem Herrn eine Ermahnung zuteil werden zu lassen!

Doch Keraban schimpfte schon weiter.

»Und wenn ich beim Polizeipräfekten Strafe zahlen muß, dann zahle ich eben«, verkündete er düster, »und werfen mich die Kerle ins Gefängnis, dann gehe ich auch ins Gefängnis; aber nachgeben werde ich nicht, weder in dieser Laternen-Geschichte noch sonst jemals!«

Nizib nickte zustimmend. Selbstredend war er bereit, seinem Herrn in das Gefängnis zu folgen, wenn es so weit wäre.

»Ah, die Herren Jungtürken!« schrie Keraban und blickte verächtlich ein paar jungen Leuten hinterher, die den modernen Gehrock zum roten Fez trugen. »Nach diesen Bürschchen soll sich unsereins richten und, weil es denen so paßt, mit unseren guten alten Sitten brechen! Ich denke nicht daran, und wenn ich der letzte Mensch wäre, der den Kaftan trägt!… Nizib, hast du meinem Bootsführer gesagt, daß er um sieben Uhr an der Top-Hane-Anlegestelle warten soll?«

»Um sieben Uhr.«

»Warum ist er nicht hier?« donnerte Keraban.

»Warum ist er nicht hier?« echote Nizib.

»Aha! Es ist noch nicht sieben Uhr«, konstatierte Keraban.

»…noch nicht sieben Uhr«, plapperte Nizib.

»Woher willst du das wissen?«

»Ich weiß es, weil Ihr es sagt, Herr.«

»Und wenn ich behaupte, es wäre gerade fünf Uhr?«

»Dann wäre es gerade fünf Uhr«, sagte Nizib.

»So viel Dummheit lebt doch gar nicht!«

»Nein, so viel Dummheit lebt doch gar nicht.«

»Wenn mir dieser Kerl nicht bald einmal widerspricht, werde ich rasend«, zischte Keraban wutentbrannt.

In diesem Augenblick tauchten Van Mitten und Bruno wieder auf dem Top-Hane-Platz auf. Auf dem Gesicht des Dieners spiegelte sich, wenn das überhaupt möglich war, noch größere Enttäuschung als zuvor.

»Ach, Mijnheer«, flehte er, »lassen Sie uns doch mit dem ersten besten Zug abreisen. Glauben Sie immer noch, dieses öde Nest wäre die Hauptstadt des Oberherrn aller Gläubigen?«

»Ruhig Blut, Bruno, ruhig Blut!« sagte Van Mitten beschwichtigend.

Die Sonne verschwand nun hinter dem hochgelegenen alten Stambul und tauchte den Top-Hane-Platz in ein Helldunkel, das die Konturen von Menschen und Dingen verschwimmen ließ. So konnte es geschehen, daß Van Mitten den Seigneur Keraban nicht erkannte, der an ihm vorüber- und auf den Anlegeplatz von Galata zuging; genauer gesagt, zugehen wollte, denn die beiden Herren stießen regelrecht zusammen. Wohl eine halbe Minute lang machten beide Ausweichmanöver. Da sie sich aber jeweils in derselben Richtung bewegten, war ihr Bemühen vergeblich, und die Szene bekam fast einen lächerlichen Anstrich.

»Sehen Sie nicht, daß ich vorbeigehen will?« schrie Keraban.

»Aber, mein Herr, ich...«, erwiderte Van Mitten höflich und bemühte sich wiederum vergebens, nach der richtigen Seite auszuweichen.

»Wir wollen doch sehen, ob Sie mich nicht vorbeilassen müssen!« schrie Keraban schon wieder.

»Mein Herr...«, begann Van Mitten noch einmal begütigend, unterbrach sich aber sogleich und rief hocherfreut: »Der Seigneur Keraban! Lieber Freund, ist es denn möglich!«

»Sie... hier? Sehe ich recht... Van Mitten in Konstantinopel?« Keraban war grenzenlos überrascht.

»Sie täuschen sich nicht!« bestätigte Van Mitten.

»Seit wann?«

»Seit heute morgen.«

»Und Sie haben mich nicht sofort besucht?«

»Gewiß, lieber Freund. Ich bin gleich nach meiner Ankunft

»Sehen Sie nicht, daß ich vorbeigehen will?«

in Ihr Kontor geeilt. Aber Sie waren leider ausgegangen. Ihre Leute versicherten mir aber, daß ich Sie um sieben Uhr auf diesem Platz hier treffen könnte.«

»Meine Leute haben Sie richtig unterrichtet«, sagte Keraban, während er die Hand seines Gastes mit einer Heftigkeit schüttelte, die schon an Gewalttätigkeit grenzte. Aber seine Verwunderung war noch nicht abgeklungen. »Van Mitten auf dem Top-Hane-Platz! Um nichts in der Welt hätte ich damit gerechnet, Sie heute abend hier zu treffen. Warum haben Sie mich nicht rechtzeitig benachrichtigt?«

»Ich... ich mußte Holland ganz plötzlich verlassen.«

»Eine Geschäftsreise?«

»N... ein, mehr eine Vergnügungsreise. Ich kenne weder Konstantinopel noch die Türkei überhaupt. Außerdem möchte ich mich mit einem Gegenbesuch für Ihren Aufenthalt in meinem Rotterdamer Haus revanchieren.«

»Das ehrt mich sehr. Doch sagen Sie... ist Frau Van Mitten nicht mitgereist?«

»Nein, meine Frau macht sich nichts aus langen Reisen«, sagte Van Mitten zögernd. »Ich werde nur von meinem Diener Bruno begleitet.«

»Von diesem Burschen dort?« fragte Keraban und machte eine leichte Handbewegung in Brunos Richtung.

Der Diener glaubte, man erwarte jetzt von ihm eine Verbeugung in türkischer Art. Er hob die Arme, legte die Hände seitlich an den Hut und... glich aufs perfekteste einem Henkeltopf.

»Ganz recht, lieber Freund«, sagte Van Mitten, »der wackere junge Mann dort ist mein Diener. Im Augenblick ist er allerdings drauf und dran, mich zu verlassen und schnellstens nach Holland zurückzukehren.«

»Nach Holland zurückzukehren?« Keraban war fassungslos. »Er will ganz einfach nach Hause fahren, ohne mich um Erlaubnis zu fragen?«

Van Mitten versuchte, Keraban zu besänftigen. »Das müssen Sie verstehen, lieber Freund. Mein Diener findet die Hauptstadt des ottomanischen Reiches einfach, nun, sagen wir, zu wenig unterhaltsam.«

»Ein richtiges Mausoleum!« rief Bruno dazwischen. »Kein Mensch in den Läden, keine Fahrzeuge auf den Straßen, statt dessen Gespenster, die einem obendrein noch die Pfeife stehlen!«

»Aber das liegt doch am Ramadan!« erklärte Keraban. »Wir befinden uns mitten in der Fastenzeit.«

»Was höre ich da? Der Ramadan ist an allem schuld?« sagte Bruno. »Was ist denn dieser Ramadan, wenn die Frage gestattet ist?«

»Eine Zeit des Fastens und der Enthaltsamkeit«, belehrte ihn Keraban. »Während des ganzen Ramadan darf zwischen Sonnenaufgang und Sonnenuntergang weder gegessen noch getrunken oder geraucht werden. Aber in einer halben Stunde ist es so weit. Dann kündigt ein Kanonenschuß den Sonnenuntergang an, und...«

»Aha! Der Kanonenschuß!« rief Bruno dazwischen.

»Dann darf man sich die ganze Nacht hindurch für das Fasten während der Tagesstunden schadlos halten.«

»Wollen Sie etwa sagen, daß Sie seit heute früh noch völlig nüchtern sind?« fragte Bruno den Diener Nizib.

»Noch völlig nüchtern«, ertönte das Echo.

»Dabei verliert man ja mindestens ein Pfund pro Tag!« rief Bruno ganz entsetzt.

»Mindestens ein Pfund«, wiederholte Nizib mechanisch.

»Warten Sie nur den Sonnenuntergang ab, Van Mitten«, begann Keraban noch einmal. »Sie werden glauben, Konstantinopel sei von einem Zauberstab berührt. Die ganze Stadt wird mit einem Schlage lebendig. Nein, meine Herren Jungtürken, diese gute alte Sitte habt selbst ihr noch nicht abschaffen können! Der Koran siegt immer noch über eure neumodischen Dummheiten. Daß euch Mohammed doch allesamt erwürgte!«

»Wie ich sehe, sind Sie Ihren alten Anschauungen treu geblieben«, warf Van Mitten ein.

»Treu geblieben? Das wäre weit zu wenig gesagt. Ich halte

inzwischen aus Trotz an unseren Traditionen fest. Doch nun zu einem anderen Thema: Wenn ich Sie richtig verstanden habe, wollen Sie also eine Zeitlang in Konstantinopel bleiben?«

»Ganz recht... vielleicht sogar...«

»Wunderbar! Von jetzt an lege ich Beschlag auf Ihre Person!«

»Verfügen Sie nur über mich!«

»Nizib, hör zu: Du kümmerst dich von Stund an um den Burschen dort. Sieh zu, daß er seine Ansichten über unser herrliches Konstantinopel bald ändert!«

Nizib nickte gehorsam und zog Bruno fort, mitten hinein in die brodelnde Menschenmenge, die von Minute zu Minute mehr anschwoll.

»Da fällt mir noch etwas ein, mein lieber Van Mitten!« rief Keraban. »Sie sind wirklich im rechten Augenblick gekommen. Nur sechs Wochen später, und Sie hätten mich nicht mehr in Konstantinopel angetroffen.«

»Sie wollen verreisen?«

»Ganz recht; nach Odessa.«

»Odessa?«

»Ja; und wenn Sie um diese Zeit noch hier sein sollten, brechen wir gemeinsam auf. Doch halt! Ich habe einen guten Einfall: Sie werden mich auf meiner Reise begleiten.«

»Ich soll Sie nach Odessa...?«

»... begleiten; Sie haben richtig verstanden«, entgegnete Keraban.

»Um die Wahrheit zu sagen, ich hatte die Absicht, mich hier in Konstantinopel gründlich von den Reisestrapazen zu erholen und...«

»Dürfen Sie auch – zuerst hier in Konstantinopel und dann noch volle drei Wochen in Odessa.«

»Aber, Freund Keraban...!«

»Unser Entschluß steht fest! Oder? Sie wollen mir doch nicht schon in den ersten Minuten unseres Wiedersehens widersprechen? Sie kennen mich doch: Habe ich einmal etwas Vernünftiges beschlossen, so setze ich die Sache auch durch.«

»O ja, ich weiß«, seufzte Van Mitten ergeben.

»Überdies wird es allerhöchste Zeit, daß ich Sie mit Ahmet bekanntmache«, fuhr Keraban fort.

»Erzählt haben Sie mir schon sehr viel von Ihrem jungen Neffen...«

»Sagen Sie ruhig ›Sohn‹; Ahmet ist mir so teuer wie ein leibliches Kind. Daß ich keine eigenen Nachkommen habe, wissen Sie ja. Die Geschäfte... die Geschäfte; nicht fünf Minuten hätte ich Zeit gefunden, eine Familie zu gründen.«

Van Mittens Miene verfinsterte sich einen Augenblick lang. »Zum Heiraten genügt auch eine Minute, und das sind in manchen Fällen genau sechzig Sekunden zuviel«, sagte er düster.

Doch Kerabans Redefluß war nicht aufzuhalten. »Also abgemacht!« rief er zufrieden. »Sie werden Ahmet in Odessa kennenlernen. Ein charmanter Junge! Leider hält er nicht viel von den Geschäften, ist so ein bißchen Künstlernatur und ähnelt seinem Onkel überhaupt nicht. Aber was tut es! Er pariert doch aufs Wort und ist, wie gesagt, äußerst charmant.«

»Freund Keraban...!«

»Abgemacht! Ich sagte es doch schon! Zweck unserer Reise nach Odessa ist übrigens unsere Teilnahme an Ahmets Hochzeit.«

»Hochzeit? Mit wem denn?«

»Ahmet heiratet eine hübsche junge Dame... Amasia... Tochter meines Bankiers Selim. Übrigens ein Türke vom alten Schrot und Korn... wie ich. Das wird ein Fest! Sie werden aus dem Staunen nicht mehr herauskommen!«

»Mir wäre es aber doch lieber, wenn ich...«

Van Mitten kam nicht zu Ende, denn Keraban unterbrach ihn sofort und schrie wieder:

»Abgemacht, ein für allemal! Oder wollten Sie mir etwa widersprechen?«

»Gerade das hatte ich vor.«

»Aber es wird Ihnen nicht gelingen. Sie kommen mit nach Odessa. In spätestens sechs Wochen brechen wir auf.«

Inzwischen waren Scarpante und der maltesische Kapitän bis

auf Hörweite herangekommen, so daß sie mühelos das Gespräch zwischen Keraban und Van Mitten belauschen konnten.

»Und wann soll die Hochzeit stattfinden?« fragte der Holländer gerade schicksalsergeben.

»Gleich nach unserer Ankunft.«

Yarhud atmete auf. »Sechs Wochen! Das gibt uns reichlich Zeit!« flüsterte er Scarpante ins Ohr.

»Wenn schon...«, knurrte sein Auftraggeber. »Je eher wir die Sache erledigen, desto besser. Du hast wohl vergessen, daß der Seigneur Saffar schon viel eher nach Trapezunt zurückkehren wird! Und wehe dir, wenn das Mädchen dann noch nicht eingetroffen ist!«

Sie spazierten ein wenig auf und ab, verloren aber Van Mitten und Keraban keinen Augenblick aus den Augen. Soeben begann der Türke, seinem holländischen Freund die Vorgeschichte zu der Heirat des jungen Ahmet zu erzählen.

»Mein Freund Selim hat es sehr eilig, seine Tochter zu verheiraten«, sagte er, »und mein Neffe ist nicht weniger ungeduldig. Diese Hast hat allerdings einen besonderen Grund: Amasia erhält aus dem Nachlaß einer verschrobenen Tante die Kleinigkeit von einhunderttausend türkischen Pfunden, vorausgesetzt, sie heiratet vor Vollendung des siebzehnten Lebensjahres. Erfüllt das Mächen diese Bedingung nicht, verfällt das Erbe. Dazu müssen Sie noch wissen, daß Amasia in genau sechs Wochen siebzehn Jahre alt wird. Aber, wie dem auch sei, ich habe den jungen Leuten gesagt: Geheiratet wird erst nächsten Monat, basta!«

»Und Ihr Freund Selim war damit einverstanden?«

»Selbstverständlich!«

»Aber Ahmet hat doch sicher versucht, Sie umzustimmen?«

»Zunächst schon. Schließlich betet er die junge Amasia an, was ich sogar verstehe. Er hat ja auch genug Zeit zum Schwärmen. Wir Alten kümmern uns inzwischen um die Geschäfte. Doch wozu erkläre ich Ihnen das, lieber Freund! Sie haben schließlich auch einstmals die hübsche junge Dame umworben, die später Frau Van Mitten wurde.«

»Ja, ja, natürlich«, stammelte der Holländer. »Aber es ist sehr lange her; ich erinnere mich kaum noch daran.«

Keraban stutzte. »Lieber Freund, Sie nehmen mir doch dergleichen Reden nicht übel?« fragte er. »Gewiß, hierzulande ist es ungehörig, sich bei einem Mann nach den Damen seines Harems zu erkundigen, aber soviel ich weiß, darf man im Ausland doch ..., hm, Frau Van Mitten ist hoffentlich bei bester Gesundheit?«

»Danke für die Nachfrage! Es geht ihr ganz ... ausgezeichnet«, stotterte Van Mitten.

Offensichtlich bereiteten ihm die Fragen seines Gastgebers Unbehagen. »Ganz ausgezeichnet«, wiederholte er noch einmal und setzte dann erklärend hinzu: »Das heißt, meist ist sie ein wenig leidend. Sie wissen ja, die Frauen!«

»Ganz im Gegenteil, gar nichts weiß ich davon!« entgegnete Keraban belustigt. »Von Frauen verstehe ich überhaupt nichts, vom Tabakhandel dafür alles! Tabak aus Mazedonien für die Zigarette, persische Gewächse für die Wasserpfeife – eine Handvoll zuverlässiger Geschäftspartner in Saloniki, in Erzerum, Latakiah, Badra und Trapezunt, nicht zu vergessen den Herrn Van Mitten in Rotterdam – darauf verstehe ich mich! Seit dreißig Jahren rauchen Männer in ganz Europa Kerabans Tabak!«

»Und er selbst natürlich auch.«

»Wahrlich; als wäre er ein Fabrikschlot. Und ich frage Sie: Gibt es auf Erden etwas Herrlicheres als einen guten Tabak?«

»Gewiß nicht, lieber Freund.«

»Ich rauche seit vierzig Jahren, und seit vierzig Jahren halte ich meiner Tschibuk und meiner Wasserpfeife die Treue. Die beiden sind mein ganzer Harem, und glauben Sie mir, es gibt keine Frau, die eine Pfeife Tombeki aufwiegen könnte.«

»Ganz Ihrer Meinung«, sagte Van Mitten zustimmend.

»Jetzt müßte gleich mein Kajik eintreffen«, fuhr Keraban fort. »Er bringt uns über den Bosporus zu meiner Villa in Scutari. Sie sind mir nun einmal in die Fänge geraten, und so bald lasse ich Sie nicht mehr los.«

»Aber ich wollte doch ...«, stammelte Van Mitten.

»Nicht möglich! Sie… Sie, lieber Van Mitten, wollen mir widersprechen?«

»Nein, nein, gewiß nicht, lieber Freund. Ich nehme mit Dank Ihre Einladung an…und gehöre Ihnen von Stund an mit Leib und Seele.«

»Recht so. Sie werden übrigens staunen, wie hübsch mein Wohnsitz dort drüben ist. Das Haus steht unter herrlichen Zypressen, und das ganze Anwesen liegt auf halber Höhe des Hügels von Scutari. Ich kann den Bosporus und das ganze Panorama von Konstantinopel überblicken. Und ich sage immer: Die wahre Türkei beginnt erst dort drüben…in Asien. Hier, auf diesem Platz, ist noch Europa, Europa mitsamt seinen Fortschrittsanbetern im modernen Gehrock. Aber noch sind diese Burschen weit davon entfernt, ihre neumodischen Ideen zu uns nach Asien herüberzutragen. Sollten sie es versuchen, werden wir sie im Bosporus ertränken! Doch wechseln wir das Thema. Sie sind also bereit, mit mir zu speisen?«

»Sie verfügen über mich.«

»Und Sie müssen es ertragen«, versetzte Keraban. Er blickte sich suchend um und rief:

»Nizib! Nizib!…wo steckt der Bursche nur?«

Nizib, der immer noch mit Bruno in der Menschenmenge auf und ab spazierte, vernahm die Stimme seines Herrn. Die beiden Diener machten kehrt und kamen herbeigelaufen.

»Wo bleibt der Bootsführer mit dem Kajik?« donnerte Keraban.

»Mit dem Kajik…«, echote Nizib.

»Wenn der Bursche nicht sofort kommt, werde ich ihm Stockhiebe verpassen lassen«, schrie Keraban aufgebracht, »hundert Hiebe!«

»Oh!« entfuhr es Van Mitten.

»Fünfhundert Hiebe!«

»Oh!« entfuhr es Bruno.

»Tausend, falls die Herren noch mehr Einwände machen sollten!«

»Die wahre Türkei beginnt erst drüben ... in Asien.«

Da meldete sich Nizib zu Worte.

»Das Boot biegt gerade um die Ecke am Serail«, rief er. »In zehn Minuten können wir übersetzen.«

Keraban hatte sich bei Jan Van Mitten eingehängt und stampfte vor Ungeduld mit den Füßen, während Yarhud und Scarpante die beiden Herren und ihre Diener keinen Augenblick aus den Augen ließen.

Viertes Kapitel

in welchem sich Keraban starrköpfiger denn je erweist

und sogar dem Polizeipräfekten den Kampf ansagt

Endlich war Kerabans Bootsführer angelangt und meldete, daß der Kajik zur Abfahrt bereit sei.

Tausende solcher Bootsführer betrieben ihr Gewerbe auf den Gewässern des Bosporus und des Goldenen Horns. Ihre fünfzehn bis zwanzig Fuß langen Boote ähnelten riesigen Schlittschuhen. Da die Fahrzeuge an Bug und Steven in einer langen Spitze ausliefen, konnten sie bequem mit Hilfe von zwei Rudern in beiden Richtungen gesteuert werden. Als Baumaterial verwendete man meist Buchen- oder Zypressenbohlen, die im Bootsinnern mit bunten Malereien oder Schnitzereien verziert waren. Welch ein herrlicher Anblick, wenn die schlanken Fahrzeuge fast schwerelos über die Wellen glitten, einander begegneten, sich überholten oder aneinander vorbeikreuzten.

Die mächtige Zunft der Bootsführer oder Kajiktschis versah den Fährdienst vom Marmarameer bis hin zum Europa- und zum Asienschloß, die sich am Nordende des Bosporus gegenüberstanden. Die Fährleute waren meist ansehnliche Burschen. Sie trugen eine Art Amtstracht, den ›Burudjuh‹, ein seidenes Hemd, den ›Yelek‹ in kräftigbunten Farben mit Goldstickerei, dazu eine kurze weiße Baumwollhose, auf dem Kopf den Fez und an den Füßen sogenannte ›Yemeni‹. Arme und Beine blieben unbedeckt.

Es versteht sich wohl von selbst, daß der Seigneur Keraban seinen Kajiktschi wegen der kleinen Verspätung mit einer Flut von Vorwürfen empfing. Doch der phlegmatische Mann ließ das Donnerwetter ungerührt über sich ergehen. Er hielt es für das gescheiteste, einen so guten Kunden wie Keraban nicht noch durch Widerrede zu reizen und wies lediglich mit der Hand auf seinen Kajik, der abfahrtsbereit an der Treppe lag.

Die schlanken Boote glitten schwerelos über die Wellen

Keraban, Van Mitten und die beiden Diener hatten die Anlegestelle fast erreicht, als in der Menschenmenge auf dem Platz eine auffällige Bewegung entstand.

»Was gibt es?« fragte Keraban kurz. Und dann sah er auch schon, was die Menge so erregte. Der Polizeichef des Stadtteiles Galata war mitten auf dem Platz erschienen. Die Gardisten des Beamten versuchten, die Neugierigen zurückzudrängen und ihrem Herrn Gehör zu verschaffen. Schon schlug der Trommler einen kräftigen Wirbel, dem der Trompeter ein helles Signal folgen ließ, und nun trat auch Stille ein. Nur Keraban schimpfte laut vor sich hin.

»Gewiß wieder so ein willkürlicher Erlaß!« rief er zornig im Tonfall eines Mannes, der sich immer und überall Anordnungen widersetzt, die er selbst für unrechtmäßig erachtet.

Inzwischen hatte der Polizeichef ein Schriftstück entfaltet, das mit schweren Siegeln versehen war. Mit hocherhobener Stimme begann er endlich, den Text zu verlesen.

»Befehl des Muzir und Präsidenten der Polizeibehörde:

Ab sofort wird für jede Überfahrt von Konstantinopel nach Scutari und umgekehrt eine Gebühr von zehn Paras pro Person erhoben. Die Gebühr gilt für die Benutzer sämtlicher Typen von Wasserfahrzeugen. Verstöße gegen diese Verordnung werden mit Haft und Geldstrafen geahndet.

Gegeben im Palast am sechzehnten des Monats.

Gezeichnet: Der Muzir.«

Die Unzufriedenheit der Zuhörer machte sich in erregtem Geflüster Luft.

»Wie? Schon wieder eine neue Steuer?« rief ein Anhänger der alttürkischen Partei. Er war höchst aufgebracht, obwohl er doch schon längst an dergleichen Willkürakte des Padischah gewohnt sein mußte.

»Zehn Paras! Dafür bekomme ich ja eine Tasse Kaffee!« jammerte ein anderer.

Der Polizeichef blieb ungerührt. Er wußte eines nur zu gut:

Hier wie überall in der Welt würde man zunächst kräftig schimpfen und dann letzten Endes doch die neue Steuer zahlen.

Der Beamte wollte gerade den Platz verlassen, als ihm Keraban in den Weg trat und barschen Tones sagte:

»So, so, Sie wollen also Leute besteuern, die den Bosporus überqueren müssen!«

»Befehl des Muzir«, entgegnete der Polizeichef lakonisch, stutzte dann aber und rief: »Wie! Ausgerechnet der reiche Seigneur Keraban will sich beklagen!«

»Jawohl, der reiche Keraban.«

»Und darf man nach Ihrem Ergehen fragen?«

»Mir geht es ausgezeichnet... genau so ausgezeichnet wie Ihrem Steuereinnehmer. Übrigens... ist der Erlaß schon in Kraft getreten?«

»Zweifellos... mit dem Augenblick der Bekanntgabe.«

»Und wenn ich nun heute abend nach Scutari hinüberfahren will... zu meiner Villa... in meinem Kajik... so wie ich es Tag für Tag tue...«

»... zahlen Sie zehn Paras.«

»Und wenn ich morgens herüberkomme und abends heimfahre?«

»... kostet es zwanzig Paras pro Tag, eine Bagatelle bei Ihrer Wohlhabenheit.«

»Was Sie nicht sagen!«

»Mein Herr ist dabei, sich eine böse Sache einzubrocken«, sagte Nizib leise zu Bruno.

»Er wird ja doch nachgeben müssen«, flüsterte Bruno zurück.

»Nachgeben? Da unterschätzen Sie meinen Herrn«, entgegnete Nizib.

Keraban hatte sich inzwischen mit gekreuzten Armen vor den Polizeichef postiert. Auge in Auge mit der Obrigkeit begann er den Disput von neuem, wobei seine scharfe Stimme ein Höchstmaß von Gereiztheit verriet.

»Nun hören Sie mir einmal gut zu«, begann er. »Dieser Mann hier ist mein Bootsführer, und er hat mir gerade mitgeteilt, daß mein Kajik zur Abfahrt bereit ist. Außerdem werde ich meinen Freund, den Herrn Van Mitten, sowie seinen und meinen Diener ebenfalls mitnehmen, ohne auch nur...«

»Macht vierzig Paras«, sagte der Polizeichef. »Und ich kann nur immer wiederholen, daß Sie doch über ausreichende Mittel verfügen, um die Gebühr zu bezahlen.«

»Und ob!« schrie Keraban. »Wenn ich Lust dazu habe, kann ich auch hundert, tausend, hunderttausend oder auch fünfhunderttausend Paras zahlen. Aber ich habe keine Lust... und ich fahre trotzdem hinüber.«

»Es tut mir leid, dem Seigneur Keraban Ungelegenheiten machen zu müssen, aber ich kann die Erlaubnis zur Überfahrt erst erteilen, wenn die Gebühr erlegt ist«, sagte der Polizeichef.

»Keraban wird fahren ohne zu zahlen.«

»Nein!«

»Doch!« schrie Keraban und steuerte auf den Anlegeplatz zu. Aber noch ehe er dort angekommen war, hatten ihn die Wachen umzingelt, und er mußte umkehren.

»Wehe, wenn mich einer von euch Kerlen auch nur mit der Fingerspitze anrührt!« schrie Keraban und fuchtelte wild mit den Armen in der Luft herum. »Und das schwöre ich euch beim Barte des Propheten: Ich komme über den Bosporus, ohne einen einzigen Para einzubüßen.«

»Schon möglich; aber nur auf dem Umweg über das Gefängnis«, warf der Polizeichef ein, dessen Gemüt allmählich auch in Wallung geriet, »und eine hübsche Summe werden Sie obendrein zahlen, um wieder aus dem Gefängnis herauszukommen.«

»Und ich fahre doch nach Scutari!«

»Aber nicht über den Bosporus; und einen anderen Weg gibt es nicht.«

»Das glauben Sie vielleicht! Passen Sie nur gut auf: Ich komme drüben an und habe doch keinen Para bezahlt!«

»Das möchte ich sehen!«

»Werden Sie auch...und wenn ich dafür das ganze Schwarze Meer umrunden müßte.«

»Siebenhundert Meilen... wegen zehn Paras!« Der Polizeichef zuckte verständnislos mit den Schultern.

»Siebenhundert Meilen, jawohl, oder tausend, und meinetwegen auch zehntausend... und wenn es sich bloß um fünf oder auch nur einen Para handelte!«

»Lieber Freund, so hören Sie doch...«, begann Van Mitten wiederum.

»Und ich sage Ihnen noch einmal: Das ist allein meine Sache«, entgegnete Keraban ärgerlich, denn nichts war ihm mehr zuwider als eine Einmischung Dritter.

»Hui, der hat es aber meinem Herrn gegeben«, flüsterte Bruno.

»Und ich werde durch die ganze Türkei fahren, die Krim hinauf, über den Kaukasus, quer durch Anatolien, und dann bin ich wieder in Scutari, und ihr habt mir nicht einen Para aus der Tasche stehlen können!« schrie Keraban.

»Lieber Freund«, begann Van Mitten noch einmal; doch vergebens, den vollkommen starrköpfigen Mann brachte im Augenblick niemand zur Vernunft.

»Halten Sie sich endlich aus der Sache heraus«, rief Keraban zornbebend. »Diese neue Steuer ist durch nichts gerechtfertigt, und solchen reinen Schikanen darf man sich nicht einfach fügen. Nein, niemals hätte unsere frühere Regierung gewagt, die Kajiks im Bosporus zu besteuern, nie!«

»Und Sie werden lachen, die neue Regierung wagt es, denn sie braucht Geld!« schrie der Polizeichef dazwischen.

»Das werden wir ja sehen!« brüllte Keraban zurück.

»Wachen!« rief der Polizeichef. »Ihr seid mir dafür verantwortlich, daß niemand ein Schiff besteigt, ehe er nicht die Gebühr bezahlt hat.«

»Nun kommen Sie endlich, Van Mitten«, sagte Keraban und stampfte ungeduldig mit dem Fuß auf, »und Sie auch, Bruno – marsch, Nizib, das Boot wartet!«

»Das macht vierzig Paras«, sagte der Polizeichef.

»Vielleicht vierzig Stockhiebe«, schrie Keraban wutschäumend.

»Wir werden ja sehen...«, entgegnete der Polizeichef.

»Und sogar gleich!« schrie Keraban zurück. »Wir reisen noch heute abend ab!«

»Verteufelt!« stöhnte Yarhud, der zusammen mit Scarpante den Streit von Anfang bis zu Ende verfolgt hatte. »Das hat uns noch gefehlt. Unser schöner Plan wird vollkommen über den Haufen geworfen.«

»Kann schon sein«, meinte Scarpante. »Wenn der Starrkopf seinen Plan wirklich ausführt, muß er über Odessa fahren, und es wäre gut möglich, daß er die jungen Leute bei der Gelegenheit schnell trauen läßt.«

Van Mitten sann inzwischen verzweifelt nach, wie er den Freund noch zur Vernunft bringen könnte. Doch kaum hatte er den Mund geöffnet, da schnitt ihm Keraban schon mit einer Handbewegung das Wort ab.

»Was wird nun aus der Hochzeit Ihres Neffen?« wagte Van Mitten gerade noch zu fragen.

»Die findet irgendwann statt.«

Scarpante zog Yarhud beiseite.

»Wir dürfen keinen Augenblick mehr verlieren«, flüsterte er seinem Komplizen ins Ohr.

»Morgen früh nehme ich den Zug nach Odessa«, versprach der Kapitän und verschwand in der Menschenmenge.

Keraban indessen wendete sich brüsk zu seinem Diener um.

»Nizib?«

»Sie befehlen, Herr?«

»Folge mir ins Kontor!«

»Ins Kontor.«

»Sie auch, Van Mitten«, setzte Keraban hinzu.

»Ich?«

»Ja, natürlich... und Sie auch, Bruno.«

»Ich möchte aber lieber...«, stotterte Van Mitten.

»Nichts da, wir reisen alle gemeinsam ab.«

»Höre ich recht?« sagte Bruno entsetzt.

»Sie müssen doch zugeben, daß ich Sie zum Abendessen nach Scutari eingeladen habe«, sagte Keraban zu Van Mitten. »Und bei unserem Propheten, Sie werden auch bei mir in Scutari speisen... um unsere Rückkehr zu feiern«, setzte er hinzu.

»Das wird doch frühestens... ?«

»...frühestens in einem Monat sein, vielleicht auch in einem Jahr oder meinetwegen in zehn Jahren. Jedenfalls haben Sie meine Einladung angenommen, und nun müssen Sie auch kommen«, schloß Keraban. Sein Tonfall erstickte jeden weiteren Einwand.

»Na, das Essen wird ziemlich kalt werden«, knurrte Bruno wütend.

»Diesem Teufelskerl kann man einfach nicht widerstehen«, sagte Van Mitten, zu seinem Diener gewendet.

Bruno horchte auf.

»Sie wollen doch nicht etwa bei dieser Torheit mitmachen?« erkundigte er sich besorgt.

»Ach, Bruno, es ist doch gleichgültig, ob ich in Konstantinopel oder anderswo bin. Hauptsache, ich muß nicht in Rotterdam sein.«

»Aber...«

»Und da ich nicht umhin kann, meinen Freund zu begleiten, wirst du nicht umhin kommen, mich zu begleiten.«

»Eine schöne Geschichte!«

»Kommen Sie doch endlich!« drängte Keraban, wendete sich aber im Fortgehen noch einmal zu dem Polizeioffizier um, der ein spöttisches Lächeln aufgesetzt hatte.

»Ich reise ab!« schrie er drohend. »Und wenn Sie kopfstehen: Ich komme nach Scutari, ohne den Bosporus zu überqueren.«

»Es wird mir ein Vergnügen sein, Ihrer Ankunft in Scutari beizuwohnen«, entgegnete der Offizier höhnisch.

»Und ich kann es gar nicht erwarten, Ihnen dort drüben wiederzubegegnen«, spöttelte Keraban.

»Aber ich warne Sie«, fuhr der Offizier in eisigem Ton fort, »wenn die Steuerverordnung dann noch in Kraft ist, lasse ich Sie doch nur gegen Entrichtung von zehn Paras über den Bosporus nach Konstantinopel zurückkehren!«

»Ich reise ab, und wenn Sie kopfstehen!«

»Und wenn die Verordnung noch in Kraft ist, werde ich auch hierher zurückkommen, ohne einen Para zu zahlen«, entgegnete Keraban nicht weniger bissig.

Sprach es, ergriff Van Mitten beim Arm, gab den Dienern ein Handzeichen und tauchte in der Menschenmenge unter, die den tapferen Verteidiger alttürkischer Rechte mit Beifall empfing.

Im gleichen Augenblick dröhnte in der Ferne ein Kanonenschuß. Die Sonne war am Horizont des Marmarameeres versunken, und die Untertanen des Padischah durften sich endlich für die Entbehrungen des langen Fastentages entschädigen.

Das eben noch so stille Konstantinopel erwachte schlagartig zu überschäumendem Leben. Freudenrufe erschollen in allen Plätzen und Gassen, Zigaretten, Tschibuks und Nargilehs wurden sogleich in Brand gesetzt, und wenige Minuten nach dem Signal war die Luft von betörendem Tabakduft erfüllt. Cafés und Restaurants quollen bald über von hungrigen und durstigen Gästen, die ungeduldig unter der Unzahl der angebotenen Speisen ihre Wahl trafen. Da gab es Gebratenes aller Art, Yoghurt, Kaimak, eine Art heißer Crème, Kebab, das in dünne Scheiben geschnittene Hammelfleisch, Baklava-Kuchen, ganz heiß aus dem Backofen, Reiskuchen in Weinblättern, gesottenen Mais, Fäßchen voll schwarzer Oliven oder Kaviar, Hühnerpilaw, Honigkuchen, Sirup, Sorbet, Eis und, natürlich, Kaffee. Über den Herrlichkeiten hingen an Kupferketten kleine Lampen, die jedesmal hin- und herschwangen, wenn die eiligen Wirte daranstießen.

Und plötzlich war auch das eben noch so finstere Konstantinopel in ein strahlendes Lichtermeer verwandelt. Die Hagia Sophia, die Suleimanieh- und die Sultan-Ahmed-Moschee sowie alle anderen wichtigen Kirchen- und Profanbauten erstrahlten im Glanz vielfarbiger Laternen. Leuchtende Spruchbänder mit Korantexten, die zwischen den Minaretten der Moscheen aufgespannt waren, hoben sich vom dunklen Nachthimmel ab. Die auf und ab tanzenden Laternen der zahllosen Boote im Bosporus ließen den Betrachter fast glauben, der Sternenhimmel sei ins

Auf den Minaretten erschienen die Muezzins

Meer gestürzt. Die Paläste und Landhäuser auf beiden Ufern und Scutari, das alte Chrysopolis, mit seinen übereinander getürmten Gebäuden bildeten lange Lichterketten, die sich in den Wassern des Bosporus widerspiegelten.

Aus der Ferne drang Musik herüber. In den Klang von Tamburin, Gitarre, Taburka, Rabel und Flöte mischten sich psalmodierende Stimmen. Hoch oben auf den Minaretten ließen die Muezzins über der festlich strahlenden Stadt den letzten Teil des Abendgebetes erschallen, der in drei immer wiederkehrenden Tönen gesungen wurde und nur aus drei Worten, einem türkischen und zwei arabischen, bestand. »Allah, hoekk kebir«, sangen sie – »Gott, großer Gott«!

Fünftes Kapitel

in welchem Keraban Konstantinopel verläßt und gleichzeitig seine ganz persönliche Auffassung vom Reisen durchsetzt

Die europäische Türkei umfaßt heutzutage drei Hauptgebiete: Rumelien, das seinerseits aus Thrazien und Mazedonien besteht, Albanien und Thessalien. Dazu kommt noch das tributpflichtige Bulgarien. Weitere Gebiete sind im Vertrag von 1878 verlorengegangen. Das Königreich Rumänien – Moldau, Walachei und Dobrudscha – erlangte genau wie die Fürstentümer Serbien und Montenegro seine Unabhängigkeit, während die Österreicher ganz Bosnien mit Ausnahme des Gebietes von Novi-Bazar in Besitz nahmen.

Wollte Keraban tatsächlich das ganze Schwarze Meer, den Pontus Euxinus des Altertums, umkreisen, so mußte er zunächst den Küsten von Rumelien, Bulgarien und Rumänien in nördlicher, beziehungsweise östlicher Richtung folgen. Nach Überschreitung der russischen Grenze würde der Weg durch Bessarabien und die Krim bis hin zum Kaukasus und hinüber nach Transkaukasien führen, um schließlich, nach Umrundung der Ostküste, wieder auf die Grenze des ottomanischen Reiches zu stoßen. Über die ottomanische Südküste des Schwarzen Meeres würde der eigensinnigste aller Untertanen des Padischah schließlich in Scutari am Bosporus ankommen, ohne auch nur einen einzigen Para für die Staatskasse erlegt zu haben.

Grob geschätzt betrug die ganze Strecke etwa sechshundertundfünfzig türkische ›Agatsch‹, was etwa zweitausendfünfhundert Kilometern entspricht oder auch siebenhundert ottomanischen Meilen, wobei eine Meile die Distanz ausmacht, die ein Pferd durchschnittlich in der Stunde zurücklegt.

Allerdings hätte die Reise, für die mindestens fünfundvierzig Tage veranschlagt werden mußten, doch weit schneller bewältigt werden können. Man brauchte sich ja nur der schnellen Eisenbahnverbindungen um das Schwarze Meer zu bedienen. Wenn das Liniennetz auch nicht vollständig war, so konnte man doch auf dem Schienenweg, von einigen Unterbrechungen abgesehen, über Rumänien und Südrußland bis zum Kaukasus gelangen. Selbst jenseits des Gebirges existierte schon die Linie Tiflis-Poti, und von dort war es nicht mehr weit bis zur türkischen Grenze. Hier wurden die Verhältnisse allerdings schwierig: Erst ab Brussa gab es wieder eine Eisenbahn, aber diese Linie führte dann auch gleich bis nach Scutari.

Doch wozu diese Spekulationen! Niemals würde der Seigneur Keraban, Alttürke reinsten Wassers und seit vierzig Jahren unermüdlicher Kämpfer wider den technischen Fortschritt, freiwillig seinen Fuß in ein Eisenbahnabteil setzen!

Wir wollen nicht verschweigen, daß es über diesen Punkt im Kontor des Handelshauses Keraban zu einer kleinen Auseinandersetzung zwischen Jan Van Mitten und seinem Gastgeber kam. Als der Holländer die Eisenbahn ins Gespräch gebracht hatte, war Kerabans Antwort darauf nur ein verächtliches Schulterzucken.

»Ich habe ›nein‹ gesagt, und dabei bleibt es«, sagte er schließlich aufgebracht. »Muß ich Sie immer wieder daran erinnern, daß Sie mein Gast sind? Ich trage die volle Verantwortung für Ihre Person, und Sie haben nichts weiter zu tun, als mit sich geschehen zu lassen, was ich anordne.«

Van Mitten gab sich noch immer nicht geschlagen.

»Vielleicht gibt es doch noch einen kürzeren Weg nach Scutari, bei dem wir ebenfalls den Bosporus meiden könnten«, begann er zaghaft.

»Und der wäre?« fragte Keraban stirnrunzelnd. Immerhin setzte er hinzu: »Wenn er mir gefällt, bin ich einverstanden; wenn nicht, wird nichts daraus.«

»Nun denn«, sagte Van Mitten vorsichtig, »ich schlage vor, wir fahren zum nächstgelegenen Schwarzmeer-Hafen, mieten uns ein Dampfboot...«

»Dampfboot!« schrie Keraban empört. Das bloße Wort ›Dampf‹ versetzte ihn schon in Wut.

»Ich ... ich meine ja nur, wir nehmen ein Boot, irgendeines«, stammelte Van Mitten, »so ein einfaches Segelboot oder eine Tartane, und damit steuern wir einen anatolischen Hafen an, zum Beispiel Kirpih. Und dann dauert es nur noch einen Tag, bis wir, zu Lande, Scutari erreicht haben und in Ihrem Hause auf die hochwohllöbliche Gesundheit des Muzirs trinken können.«

Diesmal hatte Keraban den Freund ausreden lassen. Schon hoffte Van Mitten, sein Vorschlag hätte Gnade gefunden; doch weit gefehlt. Bereits während der letzten Worte des Holländers hatten Kerabans Augen gefährlich aufgeblitzt, jetzt zuckten sogar seine Finger und schlossen sich zur Faust. Und dann brach es aus ihm heraus:

»Höre ich recht? Sie, mein Freund, Sie raten mir, den Weg über das Schwarze Meer zu nehmen? Ist Ihnen schon einmal das Wort ›Seekrankheit‹ zu Ohren gekommen?«

»Gewiß doch, lieber Freund.«

»Aber an Ihrem eigenen Körper haben Sie wohl das Übel noch nie erfahren?«

»Allerdings nicht. Doch ich meine, die Überfahrt ist so kurz...«

»Ich höre immer ›kurze Überfahrt‹!«

»Es sind doch nur sechzig Meilen.«

»Sechzig Meilen! Und wären es auch nur fünfzig oder meinetwegen zwanzig, ja selbst zwei Meilen wären für mich zu viel! Haben Sie mich gut verstanden?«

»Ja, aber überlegen Sie doch nur...«

»Überlegen! Jetzt will ich Sie einmal etwas fragen: Kennen Sie den Bosporus?«

»Ja.«

»Dann wissen Sie auch, daß er bis nach Scutari hinüber kaum eine halbe Meile breit ist.«

»Ganz recht.«

»Und wenn ich Ihnen jetzt sage, daß schon die kleinste Brise genügt, um mich bei der Überfahrt seekrank zu machen...«

»Seekrank?«

»Sie hören richtig. Die Seekrankheit befällt mich auf jedem Wassertümpel, mir wird fast noch in der Badewanne übel. Und da wagen Sie es, mir den Seeweg zu empfehlen! Reden von Segelbooten, Tartanen oder wie die widerwärtigen Wasserfahrzeuge sonst noch heißen mögen. Das hätte ich von einem Freund nicht erwartet!«

Es versteht sich von selbst, daß Jan Van Mitten das Thema der Überfahrt zu Wasser ein für allemal fallenließ.

Und was nun? Die Verkehrsverhältnisse in der eigentlichen Türkei waren recht schwierig, wenn auch nicht hoffnungslos. Auf den Hauptstraßen gab es immerhin Stationen, an denen man die Pferde vor dem eigenen Wagen auswechseln konnte. Manche Leute benutzten auch ihr eigenes Reitpferd, wobei es sich empfahl, Proviant, ein Zelt, einen kleinen Kochherd und auch einen ortskundigen Führer mitzunehmen. Andere wieder schlossen sich den Kurieren an, die den Postdienst versahen. Dabei mußte man sehr schnell sein, denn die Kuriere hatten einen knapp bemessenen Zeitplan einzuhalten.

Selbstverständlich hatte Keraban nicht die Absicht, auf dem Pferderücken das Schwarze Meer zu umrunden. Schnell mochte er nicht gerade ans Ziel gelangen, auf jeden Fall aber mit Komfort!

Im übrigen waren Schnelligkeit und Komfort nur eine Frage des Geldes, und Geldfragen konnten einen Kaufmann aus Galata kaum in Verlegenheit bringen.

Van Mitten gab sich geschlagen. Müde fragte er nur noch:

»Und womit wollen wir überhaupt fortkommen?«

»Mit meiner Kutsche.«

»Und Ihren eigenen Pferden?«

»Natürlich nicht. Wir nehmen Postpferde.«

»Vorausgesetzt, sie sind an allen Poststationen zu bekommen. Die Strecke ist doch recht lang.«

»Keine Sorge, Keraban bekommt Pferde, wo und wann er will.«

»Das wird Sie ein schönes Stück Geld kosten.«

»Es wird kosten, was es eben kostet; nicht mehr und nicht weniger.«

»Ich schätze die Unkosten auf tausend türkische Pfund, wenn nicht gar fünfzehnhundert«, spekulierte Van Mitten.

»Und wenn schon! Meinetwegen soll es mehrere tausend Pfund kosten oder auch eine Million«, knurrte Keraban, Und er fügte hinzu: »Ich hoffe, Sie wollen nicht noch mehr Einwände machen.«

»Gewiß nicht«, versicherte Van Mitten.

»Ihr Glück!«

Keraban sprach so gereizt, daß Van Mitten die Diskussion nicht weiterzuführen wagte. Nur eines bedrückte ihn so sehr, daß er doch noch einmal das Reisethema aufgreifen mußte.

»Lieber Freund«, begann er zaghaft, »ich muß gestehen, daß ich zwar eine größere Geldanweisung aus Rotterdam erwarte, im Augenblick aber keineswegs über Mittel verfüge, eine derartig weite Reise...« An dieser Stelle unterbrach ihn sein Gastgeber mit der Versicherung, daß natürlich alle Unkosten zu Lasten des Handelshauses Keraban gingen. Van Mitten sei schließlich von ihm zu der Reise eingeladen worden, und im übrigen sei es nicht seine Gewohnheit, Gäste des Hauses Keraban für sich selbst aufkommen zu lassen und so weiter, und so fort.

Auf dieses ›Und-so-weiter‹ hin schwieg der Holländer endgültig, und er tat gut daran.

Das übliche türkische Fahrzeug alten Stils war die ›Araba‹, ein Wagen, der meist von Ochsen gezogen wurde. Keraban besaß jedoch eine altmodische Kutsche englischer Herkunft, die bereits auf der Reise nach Rotterdam ihre große Bewährungsprobe bestanden hatte und jetzt in tadellosem Zustand in der Remise bereitstand.

Die Kutsche bot drei bis vier Fahrgästen bequem Raum. Vorn, zwischen den Schwanenhalsfedern, war an der eigentlichen Kutsche ein mächtiger Kasten für Proviant und Gepäck angebracht. Über einem zweiten Gepäckkasten zwischen den Hinterrädern befand sich ein zweisitziges Kabriolett für die mitreisenden

Diener. Einen Extrasitz für den Kutscher gab es allerdings nicht; der Wagenführer mußte auf einem der Zugpferde reiten.

Das altertümliche Gefährt mochte einem Kenner des modernen Wagenbaus vielleicht ein Lächeln abnötigen, immerhin aber war es sehr solide gebaut und hatte vor allem kräftige Achsen und Räder mit breiten Felgen und dichtstehenden Speichen. Dazu kam eine ausgezeichnete Federung, die auch heftige Stöße auf entlegenen primitiven Landstraßen auffangen konnte; kurz und gut, der Wagen hätte unsere Reisegesellschaft auch ohne Schwierigkeiten bis nach China befördert. Aber glücklicherweise reichte das Schwarze Meer nicht bis zur Küste des Stillen Ozeans; sonst wäre Jan Van Mitten nicht einmal die Bekanntschaft mit dem Reich der Mitte erspart geblieben.

Zwar sollte die Abreise noch nicht am selben Abend vonstatten gehen, wie es Keraban in der Hitze des Wortgefechtes mit dem Polizeichef verkündet hatte, aber am nächsten Morgen wollte man doch schon in aller Frühe aufbrechen.

Keraban und seinen Gästen blieb also nur eine Nacht für die unvermeidlichen Reisevorbereitungen. Die Angestellten des Kontors, die nach den langen Fastenstunden des Tages gerade hungrig in die Cafés aufbrechen wollten, wurden zurückgehalten, und Nizib, der sich in solchen Ausnahmesituationen stets als sehr nützlich erwies, hatte alle Hände voll zu tun.

Die beiden Holländer waren am Morgen im Hotel ›Pesth‹ in der Hauptstraße des Stadtteils Pera abgestiegen. Bruno sollte nun sogleich das Gepäck von dort abholen, während Van Mitten nicht wagte, auch nur einen Schritt aus dem Gesichtsfeld seines gestrengen Gastgebers zu tun.

»Es ist also unvermeidlich?« sagte Bruno leise zu seinem Herrn, ehe er das Kontor verließ.

»Wie könnte es bei einem so starrköpfigen Freund anders sein!« seufzte Van Mitten.

»Und wir sollen das ganze Schwarze Meer umkreisen?«

»Ja; es sei denn, Freund Keraban läßt sich noch umstimmen, was ich allerdings für ausgeschlossen halte.«

»Ich fürchte, Sie haben recht, gnädiger Herr«, sagte Bruno traurig. »Auf unseren Jahrmärkten habe ich schon oft Türken gesehen, denen man zum Spaß auf den harten Schädel klopfen durfte, aber der Seigneur Keraban ist dickschädliger als alle diese Burschen zusammengenommen.«

»Du solltest von meinem Freund respektvoller reden, Bruno, aber du hast schon recht: An diesem eisenharten Schädel würde man sich nur die Faust zerschlagen, und darauf möchte ich es nicht ankommen lassen.«

»Und ich hatte wirklich auf ein wenig Erholung in Konstantinopel gehofft«, jammerte Bruno. »Sie wissen doch, gnädiger Herr, ich... und reisen...«

»Irrtum, Bruno, wer spricht denn vom Reisen? Wir begleiten lediglich den Seigneur Keraban zu seinem Landhaus in Scutari – wenn auch auf einem gewissen Umweg.«

Diese Betrachtungsweise des Dilemmas war vielleicht originell, aber Bruno konnte sie nicht trösten.

Der Diener haßte Reisen in jeglicher Form, und nun sollte er Wochen, wenn nicht gar Monate unterwegs sein und immer neue Länder durchqueren, die ihn gar nichts angingen, dafür aber eine Unzahl von Unbequemlichkeiten bereithielten, die ihn um so mehr angingen. Denn eines sah er mit Sicherheit voraus: Die schreckliche Reise würde an seinen kostbaren einhundertundsechzig Pfund Lebendgewicht zehren; er würde abmagern!

Und so stimmte er wieder sein altbekanntes Klagelied an.

»Gnädiger Herr, das kann nicht gut ausgehen«, jammerte er, »Sie laufen geradenwegs in Ihr Unglück...«

»Das werden wir ja sehen«, erwiderte Van Mitten lakonisch. »Du holst jedenfalls unser Gepäck. Ich werde inzwischen ein Reisehandbuch und ein Notizheft besorgen. Im übrigen kannst du dich beruhigen: Wir kommen ja wieder hierher zurück, und dann ist immer noch Zeit für ein wenig Erholung.«

»Und wann wird das sein?«

»Wenn wir das Schwarze Meer umrundet haben, wie es uns nun einmal bestimmt zu sein scheint.«

So viel Schicksalsergebenheit hätte einem Muselmann wohl angestanden, aber Van Mitten war Holländer! Kopfschüttelnd machte sich Bruno auf den Weg ins Hotel. Nein, diese verrückte Reise konnte einfach nicht gut ausgehen!

Zwei Stunden später kehrte er in Kerabans Kontor zurück, und er brachte auch gleich mehrere Lastträger mit. Die Männer, alles Einheimische, trugen Filzgewänder, wollene Strümpfe, kräftige Schuhe und auf dem Kopf den seidengestickten bunten ›Kalah‹. Ihre offenen Traggestelle waren mit kräftigen Gurten auf dem Rücken befestigt. Mit einem Wort, Bruno hatte echte ›Hammah‹ angeheuert, die Théophile Gautier so treffend ›zweibeinige höckerlose Kamele‹ nannte. Genaugenommen hatten sie sogar den Höcker – eine Rückgratverkrümmung als Folge des ständigen Lastenschleppens.

Bald hatten die Träger alle Gepäckstücke im Hof des Kontors aufgestapelt. Dann wurde die Kutsche aus der Remise gezogen, und das Einladen konnte beginnen.

Inzwischen traf Keraban als gewissenhafter Geschäftsmann eine Reihe wichtiger Anordnungen. Er kontrollierte den Kassenbestand und das Kassenbuch, gab dem Buchhalter die nötigen Anweisungen, schrieb ein paar Briefe und versorgte sich schließlich mit einer ansehnlichen Geldsumme – übrigens in Goldstükken, denn das Papiergeld war im Jahre 1862 entwertet worden. Für den Reiseabschnitt entlang der Nordküste des Schwarzen Meeres würde man auch russisches Geld brauchen. Aber den Umtausch der türkischen Pfunde in russische konnte auch der Bankier Selim besorgen, denn die Reiseroute führte über Odessa.

Die Reisevorbereitungen waren schnell beendet. Im Kutschkasten hatte man reichlich Proviant untergebracht, und ein paar Waffen waren im Coupé selbst verstaut – es war besser, für unliebsame Zwischenfälle gerüstet zu sein. Und natürlich fehlten auch die Wasserpfeifen nicht im Reisegepäck – unentbehrliche Utensilien für einen Türken und Tabakhändler obendrein. Keraban führte gleich zwei Exemplare mit, eines für sich, das andere für den holländischen Freund.

Bruno brachte mehrere Lastträger mit

Die Pferde waren schließlich auch bestellt, so daß noch etwas Zeit für eine Mahlzeit und ein wenig Schlaf übrigblieb.

Beim Morgengrauen gab Keraban selbst das Zeichen zum Aufstehen. In Windeseile schlüpfte jedermann in die Reisekleider, denn draußen wartete bereits die Kutsche. Selbst der Kutscher saß schon im Sattel.

Keraban gab seinen Leuten im Kontor rasch noch die allerletzten Anweisungen, während Van Mitten, Bruno und Nizib schweigend draußen im großen Hof warteten.

»Sie sind also unwiderruflich zur Abreise entschlossen?« fragte Van Mitten noch einmal den heraustretenden Keraban.

Statt zu antworten wies Keraban mit der Hand auf die weit geöffnete Wagentür.

Van Mitten verbeugte sich kurz, erklomm den Wagentritt und setzte sich auf den linken Platz im Coupé. Keraban ließ sich auf dem rechten Sitz nieder. Nizib und Bruno kletterten indessen hinauf in das Dienerkabriolett.

»Halt! Mein Brief!« rief Keraban in dem Augenblick, als die Kutsche den Hof verlassen wollte. Er ließ das Fenster herab, reichte einem der herbeieilenden Angestellten den Brief und befahl, das Schriftstück sofort zur Post zu bringen.

Es handelte sich um eine Anweisung für den Koch in der Villa in Scutari. Der knappe Text lautete:

»Abendessen bis zu meiner Rückkehr aufschieben. Speisenfolge ändern: 1.) Yoghurt, 2.) gewürzte Lammkeule, nicht zu scharf gebraten.«

Endlich setzte sich die Kutsche in Bewegung. Sie rollte durch die stillen Vorstadtstraßen, passierte die ›Brücke der Sultanin Valide‹ und verließ die Stadt durch die Jeni-Kapussi, das ›Neue Tor‹.

Sechstes Kapitel

in welchem die Reisenden im Donau-Delta

auf Schwierigkeiten stoßen

Die europäische Türkei war verwaltungsmäßig in ›Vilajets‹ eingeteilt, die etwa den französischen Departements entsprachen. Oberhaupt war hier der ›Vali‹, der vom Sultan selbst ernannt wurde. Jedes ›Vilajet‹ bestand aus mehreren Kreisen oder ›Sandjaks‹, die von einem ›Mustesarif‹ verwaltet wurden und ihrerseits in Bezirke oder ›Kazas‹ unterteilt waren, deren Oberhaupt ›Kaimakan‹ genannt wurde. Die kleinste Verwaltungseinheit bildete schließlich die Gemeinde, in der ein ›Mudir‹ oder selbstgewählter Bürgermeister regierte.

Das türkische Verwaltungssystem war also dem französischen in vieler Hinsicht ähnlich.

Keraban mußte zwar auf dem Wege zur russischen Grenze Rumelien durchqueren; da die Straße aber fast immer dicht an der Schwarzmeerküste entlanglief, hoffte er, nur wenig von den Behörden der rumelischen Vilajets belästigt zu werden.

Das Wetter war herrlich. Eine frische Meeresbrise sorgte für willkommene Abkühlung, und die Kutsche rollte unbehindert durch die weite flache Landschaft. Zu beiden Seiten der Straße lagen Mais-, Gersten- und Roggenfelder, gelegentlich unterbrochen von Weingärten, die hier prächtig gediehen. Ab und zu traf man auch auf schöne Wälder mit Eichen-, Buchen-, Weiden- oder Birkenbestand. Daneben gab es vereinzelt Gruppen von Platanen, Judasbäumen, Lorbeerbüschen, Feigen- und Johannisbrotbäumen und, in Küstennähe, dieselben Granat- und Olivenbäume, die wir aus Südeuropa kennen.

Verfolgen wir einmal die Reiseroute: Kurz hinter Konstantinopel war die Kutsche auf die Straße nach Schumla eingeschwenkt, die wiederum eine Abzweigung nach Kirk-Kilisse und

Die Nachtfahrt ging über kurvenreiche Straßen

Adrianopel hat. Die Straße läuft meist parallel zur Eisenbahnlinie, kreuzt aber auch mehrmals den Schienenstrang.

Einmal raste ein Zug an der Kutsche vorüber. Einer der Zuginsassen zuckte zusammen, reckte den Kopf aus dem Fenster und sah gerade noch Kerabans Gefährt, das in raschem Tempo die Straße entlangrollte.

Dennoch konnte der Reisende, der niemand anders als Kapitän Yarhud war, damit rechnen, lange vor Ahmets Onkel in Odessa einzutreffen.

Van Mitten machte seinen Gastgeber auf den vorüberbrausenden Zug aufmerksam.

Kerabans Antwort war ein verächtliches Schulterzucken.

»Sehen Sie doch nur, wie schnell man mit der Eisenbahn ans Ziel gelangt!« rief Van Mitten.

»Vorausgesetzt, man kommt lebendig an«, erwiderte Keraban, und damit war das Thema beendet.

Während des ersten Reisetages wurde keine einzige Stunde verschenkt. Kerabans praller Geldbeutel sorgte dafür, daß es auf den Poststationen beim Pferdewechsel niemals Schwierigkeiten gab. Die Pferde schienen fast wie ihre Kutscher danach zu drängen, dem reichen großzügigen Keraban dienen zu dürfen.

Bei Nachtanbruch, als das Tal von Galata bereits hinter den Reisenden lag, ließ Keraban die Fahrt für kurze Zeit in einem kleinen Marktflecken unterbrechen. Die Mundvorräte im Kutschkasten sollten noch aufgespart werden, und so nahm man in einem einfachen Gasthaus eine leidlich gute Mahlzeit ein. Eine Stunde später rollte die Kutsche bereits weiter.

Bruno schauderte bei der Aussicht, die Nacht in dem engen Gehäuse dort oben auf der Kutsche verbringen zu müssen. Nizib aber nahm diese Unbill gleichmütig hin. Es dauerte nicht lange, da schlummerte er ein, und seine tiefen Atemzüge wirkten so ansteckend, daß auch sein holländischer Gefährte bald in Schlaf fiel.

Die Nachtfahrt ging über kurvenreiche Straßen, die sich zwischen steilen Abhängen und sumpfigen Talmulden hindurchwanden. Am nächsten Tag wurde in Kirk-Kilisse, was ›Vierzig Kirchen‹ bedeutet, eine Nachtruhe eingelegt.

Zwei Tage später, am 20. August, rollte der Reisewagen am Fuße der Balkanausläufer entlang über bulgarischen Boden.

Die Reise wurde jetzt beschwerlicher. In den feuchten Tälern oder Wäldern, deren Untergrund durch üppig wuchernde Sumpfpflanzen fast unwegbar geworden war, kam die Kutsche nur langsam voran. Vor den Pferdehufen stoben Tausende langschwänziger Enten davon, und Scharen von Schnepfen flüchteten aus ihren Schlupflöchern im leichtgewellten Boden.

Viel kostbare Zeit ging auch wieder verloren, als die Kutsche über den Gebirgskamm hinwegklettern mußte, um ins Dobrudscha-Tal zu gelangen. Die Abhänge waren nahezu unpassierbar und die Straßenbiegungen so scharf, daß oft genug nicht alle Pferde gleichzeitig anziehen konnten. Dazu kamen Hohlwege, die vielleicht noch einem Reiter, aber kaum einer behäbigen Kutsche Raum boten.

Bei jedem Zwischenfall wurde Keraban übler gelaunt. Immer wieder wurden die Pferde ausgespannt und die Räder mit Hemmschuhen versehen, damit der festgefahrene Wagen überhaupt weiterbewegt werden konnte. Um das Maß vollzumachen, mußten auch noch die Taschen der Kutscher mit zahllosen Piastern gefüllt werden, denn die Leute drohten alle Augenblicke mit der Umkehr.

Der Seigneur Keraban hatte wahrhaftig Grund, gegen die neue Regierung zu wettern. Waren nicht die Herren in Konstantinopel schuld an dem schlechten Zustand der Provinzstraßen? Ja, wenn es darum ging, neue Zölle und Steuern zu ersinnen, da war der Diwan gleich am Werk. Keraban wußte davon ein Liedchen zu singen! Zehn Paras für eine Fahrt über den Bosporus, hatte man je so etwas gehört?

Van Mitten beeilte sich, seinem Freund beizupflichten, denn schon der geringste Verdacht auf Widerspruch hätte einen neuen Wutausbruch heraufbeschworen. Um Keraban immer wieder zu beruhigen, gebrauchte der Holländer eine List. Er beteiligte sich an dem Geschimpf über die türkische Regierung und überhaupt alle Regierungen dieser Welt.

»Ich kann mir nicht vorstellen, daß auch in Holland solche Mißstände herrschen«, meinte Keraban.

»Und doch ist es so«, behauptete Van Mitten.

»Und ich sage nein!« entgegnete Keraban. »Derart himmelschreiende Zustände sind nur hierzulande möglich. Hat man in Rotterdam schon jemals gewagt, Kajiks zu besteuern?«

»Wir haben dort gar keine Kajiks.«

»Das ändert aber nichts an der Tatsache!«

»Wie soll ich das verstehen?«

»Ich will damit sagen, daß Ihr König niemals wagen würde, solche Steuern zu erheben, wenn Sie Kajiks hätten. Wollen Sie etwa behaupten, unsere Jungtürken-Regierung wäre gar nicht die übelste der Welt?«

»Aber nein, es gibt keine üblere«, sagte Van Mitten rasch, um die neuerdings gefährliche Situation wieder zu entschärfen.

Da der Gesprächston leicht gereizt blieb, hielt er es für das gescheiteste, seine lange holländische Pfeife anzurauchen. Tatsächlich bekam Keraban Lust, seinen Zorn in den Dampfwolken seiner Nargileh zu ersticken. Bald war das Coupé so sehr mit Rauchschwaden gefüllt, daß das Fenster geöffnet werden mußte.

Am Morgen des 22. August war die rumänische Dobrudscha erreicht, und der Zustand der Straßen wurde wieder erträglich.

Dieses Gebiet ist eine Schwarzmeer-Halbinsel, die in einem weiten Bogen der vielarmigen Donau-Mündung liegt und durch den Fluß von der weit größeren Balkan-Halbinsel im Süden getrennt wird.

Dobrudscha, ›gutes Land‹, wird die Region wegen ihrer Fruchtbarkeit genannt. Der Boden gehört demjenigen, der davon Besitz ergreift. Dennoch kann man nicht von einer echten Dobrudscha-Bevölkerung sprechen. Statt dessen gibt es dort viele Tartaren, die das Land mit ihren Viehherden durchstreifen. Nur näher zum Fluß hin sind einige Walachen-Niederlassungen zu finden.

Bald war das Coupé mit Rauchschwaden gefüllt

Der gesamte Landstrich besteht aus zahllosen Ebenen, die durch kaum wahrnehmbare flache Täler voneinander getrennt strecken. In der Dobrudscha gab es weder Steilhänge noch Schluchten, so daß das Reisetempo wieder beschleunigt werden konnte. Die Postmeister hatten hier keinen Grund, wegen einer Überbeanspruchung ihrer Pferde Klage zu führen; und murrten sie dennoch, so geschah es aus liebgewordener Gewohnheit.

Der nächste Tag brachte die Reisegesellschaft bis nach Tultscha in der Moldau. Die Stadt hatte fast vierzigtausend Einwohner, ein buntes Gemisch aus Tscherkessen, Nogais, Persern, Kurden, Türken, Bulgaren, Rumänen, Griechen, Armeniern und Juden. Keraban fand ohne Schwierigkeiten ein angenehmes Quartier. Van Mitten unternahm noch am Abend, natürlich mit der Genehmigung seines Gastgebers, einen Erkundungsgang durch die Stadt. Er gelangte bis zu dem malerischen Amphitheater, das, gegenüber der Schwesternstadt Ismael, über einer Bucht am Nordhang einer Bergkette emporklettert.

Am nächsten Tag setzte die Reisegesellschaft ihren Weg durch das Donau-Delta fort.

Über die Bedeutung des Namens ›Donau‹ hat es unter den Wissenschaftlern schon viel Streit gegeben. Kein Wunder also, daß auch zwischen Keraban und Van Mitten eine Diskussion um das Thema entbrannte. Sie brachten alles bisher Bekannte zur Sprache, so, daß die Griechen den Fluß zur Zeit Hesiods Hister oder Ister nannten, daß Caesar als erster den Namen Danubius gebrauchte, der dann von den römischen Heeren weitergetragen wurde, daß der Name im Thrakischen ›wolkig‹ bedeute, daß er aus dem Keltischen, dem Sanskrit, dem Zend oder auch aus dem Griechischen stamme, daß der Professor Bopp mit seinen Behauptungen im Recht und der Professor Windischmann nicht im Unrecht sei, und zuletzt brachte natürlich Keraban seinen Gesprächspartner zum Schweigen, indem er verkündete, das Wort ›Donau‹ sei von dem Zend-Wort ›Asdani‹ abgeleitet und bedeute ›der reizende Fluß‹.

Der Wagen blieb bald im Schlamm stecken

Doch betrachten wir ein wenig den Fluß selbst! Seine Strömung ist außerordentlich schnell, und doch reicht sie nicht aus, um die gewaltigen Wassermassen in den selbstgegrabenen Flußbetten aufzunehmen, so daß man ständig auf Überschwemmungen gefaßt sein muß. Wie zu erwarten, weigerte sich Keraban, diesen Tatsachen Rechnung zu tragen. Eigensinnig ließ er den Wagen quer durch das große Delta lenken.

Gewiß hatte er recht, wenn er meinte, schließlich seien sie nicht die einzigen Lebewesen in dieser Wasserwüste. Zumindest wimmelte es von Enten, Wildgänsen, Ibissen, Schwänen und Pelikanen. Die Vögel gaben der Kutsche auf Schritt und Tritt das Geleit, aber ihnen hatte die Natur Stelzfüße oder Schwimmhäute verliehen, so daß sie sich, im Gegensatz zur Kutsche, mühelos im sumpfigen Boden bewegen konnten.

Der Kutscher warnte Keraban, den eingeschlagenen Weg fortzusetzen. Er wußte, daß es jenseits des Donau-Armes, der bei Sulima ins Schwarze Meer mündet, überhaupt nur noch Sumpfland geben würde. Van Mitten schloß sich den Vorstellungen des Kutschers an, aber Keraban befahl kurz angebunden, immer geradeaus weiterzufahren.

Wie man vorausgesehen hatte, blieb der Wagen bald stecken. Van Mitten erlaubte sich dazu eine vorsichtige Bemerkung.

»Die Landstraßen hier sind nicht in besonders gutem Zustand«, sagte er.

»Sie sind, wie sie sind, das heißt, wie man sie von einer derartigen Regierung erwarten muß«, versetzte Keraban.

»Vielleicht sollten wir umkehren und eine bessere Route suchen?«

»Ganz im Gegenteil! Das beste ist, geradeaus weiterzufahren.«

»Und wie soll der Wagen aus diesem Schlammloch herauskommen?«

»Ganz einfach. Wir lassen aus dem nächsten Dorf Vorspannpferde holen. Inzwischen schlafen wir ein paar Stunden. Es macht doch keinen Unterschied, ob wir in der Kutsche oder in einem Gasthof ausruhen.«

Dagegen war nichts mehr einzuwenden. Der Kutscher und Nizib traten den Marsch ins nächste Dorf an, der immerhin recht lang werden konnte. Sie würden wohl erst bei Tagesanbruch zurückkehren. Keraban, Van Mitten und Bruno blieben indessen mit der Kutsche in der weiten Steppenlandschaft zurück. Einsamer hätte es in den Wüsten Inneraustraliens auch nicht sein können!

Glücklicherweise saß der Wagen bis zu den Radnaben fest im Schlamm, so daß er auf gar keinen Fall umstürzen konnte, obwohl immer neue Windstöße dagegen anrannten.

Die Nacht war stockfinster. Vom Meer her trieben niedrig hängende Wolken landeinwärts. Es regnete noch nicht, aber die hohe Luftfeuchtigkeit machte den Reisenden zu schaffen. Ihre Kleider und die gesamte Ausrüstung waren bald durchnäßt. Die Sichtweite betrug nicht einmal zehn Schritt. Nur die beiden Wagenlampen warfen einen zittrigen Lichtkegel in die ringsum aufsteigenden Dunstmassen.

Es wäre sicher ratsam gewesen, die Laternen zu löschen. Zu leicht konnte das Licht ungebetene Gäste herbeilocken. Van Mitten machte einen entsprechenden Vorschlag, den Keraban tatsächlich aufgriff, aber nur, um ihn gleich wieder zu verwerfen.

Wie sehr unser kluger Holländer recht gehabt hatte, sollte sich bald zeigen. Er war nur allzu unbedacht vorgegangen. Hätte er empfohlen, die Laternen recht hell brennen zu lassen, sie wären mit Sicherheit gelöscht worden.

Siebentes Kapitel

in welchem die Angst bei den Pferden mehr bewirkt

als die Peitsche des Kutschers

Inzwischen war es zehn Uhr abends geworden. Die Herren bereiteten sich aus den Vorräten im Kutschkasten ein Abendbrot und gingen anschließend rauchend und plaudernd ein halbes Stündchen auf einem Pfad spazieren, der ihnen nicht allzu aufgeweicht zu sein schien.

»Wie wäre es, wenn wir jetzt schlafen gingen?« fragte Van Mitten schließlich.

Keraban dachte einen Augenblick nach und gab eine Antwort, die für seine Verhältnisse geradezu ungewöhnlich war.

»Ich habe nichts dagegen einzuwenden«, sagte er gnädig.

»Ich will doch hoffen, daß die Gegend hier ungefährlich ist?« fragte Van Mitten schnell noch.

»Das hoffe ich auch.«

»Wir brauchen also keinen Überfall zu befürchten?«

»Nein.«

»Außer durch Moskitos«, warf Bruno ein und klatschte sich die Hand vor die Stirn, um wenigstens ein Dutzend der lästigen Insekten auf einen Schlag umzubringen.

Schon hatte das Laternenlicht ganze Wolken der gefräßigen Plagegeister angelockt.

»Hm!« sagte Van Mitten vorsichtig. »Eine hübsche Menge Moskitos. Ein Moskitonetz wäre hier ganz nützlich.«

»Das sind keine Moskitos«, behauptete Keraban sofort, während er sich am Nacken kratzte. »Und da es keine Moskitos sind, wäre ein Moskitonetz fehl am Platze.«

»Und um was für Insekten handelt es sich wirklich?«

»Um Mücken, gewöhnliche Stechmücken. Wir brauchten also allenfalls einen Mückenschleier.«

»Weiß der Teufel, wo da der Unterschied liegt«, murmelte Van Mitten, aber er hütete sich, ein neues Streitgespräch zu entfachen.

»Und das merkwürdigste ist, daß nur die weiblichen Tiere über den Menschen herfallen«, ergänzte Keraban.

»Typisch Frau«, sagte Bruno und kratzte sich an den Waden.

»Lassen Sie uns doch lieber in den Wagen zurückkehren«, bat Van Mitten noch einmal. »Hier werden wir noch aufgefressen.«

»Wie Sie wünschen«, meinte Keraban. »Das Gebiet der unteren Donau ist übrigens wegen seiner Stechmückenplage berüchtigt. Eine neue Ansiedlung von Krim-Tataren soll deswegen sogar wieder aufgelöst worden sein. Gegen diese Insekten gibt es übrigens nur ein sicheres Mittel, Pyrethrum-Pulver, das man in Wäsche und Betten streut...«

»...das wir aber leider nicht im Gepäck haben«, warf der Holländer ein und schlug verzweifelt um sich.

»Warum auch?« versetzte Keraban prompt. »Wer konnte auch ahnen, daß wir mitten in diesen Sümpfen steckenbleiben würden!«

Immerhin ging er zur Kutsche zurück. Beim Einsteigen wendete er sich zu Bruno um und sagte ganz beiläufig:

»Es wäre gut, wenn der junge Mann bis zur Ankunft der Vorspannpferde Wache hielte – obwohl wir natürlich überhaupt nichts zu befürchten haben.«

»Das wird Bruno gewiß gern für uns tun«, sagte Van Mitten.

»Jedenfalls werde ich mich nicht weigern, weil es meine Pflicht ist, mich nicht zu weigern«, murmelte Bruno, und lauter setzte er hinzu:

»Ich fürchte nur, die Mücken werden mich umbringen.«

»Das ist kaum zu erwarten«, versicherte Keraban, »Mücken stechen nie zweimal an derselben Stelle. Sie werden also bald Ihre Ruhe haben.«

»Aber dafür an tausend Stellen durchlöchert sein.«

»Genau so hatte ich es gemeint.«

»Darf ich nicht wenigstens vom Kabriolett aus Wache halten?«

»Meinetwegen. Aber schlafen Sie auf keinen Fall ein!«

»Daran dürften mich schon die fürchterlichen Moskitos hindern.«

»Mücken, Bruno, wir haben es mit ganz gewöhnlichen Mücken zu tun!«

Endlich verschwanden Keraban und Van Mitten im Coupé, und Bruno zog für seinen Herrn auf Wache, genauer gesagt, für seine beiden Herren, denn seit Van Mitten Keraban auf dem Top-Hane-Platz getroffen hatte, war er tatsächlich der Diener zweier Herren.

Bruno vergewisserte sich zunächst, daß die Coupétür fest geschlossen war. Dann sah er nach den Pferden. Die völlig erschöpften Tiere schnauften laut, und ihr warmer Atem mischte sich mit dem feucht-kalten Dunst, der vom morastigen Boden aufstieg.

»Der Teufel wird die Tiere aus diesem Sumpf noch herausbekommen, aber sonst niemand«, schimpfte er vor sich hin. Aber was ging es ihn an! Sollte sich der Seigneur Keraban Gedanken darum machen.

Bruno kletterte auf seinen hohen Sitz und schloß das verglaste Fenster. Das Laternenlicht war so stark, daß er auch durch die Scheibe den unmittelbaren Umkreis der Kutsche beobachten konnte.

Während er angestrengt die müden Augen offenhielt, blieb ihm nichts weiter zu tun übrig, als über sein Schicksal nachzudenken, das ihn, an der Seite seines Herrn, in die Fänge des dickköpfigsten aller Osmanen getrieben hatte.

War es nicht absurd? Er, Bruno, der treue Sohn des alten Bataverlandes, Pflastertreter der Straßen Rotterdams, täglicher Besucher des Meuse-Quais, Veteran unter seinen Angelbrüdern – er war so mir nichts, dir nichts in die äußerste Ecke Europas versetzt worden und sollte in immer noch entlegenere Weltteile getrieben werden!

Da hockte er nun auf seinem Hochsitz und starrte in stockfinsterer Nacht hinaus in die Sümpfe der Dobrudscha, und saß obendrein fester im Boden verankert als der gotische Turm der

Zuiderkerk. Und das alles, weil er pflichtgetreu einem Herrn diente, der seinerseits, wenn auch ohne zwingenden Grund, den Befehlen eines gewissen Seigneur Keraban gehorchte.

»Zu welchen Verrücktheiten doch Menschen fähig sind«, sagte Bruno verbittert. »Wegen zehn Paras, die ich liebend gern aus meiner eigenen Tasche bezahlt hätte, werde ich jetzt einmal um das ganze Schwarze Meer herumgejagt, vorausgesetzt natürlich, wir kommen überhaupt herum. Dieser abscheuliche Dickschädel von einem Türken! Zwei Pfund Körpergewicht hat mich seine Halsstarrigkeit bestimmt schon gekostet – und das in vier Tagen. Wie werde ich erst in vier Wochen aussehen! Ha! Wieder so ein elender Moskito!«

Bruno hatte zwar das Fenster fest geschlossen, aber ein Dutzend Mücken schwirrte doch schon im Kabriolett herum und machte dem armen Burschen die Hölle heiß. Er lieferte den Angreifern eine regelrechte Schlacht und nannte sie nach Herzenslust ›Moskitos‹ – der Seigneur Keraban war ja außer Hörweite.

Eine Stunde verging und wieder eine. Bruno war todmüde, aber die unermüdlichen Attacken der Insekten schützten ihn davor, schließlich pflichtvergessen einzuschlafen.

Kurz nach Mitternacht hatte er einen guten Einfall. Eigentlich hätte ein Vollbluthollånder, der, kaum geboren, schon lieber am Pfeifenstiel als an der Brust der Amme saugt, viel eher darauf kommen müssen. Natürlich! Der Rauch seines Pfeifchens würde die lästigen Insekten gewiß schnell vertreiben. Allerdings war es möglich, daß diese unglaublich hartnäckigen Ausgeburten der Donau-Niederungen selbst gegen Tabakqualm immun waren.

Jedenfalls wollte er die Probe aufs Exempel machen. Er zog eine schön bemalte Porzellanpfeife aus der Tasche, die Schwester des in Konstantinopel geraubten Prachtstückes. Er stopfte den Kopf so fest, als sei er ein Kanonenrohr, dessen Ladung gleich auf den Feind abgefeuert werden sollte. Dann schlug er Feuer, steckte den Tabak in Brand, saugte den Duft in tiefen Zügen ein und stieß mit voller Lungenkraft gewaltige Rauchwolken aus.

Die Mücken summten anfangs noch toller als zuvor, verstummten aber schließlich und flüchteten in die dunkelsten Winkel des Kabrioletts.

Bruno beglückwünschte sich zu seinem guten Einfall. Sein schweres Geschütz hatte Wunder gewirkt. Die Angreifer waren in voller Auflösung zurückgewichen. Da ihm aber nichts ferner lag, als Gefangene zu machen, öffnete er schnell das Fenster, um die Eingeschlossenen hinauszulassen. Der dichte Qualm in seinem Gehäuse würde wohl genügen, mögliche neue Angreifer vom Eindringen abzuhalten.

Einen kurzen Augenblick lang wagte Bruno sogar, den Kopf hinauszustecken und sich ein wenig umzuschauen. Noch immer war es stockfinster. Scharfer Wind fegte über die Sümpfe und rüttelte an der Kutsche, aber dem Wagen konnte selbst ein richtiger Sturm nichts mehr anhaben, so fest saß er im Schlamm.

Brunos Augen suchten angestrengt den Horizont ab. Vielleicht tauchte schon ein Licht auf, das die Ankunft der Vorspannpferde ankündigte. Doch wohin er auch schaute, da war nichts als undurchdringliche Finsternis, die, im Kontrast zum Schein der Wagenlaternen, nur doppelt schwarz wirkte.

Plötzlich wurde Bruno aufmerksam. Hatte nicht dort seitlich vom Wagen ein Licht aufgeblitzt? Und da schon wieder eins? Die rastlos auf und ab springenden Punkte konnten ja kaum fünfzig Meter vom Wagen entfernt sein! Bruno redete sich zunächst ein, daß es nur Irrlichter wären, die in Sumpflandschaften, wo viel Schwefelwasserstoff vorhanden ist, häufig beobachtet werden.

Nun, Bruno war ein vernunftbegabtes Wesen, und Vernunft kann irren. Die instinktbegabten Pferde dagegen waren nicht zu täuschen. Sie reagierten mit Nervosität und schnaubten aufgeregt mit weit geblähten Nüstern.

»O weh!« jammerte Bruno. »Nun passiert schon wieder etwas. Das werden doch keine Wölfe sein!«

Seine Vermutung war nicht ganz abwegig. Diese ewig hungrigen Räuber sind im Donau-Delta weit verbreitet, und sie konnten sehr wohl dem Geruch des Pferdegespanns gefolgt sein.

»Dann noch lieber Moskitos«, sagte Bruno leise vor sich hin, »oder meinetwegen auch Mücken, wie Herr Keraban sie zu nennen beliebt. Gegen Wölfe dürfte meine Pfeife wohl machtlos sein!«

Die Pferde wurden immer ungebärdiger. Vergeblich versuchten sie, im tiefen Morast mit den Hufen auszuschlagen. Sie bäumten sich auf, und die Kutsche begann ein wenig zu wanken.

Nun waren die leuchtenden Punkte ganz nahe. Trotz des heulenden Windes konnte Bruno obendrein deutlich bedrohliche Grunzlaute hören.

»Höchste Zeit, meinen Herrn zu wecken«, sagte er und glitt vorsichtig von seinem Sitz herunter. Rasch schlüpfte er ins Coupé hinein, wo Keraban und Van Mitten einträchtig Seite an Seite schliefen.

»Gnädiger Herr«, flüsterte Bruno und berührte leicht Van Mittens Schulter.

»Teufel nochmal, wer untersteht sich, mich aufzuwecken!« rief der Holländer unwirsch und rieb sich die Augen.

»Pst, Mijnheer, der Teufel steht vielleicht schon vor der Tür!«

»Wer spricht denn da?«

»Ich, Mijnheer, Ihr Diener.«

»Ach Bruno, du bist es ... verzeih ... übrigens hast du mich von einem scheußlichen Alpdruck befreit. Ich träumte gerade, Frau Van Mitten ...«

».... wollte mit Ihnen Zank anfangen. Aber lassen wir das jetzt, es geht um Schlimmeres.«

»Was ist denn passiert?«

»Ach bitte, gnädiger Herr, wecken Sie doch ganz schnell den Seigneur Keraban.«

»Keraban aufwecken ... ich?«

»Ja, bitte, es ist allerhöchste Zeit!«

Van Mitten fragte nicht weiter. Er begann, seinen Reisegefährten an der Schulter zu rütteln.

Nichts ist zuverlässiger als der Schlaf eines guten Türken, besonders, wenn der Mann gut gespeist und ein reines Gewissen hat. Beides traf auf Keraban zu, und der Holländer mußte seine Belebungsversuche mehrmals wiederholen.

Keraban knurrte und brummte, ließ aber die Augen fest geschlossen. Wenn er etwa in schlafendem Zustand genau so halsstarrig war wie in wachem, mußten alle Bemühungen vergebens sein.

Schließlich aber hatten die beiden Holländer doch ihr Ziel erreicht. Keraban war wach. Er dehnte sich, öffnete die Augen und fragte mit schlaftrunkener Stimme:

»Ist Nizib zurück? Hat er den Esel von einem Postillon und auch Vorspannpferde mitgebracht?«

»Noch nicht«, antwortete Van Mitten.

»Und warum, zum Teufel, weckt man mich?«

»Weil ... nun ja, die Pferde sind noch nicht da, aber andere verdächtige Tiere«, stotterte Bruno. »Sie haben schon den Wagen umstellt und scheinen einen Angriff zu planen.«

»Was für Tiere?«

»Sehen Sie selbst nach!«

Keraban beugte sich aus dem herabgelassenen Fenster. »Allah stehe uns bei! Es ist eine Bande wilder Eber!« rief er.

Keraban täuschte sich leider nicht; es waren wirklich Wildschweine. In der Donau-Mündung sind diese Tiere sehr häufig, und ihr Angriff kann so gefährlich werden, daß man sie getrost zu den Raubtieren zählen darf.

»Was sollen wir tun?« fragte Van Mitten aufgeregt.

»Nichts, wenn sie nicht angreifen; schießen, wenn sie über uns herfallen.«

»Aber soviel ich weiß, gehören die Wildschweine gar nicht zu den Fleischfressern. Warum sollten sie uns also gefährlich werden?« meinte der Holländer.

»Sie haben recht«, sagte Keraban, »aber wenn sie uns auch nicht gerade auffressen würden, könnten sie uns doch leicht den Leib aufschlitzen.«

»Was so ziemlich auf dasselbe hinausliefe«, meinte Bruno trokken.

Keraban befahl, die Waffen bereitzumachen. Van Mitten und Bruno besaßen sechsläufige Revolver und dazu reichlich Munition. Der ›Alttürke‹ und eingeschworene Feind jeder neuen Erfindung war dagegen lediglich mit zwei kostbar geschmückten Pistolen ottomanischen Fabrikats ausgerüstet, die sich als Zierde im Gürtel eines Agha prächtig ausnehmen mochten, zum Kampf aber wenig geeignet waren. Brauchbar waren also nur die Waffen der beiden Holländer, und sie mußten entsprechend mit Bedacht eingesetzt werden.

Die Wildschweinherde zählte etwa zwanzig Tiere. Im Schein der Laternen, der sie offenbar herbeigelockt hatte, sprangen sie wild durcheinander und wühlten mit den Hauern im schlammigen Boden. Die Tiere waren so groß wie Esel und strotzten vor Kraft. Jedes einzelne hätte mit Leichtigkeit eine ganze Hundemeute zerfleischt. Die Lage der drei Männer im Wagen war also wenig aussichtsreich, falls sich die Tiere noch vor Tagesanbruch zum Angriff entschlossen. Die Pferde hatten die Gefahr schon lange gespürt. Sie schnaubten wild und zerrten so heftig am Geschirr, daß man jeden Augenblick mit dem Reißen der Riemen oder dem Zerbrechen der Deichsel rechnen mußte.

Da krachten vier Schüsse. Van Mitten und Bruno hatten auf die vordere Reihe der Eber gezielt, die zum Sprung auf den Wagen ansetzte. Die mehr oder weniger verwundeten Tiere brüllten vor Wut und wälzten sich im Schlamm. Die anderen wurden dadurch noch wilder und griffen die Kutsche mit ihren Fanghauern an. An vielen Stellen wurde die Wandverkleidung durchbohrt, und es war nur eine Frage der Zeit, wann die Insassen im Freien stehen würden.

»Zum Teufel!« schrie Bruno.

»Feuer! Feuer!« brüllte Keraban, dessen Pistolen aber mindestens bei jedem vierten Schuß versagten, was er natürlich nicht zugab.

Die Kugeln aus den Revolvern der Holländer verwundeten noch mehrere der Angreifer, die sich inzwischen auf das Pferdegespann gestürzt hatten.

Die Pferde waren völlig kopflos vor Angst und versuchten immer wieder, die Beine vom Schlamm freizubekommen, um sich mit den Hufen zu verteidigen. Wären sie frei gewesen, hätten sie längst die Flucht ergriffen, und das Ganze wäre auf einen Wettlauf zwischen Pferden und Wildschweinen hinausgelaufen. Doch vom Flüchten konnte noch keine Rede sein. So blieb den Pferden nichts weiter übrig, als mit aller Kraft an den Riemen zu zerren. Aber das Material war zu gut; die Riemen gaben nicht nach. Das Nächstliegende war also, daß das Vordergestell der Kutsche abbrach oder daß die ganze Kutsche tatsächlich aus ihren Schlammfesseln losgerissen wurde. Und was dann? Das führerlose Gefährt hinter den davonrasenden Pferden würde bald umstürzen, und um die Insassen wäre es geschehen.

Doch noch ehe die drei Männer einen Beschluß für diesen äußersten Notfall fassen konnten, bekam der Wagen einen besonders heftigen Stoß. Es hörte sich an, als sei das Vordergestell tatsächlich abgerissen.

»Um so besser!« rief Keraban. »Jetzt können die Pferde fliehen, und die Wildschweine werden hinterherlaufen und uns in Ruhe lassen.«

Leider hatte er sich getäuscht. Das Vordergestell war keineswegs abgerissen – ein Plus für die englische Wagenbaukunst! –, statt dessen hatte der ganze Wagen nachgegeben und war aus der festen Verankerung im Schlamm gelöst. Noch ein verzweifeltes Aufbäumen der vor Angst fast tollen Pferde, und die Kutsche stand auf festem Boden.

Sofort legte sich das Gespann ins Zeug und preschte führerlos in die Finsternis hinein.

Die Wildschweinherde gab den Kampf noch nicht auf. Sie raste neben der Kutsche her, und ein Teil der Tiere versuchte, im Laufen die Pferde anzuspringen, während ihre Gefährten immer wieder den Wagen selbst angriffen.

Die drei Insassen kauerten im Hintergrund des Coupés.

»Entweder werfen wir um…«, sagte Van Mitten.

»… oder wir werfen nicht um«, sagte Keraban.

»Jedenfalls sollten wir versuchen, an die Zügel heranzukommen«, bemerkte Bruno sachlich.

Er ließ das Vorderfenster herunter und angelte nach den Leinen, aber die waren zerfetzt, und die drei Männer sahen sich nun völlig dem Zufall ausgeliefert. Es wäre auch sinnlos gewesen, die Pferde zum Stehen zu zwingen. Damit wäre auch wieder die Wildschweinherde zum Stehen gebracht worden, und was dann? Die Machtlosigkeit der vier Pistolen hatte man längst eingesehen. Doch waren solche Erwägungen ohnehin sinnlos. Der Wagen raste unaufhaltsam über Stock und Stein, und die Insassen flogen bei jedem neuen Stoß von einer Coupé-Ecke in die andere. Niemand sprach mehr. Keraban hatte sich, als echter Türke, in sein Schicksal ergeben, und die beiden Holländer konnten nicht einmal jetzt ihr angeborenes Phlegma verleugnen.

So ging es eine gute Stunde lang. Der Wagen raste mit unverminderter Geschwindigkeit dahin, gefolgt von den unermüdlichen Wildschweinen.

Schließlich brach Keraban das Schweigen.

»Ich habe einmal gehört, wie ein Rußlandreisender durch seinen Diener vor einem Rudel hungriger Wölfe gerettet wurde«, rief er.

»Und wie?« fragte Van Mitten zurück.

»Ganz einfach. Der Diener umarmte seinen Herrn, empfahl sich Gott und sprang aus dem Wagen. Während die Wölfe über ihn herfielen und ihn auffraßen, konnte sein Herr einen großen Vorsprung gewinnen und sich retten.«

»Schade, daß Nizib nicht hier ist«, sagte Bruno gelassen.

Auf diese Bemerkung hin verbreitete sich wieder Schweigen im Wagen. Draußen schritt die Nacht voran. Noch immer waren die Pferde nicht entkräftet, aber die Wildschweine zeigten Spuren von Müdigkeit. Sie hielten wohl noch das wilde Jagdtempo ein, brachten aber nicht mehr die Kraft auf, Wagen und Pferde anzuspringen.

Kam es jetzt nicht noch zum Umwerfen, zum Rad- oder Deichselbruch, so durften die drei Männer im Wagen auf Rettung hoffen; auch ohne Selbstaufopferung Brunos, zu der sich der Diener ohnehin nicht recht fähig sah.

Die Pferde folgten instinktmäßig dem Steppenpfad zur nächsten Poststation, einem Weg, den sie schon viele Male unter der Führung ihrer Kutscher zurückgelegt hatten.

So kam es, daß der Wagen bei Tagesanbruch nur noch wenige Werst von der Station entfernt war. Die Wildschweine waren sichtlich ermattet; sie fielen mehr und mehr zurück. Aber die Pferde behielten ihr mörderisches Tempo bei, bis sie, wenige hundert Schritt vor der Poststation, keuchend und dampfend zusammenbrachen.

Keraban und seine Gefährten waren gerettet, und Dankgebete stiegen auf zum Himmel, zwei zum Gott der Christen und eines zum Gott der Ungläubigen.

Gerade als der Wagen vor der Poststation zum Stillstand kam, traten der Postillion und Nizib aufbruchbereit aus dem Hause. Die bereitstehenden Vorspannpferde konnten nun gleich das zu Tode erschöpfte Gespann ersetzen, für das Keraban eine tüchtige Entschädigungssumme zahlen mußte. Zugriemen und Deichsel wurden eilig ausgebessert, und noch keine Stunde war vergangen, als sich die Kutsche wieder in Bewegung setzte.

Das nächste Ziel war Kilia, ein kleines Hafenstädtchen an einem Donau-Arm gleichen Namens. Die Befestigungen des Ortes waren von den Russen noch vor der Übergabe an Rumänien geschleift worden.

Am Abend des 25. August fuhr die Kutsche in Kilia ein. Die Reisenden begaben sich sofort in das erste Hotel am Platze und erholten sich durch einen zwölfstündigen Schlaf von den Anstrengungen der vergangenen Nacht.

Im Laufe des nächsten Tages gelangte die Reisegesellschaft bis zur russischen Grenze. Hier gab es wieder Schwierigkeiten. Die umständlichen Formalitäten der russischen Zollbehörde stellten Kerabans Geduld auf eine harte Probe. Infolge seiner Geschäftsverbindungen sprach er – ob zu seinem Glück oder Unglück, sei dahingestellt – so viel Russisch, daß er sich den Zöllnern verständlich machen konnte. Er beschimpfte die Beamten so heftig, daß man fürchten mußte, die Weiterreise werde ihm verweigert.

Nur mit Mühe gelang es Van Mitten, den Freund zu besänftigen. Endlich erklärte sich Keraban bereit, den gesetzlichen Forderungen zu genügen, das heißt, sein Gepäck durchsuchen zu lassen. Schließlich bezahlte er auch den verlangten Zoll, freilich nicht, ohne seine Lieblingsrede über die Nichtsnutzigkeit von Regierungen im allgemeinen und besonderen angebracht zu haben.

Endlich durfte die rumänisch-russische Grenze passiert werden, und die Reisenden befanden sich in Bessarabien, das die Nordostküste des Schwarzen Meeres bildet. Bis Odessa waren es kaum noch zwanzig Meilen.

Odessa – Die Große Treppe

Achtes Kapitel

in welchem der Leser die junge Amasia und Ahmet,

ihren Verlobten, kennenlernt

Amasia war die einzige Tochter Selims, eines Bankiers türkischer Herkunft. Ihr Vater besaß bei Odessa ein hübsches Haus, dessen terrassenförmig angelegter Garten bis hinunter zum Meer reichte. Die Stufen der untersten Terrasse waren ständig vom Wasser des alten Pontus Euxinus überspült, der heute ungewöhnlich ruhig dalag, denn der übliche Ostwind war eingeschlafen.

Mit einem Blick erfaßte man von diesem Garten aus Odessa in seiner ganzen Herrlichkeit.

Die Stadt erhob sich wie eine Oase mitten aus der Steppenlandschaft Südrußlands. Paläste, Kirchen, Hotels und Wohnhäuser über dem Steilufer bildeten ein prächtiges Panorama. Selbst der große baumbestandene Platz mit dem Denkmal des Stadtgründers Herzog Richelieu war von Selims Besitzung aus deutlich zu erkennen.

Der Franzose Richelieu, ein Emigrant, hatte sich 1793 um die Neugründung Odessas verdient gemacht. Er war auch das Oberhaupt der Stadt, bis ihn der Angriff der europäischen Koalitionsheere auf Frankreich in sein Heimatland zurückrief.

Häufige Nord- oder Ostwinde bewirken, daß das Klima Odessas sehr trocken und im Sommer entsprechend heiß ist. Viele Leute flüchten deshalb während der warmen Jahreszeit in die südliche Krim. Andere Bürger der Stadt, die, wie der Bankier Selim, von ihren Geschäften festgehalten werden, errichten ihre Wohnsitze vorzugsweise ein wenig außerhalb der Stadt in Ufernähe, wo die Sommerhitze noch am erträglichsten ist.

Odessa war von jeher eine Handelsstadt und wird es voraussichtlich bleiben. Die Einwohnerschaft ist ein Gemisch aus Türken, Russen, Griechen und Armeniern. Dazu kommt eine wahr-

Odessa war von jeher eine Handelsstadt

haft kosmopolitische Gruppe von Leuten, die einfach alle Arten von Geschäften betreiben. Und wo Geschäfte gemacht werden, sind auch die Banken zu Hause. So entstanden seit der Neugründung der Stadt zahlreiche Bankniederlassungen, darunter auch das anfangs bescheidene Bankhaus Selim, das bald zu hohem Ansehen in der Geschäftswelt gelangt war.

Von Selim selbst wäre vor allem zu melden, daß er zur Gruppe der monogam lebenden Türken gehörte, die zahlreicher ist, als allgemein angenommen wird. Der Bankier hatte seine Frau schon vor Jahren verloren. Seine einzige Tochter, Amasia, stand kurz vor der Eheschließung mit Ahmet, dem Neffen des dickköpfigsten aller Turbanträger im Reiche Mohammeds.

Wie wir schon wissen, sollte die Hochzeitsfeier in Odessa stattfinden. Auch Amasia war nicht dazu bestimmt, nur die Rolle der ersten unter den zahlreichen Frauen eines egoistischen, launischen Ehemannes zu spielen. Sie würde als Ahmets einzige Frau in Kerabans Haus in Konstantinopel einziehen. Und allein sollte sie ihr ganzes Leben an der Seite des Mannes verbringen dürfen, der sie schon seit ihrer Kindheit liebte und dessen Liebe sie ebenso lange erwiderte.

Amasias Zukunft war vielleicht noch ungewöhnlich für eine junge Osmanin, aber Ahmet war entschlossen, dem Beispiel seines Schwiegervaters zu folgen und eine monogame Ehe zu führen.

Wir hörten schon, daß dem jungen Mädchen das Erbteil einer Schwester ihres Vaters zugesprochen werden sollte, falls sie sich vor dem siebzehnten Geburtstag verheiratete. Diese Bedingung entsprang einer altjüngferlichen Laune der Tante, die wohl annahm, Amasia werde ebensowenig wie sie selbst einen Mann finden. Allerdings war der Verfallstermin für die Erbschaft schon bedenklich nahegerückt: In sechs Wochen mußte geheiratet sein, sonst fiel das Geld an Verwandte der Seitenlinien.

Amasia hätte auch das Auge eines jungen Europäers entzückt! Unter einem weißen Musselinschleier, dem golddurchwirkten Häubchen und der dreifachen Zechinenschnur über der Stirn verbarg sich eine Fülle prächtiger schwarzer Locken. Das junge Mädchen verzichtete im übrigen auf alle Schönheitsmittelchen, mit denen ihre Landsmänninnen der Natur noch ein wenig nachhalfen. Sie gebrauchte weder die übliche Augenbrauen- und Wimperntusche noch Puder für die Lider oder Rouge für Wangen und Lippen. So manche Dame des Abendlandes hätte neben dieser Tochter Mohammeds unerträglich angemalt gewirkt. Selbst der landesübliche weite Kaschmirmantel, der das Mädchen vom Hals bis zu den Füßen einhüllte, konnte nicht die Eleganz und Anmut in den Bewegungen seiner Trägerin verbergen.

Hier im Hause, auf der offenen Galerie an der Gartenseite, trug Amasia allerdings nur ein langes Seidengewand und darüber den faltigen ›Chalwar‹, der von einer gestickten Weste ergänzt wurde. Die langen geschlitzten Ärmel zierten Oya-Spitzen, die in der Türkei hergestellt wurden. Ohrgehänge und ein Armring bildeten den einzigen Schmuck, und der elegante Anzug wurde durch ›Padjubs‹, samtene Beinkleider, und goldverzierte Pantöffelchen vollendet.

Amasias Dienerin hieß Nedjeb. Das lebhafte heitere Mädchen war Zigeunerin von Geburt. Sie stand zu ihrer Herrin in einem beinahe freundschaftlichen Verhältnis, war also keineswegs Sklavin. Zwar wurden noch gelegentlich Äthiopier oder Sudan-Neger als Sklaven zum Verkauf angeboten, grundsätzlich aber war der Menschenhandel abgeschafft. Ein großer türkischer Haushalt beschäftigte meist ein ganzes Heer von Dienern und Angestellten, deren Klasse in Konstantinopel allein ein Drittel der Bevölkerung ausmachte. Da aber jedem dieser Leute innerhalb des großen Haushaltes nur ein streng abgegrenzter Aufgabenbereich zufiel, hatten sie meist nicht sehr viel zu tun.

Dasselbe galt auch für die Angestellten des Hauses Selim. Nedjeb, die man schon als Kind in den Dienst genommen hatte, spielte unter dem Personal allerdings eine Sonderrolle. Sie war die Vertraute der jungen Herrin und zu keinen anderen Dienstleistungen verpflichtet.

Amasia lag halb ausgestreckt auf einem Diwan mit kostbaren

persischen Decken. Ihre Blicke schweiften über die Bucht von Odessa.

Nedjeb setzte sich zu ihren Füßen auf ein Kissen und sagte:

»Wo bleibt nur der Seigneur Ahmet, Herrin?«

»Er ist in die Stadt gegangen. Vielleicht bringt er heute einen Brief des Onkels aus Konstantinopel mit.«

»Einen Brief! Immer nur einen Brief!« rief das junge Mädchen. »Es ist doch der Onkel selbst, den wir schon so lange erwarten.«

»Sei nicht so ungeduldig, Nedjeb!«

»An meiner Stelle, Herrin, wären Sie auch ungeduldig.«

»Du Törin! Man möchte fast glauben, es gehe um deine Hochzeit und nicht um meine.«

»Können Sie nicht verstehen, daß es sehr wichtig ist, ob man bei einer verheirateten Dame oder bei einem jungen Mädchen Dienst tut?«

»Du bist mir in jedem Falle gleich lieb«, versicherte Amasia.

»Sie mir auch, teure Herrin, und doch hoffe ich, daß ein wenig von dem Glanz der Gattin des Seigneur Ahmet auf mich zurückfallen wird.«

»Der liebe Ahmet«, flüsterte das junge Mädchen und senkte einen Augenblick die Lider.

»Da haben wir es!« rief Nedjeb halb spöttisch, halb scherzhaft. »Sie müssen schon die Augen schließen, um sich sein Bild ins Gedächtnis zu rufen. Wäre er hier, brauchten Sie ihn nur anzuschauen und wüßten gleich, wie er aussieht.«

»Aber Nedjeb, Ahmet hat Geschäfte zu erledigen und im Bankhaus nach Post vom Onkel Keraban zu fragen.«

»Nach Post vom Onkel Keraban! Und in dem Brief wird wie eh und je stehen, daß dringende Geschäfte den Herrn in Konstantinopel aufhalten, daß der Tabakpreis steigt, wenn er nicht sogar sinkt, und daß man in acht Tagen mit der Ankunft des lieben Onkels rechnen dürfe, wenn nicht vierzehn daraus werden. Sie müssen doch zugeben, daß wir in Eile sind: Noch sechs Wochen, und Sie büßen Ihr ganzes Vermögen ein.«

»Ahmet liebt mich auch ohne das Vermögen.«

»Zugegeben ... aber warum soll so viel Geld eines Onkels wegen aufs Spiel gesetzt werden? Oh, dieser Seigneur Keraban sollte mein Onkel sein!«

»Und wenn er es wäre?«

»Nun ja, vielleicht würde ich auch nichts sagen ... aber wenn er hier wäre ... das heißt, wenn er heute ankäme, so wäre ich spätestens morgen früh mit meinem Verlobten beim Richter, um den Ehekontrakt aufzusetzen, und übermorgen früh stünden wir vor dem Imam. Nach dem ersten Gebet wären wir verheiratet – gut verheiratet, das versichere ich Ihnen –, und in der Villa gäbe es ein Fest, das sollte vierzehn Tage dauern, und dann könnte der Onkel Keraban wieder dahinunter fahren, wo er zu Hause ist ... wenn er Lust dazu hätte, natürlich.«

Nedjebs Vorschläge waren ganz vernünftig, nur fehlte zur Verwirklichung eben die Anwesenheit Kerabans, der als Vormund des Verlobten beim Abschluß des Ehekontraktes unentbehrlich war. In diesem Dokument verpflichtet sich der zukünftige Ehemann, seiner Frau Mobiliar, Kleidung und eine Küchenausstattung zu kaufen.

Doch Nedjeb war bald mit etwas anderem beschäftigt.

»Sehen Sie nur das hübsche Schiff dort unten!« rief sie. »Es ankert ganz nahe bei unserer Treppe.«

Die beiden jungen Mädchen traten auf die Terrasse hinaus, um den leichten Segler, der graziös auf den Wellen schaukelte, besser betrachten zu können.

Es war eine Tartane, und an ihrem Mastbaum wehte die türkische Flagge, ein rotes Feld mit silbernem Halbmond.

»Kannst du den Namen erkennen?« fragte Amasia.

»Ja, er steht am Heck. Das Boot heißt ›Guidare‹.«

Wirklich war Kapitän Yarhud mit seiner ›Guidare‹ an Selims Gartentreppe vor Anker gegangen. Allerdings sah es so aus, als wolle er schon bald wieder in See stechen, denn die Segel wurden erst gar nicht gerefft.

Doch schon fesselte wieder etwas anderes die Aufmerksamkeit der Dienerin. Auf einem kleinen Lacktischchen neben dem

Amasia lag auf einem Diwan, und Nedjeb saß ihr zu Füßen

Diwan stand eine Schatulle. Nedjeb öffnete den Deckel und nahm ein paar kostbare Sachen heraus.

»Der Seigneur Ahmet hat einen guten Geschmack«, rief sie anerkennend. »Wir haben schon mindestens eine Stunde lang nichts mehr von den Herrlichkeiten angeschaut. Der junge Herr will Sie damit immer noch schöner machen, aber das wird ihm nicht gelingen.«

»Sage das nicht, Nedjeb«, erwiderte Amasia und ließ ein funkelndes Halsgeschmeide und ein paar Armspangen durch die Finger gleiten. »Jede Frau gewinnt, wenn sie sich mit so prächtigen Juwelen schmückt. Herrlich, diese Diamanten von Visabur! Sie strahlen wie Ahmets Augen.«

»Und wenn Sie selbst dem jungen Herrn zulächeln, machen Sie ihm dann nicht ein Geschenk, das diese Diamanten noch übertrifft?«

»Törin!« wiederholte Amasia. »Sei froh, daß Ahmet dich nicht hören kann.«

»Wenn er nur selbst hier wäre! Er würde Ihnen noch viel schmeichelhaftere Dinge sagen.«

Sie nahm ein Paar Pantoffeln aus der Schatulle und rief entzückt:

»Ach, bitte, darf ich Ihnen diese hübschen Schuhe anprobieren? Ganz mit Schwanenfedern besetzt, so recht für zwei kleine Füßchen gemacht, die mir wohlbekannt sind!«

»Ziehe sie doch selbst an, Nedjeb!«

»Ich?«

»Warum nicht? Du hast doch schon oft genug Sachen für mich anprobiert.«

»Ja, Ihre schönen Kleider, und dann hat man mich beinahe mit Ihnen verwechselt, als ich auf die Terrasse hinauslief. Und das darf nicht sein; heute weniger denn je. Bitte, darf ich Ihnen nicht die Pantöffelchen anziehen?«

»Wenn dir so viel daran liegt«, sagte Amasia nachgiebig und ließ sich die Schuhe überstreifen, die ebenso wertvoll waren wie ein kostbares Schmuckstück.

Doch Nedjeb war noch nicht zufrieden.

»Und Ihre Arme?« rief sie. »Ihre schönen Arme, was haben sie Ihnen denn getan, daß sie so ganz ungeschmückt bleiben sollen? Nun, ich werde schon aufpassen, daß sie nicht leer ausgehen.«

Amasia ging auf den Spaß ein und ließ sich lächelnd zwei prächtige Armbänder anlegen, die auf ihrer weißen Haut noch besser als in der Samtschatulle zur Geltung kamen. All diese Schätze konnten sie ja nur an Ahmet erinnern, und während Nedjeb mit dem Anlegen der Schmuckstücke beschäftigt war, unterhielt sie sich in Gedanken mit ihrem Verlobten.

»Amasia, liebe Amasia!« rief plötzlich jemand.

Das Mädchen sprang auf.

Da stand der junge Ahmet, dessen zweiundzwanzig Jahre gut zu den sechzehn Jahren seiner Verlobten paßten. Er war groß, und seine Haltung drückte Stolz und Anmut zugleich aus. Seine schwarzen Augen konnten vor Leidenschaft blitzen, blickten jetzt aber sanft auf das junge Mädchen herab. Ahmet hatte braunes Haar, das in Locken unter dem seidenen ›Puckul‹ hervorquoll, der von seinem Fez herabhing.

Ahmet trug einen feinen Schnurrbart nach albanischer Mode und besaß prächtige weiße Zähne. Alles in allem war er eine aristokratische Erscheinung, wobei der Ausdruck vielleicht ein bißchen unglücklich gewählt ist, denn in seinem Lande gab es keine Aristokratie im westeuropäischen Sinne.

Wie zu erwarten, ging der Neffe Kerabans gewissenhaft nach alttürkischer Sitte gekleidet. Seine Weste mit geschmackvoller Goldstickerei war von untadeligem Schnitt. Außerdem trug er eine sorgsam gefältelte Schärpe, um den Fez herum einen ›Saryk‹ aus Baumwolle und an den Füßen elegante Maroquinstiefel.

»Nun, Seigneur Ahmet, bekommen wir heute den Brief vom Onkel aus Konstantinopel?« rief Nedjeb ungeduldig.

»Leider nicht, er hat nicht einmal einen Geschäftsbrief geschrieben.«

»Der abscheuliche Mann!« rief die junge Zigeunerin.

»Ich finde es auch unerklärlich«, meinte Ahmet, zu Amasia

Ahmets Haltung drückte Stolz und Anmut aus

gewendet. »Der Kurier meines Onkels hat noch nie versäumt, an diesem Wochentag die Geschäftspost aus Konstantinopel zu bringen. Dein Vater ist ganz verwundert.«

»Vielleicht ist eine Depesche gekommen?«

»Eine Depesche... von Onkel Keraban? Ach, Amasia, du weißt doch, daß er alle modernen Erfindungen ablehnt. Und dazu gehört auch der Telegraph. Ich fürchte fast, eine schlechte Nachricht in einem Brief ist ihm noch lieber als eine gute in einer Depesche.«

»Aber du hast ihn doch noch einmal schriftlich eingeladen?« fragte Amasia.

»Ach, Amasia, ich habe wohl zehnmal geschrieben und jedesmal um einen Hochzeitstermin gebeten. Ich habe ihm sogar gesagt, daß er ein barbarischer, ein herzloser Onkel sei...«

»Recht so«, rief Nedjeb dazwischen.

»... ein herzloser Onkel, wenn auch sonst der beste Mensch auf Erden.«

»Oho!« Nedjeb schüttelte zweifelnd den Kopf.

»Und was hat er geantwortet?« fuhr Ahmet fort. »Er werde schon innerhalb der nächsten sechs Wochen eintreffen, und mehr könne man nicht von ihm verlangen.«

»Also müssen wir warten, bis er zu kommen beliebt«, sagte Amasia ergeben.

Aber Ahmet konnte seine Ungeduld nicht verbergen.

»Warten, Amasia, warten! Und mit jedem Tag, den wir umsonst warten, stiehlt er uns einen Tag des Glücks.«

»Und wer stiehlt, muß eingesperrt werden!« rief Nedjeb und stampfte mit dem Fuß auf.

»Ich werde es noch einmal versuchen«, seufzte Ahmet. »Und wenn der Onkel bis morgen nicht antwortet, fahre ich selbst nach Konstantinopel und...«

»Nein, Ahmet!« rief Amasia erschreckt und griff nach der Hand ihres Verlobten, als wolle sie ihn zurückhalten. »Wenn du fortgehst, leide ich mehr, als die paar Tage gutmachen könnten, die wir vielleicht dadurch gewinnen. Bleib hier! Es könnte doch sein, daß dein Onkel an dieser Verzögerung ganz schuldlos ist. Oder er hat seinen Entschluß geändert!«

»Onkel Keraban...von einem Entschluß abgehen? Ebensogut könnte sich der Mond an die Stelle der Sonne setzen. Nein, das ist bestimmt nicht der Grund seines Schweigens.«

»Ha, ich wollte seine Nichte sein!« rief Nedjeb empört.

»Und wenn du es nun wärest, wüßtest du dann einen Rat?« fragte Ahmet.

»Und ob! Ich wollte ihn am Kaftan packen, daß...«

»...daß das gute Stück in Fetzen ginge, und das wäre alles, Nedjeb.«

»Dann wollte ich ihn wenigstens so sehr am Bart rupfen...«

»...daß du zum Schluß den Bart in der Hand hättest!«

»Und doch ist der Onkel Keraban ein wunderbarer Mensch!« warf Amasia ein.

»Ohne Zweifel«, bestätigte Ahmet, »aber leider auch so dickköpfig, daß er noch manchen Maulesel an Starrsinn übertrifft.«

Neuntes Kapitel

in welchem Kapitän Yarhuds Plan beinahe ausgeführt wird

In der Tür zur Galerie erschien ein Diener, dessen einzige Pflicht darin bestand, die Besucher des Hauses anzumelden.

»Seigneur Ahmet, ein fremder Herr wünscht Sie zu sprechen.«

»Wie heißt er?«

»Er sagte nur, daß er ein Kapitän aus Malta sei. Es scheint ihm viel daran zu liegen, daß Sie ihn empfangen.«

»Nun gut, ich komme.«

»Laß den Herrn auf die Galerie herauskommen!« schlug Amasia vor.

»Vielleicht ist es sogar der Kapitän der hübschen Tartane dort unten«, meinte Nedjeb.

»Mag sein. Er soll eintreten!« sagte Ahmet.

In der Tat war der Besucher niemand anderes als Kapitän Yarhud. Zu seinem großen Leidwesen hatte er erst auf günstige Winde warten müssen, ehe sein schnelles Schiff vor dem Anwesen des Bankiers Selim ankern konnte.

Nach dem Gespräch mit Scarpante war er zwar sofort nach Odessa gefahren. Die schnelle Eisenbahn hatte ihm einen Vorsprung von mehreren Tagen vor Keraban verschafft, der auf ›alttürkische‹ Weise täglich nur um fünfzehn bis sechzehn Meilen vorankam. In Odessa hatte dann der übliche Nordostwind geherrscht, aber Yarhud brauchte für die Ausführung seines Planes unbedingt westliche Winde. Heute morgen war es endlich so weit, und er hatte vor Selims Villa Anker werfen können.

Yarhud hatte durch das Warten den größten Teil seines Vorsprungs vor Keraban wieder eingebüßt, und er mußte unverzüglich handeln. Sein Plan stand fest: Erst List anwenden, und wenn List nicht genügte, Gewalt. Noch heute abend mußte die ›Guidare‹ mit Amasia an Bord auf hoher See sein. Der günstige Nordwestwind würde schon dafür sorgen, daß seine Tartane längst

»Vielleicht ist er der Kapitän dieser hübschen Tartane?«

außer Sicht war, wenn man das Verschwinden des Mädchens bemerkte.

Solche Entführungen waren, wenigstens in Küstengegenden, noch immer nichts Ungewöhnliches. Besonders in türkischen Gewässern, vor den Küsten Anatoliens, kamen sie häufig genug vor, aber gelegentlich wurde auch noch Mädchenraub aus dem russischen Herrschaftsbereich gemeldet. Erst wenige Jahre zuvor hatte eine Mädchenräuberbande die Gegend um Odessa unsicher gemacht.

Und nun wollte es Yarhud jenen Schurken nachtun, die übrigens niemals gefaßt wurden. Um die Wahrheit zu sagen: Auch Yarhud war kein Neuling in diesem schändlichen Geschäft, und wie stets hoffte er einen ordentlichen Gewinn aus dem Unternehmen zu schlagen.

Yarhuds Plan war raffiniert ersonnen. Er wollte Amasia unter dem Vorwand, er könne ihr eine prachtvolle Stoffkollektion vorführen, an Bord der ›Guidare‹ locken. Wahrscheinlich wurde sie auf diesem Gang von Ahmet begleitet. Aber das schadete nichts! Yarhud mußte es lediglich so einrichten, daß Amasia, allenfalls von Nedjeb begleitet, noch einmal zurückkehrte. Nur wenn sich dieser zweite Besuch auf gar keine Weise arrangieren ließ, wollte Yarhud das Mächen mit Gewalt entführen. Die Villa lag recht einsam in der Bucht, und die Dienerschaft des Hauses wäre wohl kaum imstande, den harten Burschen von der ›Guidare‹ Widerstand zu leisten. Allerdings würde es zu einem Kampf kommen, und der bliebe gewiß nur kurze Zeit unentdeckt. Viel besser war es in jedem Fall, die Sache ohne Aufsehen zu erledigen.

Kapitän Yarhud trat auf die Galerie heraus. Er wurde von einem Matrosen begleitet, der mehrere Stoffballen unter dem Arm trug.

»Seigneur Ahmet?« sagte Yarhud und verbeugte sich.

»Und mit wem spreche ich?«

»Mit dem Kapitän Yarhud, Befehlshaber der ›Guidare‹, die dort unten vor Anker liegt.«

»Sie wünschen?«

»Seigneur Ahmet, ich habe von Ihrer bevorstehenden Hochzeit gehört …«

»… die mir in der Tat mehr als alles andere am Herzen liegt.«

»Sehr begreiflich, Seigneur Ahmet«, sagte Yarhud und wendete sich Amasia zu. »Dabei bin ich auf den Gedanken gekommen, Ihnen die kostbare Ladung meiner Tartane zur Besichtigung anzubieten.«

»Kein übler Gedanke«, entgegnete Ahmet.

Doch Amasia wehrte ab.

»Aber Ahmet, was sollte mir noch fehlen!«

»Wer weiß?« sagte Ahmet. »Die Kapitäne der Levante haben oft prachtvolle Waren an Bord. Man müßte sie einmal anschauen.«

»Ach ja, bitte, anschauen … und vielleicht auch noch etwas kaufen«, bettelte Nedjeb. »So recht als Strafe für den Onkel Keraban«, setzte sie hinzu.

»Und was haben Sie zu bieten, Herr Kapitän?« fragte Ahmet.

»Vorzügliche Stoffe, die ich bei den Webern selbst eingekauft habe. Der Stoffhandel ist meine Spezialität.«

»Ich meine, das müssen die Damen sehen«, rief Ahmet. »Ich selbst verstehe nicht viel von Stoffen. Liebe Amasia, mach mir die Freude und suche dir noch ein paar hübsche Sachen aus!«

»Einige Proben habe ich sogar mitgebracht. Sie können sie erst einmal prüfen, ehe Sie an Bord kommen«, sagte Yarhud schnell.

»Lassen Sie sehen! Lassen Sie sehen!« rief Nedjeb.

Auf ein Zeichen des Kapitäns breitete der Matrose verschiedene Stoffe vor den Mädchen aus.

»Hier, diese Seide aus Brussa mit den Silberfäden war soeben erst in Konstantinopel in den Handel gekommen.«

»Zugegeben, eine schöne Ware«, meinte Amasia, während Nedjeb den glitzernden Stoff durch die beweglichen Finger gleiten ließ.

»Und hier haben wir noch feine Musseline aus Scutari und Turnova«, fuhr Yarhud fort. »Sie können an den Proben sicher schon erkennen, wie ausgezeichnet meine Ware ist. Aber Sie werden staunen, wie viele Muster und Farben ich in meiner Ladung an Bord habe.«

»Abgemacht, Herr Kapitän, wir kommen hinunter zur ›Guidare‹«, sagte Nedjeb rasch.

Ahmet bemerkte mit Vergnügen, daß auch Amasia immer mehr Gefallen an den Waren des Kapitäns fand.

»Du willst doch sicher nicht, daß sich der brave Kapitän umsonst hierher bemüht hat?« sagte er aufmunternd. »Du hörst ja, die Waren in seinem Schiff sollen noch weit schöner sein als diese Proben. Komm nur, wir machen einen Besuch an Bord. Und wir finden auch sicher ein hübsches Seidenzeug für unsere Närrin hier.« Damit wies er auf Nedjeb.

»Und gehört es sich nicht, daß ich meiner Herrin an ihrem Hochzeitstage Ehre mache?« entgegnete Nedjeb schlagfertig.

»Also abgemacht, Herr Kapitän, wir werden Ihrer Tartane einen Besuch abstatten«, sagte Ahmet abschließend.

»Und um welche Zeit darf ich Sie erwarten?«

»Heute nachmittag.«

»Warum nicht gleich?« rief Nedjeb vorlaut dazwischen.

»Nur nicht so ungeduldig!« mahnte Amasia. »Man merkt, daß Ahmet dir ein Geschenk versprochen hat... was dich noch koketter machen wird, als du ohnedies schon bist.«

»Kokett!« sagte Nedjeb voll gespielter Entrüstung. »Ich schmücke mich doch einzig und allein für meine Herrin.«

»Natürlich richte ich mich nach Ihnen, Seigneur Ahmet«, warf Yarhud ein. »Wann immer es Ihnen recht ist, schicke ich Ihnen ein Ruderboot, das Sie zur ›Guidare‹ hinüberbringt.«

»Nun gut, wir gehen gleich«, sagte Ahmet.

»Jetzt gleich... auf die ›Guidare‹!« jubelte Nedjeb.

»...weil Nedjeb es beschlossen hat«, meinte Amasia halb im Scherz.

Kapitän Yarhud gab seinem Matrosen ein Zeichen, und der Bursche packte rasch die mitgebrachten Stoffproben ein. Der Kapitän selbst war inzwischen bis ans Ende der Terrasse gelaufen und ließ einen langgedehnten Pfiff ertönen.

Gleich darauf entstand an Bord der Tartane lebhafte Bewegung. Ein schmales leichtes Boot wurde zu Wasser gelassen, und schon fünf Minuten später legte das Fahrzeug an der untersten Stufe in Selims Garten an.

Kapitän Yarhud lud Seigneur Ahmet und seine Damen mit einer Handbewegung zum Einsteigen ein.

Yarhud besaß ein gut Teil Selbstbeherrschung. Trotzdem konnte er seine Erregung nur mit Mühe unterdrücken. War nicht jetzt schon der Moment gekommen, um die Entführung zu bewerkstelligen? Die Zeit drängte, denn Keraban konnte jeden Augenblick eintreffen. Immerhin mußte man damit rechnen, daß er noch vor Antritt seiner unsinnigen Reise um das ganze Schwarze Meer auf die Heirat der jungen Leute drängte. Und der Seigneur Saffar erwartete in seinem Palast ein junges Mädchen, aber nicht die Ehefrau Ahmets.

An Brutalität mangelte es Yarhud gewiß nicht. Wenn die Mädchen jetzt allein an Bord kämen, würde er bestimmt nicht eine Minute zögern, die Anker zu lichten und in See zu stechen. Die Mädchen wären sicher so sehr mit der Auswahl der Stoffe beschäftigt, daß sie die Abfahrt gar nicht bemerkten. Sollten sie dann doch ein Geschrei anstimmen, mußten sie so lange im Zwischendeck gefangengehalten werden, bis das Schiff die Bucht verlassen hatte.

Aber das waren nur Träume. Ahmet kam ja mit an Bord. Allerdings machte sich Yarhud auch um den jungen Mann nicht allzuviel Kopfschmerzen. Notfalls müßte er umgebracht werden, und der Seigneur Saffar hätte für die Erledigung dieser Aufgabe noch eine Extrasumme zu zahlen.

Das wäre eigentlich alles.

Yarhud stand noch ein wenig unentschlossen auf der untersten Stufe der Terrasse, während Ahmet den Mädchen beim Hinsetzen im Boot behilflich war. Da ging oben in der Villa die Tür zur Galerie auf und ein etwa fünfzigjähriger Türke in leicht europäisierter Tracht trat heraus.

»Amasia! Amasia!« rief er.

»Was gibt es, Vater?« rief Amasia, stieg eilig wieder aus dem Boot und lief dem Bankier entgegen.

»Große Neuigkeiten!«

»Hoffentlich gute?« fragte Ahmet.

»Bessere kann es gar nicht geben«, antwortete Selim. »Ein Eilbote ist eben mit Nachrichten aus Konstantinopel bei mir gewesen. Der Seigneur Keraban kann jeden Augenblick hier eintreffen.«

»Wie? Mein Onkel hat sich selbst auf den Weg gemacht?« rief Ahmet ungläubig.

»Der gute Seigneur Keraban!« rief Nedjeb.

»Weshalb kommt er wohl so plötzlich?« fragte Amasia verwundert.

»Natürlich, damit Sie endlich Hochzeit feiern können, Herrin!« sagte Nedjeb übermütig.

»Das ist sicher der Grund«, bestätigte Selim.

»Und ich bin derselben Meinung«, fügte Ahmet hinzu. »Mein lieber Onkel hat sich offenbar eines Besseren besonnen. Jetzt läßt er sogar Hals über Kopf seine Geschäfte im Stich, um uns eine Überraschung zu bereiten.«

»Und wie werden wir ihn willkommen heißen!« rief Nedjeb.

»Der Bote hat dir nicht sagen können, warum er so plötzlich, ohne vorherige Nachricht, hierher kommt?« fragte Amasia noch einmal den Vater.

»Nichts, als daß Keraban in Kürze hier eintreffen wird.«

Eigentlich mußten Keraban in diesem Augenblick die Ohren klingen, mit so viel Lobliedern aus dem Munde Selims, Amasias, Ahmets und Nedjebs wurde er bedacht! Die Ankunft des sehnlich Erwarteten bedeutete ja auch die Eheschließung der jungen Leute, und der drohende Termin, Amasias Geburtstag, war plötzlich nichtig geworden. Ach, Keraban war sicher starrköpfiger als irgendein Mensch auf Erden, aber er übertraf gelegentlich auch alle Mitmenschen an Güte.

Zum Glück hatte während dieser Freudenszenen niemand den Gesichtsausdruck des maltesischen Kapitäns beobachtet. Bei aller Selbstbeherrschung gelang es Yarhud nicht, seine maßlose Wut zu verbergen. Dennoch blieb er stehen, wo er war. Er mußte unbedingt noch in Erfahrung bringen, was Keraban vorhatte. Sollte die Hochzeit sofort gefeiert werden, oder würde der Starrkopf erst seine Fahrt ums Schwarze Meer zu Ende bringen?

Er steckte noch mitten in seinen Überlegungen, als von der Villa her ein Stimmengewirr ertönte, aus dem sich ein Organ besonders deutlich abhob. Die Tür zur Galerie ging auf, und heraus trat Keraban, gefolgt von Van Mitten,Bruno und Nizib.

»Sei mir gegrüßt, Freund Selim!«

Zehntes Kapitel

in welchem Ahmet ein wenig unfreiwillig einen Entschluß faßt

»Sei mir gegrüßt, Freund Selim! Allah schütze dich und dein Haus!«

Mit diesen Worten schüttelte Keraban die Hand seines Bankiers.

»Guten Tag, mein lieber Neffe!«

Keraban ergriff Ahmets Hände und drückte schließlich den jungen Mann heftig ans Herz.

»Guten Tag, kleine Amasia!«

Der Seigneur Keraban küßte seine zukünftige Nichte.

Und all das geschah so schnell, daß niemand Zeit zum Antworten fand.

»Und nun auf baldiges Wiedersehen, vorwärts, gehen wir!«

Diese Worte galten Jan Van Mitten, der noch immer hinter Keraban stand.

Der Holländer verzog keine Miene. Da sein Gastgeber nicht einmal Zeit gefunden hatte, ihn vorzustellen, wirkte er wie die stumme Randfigur einer Theaterszene.

Als Keraban so überschwenglich Hände geschüttelt und Küsse verteilt hatte, war jedermann überzeugt gewesen, er sei tatsächlich gekommen, um nun ein fröhliches Hochzeitsfest zu veranstalten. Sein ›vorwärts, gehen wir‹ stiftete begreifliche Verwirrung.

Ahmet fand als erster die Sprache wieder.

»Höre ich richtig: Du willst wieder aufbrechen?«

»Ja, wir brechen sofort wieder auf, Ahmet.«

»Jetzt gleich?«

»Unverzüglich.«

Wieder malte sich Verwirrung auf den Gesichtern der Umstehenden, während Van Mitten sich zu Bruno zurückwandte.

»Echt Keraban, nicht wahr?« flüsterte er dem Diener zu.

»Nur allzu echt!« bestätigte Bruno leise.

Amasias Augen hingen an Ahmets Gesicht, Ahmet starrte Selim an, und Nedjeb konnte sich nicht vom Anblick Kerabans losreißen. Dieser unmögliche Mensch war doch tatsächlich imstande abzureisen, ehe er richtig angekommen war.

Ahmet machte einen Schritt auf Van Mitten zu.

»Mein Herr, können Sie mir vielleicht erklären...«

»Was sollte ich schon erklären können«, antwortete der Holländer und machte kehrt, um seinem Freunde zu folgen.

Doch Keraban wendete sich im Hinausgehen noch einmal zu Selim um und sagte:

»Übrigens, lieber Freund, veranlassen Sie doch, daß mir Ihre Bank einige tausend Piaster in Rubel umtauscht.«

»Gleich einige tausend...?« Selim verstand überhaupt nichts mehr.

»Ja, und in russische Währung. Ich brauche die Rubel für meine Fahrt durch russisches Territorium.«

Amasia hatte sich inzwischen verschreckt an Ahmet geklammert. Der junge Mann nahm noch einmal seinen Mut zusammen und sagte:

»Lieber Onkel, willst du uns nicht endlich erklären...?«

Weiter kam er nicht, denn Keraban hatte sich erneut Selim zugewendet.

»Wie ist heute der Wechselkurs?« fragte er ungeduldig.

»Dreieinhalb Prozent«, antwortete Selim sachlich. Einen Augenblick lang war er ganz Bankier.

»Was? Dreieinhalb?«

»Tja, der Rubel steigt; er wird auf dem Geldmarkt sehr gefragt.«

»Aber bei einem Freund sind dreieinviertel doch auch genug!«

»Für Sie, Freund Keraban, meinetwegen dreieinviertel. Und ohne jede Kommissionsgebühr.«

Offenbar wußte der Bankier Selim vor Verwirrung nicht mehr, was er tat oder sagte.

Es versteht sich von selbst, daß Yarhud sich ein Versteck auf der Galerie gesucht und die ganze Familienszene aufmerksam

»Mein Herr, können Sie mir vielleicht erklären...«

verfolgt hatte. Er mußte unbedingt wissen, ob ihm aus der neuen Lage Nutzen oder Schaden erwachsen würde.

Ahmet hatte jetzt seinen Onkel verzweifelt beim Arm gegriffen und auf der Schwelle festgehalten. Das Wunder geschah: Der Starrkopf blieb tatsächlich stehen.

»Lieber Onkel«, begann Ahmet, »du hast uns doch eben bei deiner Ankunft so freundlich begrüßt, und nun...«

»Bei meiner Abreise, Ahmet, bei meiner Abreise!«

»Wie du willst, Onkel Keraban; ich mag dir nicht widersprechen. Aber sage uns doch wenigstens, warum du überhaupt nach Odessa gekommen bist!«

»Weil es auf meiner Reiseroute liegt. Täte es das nicht, wäre ich nicht nach Odessa gekommen ... nicht wahr, Van Mitten?«

Der Holländer beschränkte sich auf ein leichtes Kopfnicken.

»Ach richtig, ich habe Sie ja noch nicht einmal vorgestellt. Das wollen wir schnell erledigen.«

»Lieber Freund Selim, darf ich dich mit meinem Freund und Geschäftspartner Jan Van Mitten aus Rotterdam bekanntmachen? Er fährt gerade mit mir zum Abendessen in meine Villa in Scutari.«

»Nach Scutari?« rief Selim ungläubig.

»Es scheint so...« echote Bruno.

»Und nun endgültig: Marsch!«

Doch Ahmet stellte sich wieder Keraban in den Weg.

»Lieber Onkel«, begann er, »glaube bitte nicht, daß dir hier irgend jemand widersprechen wollte, aber wenn du sagst, Odessa liegt auf deinem Weg von Konstantinopel nach Scutari, dann fürchte ich...«

»Natürlich, wenn man den Weg ums Schwarze Meer wählt...«

»Ums Schwarze Meer?« rief Ahmet fassungslos.

Alle Zuhörer starrten Keraban ungläubig an. Aber der Starrkopf blieb ganz ruhig.

»Was gibt es denn da zu wundern?« sagte er. »Warum sollte ich nicht auf dem Weg um das Schwarze Meer nach Scutari fahren?«

Der Bankier und Ahmet tauschten entsetzte Blicke. Hatte Keraban den Verstand verloren?

»Lieber Freund«, begann Selim vorsichtig, »wir wollen Ihnen gewiß nicht widersprechen...«

Mit dieser Einleitung begann man tunlichst jedes Gespräch, mit dem Dickkopf.

»Wie gesagt, wir wollen Ihnen ja nicht widersprechen, aber uns scheint doch der einfachste Weg von Konstantinopel nach Scutari die Überfahrt über den Bosporus zu sein.«

»Bosporus? Gibt es nicht mehr.«

»Den gibt es nicht mehr?« stammelte Ahmet.

»Jedenfalls nicht mehr für mich! Höchstens noch für die Feiglinge, die bereit sind, den Herren Jungtürken pro Überfahrt zehn Paras Steuer zu zahlen. Welche Schande für ein Gewässer, das seit Menschengedenken frei war!«

»Wie? Eine neue Steuer?« Ahmet begriff plötzlich alles, und da setzte auch schon Keraban zu einer annähernd ausführlichen Erklärung an.

»Ja, denkt euch«, begann er atemlos vor Zorn, »als ich in meinen Kajik steigen wollte ... mit meinem Freund Van Mitten ... um in Scutari zu speisen ... da kam dieser Bursche von einem Polizeichef... verlangte zehn Paras pro Person. Ich weigere mich, zu bezahlen ... er will mich nicht abfahren lassen ... ich sage, ich weiß schon, wie man hinüber kommt, ohne zu bezahlen ... er behauptet, das sei unmöglich, ich sage, es ist doch möglich ... und, bei Allah, es ist auch möglich. Lieber lasse ich mir die Hand abhauen, als daß sie mir die zehn Paras Steuergeld aus der Tasche holt. Nein, bei Mohammed, und nochmals: Nein, ich zahle nicht!«

Die Leute in Konstantinopel hatten sich ganz offenbar in Kerabans Durchhaltevermögen getäuscht. Sein Freund Selim, Ahmet und Amasia dagegen kannten ihn nur zu gut, und sie wußten, daß es nach allem Vorgefallenen unmöglich sein werde, Keraban von seinem Entschluß abzubringen. Jedes weitere Wort hätte die Sache nur verschlimmert. Alles, was zu tun übrigblieb, war, sich in die Lage der Dinge zu schicken. So sagte Ahmet rasch: »Im Grunde genommen muß ich dir zustimmen, lieber Onkel. Ungerechten Forderungen sollte man entgegentreten, und wenn man dabei ein Vermögen einbüßt...«

»... oder sogar das Leben«, ergänzte Keraban düster.

»Aber, lieber Onkel, du kannst doch sicher deine Reise für ein paar Tage unterbrechen.«

»Irrtum, lieber Neffe. Hast du vergessen, daß ich innerhalb der nächsten sechs Wochen zurück sein muß?«

Ahmet sah Gefahr in Verzug. Hilfesuchend schaute er sich nach Amasia um.

»Aber was wird aus unserer Hochzeit, Herr Keraban?« fragte sie und ergriff die Hand des Starrkopfes.

»Eure Hochzeit, liebes Kind? Die wird vor Ablauf der sechs Wochen stattfinden ... vorausgesetzt, ihr haltet mich jetzt keinen Augenblick mehr auf.«

So stürzte das ganze Traumschloß froher Erwartungen in sich zusammen. Keraban versprach zwar, den Hochzeitstermin einzuhalten. Aber konnte er sich dafür verbürgen? Hing der Verlauf dieser furchtbar langen Reise nicht von tausend Zufälligkeiten ab?

Ahmet war nicht mehr so recht imstande, seinen Unmut zu verbergen. Doch zum Glück bemerkte Keraban davon ebensowenig wie von Amasias umwölkter Stirn und Nedjebs empörter Miene.

»Dieser Unmensch«, flüsterte die Dienerin, aber es sollte noch ärger kommen.

»Ich rechne darauf, daß Ahmet meinen Freund und mich auf der Weiterreise begleitet«, sagte Keraban beiläufig, aber in einem Ton, der jeden Widerspruch ausschloß.

»Teufel, dagegen wird der junge Mann nicht ankönnen«, sagte Van Mitten halblaut.

»Das wird er auch gar nicht erst versuchen«, flüsterte Bruno zurück.

Ahmet traf dieser Schlag wirklich ins Herz. Amasia erstarrte vor Schreck und stützte sich auf Nedjeb, die dem Onkel am liebsten die Augen ausgekratzt hätte.

Nur einer frohlockte: Kapitän Yarhud in seinem Versteck. Günstiger konnte sich die Sache gar nicht anlassen.

Nur Selim hatte noch die schwache Hoffnung, mit einem Wort zur Güte die Situation zu retten.

»Lieber Freund«, bat er, »lassen Sie doch Ahmet hier in Odessa. Ich kann mir nicht vorstellen, daß Sie ihn auf dieser Fahrt unbedingt brauchen.«

»Brauchen? Nein. Aber ich glaube, Ahmet wird meiner Bitte nachkommen.«

»Und doch...«

»Und was?« sagte Keraban mit zusammengepreßten Lippen, die allemal nichts Gutes verhießen.

Jedermann schwieg ... eine endlose Minute lang. Dann hatte sich Ahmet zu einem Entschluß durchgerungen. Er sprach leise auf seine Verlobte ein. Amasia sollte begreifen, daß Widerstand sinnlos sei und daß er, dank seiner russischen Sprachkenntnisse, vielleicht noch zur Beschleunigung des Reisetempos beitragen könnte. Jedenfalls wollte er alles Menschenmögliche daransetzen, den Onkel rechtzeitig in Scutari abzuliefern, und sollte es ein Vermögen kosten.

Amasia brachte zwar nicht die Kraft auf, ja zu sagen, aber sie sah ein, daß weiterer Widerstand sinnlos war.

»Also gut, lieber Onkel, ich komme mit«, sagte Ahmet.

»Vorwärts denn!« rief Keraban, und zu Selim gewendet setzte er hinzu: »Wo bleiben meine Rubel?«

»Die bekommen Sie in Odessa. Ich begleite Sie bis zu meinem Bankhaus.«

»Nun umarme deine Braut, Ahmet«, befahl Keraban, »wir wollen keine Zeit mehr verlieren.«

Ahmet umarmte das junge Mädchen, das die Tränen nicht länger unterdrücken konnte.

»Ach, Ahmet!« schluchzte sie, während ihre Dienerin auf Rache sann.

»Wenn der Seigneur Keraban doch noch ein Bein oder, besser, alle beide Beine brechen wollte, ehe er das Haus verlassen hat! Soll ich ein wenig nachhelfen?« flüsterte sie ihrer Herrin ins Ohr.

Ahmet aber bedeutete der Dienerin durch ein Handzeichen, daß sie schweigen solle. Nedjeb wäre wahrhaftig imstande gewesen, den unfügsamen Onkel auf gewaltsame Weise an der Weiterreise zu hindern!

Doch schon wurden Abschiedsküsse ausgetauscht, und der Aufbruch war im Gange. Alle Anwesende, sogar den phlegmatischen Holländer, hatte eine seltsame Erregung ergriffen. Einzig und allein Keraban spürte gar nichts, wollte nichts spüren.

»Ist der Wagen bereit?« fragte er Nizib, der gerade auf die Galerie heraustrat.

»Der Wagen wartet.«

»Vorwärts also! Und über euch, meine Herren Jungtürken, kann ich nur lachen! In europäischer Kleidung herumzulaufen! Nicht einmal fett zu werden versteht ihr!«

In den Augen Kerabans war das offenbar einer von vielen unverzeihlichen Fehlern der modernen Machthaber.

»Aufgepaßt, ihr Verräter, ihr lächerlichen Modernisten! Ich will euch lehren, daß es noch Altgläubige gibt, mit denen ihr nicht so leicht fertig werdet! Ihr glaubt, der Bosporus gehörte euch? Meinetwegen! Ich jedenfalls komme ohne euren Bosporus aus! ... Was sagten Sie eben, Van Mitten?«

»Nichts, verehrter Freund«, entgegnete Van Mitten, der wahrhaftig nicht gewagt hätte, den Mund aufzutun.

Doch Keraban war noch nicht zu Ende gekommen.

»Behaltet euren Bosporus!« schrie er wieder. »Zum Glück gibt es ja noch das Schwarze Meer, und wer sagt da, die Uferstraßen seien ausschließlich für die Karawanenführer reserviert? Ich werde auf dem Karawanenweg reisen, in meiner Kutsche, ungehindert! Meine Freunde! Seht ihr nicht schon im Geiste die langen Gesichter der Steuereinzieher, wenn ich auf den Höhen von Scutari auftauche, ohne einen halben Para in ihren Bettelsack geworfen zu haben?«

Der feuerspeiende Keraban sah großartig aus; das konnten sich selbst die niedergeschlagenen Zuhörer nicht verhehlen.

Schon war der Starrkopf an der Tür. Da hielt ihn Selim noch einmal auf.

»Freund Keraban«, sagte der Bankier rasch, »gestatten Sie mir noch eine Überlegung.«

»Keine Überlegungen mehr!«

»Dann eben eine einfache Bemerkung!«

»Als wenn dafür noch Zeit wäre!«

»So hören Sie doch, lieber Freund, was wollen Sie eigentlich nach Ihrer Ankunft in Scutari tun? Sie können sich doch nicht in Ihrem Landhaus vergraben, wenn Ihre Firma in Konstantinopel liegt.«

»Nein … natürlich nicht«, sagte Keraban leicht zögernd.

»Und was wird aus unserer Hochzeit, wenn du nicht mehr über den Bosporus fahren willst?« fragte Ahmet rasch.

»Das ist ganz einfach«, erklärte Keraban, schenkte sich aber die Antwort auf Selims Frage, die ihn doch in Verlegenheit brachte.

»Liebe Freunde, ich lade euch ein, die Hochzeit bei mir in Scutari zu feiern.«

Zu Selim gewendet setzte er noch hinzu:

»Sie werden allerdings nicht umhin kommen, pro Person die zehn Paras für die Überfahrt zu entrichten. Aber was tut es! Ihre Ehre steht dabei längst nicht so sehr auf dem Spiel wie meine.«

»Ja, das ist eine Lösung! Ihr kommt in einem Monat nach Scutari!« rief Ahmet. »Liebe Amasia, ich verspreche dir, daß wir euch nicht zu lange warten lassen.«

»Einverstanden; wir sehen uns in Scutari wieder«, sagte nun auch Selim.

»Aber was werden Sie nach der Hochzeit tun, Freund Keraban? Über kurz oder lang müssen Sie doch wieder in Ihr Geschäftshaus in Konstantinopel zurückkehren.«

»Das muß ich auch. Ich werde schon hinüberkommen.«

»Aber wie?«

»Sagen Sie lieber: Wann? Ich werde eben warten, bis die neue Steuer wieder abgeschafft ist.«

»Und wenn das nicht geschieht?«

»Und wenn das nicht geschieht?« Keraban machte eine verächtliche Handbewegung. »Bei Allah! Dann kehre ich auf dem Weg um das Schwarze Meer zurück.«

Elftes Kapitel

in welchem dramatische Ereignisse das phantastische Reiseunternehmen überschatten

In Selims Villa herrschte plötzlich tiefe Stille. Keraban folgte schon wieder seiner verrückten Reiseroute, Van Mitten folgte seinem Freund, Ahmet folgte seinem Onkel und Nizib und Bruno folgten ihren Herren, weil ihnen gar nichts weiter übrigblieb. Bis auf Amasia und Nedjeb sowie fünf oder sechs Diener, die in den Wirtschaftsräumen ihrer Arbeit nachgingen, war das Landhaus leer, denn der Bankier war noch immer nicht aus Odessa zurückgekehrt, wo er den Umtausch der ottomanischen Piaster in russische Rubel besorgt hatte.

Kapitän Yarhud rieb sich die Hände. Hoch befriedigt hatte er die Abschiedsszene verfolgt. Das Resultat war für ihn mehr als günstig. Die Hochzeit der jungen Leute war tatsächlich bis zu Kerabans Rückkehr verschoben – erster Punkt für Yarhud! Ahmet war nichts weiter übriggeblieben, als seinem Onkel zu folgen – zweiter Punkt für Yarhud!

Und der dritte Punkt? Die beiden Mädchen waren im Augenblick so gut wie allein in der Villa! Obendrein lag die ›Guidare‹ nur eine halbe Kabellänge vom Ufer entfernt vor Anker, und das Beiboot wartete unten an der Treppe. Und endlich: Die Matrosen waren Leute, die ihrem Kapitän auf ein Fingerzeichen gehorchten – er brauchte also nur zu wollen.

Fast hätte Yarhud der Versuchung nachgegeben und die Mädchen auf der Stelle gewaltsam entführt. Da er aber ein kluger Mann war, der nichts dem Zufall überließ, beherrschte er sich und begann, einen Plan zu entwickeln.

Vor allem ging es ihm darum, keine Spur der Entführung zu hinterlassen. Noch war heller Tag. Gebrauchte er jetzt Gewalt, so würden die Mädchen bestimmt mit ihrem unvermeidlichen

Geschrei einen oder mehrere Diener herauslocken. Die Leute würden zweifellos die ›Guidare‹ bei der raschen Abfahrt aus der Bucht von Odessa beobachten und sich einen Vers darauf machen. Nein... so ging es nicht. Vorsicht war oberstes Gebot, und das hieß, den Einbruch der Nacht abwarten! Immerhin hatte sich das wichtigste Hindernis von selbst erledigt: Ahmet war nicht mehr im Wege.

Der Malteser verhielt sich also noch still. Er saß in seinem Beiboot, das von der Balustrade teilweise verdeckt war, und beobachtete Amasia und ihre Dienerin. Die beiden Mädchen waren völlig arglos. Ob sie jetzt noch ihr Versprechen einhielten und an Bord kamen, um Yarhuds Stoffladung zu besichtigen?

Die Aussichten waren nicht gut. Amasia war nach dem Aufbruch Kerabans und seiner Begleiter wie betäubt auf der Galerie sitzen geblieben. Unverwandt starrte sie jetzt nach Norden. Dort verlief die Uferstraße, auf der sich die Reisenden immer weiter von Odessa fortbewegten. Und dort drohten ihnen vielleicht auch schon ernste Gefahren. Wäre doch nur die Hochzeit schon vorüber gewesen! Nichts hätte sie abgehalten, Ahmet zu folgen, auch nicht Einwände des Onkels. Als Nichte hätte sie vielleicht sogar Einfluß auf den Starrkopf nehmen und ihn von dem gefährlichen Unternehmen abbringen können. Doch was nutzten solche Überlegungen! Sie war jetzt allein und mußte warten, lange warten, ehe sie mit Ahmet wieder vereint wäre und endlich in Scutari heiraten könnte.

Nedjeb war alles andere als betäubt: Sie sprühte vor Zorn, vor Zorn über Keraban, den Urheber aller Enttäuschungen. Nein, sie hätte sich den Verlobten gewiß nicht so kurzerhand entführen lassen. Dieser Herr Keraban wäre bei ihr auf einen Dickkopf gestoßen, der dem seinen durchaus ebenbürtig war.

Nedjeb ging auf Amasia zu, faßte sie bei der Hand und führte sie zum Diwan hinüber. Sie selbst ließ sich auf einem Kissen zu Füßen ihrer Herrin nieder.

»Liebe Herrin«, begann sie, »an Ihrer Stelle würde ich nicht zu viel an den Seigneur Ahmet, aber um so mehr an den Seigneur

Der Malteser beobachtete die Mädchen

Keraban denken, und den wollte ich nach Herzenslust verwünschen.«

»Und was gewinnen wir dabei?«

»Vielleicht nichts, aber auf jeden Fall macht es weniger traurig.«

»Nein, Nedjeb«, erwiderte Amasia, »ich möchte doch lieber von Ahmet sprechen, ich kann an niemand anderen denken.«

»Nun gut«, seufzte Nedjeb, »reden wir über den jungen Herrn. Es stimmt schon: Kein Mädchen könnte sich einen besseren Bräutigam erträumen, aber mußte er sich einen so abscheulichen Onkel aussuchen? Diesen Tyrannen, diesen schändlichen Mann, von dem wir nichts weiter verlangten, als daß er uns ein paar Tage Zeit schenkte. Aber nein! Er mußte unsere Bitte abschlagen! Wahrhaftig, dieser Starrkopf verdient...«

»Wir wollten doch von Ahmet sprechen«, warf Amasia ein.

»Ja, teure Herrin, und davon, wie er Euch liebt, wie glücklich Sie beide einmal sein werden. Er wäre einfach vollkommen, hätte er nicht diesen Onkel. Der Tyrann hat übrigens gut daran getan, Junggeselle zu bleiben. Ob eine Frau oder eine ganze Schar, er hätte sie alle bis hinunter zur letzten Haremssklavin rebellisch gemacht.«

»Du sprichst schon wieder von Keraban, Nedjeb!« mahnte Amasia, die in Gedanken unverwandt bei Ahmet weilte.

»Aber nein, ich denke genau wie Sie immerfort an den jungen Herrn«, versicherte Nedjeb. »Doch eines verstehe ich nicht: Warum hat der Seigneur Ahmet sofort nachgegeben? Ich hätte ihm mehr Energie zugetraut.«

»Und war seine Nachgiebigkeit nicht klüger als aller Widerstand? Verstehst du nicht, daß er die Reise nur mitmacht, um sie nach Kräften zu beschleunigen und Gefahren abzuwenden, die Keraban vielleicht durch seinen Starrsinn heraufbeschwört? Nein, Nedjeb, Ahmet war nicht feige. Dadurch, daß er mitreist, hat er in meinen Augen gerade Mut bewiesen.«

»Sie sollen recht haben, liebe Herrin«, sagte Nedjeb ergeben, aber ihr wildes Zigeunerherz bebte doch noch vor Zorn. Und so fügte sie hinzu:

»Vielleicht wäre Ahmet noch mutiger gewesen, wenn er ernsthaft versucht hätte, den Onkel aufzuhalten?«

»Glaubst du wirklich, Keraban hätte sich durch irgend jemanden aufhalten lassen?«

»Ja ... nein ... vielleicht ... jedenfalls gibt es keine Eisenstange, die man im Notfall nicht doch biegen oder brechen kann. Wenn ich mir vorstelle, daß diese unsinnige Reise gemacht wird, um zehn Paras zu sparen! Und daß deswegen der Seigneur Ahmet so unglücklich gemacht wird ... und Sie erst recht ... und ich natürlich auch! Ich wünschte, die Grenzen des Schwarzen Meeres reichten bis zum Ende der Welt! Dann wollte ich einmal sehen, ob er noch auf seinem Dickkopf bestehen und ›rundherum‹ reisen könnte!«

»Du kannst überzeugt sein, Keraban täte es«, sagte Amasia im Tone vollster Überzeugung.

In diesem Augenblick stieg Yarhud aus dem Boot und ging auf die Mädchen zu. Beim Geräusch der Schritte drehten sich Amasia und Nedjeb erschreckt um. Sie waren nicht wenig erstaunt, als der Kapitän Yarhud so plötzlich vor ihnen auftauchte.

Nedjeb sprang als erste auf.

»Sie, Herr Kapitän? Was wünschen Sie denn noch?«

»Verzeihung, eigentlich nichts Besonderes«, erwiderte Yarhud und heuchelte ein wenig Erstaunen über den unfreundlichen Empfang.

»Ich wollte mich nur den Damen zur Verfügung stellen«, sagte er rasch.

»Wofür denn?«

»Um Sie an Bord der ›Guidare‹ zu bringen. Sie hatten mir doch einen Besuch versprochen!«

»Das hatten wir versprochen, als mein Verlobter noch hier war«, entgegnete Amasia. »Der Seigneur Ahmet ist aber auf Reisen gegangen, und ich habe augenblicklich keinen Grund mehr, Ihre Ware zu besichtigen.«

Yarhuds Miene verdüsterte sich einen Augenblick. Dann aber fand er zu seiner gespielten Sanftmut zurück.

»Mein Schiff kann leider nicht lange hier vor Anker liegen«, sagte er freundlich. »Wir müssen schon morgen oder übermorgen absegeln. Wenn die Braut des Seigneur Ahmet vielleicht doch noch das eine oder andere hübsche Stück Stoff erwerben möchte, müßte sie sich rasch entscheiden. Mein Beiboot liegt jederzeit abfahrtbereit an der Treppe.«

»Vielen Dank, Kapitän«, sagte Amasia kühl. »Aber ich deutete es schon an: Solange mein Verlobter auf Reisen ist, habe ich keine Lust, mich mit dergleichen Dingen zu befassen. Er sollte uns ja auf Ihr Schiff begleiten und auch ein wenig beraten. Jetzt ist er fort, und ohne ihn kann und will ich nichts unternehmen.«

Yarhud nahm noch einmal Anlauf.

»Vielleicht wäre Ihr Verlobter enttäuscht, wenn er bei seiner Rückkehr feststellt, daß Sie seinen Wunsch nicht erfüllt und nicht noch ein paar hübsche Geschenke ausgesucht haben. Wer weiß, ob Sie so bald wieder eine derart günstige Gelegenheit zum Einkaufen finden.«

»Sie mögen recht haben«, sagte Nedjeb. »Im Augenblick wäre es aber besser, Sie wollten nicht weiter in uns dringen.«

»Wie Sie wünschen«, erwiderte Yarhud und verbeugte sich. »Ich habe nur eine Bitte: daß Sie den versprochenen Besuch nachholen, wenn die ›Guidare‹ wieder einmal in Odessa vor Anker liegt.«

»Wir vergessen Sie nicht, Kapitän«, versicherte Amasia und deutete durch ein Handzeichen an, daß der Besuch beendet sei.

Yarhud empfahl sich, ging einige Schritte auf die Terrasse zu, blieb stehen, als sei ihm etwas Wichtiges eingefallen, und kehrte noch einmal zur Galerie zurück.

»Noch ein Wort, genauer gesagt, ein Vorschlag, der dem Seigneur Ahmet gewiß Freude machen würde«, sagte er zu Amasia.

»Ich verstehe Sie nicht«, sagte das junge Mädchen ungeduldig. Die Hartnäckigkeit des Maltesers fiel ihr auf die Nerven.

»Gestatten Sie mir eine Erklärung«, bat Yarhud. »Ganz zufällig wurde ich Zeuge Ihres Abschieds von Seigneur Ahmet.«

»Zufällig?« fragte Amasia ein wenig mißtrauisch.

»Bei meiner Ehre, rein zufällig! Ich saß doch unten in meinem Boot und wartete auf Sie und Ihre Begleiter...«

»Nun kommen Sie zur Sache«, drängte Amasia.

»Kurz und gut, ich sah, daß Ihnen die Abreise Ihres Verlobten sehr naheging, und ich könnte mir vorstellen, daß Sie ihn nur allzu gern noch einmal wiedersehen wollten, ehe...«

»Wiedersehen? Was wollen Sie damit sagen?« rief Amasia, deren Herz beim Gedanken an Ahmet schon wieder schneller schlug.

»Ein Wiedersehen ist ganz einfach einzurichten«, erklärte Yarhud. »Sie sehen doch dort drüben die Spitze des kleinen Kaps? An dieser Stelle muß der Reisewagen des Seigneur Keraban in einer Stunde vorbeikommen.«

Amasia war ein paar Schritte vorgetreten und blickte angestrengt hinüber zu der leichten Krümmung der Küstenlinie, auf die der Kapitän gezeigt hatte.

»Dort drüben, meinen Sie?«

»Ganz recht.«

»Ach, liebste Herrin, wenn es doch nur einen Weg gäbe, um rasch genug zum Kap zu gelangen«, sagte Nedjeb.

»Nichts leichter als das!« entgegnete Yarhud rasch. »Bei dem günstigen Wind könnte meine ›Guidare‹ schon in einer halben Stunde drüben sein. Sie brauchen nur an Bord zu kommen. Wir segeln dann sofort ab.«

»Ach ja, bitte!« rief Nedjeb.

Das arglose Mädchen sah in diesem Schiffsausflug nichts weiter als eine günstige Gelegenheit, ihre Herrin noch einmal mit dem Verlobten zusammenzuführen.

Amasia ging nicht so rasch auf den Vorschlag ein. Yarhud konnte eine ungeduldige Bewegung nicht unterdrücken, und das Mißtrauen des jungen Mädchens wuchs.

»Herr Kapitän«, sagte sie entschlossen, »ich glaube, diese Art des Wiedersehens würde meinem Verlobten mehr Schmerz als Freude bereiten.«

Unverwandt starrte Amasia zum Kap hinüber

Yarhud sah ein, daß seine Bemühungen vergebens waren. Frostig nahm er Abschied.

Wenige Minuten später stieß das Beiboot von der Treppe ab. Kapitän Yarhud und seine Leute kehrten an Bord der ›Guidare‹ zurück. Das kleine Boot aber blieb, durch ein Tau gesichert, an der Backbordseite des Seglers liegen.

Die beiden Mädchen saßen noch eine Stunde lang draußen auf der Galerie. Unverwandt starrten sie auf das Kap, an dem Kerabans Kutsche bald vorüberkommen mußte.

Endlich rief Nedjeb:

»Da unten sind sie! Sehen Sie den Wagen auf der Uferstraße?«

»Du hast recht, das sind sie! Das ist Ahmet!«

»Schade, daß er Sie nicht sehen kann!«

»Was tut es? Ich fühle doch, daß er nach mir ausschaut.«

»Aber sicher, liebe Herrin. Vielleicht hat er die Villa zwischen den Bäumen ausmachen können, und vielleicht sieht er sogar ...«

»Auf Wiedersehen, Ahmet!« sagte Amasia leise.

Dann verschwand der Wagen hinter einer Straßenbiegung auf dem Steilufer, und Amasia kehrte mit Nedjeb in die inneren Räume des Landhauses zurück.

Yarhud wachte auf dem Deck der Tartane. Er hatte beobachtet, daß die Mädchen in der Villa verschwunden waren. Seine Männer erhielten Anweisung, die Galerie weiter zu beobachten. Sollten Amasia und Nedjeb bei einbrechender Dunkelheit noch einmal heraustreten, wollte er sofort zur Tat schreiten. Sie sollten nun mit Gewalt entführt werden.

Genaugenommen konnte sich Yarhud Zeit lassen. Ahmet war fort, und den Hochzeitstermin hatte man um sechs Wochen verschoben. Allerdings mußte man auch den Seigneur Saffar, Yarhuds Auftraggeber, in Betracht ziehen. Vielleicht wollte er schon in allernächster Zeit nach Trapezunt heimkehren. Und bei einem Segler wie der ›Guidare‹ war es schwierig, genaue Reisetermine einzuhalten. Man hing zu sehr von den wechselnden Winden auf dem Schwarzen Meer ab und hatte immer mit Verzögerungen um zwei bis drei Wochen zu rechnen. Die Entführung mußte also

Die Mädchen wurden von den Seeleuten gepackt …

trotz allem augenblicklich ins Werk gesetzt werden. Yarhud war zweifellos ein Schurke, aber ein Schurke, der seinen Verpflichtungen gewissenhaft nachkam. Und deshalb entschloß er sich, unverzüglich zu handeln.

Die Lage entwickelte sich günstig. Ehe Selim heimgekommen war, trat Amasia noch einmal auf die Galerie heraus. Sie war allein, denn sie wollte ungestört an ihren Verlobten denken, der auf der Uferstraße immer weiter nach Osten forteilte.

Amasia war so in Gedanken versunken, daß sie nicht bemerkte, wie sich ein Boot von der ›Guidare‹ löste. Im Schutze der Abenddämmerung glitt es bis an die Treppe von Selims Garten. In Sekundenschnelle waren Yarhud und vier Matrosen an Land gesprungen und die Treppe heraufgeeilt.

Das junge Mädchen war noch immer in die Träumereien um den fernen Ahmet versunken. Da machte der Kapitän einen großen Satz und packte sie mit so hartem Griff, daß jede Gegenwehr ausgeschlossen war. Sie konnte nur noch um Hilfe schreien.

Auch der Angstschrei wurde sofort erstickt; aber Nedjeb hatte die Rufe gehört.

Die Dienerin trat auf die Galerie heraus, aber ehe sie sehen konnte, was vorging, wurde sie schon von zwei Matrosen gepackt.

»An Bord!« rief Yarhud.

Und schon saßen die beiden Mädchen im Beiboot, das eilig auf die ›Guidare‹ zusteuerte.

Die Tartane hatte bereits die Anker gelichtet und alle Segel gehißt. Die Fahrt konnte losgehen, sobald der Kapitän mit seiner Beute an Bord war.

Yarhud ließ nicht lange auf sich warten. Amasia und Nedjeb wurden zunächst in einer Kabine auf dem Hinterdeck eingeschlossen, und die ›Guidare‹ begann die Reise nach Trapezunt.

Der Handstreich war blitzschnell ausgeführt worden, und doch hatte es Zeugen gegeben: ein paar Diener, die noch im Garten beschäftigt waren. Sie hatten Amasias Hilfeschrei gehört und sofort Alarm geschlagen.

Im selben Augenblick war auch der Bankier heimgekehrt, und man hatte ihn von den Hilferufen unterrichtet. In sinnloser Angst suchte er überall nach seiner Tochter – Amasia blieb verschwunden.

Als Selim aber die ›Guidare‹ draußen auf hoher See manövrieren sah, verstand er, was geschehen war. Er stürzte durch seinen Garten bis zu einer Landspitze, an der die ›Guidare‹ vorbeikommen mußte, um den Uferfelsen auszuweichen.

»Räuber!« schrie er. »Zu Hilfe! Sie entführen meine Tochter! Haltet sie! Haltet sie doch auf!«

Die einzige Antwort auf sein Rufen war ein Gewehrschuß von der ›Guidare‹.

Selim sank zu Boden. Eine Gewehrkugel hatte ihn in die Schulter getroffen.

Wenige Augenblicke später war die Tartane schon mit geblähten Segeln aus dem Gesichtsfeld der Villa entschwunden.

Eine Kugel hatte Selim in die Schulter getroffen

Zwölftes Kapitel

in welchem Van Mitten eine Tulpen-Geschichte erzählt,

die dem Leser so manches erklärt

Kerabans Kutsche hatte Odessa gegen ein Uhr mittags verlassen. Vor dem Wagen waren zwei frische Postpferde eingespannt, und man kam rasch vorwärts. Die Sitzplätze im Coupé waren jetzt unter die drei Herren verteilt. Zur Linken saß Keraban, ganz rechts Van Mitten und zwischen ihnen der junge Ahmet. Bruno und Nizib thronten wieder hoch oben in ihrem Kabriolett, wo sie sich die Zeit eher mit Schlafen als mit Plaudern vertrieben.

Über der herrlichen Landschaft lag strahlender Sonnenschein, und das Meer hob sich tief blau vom Grau der Steilufer ab.

Im Coupé war es ebenso still wie oben im Kabriolett, nur daß die Herren nicht schliefen, sondern ihren Gedanken nachhingen. Keraban dachte mit Wohlbehagen an den ›gelungenen Streich‹, den er den ottomanischen Behörden spielte, während Van Mitten ein wenig mit seinem Schicksal haderte, das ihn über die Uferstraßen des Schwarzen Meeres trieb, obwohl er nichts weiter im Sinn gehabt hatte, als einige Zeit ganz ruhig in Konstantinopel zu verbringen.

Ahmet wiederum überlegte, wie man die Reise abkürzen könnte, und sollte die Börse seines Onkels dabei noch so leer werden.

Plötzlich bog die Kutsche um eine scharfe Kurve, und die Bucht von Odessa wurde sichtbar. Die Augen des jungen Mannes hefteten sich auf einen hellen Fleck im Grün der Bäume: Er hatte Selims Villa erspäht! Und es war gar nicht so unwahrscheinlich, daß sich in diesem Augenblick die Blicke der jungen Verlobten kreuzten.

Dann aber brach Ahmet das Schweigen. Er erkundigte sich bei seinem Onkel, ob auch alle Einzelheiten des Reiseweges genau vorherbedacht seien.

Keraban beruhigte den jungen Mann:

»Wir haben nichts weiter zu tun, als unablässig dieser Küstenstraße zu folgen«, erklärte er.

»Und welchen Punkt haben wir jetzt erreicht?«

»Wir befinden uns etwa zwölf Meilen hinter Odessa und werden gegen Abend in Kablewo sein.«

»Und danach?«

»Reisen wir weiter, die ganze Nacht lang. Morgen früh müßten wir in Nikolajew ankommen.«

»Sehr schnell, verehrter Onkel. Aber was wird dann? Möchtest du nicht auch so schnell wie möglich den Kaukasus erreichen?«

»Natürlich, aber ich wüßte nicht, wie wir das Tempo noch mehr beschleunigen könnten.«

»Nun, indem wir die südrussische Eisenbahn benutzen. Wir könnten doch gut ein Drittel unseres Weges auf dem Schienenweg zurücklegen.«

»Ich soll die Eisenbahn benutzen?« Keraban heulte fast auf vor Abscheu.

Van Mitten gab seinem jungen Reisegefährten einen leichten Stoß mit dem Ellenbogen.

»Ganz sinnlos!« flüsterte er. »Ganz sinnloser Vorschlag. Er verabscheut Eisenbahnen.«

Ahmet kannte natürlich Kerabans Einstellung zu modernen Transportmitteln; aber er hoffte immer noch, der Onkel werde dieses eine Mal von seinen beklagenswerten Vorurteilen abzubringen sein.

Doch Keraban zerstörte sogleich diese Illusion.

»Du sprachst eben von der Eisenbahn, wenn ich nicht irre?« begann er noch einmal.

»Ja, lieber Onkel.«

»Und erwartest, daß ich, Keraban, etwas tue, was ich noch nie getan habe?«

»Wenn du doch nur einen Versuch machen wolltest...!«

»Ahmet, mir scheint, du weißt nicht, was du sprichst. Du

nimmst dir Kühnheiten gegenüber deinem Onkel heraus, die dir nicht zustehen.«

»Aber, verehrter Onkel...!«

»Werde nicht schon wieder unverschämt!«

»Gewiß nicht, aber ich versichere dir, daß man in den Eisenbahnwaggons...«

»Waggons!« Keraban wälzte das Wort auf der Zunge, als habe er es noch nie im Leben ausgesprochen.

»Ja, ich meine die Waggons, die auf Schienen rollen...«

»Schienen!« stieß Keraban hervor. »Was sind das für entsetzliche Wörter! In welcher Sprache unterhalten wir uns eigentlich?«

»In der Sprache der Reisenden unseres modernen Zeitalters.«

Keraban geriet langsam in Hitze.

»Mein verehrter Herr Neffe«, begann er in ätzendem Ton, »sehe ich etwa aus wie ein Mensch des ›modernen Zeitalters‹? Ich, der sich niemals von einem leblosen Mechanismus transportieren läßt, soll plötzlich auf Schienen dahinrollen! Wozu gibt es denn noch die Landstraßen?«

»Aber wenn man doch besonders schnell vorwärtskommen will...!«

»Schluß jetzt. Und merke dir eines, mein lieber Ahmet: Wenn es keine Kutschen mehr gäbe, führe ich auf einem Leiterwagen, gäbe es keinen Leiterwagen mehr, nähme ich ein Pferd, und in Ermangelung eines Pferdes benutzte ich einen Esel; hätte ich den nicht, ginge ich zu Fuß, und fehlten mir die Füße, kröche ich auf den Knien; hätte ich keine Knie mehr...«

»Freund Keraban, hören Sie auf!« rief Van Mitten in beschwörendem Ton, aber der Starrkopf war noch nicht am Ende.

»Jawohl, hätte ich keine Knie mehr, dann rutschte ich auf dem Bauch!« schrie er erregt, während er den Neffen am Arm packte. »Und hat man je gehört, daß Mohammed mit der Eisenbahn nach Mekka gereist wäre?«

Dieses letzte Argument war unschlagbar. Ahmet hätte vielleicht vorbringen können, daß Mohammed sicher mit der Eisenbahn gefahren wäre, wenn sie zu seiner Zeit schon bekannt gewesen wäre; aber fürs nächste schwieg er lieber. Keraban beruhigte sich nicht so schnell. Er saß in seiner Ecke und belustigte sich damit, alle Fachausdrücke aus der Eisenbahnwelt in entstellter Aussprache vor sich hin zu murmeln.

Die Straße war in erträglichem Zustand, und da es in den Poststationen nie an frischen Pferden mangelte, kam man rasch vorwärts. Die Regelung der Ausgaben hatte Keraban herzlich gern dem Neffen überlassen, und Ahmet bezahlte, was immer gefordert wurde. Er verteilte Trinkgelder mit fürstlicher Großzügigkeit und betrug sich wie ein großer Herr, der es sich leisten konnte, Rubelscheine für eine Schnitzeljagd zu verwenden.

Planmäßig wurde Kablewo am Abend des 27. August erreicht. Während der Nacht ging es über den Bug, und am Mittag des folgenden Tages legte die Kutsche eine dreistündige Pause in Nikolajew ein. Die Insassen nahmen inzwischen eine leidlich gute Mahlzeit in einem Gasthof ein. Bruno nutzte die Gelegenheit und langte tüchtig zu. Ahmet war mehr daran interessiert, endlich an Selim zu schreiben und über den glimpflichen Verlauf der Fahrt zu berichten. Natürlich ließ er in den Brief viele Sätze einfließen, die für Amasia bestimmt waren. Keraban dagegen hatte nichts Besseres zu tun, als einen kräftigen Kaffee und den aromatischen Duft seiner Nargileh zum Nachtisch zu genießen.

Van Mitten und sein Diener hatten beschlossen, diese erzwungene Reise wenigstens so gut es ging auszunützen. Sie besichtigten das Land und beobachteten die Bevölkerung, wann immer sich eine Gelegenheit bot. So durchstreiften sie auch jetzt wieder das Städtchen, das offenbar in letzter Zeit zu Wohlstand gelangt war und sogar drohte, dem Gouvernement ›Cherson‹ seinen eigenen Namen aufzuzwingen.

Doch Ahmet drängte bald zur Abfahrt, und Van Mitten hütete sich, die Wünsche des jungen Mannes zu durchkreuzen.

Die Fahrt ging zunächst siebzehn Meilen weit über eine fruchtbare Landschaft, die hier und da durch Maulbeerbäume, Pappeln und Weiden aufgelockert wurde. Man war jetzt nahe am Dnjepr, der nach einem Lauf über fast vierhundert Meilen bei Cherson mündet. Die ausgedehnten Binsendickichte schienen überwiegend von Blaumeisen bevölkert zu sein. Beim Herannahen der Kutsche stoben die Vögel aber mit schwerem Flügelschlag davon, und die Reisenden merkten, daß es sich um Elstern handelte. Sie stießen ein durchdringendes Geschrei aus, das die Ohren mehr beleidigte, als ihr herrlich blauschimmerndes Gefieder die Augen erfreuen konnte.

Am frühen Morgen des 29. August traf die Reisegesellschaft endlich in Cherson, der Hauptstadt des Gouvernements, ein. Cherson verdankt seine Gründung Potemkin, und unsere Reisenden beglückwünschten den kaiserlichen Schützling zu seiner Schöpfung, denn hier gab es vorzügliche Hotels und auch gut ausgestattete Läden, in denen man den Reiseproviant wieder ergänzen konnte. Diese Aufgabe übernahm übrigens Bruno, und er erwies sich dabei weitaus geschickter als sein Kollege Nizib.

Über Aleschki ging es dann talwärts auf die Landenge von Perekop zu, die die Krim mit der südrussischen Schwarzmeerküste verbindet.

In Aleschki hatte Ahmet noch einen Brief nach Odessa aufgegeben. Keraban fragte seinen Neffen, ob er auch im Namen des Onkels Grüße ausgerichtet habe. Ahmet hatte natürlich daran gedacht und wurde entsprechend gelobt.

»Nur schade, daß wir nie selber Post empfangen können«, meinte Ahmet.

Da fiel Keraban etwas ein.

»Lieber Freund«, sagte er, zu Van Mitten gewendet, »Sie scheinen um den Briefwechsel mit Ihrer Frau nicht sonderlich besorgt zu sein.«

»Mit meiner Frau?«

»Ja, natürlich!«

»Ach, wissen Sie, Frau Van Mitten ist sicher eine ehrenwerte Dame. Und als Dame habe ich nie etwas an ihr auszusetzen gehabt...als Ehefrau dagegen... Müssen wir unbedingt von ihr sprechen?«

»Ich habe nur damit angefangen, weil ich sie als höchst liebenswerte Person in Erinnerung hatte.«

»Wirklich?« In Van Mittens Stimme lag so viel Verblüffung, als habe er eine große Neuigkeit erfahren.

Keraban wendete sich jetzt an den Neffen.

»Ahmet, habe ich dir nicht viele schmeichelhafte Dinge über Frau Van Mitten berichtet?«

»Gewiß, lieber Onkel.«

»Wirklich?« wiederholte Van Mitten noch einmal ungläubig.

»Nun ja, vielleicht hatte sie zuweilen etwas eigenartige Einfälle, kleine Launen«, sagte Keraban begütigend. Und er fügte hinzu: »Aber welche Frau hat keine Launen? Irgendwie scheinen sie zum weiblichen Charakter zu gehören, und wer sich damit nicht abfinden will, sollte sich gar nicht erst mit Frauen einlassen. Ich habe mich jedenfalls an die Regel gehalten.«

»Und wohl daran getan«, versicherte Van Mitten.

»Als richtige Holländerin liebt Ihre Frau sicher Tulpen?« fragte Keraban ablenkend.

»Und ob!«

»So sprechen Sie doch einmal frei von der Leber weg, lieber Freund. Immer wenn ich Ihre Frau erwähne, reagieren Sie so seltsam kühl.«

»Kühl wäre noch entschieden zu warm, wenn ich meine Empfindungen in diesem Punkt beschreiben soll.«

»Höre ich recht?« rief Keraban verwundert.

»Leider. Von allein hätte ich Frau Van Mitten gewiß nie ins Gespräch gebracht. Da Sie aber einmal damit angefangen haben, will ich Ihnen ein Geständnis machen. Meine Frau und ich, wir... wir leben von nun an getrennt.«

»Getrennt? Mit gegenseitigem Einverständnis?«

»Ja.«

»Und für immer?«

»Für immer.«

»Erzählen Sie mir doch die ganze Geschichte. Sie wissen ja, wir Türken lieben Geschichten, und als Junggeselle liebe ich natürlich besonders Ehegeschichten. Wenn Sie das Erzählen allerdings zu sehr aufregt…«

»Aufregt? Warum sollte mich die Geschichte aufregen?« fragte der Holländer. Er lehnte sich zurück und begann zu erzählen – in einem Ton, als handele es sich um die Erlebnisse eines anderen.

»Um es kurz zu machen«, begann er; »unser gemeinsames Eheleben war aus allen möglichen Gründen unerträglich geworden. Wir stritten über dieses und jenes, über den Zeitpunkt des Aufstehens und des Zubettgehens, über die Stunde des Mittagessens und die Wahl der Speisen und Getränke, über das tatsächliche Wetter und das vorhergesagte Wetter; wir konnten uns über die Stellung der Möbel nicht mehr einigen und auch nicht über das Feuer, das der eine in diesem und der andere in jenem Zimmer anzünden wollte. Wir zankten uns über Türen und Fenster, die gerade geöffnet oder geschlossen werden sollten, und jeder hatte seine eigene Ansicht von den Pflanzen, die im Garten gesetzt oder entfernt werden mußten; und schließlich…«

»Eine beachtliche Litanei«, warf Keraban ein.

»Ja, und von Tag zu Tag kamen neue Streitigkeiten hinzu, obwohl ich doch gewiß nachgiebig genug bin.«

»Nachgiebigkeit war in Ihrem Fall gewiß das Klügste«, bemerkte Ahmet.

»Nein, ganz falsch. Sie hätten sich durchsetzen müssen«, protestierte Keraban und war auch schon bereit, über diesen Punkt ein neues Streitgespräch zu entfachen.

»Ich weiß es selbst nicht«, fuhr Van Mitten fort. »Wie dem auch sei, bei der letzten Auseinandersetzung war ich entschlossen, um keinen Preis nachzugeben… und ich gab nicht nach, wie ein… ja, wie ein leibhaftiger Keraban.«

»Beim Barte des Propheten!« rief Keraban anerkennend, aber doch voller Zweifel, denn er schätzte seine Fähigkeiten auf diesem Gebiet ganz richtig ein.

»Doch, wie ein echter Keraban«, wiederholte Van Mitten.

»Das Streitobjekt in jener letzten Auseinandersetzung waren nämlich Tulpen, noch dazu ›Genners‹, diese herrliche Liebhabersorte mit den schnurgeraden Stengeln, von der es schon über hundert Arten gibt. Ich besaß kein einziges Exemplar, für dessen Zwiebel ich nicht mindestens tausend Gulden bezahlt hatte.«

»Achttausend Piaster«, sagte Keraban, der sich ausländische Währungen gern in türkische Valuta übersetzte.

»Ganz recht, etwa achttausend Piaster«, bestätigte Van Mitten. »Und trotzdem wagte es Frau Van Mitten, eines Tages eine ›Valentia‹ ausreißen und durch eine ›Sonnenauge‹ ersetzen zu lassen. Das war mir zuviel! Ich protestiere... sie besteht auf ihrer Anordnung... ich will sie festhalten... sie entwischt mir, stürzt sich auf eine ›Valentia‹, reißt sie aus...«

»Macht achttausend Piaster«, sagte Keraban.

»Da stürze ich mich auf eine ›Sonnenauge‹, reiße sie aus...«

»Macht sechzehntausend Piaster«, rechnete Keraban.

»Sie fällt über eine zweite ›Valentia‹ her...«

»Macht vierundzwanzigtausend Piaster.«

»Und nun ist die Schlacht in vollem Gange. Frau Van Mitten ist einfach von Sinnen. Mir fliegen zwei prachtvolle Brutzwiebeln an den Kopf...«

»Macht achtundvierzigtausend Piaster.«

»Sie bekommt dafür drei weitere Zwiebeln mitten auf die Brust.«

»Zweiundsiebzigtausend Piaster.«

»Es gibt einen richtigen Platzregen aus Tulpenzwiebeln. Die einmalige Schlacht dauert bald eine halbe Stunde. Der ganze Garten geht dabei zum Teufel. Nach dem Garten ist das Treibhaus an der Reihe. Zum Schluß ist von meiner schönen Sammlung fast nichts mehr übrig.«

»Und wie hoch waren die Gesamtkosten?«

»So gegen fünfundzwanzigtausend Gulden... weit mehr, als wenn wir uns wie die sparsamen Helden Homers mit Wortgefechten begnügt hätten.«

»Zweihunderttausend Piaster!« rief Keraban.

»Aber ich hatte Widerstand geleistet!«

»Und das war die Summe wert!«

»Ja, und dann bin ich abgereist«, fuhr Van Mitten fort. »Vor meinem Aufbruch habe ich Anweisung gegeben, meinen Vermögensanteil auf die ottomanische Bank in Konstantinopel zu überweisen. Zusammen mit meinem treuen Bruno verließ ich Rotterdam, und ich werde erst dorthin zurückkommen, wenn meine Frau diese Erde mit einer besseren Welt vertauscht hat...«

»...in der keine Tulpen wachsen«, schloß Ahmet.

»Und nun, Freund Keraban«, fuhr Van Mitten fort, »müssen Sie mir erst einmal nachweisen, daß Sie bloßen Trotz schon einmal mit zweihunderttausend Piastern bezahlt hätten.«

»Ich?« sagte Keraban in leicht beleidigtem Ton.

Doch Ahmet sprang in die Bresche.

»Ich kenne einen solchen Fall«, sagte er rasch.

»Und der wäre?«

»Die Reise um das Schwarze Meer, die wir jetzt machen, um zehn Paras nicht bezahlen zu müssen. Das Unternehmen wird bestimmt noch teurer sein als Ihr Tulpengefecht.«

»Es wird kosten, was es eben kostet!« ließ sich Keraban vernehmen. »Im übrigen finde ich, daß unser Freund seine Freiheit nicht gar zu teuer bezahlt hat. Da sieht man wieder einmal, was dabei herauskommt, wenn man sich auf eine einzige Frau beschränken muß. Mohammed kannte das schöne Geschlecht sicher nur zu gut, als er seinen Anhängern erlaubte, vorsichtshalber gleich mehrere zu wählen.«

»Da haben Sie sicher recht!« bestätigte Van Mitten. »Zehn Frauen sind nicht so schwer zu regieren wie eine einzige.«

»Aber immer noch schwerer als gar keine«, setzte Keraban moralisierend hinzu.

Mit dieser Bemerkung war das Gespräch beendet.

Außerdem hatte die Kutsche gerade an einer Poststation haltgemacht, und die Pferde wurden gewechselt. Ohne Pause ging es dann weiter, die ganze Nacht hindurch und auch noch den folgenden Vormittag. Ahmet verhinderte nach Kräften, daß größere Ruhepausen eingelegt wurden, und so erreichte die Reisegesellschaft schon gegen zwölf Uhr mittags Perekop, ein Städtchen, das im Hintergrund des gleichnamigen Golfes liegt.

Nun ist die Tulpenschlacht in vollem Gange

Dreizehntes Kapitel

in welchem die Reise quer durch das alte Tauris führt

Die Krim! Der taurische Chersones des Altertums! Fast möchte der Reisende glauben, er sei in eines der herrlichsten Küstengebiete Italiens versetzt. Die Halbinsel gleicht einem seltsam verschobenen Quadrat, das ein Ferdinand Lesseps mit zwei Messerschnitten im Handumdrehen zur Insel machen könnte. Im Laufe der Jahrtausende haben nahezu alle Völker, die im Morgenland um die Vorherrschaft rangen, früher oder später Anspruch auf diesen wunderschönen Erdenwinkel erhoben. Einst lag hier ein Königreich des Bosporus; sechs Jahrhunderte vor Christus rissen es die Herakliden an sich, denen Mithridates folgte. Und dann kamen die Alanen, die Goten, die Hunnen, die Ungarn und Türken und schließlich gar die Genuesen. Unter Mohammed dem Zweiten wurde es wieder zu einer reichen Provinz des ottomanischen Kaiserreiches, um endlich, im Jahre 1791, an das Rußland Katharinas der Zweiten zu fallen.

Ist es ein Wunder, daß dieses von den Göttern gesegnete und von den Menschen umworbene Land die Wiege großer mythologischer Sagen wurde? So wollte man in den Sumpfregionen von Sivach Spuren gigantischer Arbeiten der rätselhaften Atlanten sehen. Und so verlegten die Dichter des Altertums den Eingang zur Unterwelt in die Nähe des Kap Kerberian, in dessen Felsvorsprüngen sie die drei Köpfe des Zerberus entdeckten. Und hier geschah es, daß Iphigenie, Tochter Agamemnons und Klytemnästras, als Priesterin der Diana in Tauris den Bruder Orest der Göttin opfern wollte, als der Jüngling am Vorgebirge Parthenium gestrandet war.

Wer könnte bestreiten, daß die Krim die schönste aller Provinzen zwischen dem Schwarzen Meer und dem Eismeer ist! Nichts Herrlicheres gibt es als ihre südlichen Regionen, aus denen der Tschadir-Dagh fünfzehnhundert Meter hoch aufragt

Jalta auf der Krim

und dazu einlädt, sämtlichen Göttern des Olymp ein Festmahl auszurichten. Amphitheatern gleich erstrecken sich üppiggrüne Wälder von den Höhen bis hinunter zum Meer. Zypressen- und Maronenhaine, Wäldchen aus Oliven-, Judenkirsch- und Mandelbäumen werden von rauschenden Bächen durchzogen, die einst Puschkin besang.

Russen aus dem ganzen Land suchen hier gern Zuflucht. Die einen treibt die Strenge der nördlichen Winter, die anderen die trockene Hitze der südlichen Sommer in das ewig frische, belebende Klima der Halbinsel. Zaren, Fürsten und Grafen haben hier, in der Umgebung von murmelnden Quellen, launischen Bergströmen und herrlichen immergrünen Gärten ganze Kolonien von Schlössern, Villen und Landhäusern angelegt.

Diese Welt im Kleinen, in der sich Europa und Asien auf engem Raum begegnen, zieht die verschiedensten Charaktere an. Hier treffen wir den historisch Interessierten genauso wie den Künstler, den Romantiker, den Sentimentalen. Tatarische Dörfer stehen neben griechischen Siedlungen, in den Städten finden wir Moscheen, Minarette, Muezzins und ebenso selbstverständlich russisch-orthodoxe Klöster in Nachbarschaft mit den Serails der großen Khans. Ganze Pilgerheere strömen zu den vielen heiligen Stätten. Sie besuchen einen jüdischen Berg, auf den der Stamm der Karaiten Anspruch erhebt, und sie wallfahrten in das Tal Josaphat, weil es an das berühmte Tal von Kidron erinnert, wo beim Klang der Posaunen des Jüngsten Gerichts einstmals die Menschheit versammelt sein wird, um vor dem Throne Jehovas Rechenschaft abzulegen für ihre Taten.

Unserer Reisegesellschaft stand also der Eintritt in ein wahres Wunderland bevor. Van Mitten hoffte, doch wenigstens einen kleinen Teil seiner Herrlichkeiten kennenzulernen. Freilich, übertriebenen Hoffnungen gab er sich gar nicht erst hin. Er wußte nur zu gut, daß Keraban nicht hergekommen war, um etwas zu sehen, und daß Ahmet, der überdies alle Schönheiten der Krim längst kannte, auch nichts anderes als ein möglichst schnelles Reisetempo im Sinn hatte. So wollte Van Mitten schon zufrieden sein, nur ›im Fluge‹ ein paar besonders schöne Ausblicke zu erhaschen.

Doch es sollte nicht einmal dazu kommen. Der Wagen folgte dem kürzesten Weg, einer schrägen Verbindungslinie von Nord nach Südost, die keinen Einblick in das Landesinnere oder gar in die Küstenregionen gestattete.

Als man diese Reiseroute festlegte, hatte der Holländer nicht einmal eine beratende Stimme gehabt. Seine türkischen Gastgeber hatten nichts weiter im Sinn, als die Route nach allen Regeln der Kunst abzukürzen. Deshalb war auch beschlossen worden, von Perekop aus direkt die Halbinsel Kertsch anzusteuern. Nächstes Ziel sollte dann die Halbinsel Taman sein, und von dort aus kannte man einen bequemen Weg direkt in die Küstengebiete des Kaukasus.

Kerabans Kutsche rollte über die schmale Landenge, vor der die Krim gleich einer herrlichen Frucht am Zweig eines Orangenbaumes zu hängen scheint. Zur einen Seite schauten die Reisenden hinunter auf die Bucht von Perekop, zur anderen auf das Sumpfland von Sivach, das auch ›Faules Meer‹ genannt wird. Es ist ein riesiger Teich von zwei Milliarden Quadratmetern, der durch die Gewässer von Tauris und das Asowsche Meer gespeist wird. Der Salzgehalt des Faulen Meeres liegt dicht unter dem Sättigungspunkt. An manchen Stellen wird das Salz tatsächlich schon von allein auskristallisiert. Auf jeden Fall könnte man aus diesem Riesensumpf die ergiebigste Saline der Erde machen.

Für das Auge bietet sich genug Sehenswertes, aber für den Geruchssinn ist die Fahrt entlang dem Salzmorast eine Qual. Der Schwefelwasserstoffgehalt der Atmosphäre ist sehr hoch, und Fische, die sich in das Gewässer verirren, sterben fast augenblicklich, genau wie in dem bekannteren ›Asphaltsee‹ in Palästina.

Und mitten durch diesen Sumpf verläuft der Schienenstrang Alexandrow–Sewastopol, der übrigens oft genug von den Wellen überspült wird.

Eine Begegnung mit seinem ärgsten Feind blieb Keraban denn auch nicht erspart: Mit ohrenbetäubendem Pfeifen kam aus der

Dunkelheit ein Zug herangekeucht, um gleich darauf wieder in die Finsternis einzutauchen.

Am 31. August konnte man eine Straße benutzen, die ein wenig südwärts vom ›Faulen Meer‹ lag und den Reisenden die häßlichen Gerüche des Riesensumpfes ersparte. Wieder einmal ging es durch Oliven- und Zypressenhaine, und gelegentlich traf man auf gigantische Eichen und prachtvolle Maulbeerbäume. Das ganze hügelige Gelände war von Rebenreihen überzogen, deren Trauben den besten Produkten Südfrankreichs kaum unterlegen waren.

Wie schon zuvor streute Ahmet die Rubel in großzügigster Weise unter Posthalter und Kutscher, so daß das Reisetempo immer gleich schnell blieb.

Gegen Abend machte man neuerlich Bekanntschaft mit dem ›Faulen Meer‹, das hier vom Asowschen Meer nur durch eine niedrige Sandbank getrennt ist. Dieser von Nord nach Süd laufende Landstreifen ist meist nur eine Viertelmeile breit, und nach der Stadt Arabat, seinem südlichen Ausgangspunkt, wird er auch ›Pfeil von Arabat‹ genannt.

Gegen Morgen machten dicke ungesunde Dünste den Reisenden das Atmen schwer. Erst die Sonnenstrahlen vertrieben den Nebel, so daß die Insassen der Kutsche die merkwürdige Landschaft draußen betrachten konnten. Hier weideten tatsächlich Dromedare in voller Freiheit, so daß man sich in arabische Wüsten versetzt glaubte. Die vorüberkommenden hölzernen Karren machten ein ohrenbetäubendes Geräusch, denn die Radnaben waren mit knirschendem Asphalt verschmiert. Für die Herstellung der Fahrzeuge wurde übrigens noch keinerlei Eisen verwendet, aber sie paßten vorzüglich in diese ursprüngliche Landschaft. In den vereinzelt liegenden Gehöften wurde noch die alte tatarische Gastfreundschaft gepflegt. Niemand hatte etwas gegen den Fremden, der in das Haus eintrat, sich am Tisch niederließ und kräftig bei allen Speisen und Getränken zulangte, um sich dann mit einem schlichten Dankeswort zu verabschieden.

Auch unsere Reisenden waren auf solche Gastfreundschaft angewiesen, aber es versteht sich von selbst, daß sie jedesmal ihren Dank in Worten und Rubeln zugleich ausdrückten.

Gegen Abend fuhr das erschöpfte Gespann endlich in Arabat ein. Hier erhebt sich, mitten im Sand, eine kleine Festung, an die sich ein ungeordnetes Häuflein von Häusern eng anschmiegt. Das Ganze ist in Grün getaucht, in das Grün der Fencheldickichte, wahre Brutstätten für zahllose Nattern, und in das Grün der Wassermelonenfelder, die den Einwohnern der Stadt reiche Ernten lieferten.

Um neun Uhr abends hielt der Wagen vor einer dürftigen Herberge, die aber doch das erste Haus am Platz zu sein schien. In so einer verlassenen Gegend durfte man nicht wählerisch sein!

»Höre, Ahmet«, begann Keraban, »wir sind jetzt mehrere Tage und Nächte ohne richtige Rast ununterbrochen gefahren. Ich meine, wir haben alle ein gutes Gasthofbett verdient.«

»Mir wäre es auch recht«, sagte Van Mitten und streckte mühsam die geplagten Glieder.

Doch Ahmet war entsetzt.

»Wie? Zwölf Stunden sollen wir einbüßen? Das können wir uns nicht leisten!«

»Soll ich mich mit dir erst darüber streiten?« fragte Keraban in seinem leicht gereizten Ton, den alle nur zu gut kannten.

»Aber gewiß nicht, lieber Onkel«, versicherte Ahmet. »Wenn du das Bedürfnis hast, richtig auszuruhen...«

»Und ob! Im übrigen sind alle anderen meiner Ansicht, selbst Bruno und Nizib werden sich nichts Besseres als ein gutes Bett wünschen.«

Als Bruno seinen Namen hörte, glaubte er, gleich noch sein persönliches Anliegen vorbringen zu können.

»Ach ja, ein gutes Bett wäre eine feine Sache, besonders nach einem tüchtigen Abendbrot, damit man auch gut schläft«, meinte er kühn.

Brunos Bemerkung war nicht ganz unbegründet. Die Vorräte im Kutschkasten waren nämlich schon recht mager, und sie konnten erst in Kertsch wieder aufgefüllt werden.

Die Betten des Gasthofes waren nicht schlecht. Selbst Reisende vom Stande Kerabans durften damit zufrieden sein. Um so kläglicher war dafür die Küche. Nur selten verirren sich Touristen in diesen entlegenen Winkel der Krim. Allenfalls übernachten hier Kaufleute und Salzhändler, die ihre Waren auf Pferdekarren über die Straße von Kertsch nach Perekop transportieren; und diese Leute sind nicht verwöhnt. Notfalls schlafen sie auf dem Fußboden, und sie essen, was gerade geboten wird.

Auch für den Seigneur Keraban und seine Begleiter gab es nur die übliche Schüssel Pilaw, die sehr viel mehr Reis als Hühnerfleisch enthielt. Das Hühnerfleisch war obendrein so alt und zäh und mit so vielen Knöchelchen durchsetzt, daß selbst Kerabans kräftige Backenzähne kaum damit fertig wurden. Doch wie zu erwarten, trug die Hartnäckigkeit unseres Starrkopfes schließlich den Sieg über das zähe Huhn davon.

Auf den Pilaw folgte eine Schüssel geronnener Milch, die auch dringend nötig war, um die Reste der Hauptmahlzeit hinunterzuspülen. Den Abschluß machten ›Katlamas‹, recht appetitlich aussehende kleine Kuchen.

Bruno und Nizib kamen bei der Mahlzeit weniger gut weg, oder auch weniger schlecht; das hängt von der Einstellung ab. Jedenfalls hatte man den Dienern statt des Pilaw eine schwärzliche Substanz serviert, die mit den Kochplatten eines alten verräucherten Herdes verzweifelte Ähnlichkeit aufwies.

»Was ist das?« fragte Bruno seinen Leidensgefährten.

»Ich weiß es nicht.«

»Wie? Sie sind doch hierzulande zu Hause.«

»Ich? Ich bin Türke.«

»Na, dann sind Sie hier eben beinahe zu Hause. Es ist ja auch egal. Aber kosten Sie doch mal von dieser vertrockneten Schuhsohle, und sagen Sie mir dann, was davon zu halten ist.«

Nizib war gehorsam wie immer. Er biß ein Stück von dem ledernen Fladen ab, kaute nachdenklich und sagte schließlich:

»Nicht gerade eine Delikatesse, aber zur Not bekommt man es hinunter.«

Auch Bruno entschloß sich zu kosten, und sollte ihn das Zeug umbringen. Wenigstens gab es dazu eine Art alkoholischen Bieres, das die Mahlzeit erträglicher machte.

Plötzlich zuckte Nizib zusammen.

»Allah sei mir gnädig!« rief er flehentlich.

»Ist Ihnen nicht gut?« fragte Bruno besorgt.

»Ach, ich fürchte, ich habe Schweinefleisch gegessen.«

»Schweinefleisch? Richtig! Ein echter Muselmann darf sich ja nicht von diesem köstlichen, aber unreinen Tier ernähren! Nun bleibt Ihnen doch nur ein Ausweg.«

»Und der wäre?«

»Das Schweinefleisch ganz heimlich, still und leise zu verdauen. Hinuntergeschluckt haben Sie es ohnehin schon.«

Doch Nizib beruhigte sich nicht. Seine Gewissensqualen waren so offensichtlich, daß Bruno schließlich zum Wirt ging, um endlich zu erfahren, was sie eigentlich gegessen hatten. Und man zeigte ihm, daß es sich gar nicht um Fleisch, sondern um den berühmten getrockneten Stockfisch handelte, der von Rostow aus an der ganzen Küste vertrieben wird.

Die Reisegesellschaft ging bald zu Bett. Die Kissen waren zwar härter als die Wagenpolster, aber jedermann genoß es, für eine Nacht von dem lästigen Rütteln der Kutsche befreit zu sein.

Am nächsten Morgen hatten sich alle von den Strapazen der letzten Tage erholt. Ahmet war schon bei Sonnenaufgang zur Poststation gegangen, um frische Pferde zu besorgen, denn das letzte Gespann brauchte eine Ruhepause von wenigstens vierundzwanzig Stunden.

Der junge Mann hoffte natürlich, den Reisewagen fix und fertig vor das Gasthoftor führen zu können, wenn Keraban und Van Mitten gefrühstückt hätten.

Die Posthalterei lag am Ende des Ortes. Ahmet hatte zwar das Gebäude mit den gekreuzten Giebelbalken gleich entdeckt, aber von Pferden war keine Spur zu sehen. Der Stall war leer, und auch für Geld und gute Worte konnte der Postmeister keine Zugtiere herbeischaffen.

Ahmet ging tief enttäuscht zum Gasthof zurück, wo er schon von den reisefertigen Gefährten erwartet wurde. Ein Mitglied der Gesellschaft – den Namen ersparen wir uns! – zeigte bereits Zeichen von Gereiztheit.

»Warum kommst du zu Fuß zurück, Ahmet?« rief der Ungeduldige. »Sollen wir etwa bis zur Poststation laufen?«

»Nicht einmal das würde uns nützen, lieber Onkel. Hier gibt es keine Pferde.«

»Keine Pferde?«

»Nein, jedenfalls nicht vor morgen früh; und damit verlieren wir volle vierundzwanzig Stunden.«

»Vierundzwanzig Stunden!« schrie Keraban. »Ich bin nicht gewillt, auch nur zehn oder fünf oder gar nur eine Stunde daranzusetzen!«

»Aber wenn es doch keine Pferde gibt...«, sagte der Holländer schüchtern.

»Es wird Pferde geben!« verkündete Keraban, und auf ein Zeichen folgten ihm die anderen Mitglieder der Gesellschaft hinaus auf die Straße.

Eine Viertelstunde später machte das Trüppchen vor der Poststation halt.

Der Postmeister lehnte lässig an der Tür. Seine Miene verriet, daß er sich nicht zwingen lassen würde, Pferde zu liefern, wenn er keine hatte.

»Sie haben heute keine Pferde?« sagte Keraban in seinem leicht gereizten Ton.

»Nur die, die Sie gestern selbst hergebracht haben, und die brauchen Ruhe.«

»Und warum haben Sie in Ihrem Stall keine Pferde zum Wechseln?«

»Weil die ein vornehmer Türke gebraucht hat, der erst nach Kertsch und dann über den Kaukasus nach Poti will.«

»Ein vornehmer Türke! Wenn ich das schon höre!« rief Keraban. »Sicher war es so ein europäischer Ottomane. Nicht genug, daß einem diese Burschen in den Straßen von Konstantinopel

Der Postmeister lehnte lässig am Geländer

auf die Nerven fallen. Selbst auf der Krim kommen sie unsereinem noch in die Quere. Wie hieß er denn?«

»Soviel ich weiß, nannte er sich Seigneur Saffar«, sagte der Posthalter gelassen.

»Und wer hat Ihnen erlaubt, diesem Seigneur Saffar alles an Pferden zu überlassen, was Sie im Stall hatten?« schrie Keraban zornig.

»Wer? Sie machen mir Spaß! Der Herr hat sich zwölf Stunden vor Ihnen hier bei mir gemeldet, und da ich gerade ausgeruhte Pferde im Stall hatte, bekam er sie selbstverständlich.«

»Selbstverständlich!«

»Ja, warum denn nicht?« fragte der Posthalter ganz erstaunt zurück.

»Weil ich sie brauchte.«

Was sollte man darauf noch antworten! Van Mitten setzte zu einem Beschwichtigungsversuch an, wurde aber von Keraban zum Schweigen gebracht. Der Posthalter dagegen wollte sich mit einem spöttischen Lächeln empfehlen und ins Haus zurückgehen. Doch Keraban ließ nicht locker.

»Hiergeblieben!« schrie er. »Wir müssen sofort weiterreisen, ob Sie Pferde haben oder nicht!«

Der Russe war fassungslos.

»Sofort? Obwohl ich keine Pferde habe?«

»Dann suchen Sie eben welche!«

»In ganz Arabat gibt es keine.«

»Sie gehen jetzt sofort und beschaffen mir zwei Pferde oder wenigstens eins; und wenn es kein ganzes gibt, dann eben ein halbes!«

Ahmet versuchte zu vermitteln.

»Vielleicht können Sie ein Maultier- oder Mauleselgespann beschaffen?«

»Meinetwegen auch Maultiere oder Maulesel«, grollte Keraban.

»In der ganzen Provinz hat es noch nie Maultiere oder Maulesel gegeben«, erklärte der Postmeister.

»Dann sieht er also zum ersten Mal im Leben so ein Exemplar«, flüsterte Bruno seinem Herrn ins Ohr und deutete gleichzeitig auf Keraban.

»Wie steht es mit gewöhnlichen Eseln?« fragte Ahmet verzweifelt.

»Haben wir auch nicht!«

»Wie? Sie wollen uns wohl zum Narren halten, Herr Postmeister!« polterte Keraban.

Inzwischen hatte sich um die Streitenden ein Dutzend Menschen versammelt, die von Keraban mit giftigen Blicken bedacht wurden.

»Der ist noch imstande, die Leute selbst einzuspannen«, flüsterte Bruno.

»Die Leute da ... oder uns beide!« sagte Nizib als erfahrener Diener seines Herrn.

Eines stand zunächst fest: Es gab weder Pferde noch Maultiere, Maulesel oder einfache Esel, und ans Abreisen war für die nächsten vierundzwanzig Stunden nicht zu denken, eine Vorstellung, die Ahmet mindestens genau so sehr wie seinen Onkel aufbrachte.

Keraban wollte sich einfach nicht geschlagen geben. »Hundert Rubel für ein Gespann!« rief er.

Unter den Leuten entstand Unruhe. Schließlich trat ein Mann vor.

»Herr Türke«, sagte er, »ich habe zwei Dromedare.«

»Kaufen wir«, entgegnete Keraban.

Dromedare vor einem Reisewagen? So etwas hatte es noch nie gegeben! Aber hier sollte es geschehen.

Nach kaum einstündiger Verhandlung wechselten die Dromedare für einen guten Preis den Besitzer. Insgeheim war Keraban sogar bereit gewesen, den doppelten Preis zu zahlen. Hier ging es um mehr als Geld!

Die beiden Tiere wurden gezäumt, so gut es eben möglich war, und für ein saftiges Trinkgeld erklärte sich der frühere Besitzer bereit, den Kutscher des seltsamen Gefährts zu spielen.

Er hockte sich vor den Buckel des einen Wiederkäuers, gab dem

Dromedare vor einem Reisewagen? Das hatte es noch nie gegeben!

Gespann das Zeichen zur Abfahrt, und vor den erstaunten Augen der Einwohner von Arabat rollte die Kutsche in flottem Trab hinaus auf die Straße nach Kertsch.

An der nächsten Poststation gab es natürlich wieder keine Pferde, denn der Seigneur Saffar war schon dagewesen. Obendrein waren die Dromedare so erschöpft, daß man ihnen eine Nachtruhe gönnen mußte. Und so ging es weiter. Auch in Marienthal, dem Ziel der nächsten Tagesfahrt, hatte der Seigneur Saffar die Pferde mit Beschlag belegt, so daß wieder eine Nachtruhe eingelegt werden mußte.

Erst am Abend des 4. September traf die Reisegesellschaft in Kertsch ein. Die Insassen der Kutsche waren tüchtig durchgerüttelt, denn Dromedare waren nun einmal nicht für den Dienst von Zugpferden gedrillt.

Keraban rechnete nach: Er war jetzt neunzehn Tage unterwegs und hatte Dreisiebentel der Gesamtstrecke zurückgelegt. Die Reisegeschwindigkeit war demnach befriedigend. Wenn er das Tempo während der nächsten sechsundzwanzig Tage beibehalten konnte, mußte die Reisegesellschaft spätestens am 30. September in Scurati eintreffen.

Aber Bruno beurteilte das Unternehmen weiter pessimistisch.

»Ich werde das Gefühl nicht los, daß die Geschichte ein böses Ende nimmt«, sagte er immer wieder zu Van Mitten.

»Du meinst ... für Freund Keraban?«

»Für Ihren Freund Keraban ... oder für seine Reisebegleiter.«

Vierzehntes Kapitel

in welchem Keraban zeigt, daß er mehr von Geographie versteht,

als Ahmet je geglaubt hätte

Kertsch liegt auf einer Halbinsel gleichen Namens am östlichen Ende von Tauris. Ein majestätischer Berg, den früher eine Zitadelle krönte, überragt die Stadt. Er heißt Mithridates, zu Ehren des furchtbaren unversöhnlichen Feindes der Römer, dem es fast gelang, die Heere der Angreifer aus Asien zu vertreiben. Und an diesem Ort ließ sich der schreckliche König von Pontus von dem Schwert eines gallischen Kriegers durchbohren, nachdem sein giftgewohnter Körper einem selbstmörderischen Trank widerstanden hatte.

Van Mitten trug seinen Reisegefährten diese kleine Geschichtslektion während einer halbstündigen Rast vor.

Keraban hatte gleich eine Entgegnung bereit.

»Mithridates war ein Dummkopf«, verkündete er.

»Und weshalb?«

»Weil er nur in unserem Gasthof in Arabat zu speisen brauchte, wenn er unbedingt an Gift sterben wollte.«

Nach dieser Bemerkung hielt es Van Mitten für klüger, die Fortsetzung seiner Gedächtnisrede auf Mithridates zu unterlassen. Insgeheim nahm er sich aber vor, die Hauptstadt des Tyrannen so gründlich zu besichtigen, wie es die Zeit eben erlaubte.

Als der Wagen in Kertsch einrollte, kam die Bevölkerung, ein buntes Gemisch aus Juden, Tataren, Griechen und Russen, nicht aus dem Staunen heraus. Eine Kutsche, die von Dromedaren gezogen wurde, war hierzulande noch nie gesehen worden!

Keraban und seine Begleiter stiegen im Hotel ›Konstantin‹ ab. Ahmets erste Sorge galt der Beschaffung frischer Pferde für die Weiterfahrt. Diesmal hatte er Glück: Die Posthalterei war ausreichend mit Zugtieren versorgt.

Kertsch

»Welch ein Glück, daß er berühmte Seigneur Saffar nicht sämtliche Pferde der Station Kertsch für sich gebraucht hat!« sagte Keraban bissig. Sein Ingrimm auf den Unverschämten, der es wagte, ihm dauernd vorauszufahren und die Pferde wegzuschnappen, hatte sich noch keineswegs gelegt.

Die Dromedare wurden an einen Karawanenführer verkauft, allerdings für einen Preis, den man sonst bestenfalls für tote Tiere bekommen konnte. Den Verlust schrieb der grollende Keraban seinem Widersacher, dem Seigneur Saffar, aufs Schuldkonto.

Der Vielgeschmähte war schon vor zwei Tagen in den Kaukasus aufgebrochen, was für unsere Reisegesellschaft bedeutete, daß er als Konkurrent um die jeweiligen Postpferde ausschied.

Das gute Abendessen und die hübschen Schlafzimmer des Hotels ließen die Reisenden für ein paar Stunden die vorangegangenen Unbequemlichkeiten vergessen.

Die Abreise für den nächsten Tag, den 5. September, war erst um zehn Uhr festgesetzt. Van Mitten stand aber schon bei Sonnenaufgang auf, um noch einen Rundgang durch die Stadt zu machen. Ausnahmsweise war Ahmet bereit, ihn auf dem Spaziergang zu begleiten.

Kertsch hatte breit angelegte Straßen mit gepflasterten Bürgersteigen. Leider wurden die Spaziergänger von Scharen herrenloser Hunde belästigt. Eigentlich war ein Zigeuner beauftragt, die armen Kreaturen mit einem Knüppel zu erschlagen; aber offenbar hatte der ›Hundescharfrichter‹ die halbe Nacht in der Schänke verbracht, so daß die beiden Männer nur mit Mühe den scharfen Zähnen der zahlreichen überlebenden Köter entgingen.

Erst am steinernen Quai, der die ganze Bucht umsäumt, kamen Van Mitten und Ahmet wieder zu Atem. Hier fanden sie den Gouverneurspalast und das Zollhaus. Die Schiffe mußten allerdings wegen des niedrigen Wasserstandes weit draußen in der Bucht ankern. Im Jahre 1771 war Kertsch an Rußland abgetreten worden, und seither hatte sich der Handel, vor allem das Salzgeschäft mit Perekop, zu allseitiger Zufriedenheit entwickelt.

Van Mitten wäre allzugern auf den Berg Mithridates hinaufgestiegen, den anstelle der ehemaligen Akropolis ein griechischer Tempel krönte. Darin waren Schätze aus zahlreichen Grabfunden der Gegend ausgestellt.

»Ich meine, wir müssen umkehren«, sagte Ahmet. »Sonst wird mein Onkel ungeduldig.«

»Wie sein Neffe«, entgegnete Van Mitten lächelnd.

»Sie müssen mich verstehen, Herr Van Mitten! Natürlich habe ich während dieser ganzen Reise nichts anderes im Sinn, als so schnell wie möglich nach Scutari zu kommen.«

»Ich begreife Ihre Eile«, sagte Van Mitten, »obwohl der Ehemann einer gewissen Frau Van Mitten durchaus das Recht hätte, in diesem Punkte nichts zu begreifen.«

Nachdem Ahmet auf die Uhr geschaut hatte, erklärte er sich doch noch zu einem Abstecher auf den Berg bereit. Von dort oben bot sich ein herrlicher Blick über die Bucht von Kertsch. Im Süden war die äußerste Spitze der Halbinsel sichtbar, während sich nach Osten zwei Landzungen erstreckten, die, jenseits der Straße von Jenikaleh, die Bai von Taman bilden. Der Tag war von seltener Klarheit, so daß die beiden Herren sogar die Hügel der weiteren Umgebung mit ihren alten Gräbern, den ›Khourghans‹, und die flachen Erhebungen aus Steinkorallen erkennen konnten.

Zur Rückkehr ins Hotel bot sich eine monumentale Treppe an, die von der Bergkuppe bis hinunter zum Marktplatz führte. Im Hotel versuchte Keraban gerade, den äußerst friedlichen tatarischen Wirt in ein Streitgespräch zu ziehen. Van Mitten und Ahmet konnten gerade noch verhindern, daß der Onkel einen Wutanfall bekam, weil sich der Tatare durchaus nicht mit ihm streiten wollte.

Der Wagen hatte schon sein frisches Gespann, kräftige persische Pferde, die in der Gegend von Kertsch viel gehandelt werden, und in gestrecktem Galopp ging es auf den nächsten Streckenabschnitt.

Ahmet war ein wenig unruhig. Bei der Festlegung der Reiseroute hatte er seinerzeit vorgeschlagen, das Asowsche Meer nicht erst zu umfahren, sondern den Weg durch die nordöstliche Krim zu nehmen. Keraban war einverstanden gewesen, weil er offenbar annahm, daß diese Route ausschließlich aus festen Landwegen bestand.

Man kann ein guter Türke und obendrein ein ausgezeichneter Tabakhändler sein, ohne unbedingt etwas von Geographie zu verstehen. Ganz offensichtlich wußte Keraban nicht, daß sich das Asowsche Meer durch einen ziemlich breiten Sund in das Schwarze Meer ergießt. Dieser alte kimmerische Bosporus, auch Meerenge von Jenikaleh genannt, liegt zwischen den Halbinseln von Kertsch und Taman.

Ahmet kannte recht gut Kerabans Widerwillen gegen jede Art von Seefahrt. Was würde der Onkel also sagen, wenn man plötzlich vor dem Wasserarm hielt und vielleicht auch noch, wegen Niedrigstand des Wassers, gezwungen wurde, die breiteste Stelle für die Überfahrt zu wählen? Dann standen ihnen zwanzig Seemeilen in einem Segelboot bevor! Ob Keraban sich wohl angesichts dieser Zumutung entschloß, den Umweg um das ganze Asowsche Meer zu machen? Der Zeitverlust wäre gar nicht wieder gutzumachen!

Ahmet war ratlos. Sollte er den Onkel rechtzeitig warnen? Oder war es gescheiter, beim Auftauchen des Meerarmes Erstaunen zu heucheln?

»Allah, steh mir bei!« flüsterte er vor sich hin und wartete mit Ergebung, daß ihn der Gott der Moslems auch aus dieser fatalen Lage befreite.

Die Halbinsel Kertsch ist von einem breiten Graben durchzogen, der noch aus dem Altertum stammt. Ist dieser ›Wallgraben von Akos‹ erst einmal überquert, wird die bisher gute Straße zusehends schlechter und, je näher sie der Meerenge kommt, obendrein schlüpfrig und steil.

Das Gespann mußte also vorsichtiger geführt werden, so daß Van Mitten ein wenig Muße hatte, die Umgebung zu betrachten.

Dieser Teil des Chersones ist fast so nackt wie die russische Steppe. Die Kutsche begegnete einigen Karawanen, die im

Karawanen hatten malerische Lager aufgeschlagen

Schatten des Wallgrabens dahinzogen oder auch malerische Lager aufgeschlagen hatten.

Wohin der Blick ging, überall stieß er auf Khourghans, so daß man glauben konnte, einen endlosen Friedhof zu durchqueren. Die Gräber waren durchweg von Altertumsforschern durchwühlt worden, und ihre Schätze, etruskische Vasen, Inschriften und Kleinodien, schmückten nun die Wände des Tempels von Kertsch, oder sie waren im Museum ausgestellt.

Gegen Mittag tauchte am Horizont ein großer viereckiger Turm auf, den vier kleinere Türme umgaben. Es war die Festung im Norden von Jenikaleh. Weiter nach Süden wurde das hochaufragende Kap von Au-Burum an der Schwarzmeerküste sichtbar. In der Ferne konnte man schon die Ausläufer des Kaukasus erkennen, die wie ein weitausladender Rahmen den kimmerischen Bosporus auf dem gegenseitigen Ufer umschlossen.

Van Mitten, der genug von Kerabans Abneigung gegen jede Art von Wasser kannte, zuckte angesichts der Meerenge zusammen. Er schaute fragend zu Ahmet hinüber.

Durch ein Handzeichen bat der junge Mann um Stillschweigen. Noch hatte der Onkel den Verbindungsarm der beiden Meere nicht entdeckt; er schlief ganz fest.

»Teufel nochmal!« murmelte Van Mitten. Er wünschte, man wäre schon um ein paar Jahrhunderte in die Zukunft versetzt, denn dann gäbe es hier keine Wasserstraße mehr. Während zur Zeit Peters des Großen noch die Kriegsschiffe zur Belagerung von Asow durch den Sund segeln konnten, mußten jetzt selbst die kleineren Handelsschiffe warten, bis der Südwind das Wasser zu einer Tiefe von zehn bis zwölf Fuß aufstaute.

Unsere Reisenden befanden sich aber im Jahre 1882, und sie mußten die geographischen Bedingungen ihres Zeitalters in Kauf nehmen.

Inzwischen hatte der Wagen den ersten Gasthof von Jenikaleh erreicht, und Keraban wachte auf.

»Wo sind wir?« fragte er.

»In Jenikaleh«, antwortete Ahmet kurz.

Alle stiegen aus und betraten das Gasthaus, während der Wagen zur Poststation fuhr. Von dort aus sollte er zur Fähre geleitet werden, die Menschen, Pferde, Wagen, ja selbst ganze Karawanen über den Sund beförderte.

Die Einwohner des Städtchens waren vorwiegend Griechen. Sie handelten mit Salz, Kaviar, Seife und Wolle und betrieben nebenbei eine lohnende Steinbutt- und Störfischerei. Viele Männer des Ortes hatten sich der Küstenschiffahrt verschrieben.

Jenikalehs Lage war strategisch wichtig, und deshalb waren die Russen auch gleich, nachdem sie 1771 das Städtchen den Türken abgenommen hatten, an die Befestigung des Forts gegangen. Jenikaleh ist ein Tor zum Schwarzen Meer, und seine beiden Schlüssel werden von Jenikaleh auf der einen Seite und Zaman auf der anderen Seite gebildet.

Nach halbstündigem Aufenthalt im Gasthaus drängte Keraban zur Weiterreise. Die Herren begaben sich zum Quai, wo die Fähre festgemacht hatte.

Keraban blickte nach rechts, er blickte nach links, aber er brachte kein Wort hervor.

»Was hast du, lieber Onkel?« fragte Ahmet, der sich gar nicht wohl fühlte.

»Ist das hier ein Fluß?«

»Ja, gewiß, ein Fluß.« Ahmet hielt es für das klügste, den Irrtum nicht erst richtigzustellen.

»Das soll ein Fluß sein?« rief Bruno.

Van Mitten gab dem Diener ein Zeichen, um alles in der Welt zu schweigen.

»Aber nein, das ist doch eine ...«, begann da auch noch zu allem Überfluß Kerabans treuer Nizib, doch er kam nicht zu Ende; Bruno hatte ihn kräftig in die Seite geknufft.

Keraban starrte indessen noch immer auf den angeblichen Fluß, der ihm den Weg versperrte.

»Ein recht breiter Strom«, meinte er schließlich.

»Ja, vielleicht hat es gerade eine Überschwemmung gegeben«, sagte Ahmet.

»Sicher durch die Schneeschmelze«, fügte Van Mitten hinzu, der den jungen Mann nach Kräften unterstützen wollte.

»So, so... Schneeschmelze im September!« sagte Keraban.

»Nun ja, vielleicht war es noch der Schnee vom Vorjahr...«, stammelte Van Mitten.

»Jedenfalls kann ich keine Brücke entdecken«, verkündete Keraban.

»Ich fürchte, es gibt gar keine, lieber Onkel«, sagte Ahmet zaghaft. Er hielt die geschlossenen Fäuste wie ein Fernrohr vor die Augen, als suche er den Übergang über den vermeintlichen Fluß.

»Aber hier muß eine Brücke sein«, sagte Van Mitten etwas lahm. »Mein Reiseführer erwähnt sie ausdrücklich.«

»So, so, Ihr Reiseführer erwähnt eine Brücke! Welche denn?« fragte Keraban spöttisch.

»Nun...die berühmte Brücke des Altertums...den Pontus Euxinus... Sie wissen doch: pontus – die Brücke...also Pont-Euxin...«, stotterte Van Mitten hilflos als Entgegnung.

»Ja, pontus – die Brücke, und obendrein eine so alte, daß sie bei der Schmelze des Schnees vom Vorjahr eingebrochen ist«, zischte Keraban zwischen den fast geschlossenen Lippen hervor.

»Des Schnees vom Kaukasus...«, stammelte Van Mitten weiter, aber dann ging ihm die Phantasie aus. Er schwieg.

Ahmet war ein wenig zurückgetreten und ging mit sich zu Rate. Ehe er zu einem Entschluß gekommen war, richtete Keraban schon wieder das Wort an ihn.

»Mein verehrter Neffe«, sagte er bissig, »ich erwarte deine Vorschläge. Wie überqueren wir den Fluß, wenn die Brücke abhanden gekommen ist?«

»Wir finden sicher eine Furt«, sagte Ahmet so lässig wie möglich. »Du wirst sehen, das Wasser ist ganz niedrig.«

»Ja, wirklich«, versicherte Van Mitten. »Kaum die Stiefelabsätze werden naß, wenn man zu Fuß geht.«

»Dann machen Sie nur den Anfang, lieber Freund«, rief Keraban. »Streifen Sie die Beinkleider hoch und gehen Sie los. Wir anderen kommen hinterher.«

Bruno hielt es für seine Pflicht, Van Mitten aus der bösen Lage zu befreien.

»Warum sollen wir uns erst die Füße naß machen, wenn es doch eine Fähre gibt«, sagte er.

»Ach, eine Fähre gibt es auch schon? Wohl als Ersatz für den eingestürzten Pontus Euxinus?« fragte Keraban in ironischem Ton. »Und warum hat man mir nicht gleich gesagt, daß es eine Fähre gibt? Wo ist sie denn?«

»Dort, lieber Onkel«, sagte Ahmet eilfertig. »Unser Wagen steht schon darauf.«

»Wirklich?«

»Ja, mitsamt den Pferden.«

»Ich höre wohl nicht richtig! Wer hat das angeordnet?«

»Niemand, lieber Onkel. Der Posthalter hat den Wagen ganz selbstverständlich auf die Fähre geschafft, wie er es mit allen Wagen macht...«

»... seitdem der Pontus Euxinus nicht mehr vorhanden ist. Das wolltest du doch gerade sagen, nicht wahr?«

»Der Mann hat das einzig Mögliche getan, lieber Onkel. Es gibt doch keinen anderen Weg...«

»O doch, Herr Neffe. Wir brauchen nur umzukehren und um das Asowsche Meer herumzufahren.«

»Noch zweihundert Meilen Umweg! Und was wird aus meiner Hochzeit? Hast du den 30. September vergessen?«

»Ich vergesse gar nichts! Und ich werde schon pünktlich in Scutari sein. Jetzt wollen wir endlich aufbrechen.«

Einen Augenblick lang schwebte Ahmet in schrecklicher Ungewißheit. Wollte der Starrkopf tatsächlich auch noch das Asowsche Meer umrunden, oder meinte er, die Reisegesellschaft solle zur Fähre aufbrechen?

Was er kaum zu erwarten wagte, geschah: Keraban schlug den Weg zur Fähre ein. Die anderen folgten sofort, um ja nicht noch Anlaß zu irgendwelchen neuen Auseinandersetzungen zu geben.

Auf dem Quai blieb Keraban allerdings noch einmal gefährlich lange stehen, um sich gründlich umzusehen.

Seine Begleiter blieben ebenfalls stehen.

Keraban setzte den Fuß auf die Fähre.

Die anderen folgten seinem Beispiel.

Keraban stieg in die Kutsche.

Die Gefährten kletterten augenblicklich hinterdrein.

Dann, endlich, löste sich die Fähre vom Ufer und trieb mit der Strömung zur gegenüberliegenden Seite.

Währenddessen sprach Keraban nicht eine Silbe, und die anderen verhielten sich ebenso still.

Zum Glück war das Wasser ruhig, und die Fährleute konnten das Boot mit langen Stangen und Schaufelrudern ohne große Mühe in der gewünschten Richtung halten. Trotzdem gab es beinahe noch einen Unfall, als plötzlich eine Schrägströmung die Fähre erfaßte. Einen Augenblick lang sah es so aus, als müsse man dem Sog bis in die Tiefe der Bucht von Taman hinein folgen, statt an der Landspitze anzulegen. Damit wäre die Überfahrt von nur einer Seemeile um vier weitere Meilen verlängert worden. Keraban konnte sich vor Ungeduld kaum noch beherrschen, und seine Begleiter fürchteten schon, er werde Befehl zur Umkehr geben.

Die Bootsleute waren aber vor der Abfahrt von Ahmet so reichlich mit Rubeln bedacht worden, daß sie ihr Äußerstes hergaben und durch geschicktes Manövrieren tatsächlich Herr der Lage blieben.

Eine Stunde nach der Abfahrt landeten Reisende, Pferde und Wagen sicher am Gestade des südlichen ›Pfeiles‹, den die Russen ›Junjaja Kossa‹ nennen.

Die Fährleute wurden mit einer fürstlichen Summe von Rubeln entlohnt, und die Fahrt ging weiter.

Früher bestand dieser sogenannte Pfeil aus zwei Inseln und einer Halbinsel, die durch einen Kanal voneinander getrennt waren. Im Laufe der Zeit hatten sich diese Durchstiche von selbst mit Sand gefüllt, so daß sie für die Fahrt im Wagen kein Hindernis mehr bildeten. Die vier Werst bis zum Städtchen Taman konnten daher ohne Unterbrechung zurückgelegt werden.

Eine Stunde später war man schon in dem kleinen Ort angekommen, und Keraban hatte die Sprache wiedergefunden.

»Welch ein Glück, daß sich die Gewässer des Asowschen Meeres mit denen des Schwarzen Meeres in der Meerenge von Jenikaleh gut vertragen!« sagte er trocken zu Ahmet.

Das war alles, und nie wieder wurde der ›Fluß‹ des Neffen Ahmet oder die ›euxinische Brücke‹ des Freundes Van Mitten erwähnt.

Fünfzehntes Kapitel

in welchem die Reisegefährten zu Feuersalamandern werden

Taman bot dem Auge des Betrachters so gut wie nichts. Neben ärmlichen Häuschen mit ausgebleichten Strohdächern gab es nur noch eine hölzerne Kirche, um deren Turm ein dichter Falkenschwarm schwebte. Die Bevölkerung war überwiegend kosakisch, während in Kertsch die Griechen das Übergewicht hatten.

Der Wagen wählte wie bisher den jeweils kürzesten Weg. Dennoch konnten sich die Reisenden überzeugen, daß die Gegend um die Bucht von Taman ein riesiges Jagdrevier mit einer unvorstellbaren Fülle von Wild bildete.

Hier gab es Pelikane, Seeraben, Silbertaucher und zahllose Trappen, denen die Sümpfe Unterschlupf und Nahrung im Überfluß boten.

»Noch nie habe ich so viele Wasservögel auf einem Fleck gesehen«, sagte Van Mitten. »Hier könnte man ohne zu zielen einfach eine Schrotladung abfeuern, und nicht ein Körnchen ginge ins Leere!«

Keraban erwiderte darauf gar nichts. Er war kein Jäger. Aber gleich darauf fand er doch noch einen kleinen Punkt, um den sich vielleicht ein Streit entfachen ließ.

Vor der Kutsche war ein erschrecktes Entenvolk in südöstlicher Richtung davongestoben.

»Eine volle Kompanie!« rief Van Mitten. »Vielleicht sogar ein Regiment!«

»Was heißt Regiment? Sie sollten lieber sagen, ein Armeekorps!«

»Tatsächlich, Sie haben recht! Es sind bestimmt hunderttausend Stück.«

»Hunderttausend? Das ist doch nicht Ihr Ernst! Wenn Sie zweihunderttausend sagen wollten!«

»Freilich, zweihunderttausend.«

»Wenn nicht gar dreihunderttausend.«

»Das könnte stimmen, lieber Freund«, sagte Van Mitten nachgiebig. Er wollte um jeden Preis vermeiden, daß sich Keraban noch bis zu einer Million Enten hinaufsteigerte.

Im Grunde hatte er mit der Zahl von zweihunderttausend das Richtige getroffen. Das war schon sehr viel und entsprach tatsächlich der Schar, die jetzt vor der Sonne vorüberstrich und einen breiten Schatten auf die Bucht warf.

Noch immer war das Wetter schön. Die Pferde griffen tüchtig aus, und an den Posthaltereien gab es keine langen Wartezeiten, denn der Seigneur Saffar war schon lange wieder abgereist.

Da alle Reisegefährten im Hotel in Kertsch gut geschlafen hatten, drängte niemand auf eine neue Nachtpause. Erst nach sechsunddreißigstündiger Fahrt sollte wieder eine längere Unterbrechung eingelegt werden.

Allerdings wollte man das Abendessen noch einmal in einer Gastwirtschaft einnehmen, um die Eßvorräte so lange wie möglich zu schonen. Deshalb stiegen die Reisenden an der nächsten Poststation aus und gingen in den kleinen Speisesaal, der auch von dem Posthalter betreut wurde.

Dieser Mann hatte eine seltsame Angewohnheit, die seinem angeborenen Mißtrauen oder auch einer Landessitte entspringen mochte. Er verlangte für jede einzelne Speise und für jedes einzelne Getränk sofortige Bezahlung. Das Mahl wickelte sich daher folgendermaßen ab: Der Wirt brachte Brot und sagte:

»Zehn Kopeken, bitte!«

Die Eier wurden serviert, und der Wirt rief:

»Vierundzwanzig Kopeken!«

Kwaß, Braten, Salz, ja tatsächlich, sogar das Salz wurde nur gegen prompte Bezahlung ausgehändigt. Und es sollte noch schlimmer kommen. Ehe unsere Reisegefährten so richtig mit dem Essen beginnen konnten, mußten sie auch noch für die Benutzung der Tischdecke und der Servietten sowie für die Bereitstellung von Besteck und Geschirr im voraus einen Obolus entrichten.

Kein Wunder also, daß Keraban bald in Hitze geriet. Um dem Feilschen ein Ende zu machen, kaufte er kurzerhand in Bausch und Bogen, was zur Einnahme der Mahlzeit nötig war. Daß er dabei nicht mit Verwünschungen sparte, brauchen wir wohl kaum zu erwähnen. Der Wirt reagierte auf die harten Worte mit einem Gleichmut, der selbst Van Mitten alle Ehre gemacht hätte.

Nach beendeter Mahlzeit verkaufte Keraban die Tischgegenstände wiederum an den Wirt, allerdings mit einem fünfzigprozentigen Verlust.

»Welch ein Wunder, daß wir nicht noch für das Verdauen bezahlen müssen!« rief er erbost. »Der Kerl da könnte Finanzminister des ottomanischen Reiches werden! Und der würde noch jeden Ruderschlag der Kajiks vom Bosporus mit einer Sondersteuer belegen.«

Trotz des Ärgers fühlten sich die Reisenden angenehm gesättigt, und das war, wenigstens in Brunos Augen, wichtiger als alles andere.

Als sich die Kutsche wieder in Bewegung setzte, war draußen eine finstere mondlose Nacht hereingebrochen. Es ist eigentümlich reizvoll, in flottem Trabe, umgeben von tiefer Dunkelheit, in ein unbekanntes Land vorzustoßen. Die Dörfer schienen weit auseinander zu liegen, und Einzelgehöfte waren sehr selten. So nahmen die Insassen des Wagens eigentlich nur eine ganze Skala wechselnder Geräusche wahr. Ununterbrochen ertönte das Schellengeklingel der Pferdegeschirre und der regelmäßige Hufschlag der Tiere. Dazu kam das Knirschen der Räder, wenn sie über sehr sandigen Boden rollten. Rumpelgeräusche gab es, wenn der Wagen in tiefe, vom Regen ausgewaschene Spuren geriet, und zwischendurch ertönte immer wieder einmal der scharfe Peitschenknall, der die Pferde zu größerer Eile antreiben sollte.

Keraban und seine Gefährten lehnten mit halb geschlossenen Augen im Coupé und träumten vor sich hin. Plötzlich, es mochte eine Stunde vor Mitternacht sein, ertönte ein eigentümliches Geräusch. Die Herren fuhren aus dem Halbschlaf auf. Da pfiff etwas, ähnlich einer Seltersflasche beim Öffnen, nur zehnmal lauter. Der Kutscher bemühte sich, die erschreckten Pferde zum Stehen zu bringen.

»Was gibt es?« rief Ahmet zum Fenster hinaus.

»Schlammvulkane!« schrie der Kutscher zurück.

»Schlammvulkane? Wer hat schon jemals so einen Unsinn gehört!« ließ sich Keraban vernehmen. »Du hast uns wirklich eine hübsche Straße ausgesucht, werter Herr Neffe.«

»Seigneur Keraban, es wäre das beste, wenn Sie mit Ihren Begleitern aussteigen«, sagte der Kutscher.

»Aussteigen? Höre ich recht?«

»Ja, ich muß Sie bitten, dem Wagen zu Fuß zu folgen, denn ich kann mich nicht für die Pferde verbürgen. Vielleicht gehen sie durch vor Angst.«

»Der Mann hat sicher recht«, sagte Ahmet vermittelnd.

»Es handelt sich nur um fünf bis sechs Werst, vielleicht sogar acht, aber mehr bestimmt nicht«, versicherte der Kutscher.

»Wir sollten wirklich aussteigen!« meinte nun auch Van Mitten.

Doch Keraban gab nicht so schnell nach.

»Schlammvulkane? Möchte wissen, was das sein soll!« wetterte er, bequemte sich aber schließlich doch dazu, mit den anderen zu Fuß der Kutsche zu folgen, die den Weg mit ihrem Laternenschein nur schwach erhellte.

Zu sehen war in dieser finsteren Nacht fast gar nichts. Dafür war das seltsame Pfeifen einfach nicht zu überhören, zumal es sich jetzt zeitweise zu ohrenbetäubendem Lärm steigerte.

Bei Tageslicht hätten die Reisenden seine Herkunft gleich erklären können. Die Steppe ist hier auf weiten Strecken mit kleinen Eruptionshügeln durchsetzt, die gewissen Ameisenbauten in Äquatorialafrika gleichen. Aus diesen Erhebungen brechen Gas- und Asphaltströme hervor, die Schlammvulkane genannt werden, obwohl eine vulkanische Wirkung bei ihrer Entstehung ganz ausgeschlossen ist. Bei näherer Untersuchung erweist es sich, daß die Schlammfontänen aus einer Mischung von Erde, Gips, Kalk, Feuerstein und Petroleum bestehen und unter dem Druck von Kohlenwasserstoff oder auch Phosphorwasserstoffgas in die Höhe geschleudert werden. Jede dieser Bodenerhebungen wächst ganz langsam, verliert beim Ausbruch des Eruptionsmaterials die Spitze und sinkt wieder vollständig in sich zusammen, sobald der Tertiärboden an dieser Stelle seine Gasgemische ausgespien hat.

Der Kutscher hatte den Reisenden das Phänomen der Schlammvulkane erklärt, so gut er eben konnte. Der Weg war beschwerlich, denn wenn man zu nahe an eine der zahllosen Erdbeulen herankam, schlug einem scharfer Gasgeruch ins Gesicht.

Van Mitten erkannte, daß es sich um Leuchtgas handelte.

»Der Weg ist nicht ganz gefahrlos«, sagte er warnend.

Tatsächlich löschte der Kutscher schon die Laternen.

»Bitte, unterlassen Sie auf jeden Fall das Rauchen«, sagte Ahmet zu Bruno, der vor Nizib herstapfte.

»Aber gewiß, wir wollen doch nicht in die Luft gehen!« versicherte Bruno.

Seine Worte riefen leider Keraban auf den Plan.

»Höre ich richtig? Man soll nicht einmal rauchen dürfen?« schrie der Starrkopf aufgebracht.

»Aber nein, lieber Onkel«, sagte Ahmet eilfertig, »höchstens nur ein paar Werst lang…«

»Nicht einmal eine Zigarette?« fuhr Keraban fort und drehte schon mit der Geschicklichkeit des Gewohnheitsrauchers eine tüchtige Prise Tabak zwischen den Fingerspitzen.

»Ich beschwöre Sie, Freund Keraban, warten Sie ein wenig, im Interesse aller!« rief Van Mitten entsetzt. »In dieser Gegend darf man genauso wenig wie in einer Pulvermühle mit Feuer hantieren.«

»Ein feines Land! Möchte wissen, wie ein Tabakhändler hier zu seinem Geld kommen soll! Siehst du, mein lieber Neffe, wir hätten doch den Umweg um das Asowsche Meer machen sollen.«

Ahmet schwieg, aber immerhin schob der Onkel seinen gerollten Tabak in die Tasche, natürlich nicht ohne entsprechende Anmerkungen.

Wenn man nicht stürzen wollte, mußte man sehr vorsichtig

Eine hohe Stichflamme schoß empor

einen Fuß vor den anderen setzen. Zum Überfluß stieg der Weg auch noch nach Süden hin. Glücklicherweise herrschte vollkommene Windstille, so daß die Ausdünstungen der Erde senkrecht aufstiegen und von den Fußgängern umgangen werden konnten.

Eine halbe Stunde lang kam man auf diese Weise nur sehr langsam vorwärts. Doch die Wanderer trösteten sich mit der Aussicht, in weiteren fünfzehn Minuten die Gefahrenzone durchquert zu haben.

Da flammte zur Linken des vorauffahrenden Wagens heller Feuerschein auf. Einer der Hügel hatte sich entzündet; eine hohe Stichflamme schoß empor. Die ganze Umgebung war taghell erleuchtet.

»Nun hat doch jemand geraucht!« rief Ahmet und schaute sich besorgt nach den Gefährten um, die ihm in kurzem Abstand folgten.

Von der Spitze des Zuges drangen ängstliche Rufe zu den Fußgängern herüber. Der Kutscher hatte die Gewalt über sein Gespann verloren; die verschreckten Pferde stürmten in vollem Galopp davon.

Keraban und seine Begleiter waren stehengeblieben. Die Steppe sah furchterregend aus. Das Feuer des einen Hügels war sofort zum nächsten übergesprungen, und nun gab es eine gewaltige Kettenreaktion. Ein Hügel nach dem anderen explodierte unter Donnergetöse, und die funkelnden Feuergarben kreuzten sich in der Luft.

Das gigantische Feuerwerk erhellte die ganze Gegend, und nun erkannten die Reisenden, daß sie von Hunderten solcher feuerspeiender Erdbeulen umgeben waren, die je nach ihrem Gehalt an Petroleum, Schwefel oder kohlensaurem Eisen mit heller oder düsterer Farbe brannten.

Gleichzeitig kam aus dem Erdboden ein dumpfes Grollen. Würde sich unter dem Druck der Gase das Erdreich auftun und die ganze Gegend in einen einzigen großen Krater verwandeln?

Keiner unterschätzte die Gefahr. Keraban und seine Gefährten wahrten unwillkürlich Abstand voneinander, als wollten sie wenigstens nicht alle zugleich vom Erdboden verschlungen werden. Aber niemand blieb stehen; denn das Vernünftigste war noch, die Gefahrenzone so schnell wie möglich zu überwinden. Die Straße verlief in zahlreichen Windungen mitten durch die brennende Steppe.

»Vorwärts! Schneller!« rief Ahmet beschwörend, und alle gehorchten seinem Befehl. Sie rannten in der Richtung des verschwundenen Wagens, der vielleicht schon die offenbar gefahrlose dunkle Zone am Horizont erreicht hatte.

Plötzlich krachte es fürchterlich: Ein Explosionsherd zerriß ein Stück der Straße, und Keraban stürzte zu Boden. Vor ihm schoß eine Flamme auf. Wenn er nicht sofort wieder auf die Beine kam, war es um ihn geschehen!

Ahmet stieß einen Schrei aus und sprang seinem Onkel zu Hilfe. Noch ehe das lodernde Gas den Halberstickten erfaßte, zerrte er den Körper aus der Gefahrenzone. Van Mitten, Bruno und Nizib begannen sofort mit Wiederbelebungsübungen.

Endlich entfuhr Kerabans Mund ein gurgelndes Geräusch. Sein kräftiger Brustkasten begann sich zu heben und zu senken. Das giftige Gas wurde stoßweise aus dem Körper getrieben.

Noch ein tiefer Atemzug – Keraban war wieder bei Bewußtsein! Und was waren seine ersten Worte?

»Wagt mein Herr Neffe immer noch zu behaupten, dieser Weg sei besser als der Umweg um das Asowsche Meer?«

»Natürlich nicht, lieber Onkel. Du hattest mal wieder recht!«

»Wie immer!« versetzte Keraban.

Kaum hatte der Starrkopf den Mund geschlossen, als die Steppe in pechschwarze Nacht versank. Sämtliche Flammenhügel erloschen mit einem Schlage. Es sah aus, als hätte der Maschinist eines Theaters den Haupthahn der Gaslampen zugedreht. Im ersten Augenblick konnte keiner der Männer etwas sehen. Der Unterschied zwischen der gleißenden Helle der Flammen und der plötzlich einsetzenden totalen Finsternis war mehr, als die Netzhaut des menschlichen Auges ausgleichen konnte.

Ahmet zerrte Keraban aus der Gefahrenzone

Jedermann fragte sich natürlich, was die Ursache der Feuerkatastrophe gewesen sein mochte. Die Erklärung ist relativ einfach: Es handelte sich um eine Selbstentzündung der Phosphorwasserstoffgase, die im Jahre 1840 die ganze Umgebung von Taman in Flammen gesetzt hatten. Das Gas entwickelt sich aus Seetierkadavern, die im Mergelboden dieser Gegend reichlich vorhanden sind, und es neigt zu Selbstentzündungen, die dann ihrerseits für die Entzündung der Kohlenwasserstoffgase verantwortlich sind, die unserem Leuchtgas entsprechen. Vielleicht sind klimatische Bedingungen für das Auslösen der Explosionen verantwortlich. Jedenfalls vermag niemand ihren Zeitpunkt vorauszusagen.

Wir haben also gelernt, daß die Reise durch die Halbinsel Taman nicht immer ungefährlich ist.

Unsere Reisegesellschaft war aber der Gefahr glücklich entronnen, wenn auch Keraban und sein Neffe leichte Versengungen davongetragen hatten.

Noch drei Werst, und die Kutsche tauchte aus der Finsternis auf. Der Kutscher hatte die Pferde tatsächlich wieder gebändigt, und sowie der Feuerspuk erloschen war, konnte er die Wagenlaternen wieder anzünden. Der Lampenschimmer leitete die Fußwanderer nun auf kürzestem Wege zu ihrem Gefährt.

Man stieg schleunigst ein, und der Rest der Nacht verlief vollkommen ruhig. Am nächsten Tag hielt der Wagen gegen acht Uhr abends im Städchen Rajewskaja. Die Grenze des Kaukasusgebietes war erreicht!

Sechzehntes Kapitel

in welchem es zu einem aufregenden Abenteuer kommt,

das den ersten Teil dieser Erzählung beschließt

Der Kaukasus ist ein Teil Südrußlands. Seine hohen Berge und weiten Plateaus sind in West-Ost-Richtung angeordnet und erstrecken sich über eine Länge von dreihundertfünfzig Kilometern.

Im Norden des Gebirges liegt das Gebiet der Don-Kosaken, das Gouvernement von Stavropol mit den Steppen der Kalmükken und der nomadischen Nogais. Der Süden ist in die Gouvernements von Tiflis, Baku, Elisabethpol und Frivan sowie etliche Provinzen aufgeteilt.

Die West- und die Ostbegrenzung des Kaukasus bilden das Schwarze und das Kaspische Meer.

Das gesamte Gebiet südlich der Gebirgsketten wird auch Transkaukasien genannt. Es grenzt einmal an die Türkei und zum anderen an Persien, gerade am Berge Ararat, der die biblische Arche Noah nach der Sintflut zum Stehen brachte.

Will man den Fachleuten glauben, so wäre in dieser Gegend die Wiege jenes weißen Menschentyps zu suchen, der heute Europa und Asien bevölkert. Und da der Kaukasus im Zentrum dieses Ursprungslandes liegt, sprechen wir auch von der ›kaukasischen‹ Rasse.

Drei große Straßen überqueren den mächtigen Gebirgswall, dessen höchster Gipfel, der Elbrus, fünftausendsechshundert Meter mißt. Die wichtigste der drei Straßen verläuft längs der Küste des Schwarzen Meeres und verbindet Taman mit Poti. Sie dient als Handelsstraße und erfüllt gleichzeitig strategische Zwekke. Die beiden anderen Wege führen weiter drinnen über das Gebirge, so daß sie für unsere Reisegesellschaft nicht in Betracht kamen.

Am Morgen des 7. September rollte die schier unzerstörbare Kutsche des Seigneur Keraban von Rajewskaja hinaus auf die Straße nach Poti. Die Uferstraße verlief fast stets parallel zur Küste. Allenfalls gab es hier und da eine Abweichung um wenige Werst, wenn irgendein Hindernis umgangen oder eines von den zahlreichen landeinwärts gelegenen Dörfern gestreift werden sollte, wo man im Gasthof eine Mahlzeit einnehmen wollte.

Ahmet konnte zufrieden sein: Die Reise verlief jetzt wieder ohne Unfälle, allerdings auch ohne jedes bemerkenswerte Ereignis im guten Sinne, und darüber wurde Van Mitten nun doch verdrossen. Sein Reisetagebuch füllte sich nur noch mit langen Listen bedeutungsloser geographischer Namen; keine nennenswerte Begebenheit gab es zu verzeichnen.

Nach etlichen Tag- und Nachtfahrten wurde die Grenze von Abchasien am Abend des 9. September erreicht. An der ersten Poststation stiegen die Reisenden aus der Kutsche, um bis zum folgenden Morgen eine richtige Ruhepause einzulegen.

Abchasien bildete inmitten des kaukasischen Gebietes eine Provinz mit eigenem Charakter. Es gab noch keine Zivilverwaltung, sondern lediglich die Militärbehörde. Abchasien war zwar eines der reichsten Kaukasusgebiete, aber das hier noch herrschende Regierungssystem verhinderte eine vernünftige Ausbeutung und Verteilung der Bodenschätze. Grund und Boden gehörten den regierenden Fürsten, Abkömmlingen einer persischen Dynastie, und den eigentlichen Landesbewohnern war es fast unmöglich gemacht, Land oder Reichtum zu erwerben. Diese Leute waren fast noch Halbwilde. Sie kannten keinen Zeitbegriff, ja sie hatten nicht einmal eine Schriftsprache. Ihrer Verständigung diente eine Art primitiver Dialekt, den selbst die Nachbarstämme nicht verstanden und der auch für viele der elementarsten Begriffe keine Bezeichnung kannte.

Um neun Uhr abends hielt der Wagen endlich in Gagri, einem hübschen Dorf mit einer schönen Kirche der Heiligen Hypata. Keraban und seine Begleiter hielten für diese Nacht in einem

Gasthof Einkehr und reisten erst am nächsten Tag weiter nach Sukhum-Kale. Um Mitternacht traf man in diesem Haupthafen Abchasiens ein, der übrigens kaum von Abchasiern, dafür aber um so mehr Griechen, Armeniern, Türken und Russen bevölkert wurde. Der ganze Ort machte einen vorwiegend kriegerischen Eindruck, zumal man erfuhr, daß die Dampfer aus Odessa oder Poti fast nur neue Besatzungen für die Kasernen brachten, die neben den alten Festungswerken errichtet waren.

Im Gasthof gab es am nächsten Morgen einen Imbiß echt georgischer Art: eine scharfe Hühnerbouillon, Fleischragout und saure, mit Safran gewürzte Milch. Die beiden türkischen Herren und ihr holländischer Gast waren von der Speisenzusammenstellung nur mäßig entzückt; doch sie ließen sich ohnehin nur wenig Zeit für das Frühstück. Um neun Uhr rollte der Wagen schon wieder über die Küstenstraße.

Die nächste Nachtruhe wurde in Redut-Kale eingelegt. Auch Keraban war zufrieden, daß die letzten Tage ohne Unfälle verlaufen waren. Und wir brauchen wohl kaum auszumalen, wie sich unser Alttürke geschmeichelt fühlen würde, wenn er in wenig mehr als zwei Wochen auf dem linken Bosporus-Ufer auftauchen und die ottomanischen Behörden und ihren Wasserwegzoll verspotten konnte!

Redut-Kale lag nur noch vierundzwanzig Werst von der russisch-türkischen Grenze entfernt, und der starrsinnigste aller Osmanlis durfte damit rechnen, vor Ablauf von vierundzwanzig Stunden den Fuß wieder auf ottomanischen Boden zu setzen.

»Vorwärts, Herr Neffe! Und möge uns Allah auch weiterhin beschützen!« rief er gutgelaunt seinem Neffen zu, als sie am Morgen des 13. September in Redut-Kale aufbrachen.

»Vorwärts, lieber Onkel!« antwortete Ahmet, und unter Peitschenknall und Pferdegewieher ging die Reise weiter.

Nur eine Stunde, und man war schon in der Provinz Guriel, deren Hauptstadt Poti zugleich ein wichtiger Schwarzmeerhafen ist.

Die Straße bog jetzt in das Landesinnere ab. Eingebettet in die

Maisfelder der fruchtbaren Ebene lagen einzelne Bauernhäuser. Van Mitten notierte, daß die Hauswände aus geflochtenem Stroh bestanden, so daß die Gebäude eher Körben als Häusern glichen. Insgeheim hoffte der Holländer immer noch, außer solchen letztlich unbedeutenden Reiseeindrücken irgendein wirklich großes Erlebnis notieren zu können. Schließlich befand er sich doch im berühmten Kolchis des Altertums! Nun, vielleicht würde ihm das Glück mehr lächeln, wenn man bei Poti das Ufer des Rion erreichte. Denn dieser Fluß ist der Phasis des Altertums und soll, wenn man verschiedenen Historikern glauben darf, einer der vier Ströme des Paradieses sein!

Wieder war eine Stunde vergangen, und plötzlich mußte die Kutsche anhalten. Die Straße kreuzte den Schienenweg zwischen Poti und Tiflis, und die Bahnschranke war gerade geschlossen worden.

Keraban und die beiden anderen Insassen des Coupés schauten zum Fenster heraus.

Der Kutscher rief nach dem Schrankenwärter, aber der Mann hatte keine Eile.

Schon steckte Keraban den Kopf aus der Wagentür.

»Untersteht sich diese verwünschte Eisenbahngesellschaft, unsere kostbare Zeit zu stehlen?« schrie er. »Warum ist die Schranke geschlossen, wenn unsere Kutsche über die Schienen fahren muß?«

»Vielleicht, weil der Zug gleich kommt«, sagte Van Mitten gelassen.

»Zug! Warum sollte gerade jetzt ein Zug kommen!«

Währenddessen rief der Kutscher immer wieder nach dem Schrankenwärter, aber keine Menschenseele zeigte sich im Wärterhäuschen.

»Allah soll dem Kerl den Hals umdrehen!« rief Keraban erbost, und er fügte hinzu: »Wenn der Bursche nicht sofort kommt, mache ich selber die Schranke auf!«

»So warte doch, Onkel«, bat Ahmet und hielt Keraban fest, damit er nicht aussteigen konnte.

»Warten?«

»Ja; und da kommt auch schon der Bahnwärter!«

Tatsächlich setzte sich der Mann langsam in Bewegung.

»Können wir über die Schienen fahren? Ja oder nein?« rief Keraban kurz angebunden.

»Es geht gerade noch«, sagte der Wärter. »Der Zug aus Poti kann erst in zehn Minuten hier sein.«

»Dann öffnen Sie endlich die Schranke und halten Sie uns nicht unnütz auf. Wir sind in Eile.«

»Schon gut, ich mache die Schranke auf.«

Mit diesem Versprechen ging der Mann über die Schienen und öffnete zuerst die Schranke der Gegenseite. Dann kam er zu der wartenden Kutsche zurück und öffnete auch auf dieser Seite die Barriere. Er tat seine Arbeit mit der Gemächlichkeit eines Menschen, dem die notorische Eile der Reisenden völlig gleichgültig war.

Keraban kochte vor Ungeduld.

Endlich lag der Schienenübergang frei; die Kutsche konnte anfahren.

Im gleichen Augenblick tauchte auf der Gegenseite eine andere Reisegruppe auf. Es war ein vornehmer Türke, hoch zu Roß, in Begleitung von vier Reitern, die eine Art Leibwache bildeten.

Offenbar handelte es sich bei dem Herrn um eine Persönlichkeit von Rang. Er mochte dreißig Jahre alt sein. Seine hochgewachsene Gestalt drückte in Aussehen und Haltung Vornehmheit aus. Sein Blick verriet verhaltene Leidenschaft, und dem strengen Mund sah man an, daß er niemals lächelte, dafür aber befehlsgewohnt war. Lebensstellung und Vermögen hatten ihm gewiß so viel Macht verliehen, daß er sich nahezu alle Wünsche erfüllen konnte und niemals lange auf die Ausführung seiner Befehle zu warten brauchte. Und noch eines sah man dem jungen Mann auf den ersten Blick an: die Neigung, sich mit schrankenloser Gewalt das zu verschaffen, was er gutwillig nicht bekam. In dieser Natur, die türkische Züge noch mit arabischen vereinte, steckte ein gut Teil verhaltener Wildheit.

»Platz da!« rief Keraban

Der vornehme Herr trug Reisekleider von eher asiatischem als europäischem Schnitt. Jedenfalls verhüllte der dunkelfarbige Kaftan mehr von seinem Träger, als er erkennen ließ, und darin mochte Absicht liegen.

Die Reiter hatten die Pferde vor der anrollenden Kutsche pariert, und Kerabans Kutsche wurde ebenfalls wieder zum Stehen gebracht.

»Platz da!« rief Keraban den Reitern zu, deren Pferde jetzt den Zugtieren der Kutsche genau gegenüberstanden.

»So machen Sie doch selber Platz!« rief der berittene vornehme Türke. Er schien entschlossen, keinen Schritt zurückzuweichen.

»Ich war als erster hier!«

»Aber Sie kommen als zweiter hinüber!«

»Sie täuschen sich. Ich weiche nicht um einen Schritt!«

»Ich auch nicht!«

»Lieber Onkel«, flehte Ahmet, »es schadet uns doch gar nichts, wenn wir...«

»Und ob es uns schadet!«

»Verehrter Freund«, begann nun auch Van Mitten, »wir könnten...«

»Laßt mich in Frieden!« polterte Keraban so laut, daß Van Mitten sich gleich verschreckt in seinen Winkel zurückzog.

Nun mischte sich auch noch der Bahnwärter ein.

»Schnell, schnell, der Zug aus Poti kommt gleich«, rief er.

Aber Keraban hörte gar nichts mehr. Er hatte den Wagenschlag aufgestoßen, war auf die Schienen hinuntergesprungen und marschierte geradenwegs auf den Reiter zu. Van Mitten und Ahmet folgten sofort, und auch Bruno und Nizib verließen fluchtartig die Kutsche.

Keraban hatte inzwischen das Pferd des Türken beim Zügel gepackt. »Werden Sie mich jetzt endlich vorbeilassen?« rief er mit schneidend scharfer Stimme.

»Niemals!«

»Das werden wir ja sehen! Sie kennen noch nicht den Seigneur Keraban!«

Keraban packte das Pferd beim Zügel

»Und Sie nicht den Seigneur Saffar!«

Da war wieder der verhaßte Name. Kerabans Zorn auf den Mann, der ihm unablässig die Wechselpferde vor der Nase weggeschnappt hatte, wuchs ins Unermeßliche. Diesem Mann, ausgerechnet diesem Saffar sollte er weichen? Eher wollte er sich unter den Pferdehufen zermalmen lassen.

»Sieh einer an! Sie sind also der Seigneur Saffar!« rief er. »Wohlan denn, Seigneur Saffar, weichen Sie sofort vom Platz! Zurück!«

»Vorwärts!« rief der Seigneur Saffar und gab seinen Reitern ein Zeichen, den Übergang mit Gewalt zu erzwingen.

Ahmet und Van Mitten sprangen Keraban zu Hilfe, denn daß der Starrkopf jetzt nicht weichen werde, stand außer Zweifel.

Doch der ängstliche Bahnwärter kam dazwischen.

»Um des Himmels willen, räumen Sie die Geleise. Der Zug kommt!« rief er entsetzt.

Und da hörten die Streitenden auch schon das Pfeifen der Lokomotive. Der Zug war dicht hinter der Kurve vor dem Bahnübergang. Der Bahnwärter schwenkte die Mütze, um den Zug womöglich zum Stehen zu bringen ... zu spät! Die Wagenschlange kam aus der Kurve hervorgeschossen.

Der Seigneur Saffar hatte im letzten Augenblick sein Pferd zurückgerissen, Bruno und Nizib waren beiseite gesprungen, und Ahmet und Van Mitten hatten Keraban noch rechtzeitig vom Geleise gezerrt. Selbst dem Kutscher war es gelungen, mit verzweifelten Peitschenhieben die Pferde über die Schienen zu hetzen, aber für die Kutsche war es zu spät. Der Zug faßte im Vorüberbrausen das Hinterteil des stolzen Gefährts, zertrümmerte den Wagen vollständig und war Sekunden später wie ein Spuk verschwunden, ohne daß seine Insassen das Geringste von der Tragödie auf den Geleisen gespürt hätten.

Außer sich vor Wut wollte Keraban auf seinen Widersacher losstürzen, aber der stolze Reiter gab seinem Pferd die Sporen, ohne den Starrkopf eines Blickes zu würdigen. Im Galopp verschwand die kleine Kavalkade auf der Landstraße, die sich am Fluß entlangzog.

»Schurke! Elender! Wenn mir der Kerl noch einmal in den Weg läuft... !« schrie Keraban, und Ahmet konnte ihn nur mit Gewalt daran hindern, die Reiter zu Fuß zu verfolgen.

»Du hast natürlich recht gehabt, Onkel«, sagte Ahmet traurig, »aber das Schlimmste ist im Augenblick, daß wir keinen Reisewagen mehr haben.«

»Zugegeben, Ahmet, aber eines ist mir gelungen: Ich bin als erster über die Geleise gekommen!« – womit bewiesen war, daß Keraban nichts von seiner Dickköpfigkeit eingebüßt hatte.

Da nahte sich ein Trupp jener Kosaken, die in Rußland die Überwachung von Landstraßen und Eisenbahnanlagen besorgen. Sie hatten den Vorfall am Bahnübergang von weitem beobachtet.

Ihre erste Amtshandlung bestand darin, Keraban beim Kragen zu packen. Der Starrkopf protestierte heftig, sein Neffe versuchte vergeblich, zu vermitteln, der Festgenommene wurde immer ungebärdiger, und die Lage verschlimmerte sich zusehends; denn eines muß man wissen: Es ist ebenso sinnlos, mit Kosaken wie mit Gendarmen streiten zu wollen. Wehrt man sich obendrein gegen eine Festnahme, macht man sich auch noch des Widerstandes gegen die Staatsgewalt schuldig.

Das Ende vom Liede war, daß der wutschäumende Keraban zu der etwa einen Kilometer entfernten Station Sakario fortgeschleppt wurde, während seine Reisebegleiter ganz verstört bei den Trümmern des Wagens zurückblieben.

»Womit wir hübsch in der Klemme säßen!« sagte Van Mitten.

»Ganz zu schweigen von der Lage meines Onkels«, fügte Ahmet hinzu.

Zehn Minuten später kam der Gegenzug aus Tiflis, der nach Poti hinunterbrauste. Ahmet, Van Mitten und die beiden Diener hoben die Köpfe. Was war das? An einem der Abteilfenster erschien Kerabans Gesicht! Und wie sah er aus! Das Haar wild zerzaust, die Augen blutunterlaufen! Kein Zweifel! Die Kosaken hatten ihren Häftling gewaltsam in die Eisenbahn gepfercht, und Keraban hatte die Fassung verloren!

Seine Reisegefährten waren entschlossen, den Unglücklichen aus der Gefangenschaft zu befreien, aber trotzdem mit allen Kräften zu verhindern, daß durch diese Rettungsaktion die Weiterreise nach Scutari verlangsamt wurde.

Man beschloß, die Trümmer der Kutsche liegenzulassen. In aller Eile wurde ein Bauernkarren gemietet. Der Kutscher spannte die Pferde an, und so schnell es eben möglich war, ging die Fahrt nach Poti weiter.

Innerhalb von zwei Stunden war die Stadt erreicht. Gleich nach der Ankunft liefen Van Mitten und Ahmet zur Polizeistation, um dafür zu sorgen, daß der unglückliche Keraban freigelassen wurde. Zu ihrer Erleichterung bekamen sie eine Auskunft, die in zweifacher Weise beruhigend war. Einmal hatte man Keraban gegen Erlegung einer saftigen Geldsumme schon wieder aus der Haft entlassen, und obendrein war er von einem Kosakenkommando bis zur russisch-türkischen Grenze gebracht worden, so daß der Zeitplan Ahmets nicht einmal sonderlich gestört wurde.

Das Nächstliegende war jetzt, Keraban sobald wie möglich wiederzutreffen, und zu diesem Zwecke mußte zunächst der Bauernkarren gegen ein besseres Fahrzeug vertauscht werden.

Außerdem hätte Ahmet zu gern in Erfahrung gebracht, was aus dem Seigneur Saffar geworden war. Aber niemand konnte Auskunft geben; denn Saffar hatte sich bereits auf einem der Dampfer eingeschifft, die die Küstenplätze Kleinasiens anlaufen. So blieb Ahmet nichts weiter übrig, als auf das Meer hinauszustarren, wo eine Rauchsäule am Horizont gerade noch die Position des Schiffes anzeigte, mit dem der Seigneur Saffar nach Trapezunt heimfuhr.

ZWEITER TEIL

Erstes Kapitel

in welchem Keraban sich immer noch nicht beruhigen kann,

daß man ihn zu einer Eisenbahnfahrt gezwungen hat

Jan Van Mitten hatte sich seinerzeit dareinschicken müssen, auf die Besichtigung der Ruinen des alten Kolchis zu verzichten. Dafür hatte er sich vorgenommen, den sagenhaften Phasis, der inzwischen den weniger wohlklingenden Namen Rion trug, um so gründlicher zu erforschen. Dieser Fluß mündet bei Poti in das Schwarze Meer und bildet hier, an seinem Endpunkt, einen kleinen Hafen.

Doch wiederum hatte Van Mitten vergeblich gehofft. Die inzwischen führerlose Reisegesellschaft zog wohl auf den Spuren Jasons und der Argonauten durch das Land, aber Ahmet hatte alles andere als den Sohn Aesons und seinen Kampf um das Goldene Vlies im Kopf. Ihm ging es einzig und allein darum, die Fährte des Onkels Keraban aufzunehmen, der inzwischen schon an der russisch-türkischen Grenze eingetroffen sein mußte.

Bei der Ankunft in Poti war es schon fünf Uhr nachmittags gewesen. Da man spätestens am nächsten Morgen wieder aufbrechen wollte, blieben dem Holländer nur wenige Abendstunden für einen kleinen Rundgang durch Poti. Er besuchte den Stadtpark mit seinen Resten einer ehemaligen Befestigung, und dann ging er zwischen den Pfahlbauten des siebentausend Seelen zählenden Ortes spazieren. Auffällig waren die breiten Straßen, zu deren Seiten Gräben liefen, aus denen ein ununterbrochenes Froschkonzert ertönte. Der belebte Hafen wurde von einem hohen Leuchtturm überragt, und damit war die Liste der Sehenswürdigkeiten von Poti erschöpft. Van Mitten war zwar immer noch nicht getröstet, daß man ihm die Erforschung des Rion verwehrte, aber schließlich sagte er sich, daß es vielleicht nicht das Dümmste sei, den Ort schnell zu verlassen; denn das Klima hier war unangenehm feucht und mochte dem Fremden leicht allerlei Fiebererkrankungen bescheren.

Währenddessen machte Ahmet Jagd auf einen Reisewagen. Er gab sich allerdings gar nicht erst der Hoffnung hin, einen vollwertigen Ersatz für Kerabans Reisekutsche aufzutreiben. Allenfalls würde er eine einfache ›Araba‹ erhandeln, und selbst für so einen primitiven Wagen mußte er sicher tief in die Reisebörse des Onkels greifen.

Ahmet wurde der Qual der Wahl bald enthoben. Für den Augenblick gab es in der ganzen Stadt keinen noch so bescheidenen Wagen, den man mieten oder kaufen konnte. Der junge Mann kannte aber nur einen Gedanken: den Onkel so schnell wie möglich wieder unter die Fittiche zu nehmen, damit sein Starrsinn nicht noch mehr Schaden anrichtete. Ahmet entschloß sich deshalb kurzerhand, die zwanzig Meilen bis zur Grenze auf dem Pferderücken zurückzulegen. Er selbst war ein geübter Reiter, und Nizib hatte ihn oft genug auf seinen Ausflügen zu Pferde begleitet. Und die beiden Holländer? Jan Van Mitten durfte wenigstens behaupten, daß er mit den Grundbegriffen der edlen Reitkunst vertraut war, während Bruno auf diesem Gebiet Anfänger war.

Wie dem auch sei, die Weiterreise zu Pferde war beschlossen, und man wollte am nächsten Morgen in der Frühe aufbrechen.

Zunächst aber schrieb Ahmet dem Bankier Selim einen Brief, der allerdings mit den Worten ›Inniggeliebte Amasia‹ begann. Er schilderte, was seinem Onkel in Poti zugestoßen war, daß man ihn aber so bald wie möglich wiedertreffen wollte. Sein Brief schloß mit der Versicherung, daß er unermüdlich Menschen und Tiere antreiben werde, damit der Hochzeitstermin nicht in Gefahr geriete. Gleichzeitig bat er Amasia inständig, mit ihrem Vater und Nedjeb pünktlich nach Scutari abzureisen, damit er sie bei der Ankunft auch ganz gewiß dort in die Arme schließen könne.

Der zärtliche Brief wurde dem Paketboot anvertraut, das zwischen Poti und Odessa verkehrte. Nicht einmal achtundvierzig

Stunden würde es dauern, bis Amasia diese Zeilen ans Herz drückte, dessen Pochen Ahmet über das ganze Schwarze Meer hinweg zu hören glaubte.

Während der junge Mann seinen Liebesbrief verfaßte und Van Mitten die Stadt besichtigte, ging Bruno eigene Wege. Wenn in Poti auch keine Reisekutsche aufzutreiben war, eine Waage würde es doch wohl geben! Und dem abgemagerten Bruno lag nichts mehr am Herzen, als festzustellen, wie es um sein Gewicht stand.

Ohne Van Mitten von seiner Absicht zu unterrichten, verließ er das Hotel. Vorsichtshalber steckte er den Reiseführer seines Herrn ein, denn das Buch enthielt eine Umrechnungstabelle von russischen in holländische Gewichtsmaße.

Jeder Zollhafen hat eine oder mehrere große Waagen. Bruno fand also bald, was er so dringend suchte. Die Beamten bestach er mit ein paar Kopeken, und dann stieg er ein wenig ängstlich in eine der großen Waagschalen, während die andere mit einem schweren Gewicht belastet wurde. Die Beamten hatten sich verschätzt: Zu Brunos Leidwesen blieb die Schale mit dem Gewicht am Boden liegen, und was er auch anstellte, um ein wenig schwerer zu sein – er holte tief Luft, er blähte sich auf –, die Schale mit dem Gewicht dachte nicht daran zu steigen.

»Teufel nochmal!« stöhnte er. »Ich habe es ja geahnt.«

Das schwere Gewicht wurde gegen ein leichteres vertauscht, Aber wieder rührte sich die Schale nicht von der Stelle.

»Das ist doch nicht möglich!« rief Bruno, und er spürte, wie ihm vor Schreck das Blut in den Adern erstarrte.

Und da merkte er, daß ihm jemand teilnahmsvoll zuschaute.

»Mijnheer!« rief er.

Der Zuschauer war wirklich Van Mitten, den der Zufall an der Hafenwaage vorbeigeführt hatte.

»Wie ich sehe, willst du dich gerade...«

»... wiegen lassen.«

»Und das Ergebnis?«

»... ist mehr als traurig. Ich habe so sehr abgenommen, daß es

Die Waagschale rührte sich nicht von der Stelle

hier kaum noch ein Gewicht gibt, das meine bescheidenen Pfunde feststellen könnte.«

Bei diesen Worten hatte Bruno das Gesicht so schmerzlich verzogen, daß Van Mitten ganz betroffen war; denn er fühlte sich für das Elend seines Dieners verantwortlich.

Erst das dritte, noch leichtere Gewicht hob Brunos Körperlast so weit empor, daß schließlich beide Waagschalen in einer Ebene standen.

»Endlich!« rief Bruno. »Wieviel Pfund wiegt das Gewicht?«

»Genau vier russische Pud.«

»Und das wäre auf holländisch?«

»Fünfundsiebzigeinhalb Pond oder genau hunderteinundfünfzig Pfund.«

Bruno stieß einen Verzweiflungsschrei aus, sprang aus seiner Waagschale, so daß das Gegenstück laut scheppernd auf den Boden schlug, und ließ sich halb ohnmächtig auf eine Bank fallen.

Siebzehn Pfund hatte er seit der Abreise eingebüßt. Und das in sechsundzwanzig Tagen, die noch nicht einmal besonders entbehrungsreich gewesen waren! Was sollte erst werden, wenn der beschwerliche Teil der Reise begann? Zwanzig Jahre lang hatte Bruno gewissenhaft an der Abrundung seines Bäuchleins gearbeitet, damit es nun binnen weniger Tage dahinschwand und seinen Träger in die schmähliche Untergewichtsklasse zurückversetzte! In Gedanken sah sich Bruno schon, zum Skelett abgemagert, sinnlos durch ganz und gar unwirtliche Gegenden um das Schwarze Meer wandern.

Diese schreckliche Vision genügte: Er mußte dem Spuk ein Ende machen. So blieb er bei der Rückkehr ins Hotel entschlossen im Eingang stehen und sagte:

»Mijnheer, alles hat Grenzen, auch die menschliche Torheit. Wir reisen nicht weiter mit.«

Van Mitten ließ sich, wie stets, nicht aus der Ruhe bringen.

»Was soll das heißen, Bruno? Willst du in diesem gottverlassenen Kaukasuswinkel bleiben?«

»Bestimmt nicht, Mjinheer. Ich möchte nur vorschlagen, daß

wir den Seigneur Keraban nach Konstantinopel heimkehren lassen, wie es ihm beliebt, daß wir selbst aber das nächste Dampfschiff besteigen und über das Meer zurückfahren. Sie werden ohnehin nie seekrank und ich auch nicht, und obendrein laufe ich nicht weiter Gefahr, noch mehr abzumagern.«

»Von deinem Standpunkt aus hast du recht, Bruno. Für mich liegt die Sache anders. Wie könnte ich meinen Freund Keraban jetzt verlassen, nachdem wir Dreiviertel des Weges schon hinter uns gebracht haben!«

»Der Seigneur Keraban ist nicht Ihr Freund, Mijnheer. Er hat nur einen Freund, und der heißt Keraban! Und ich bin nicht gesonnen, der Eigenliebe dieses Mannes meine letzten Pfunde zu opfern. Gewiß, Dreiviertel der Reisestrecke liegen hinter uns, aber was liegt noch vor uns? Daran sollten wir einmal denken, und ich gehe wohl nicht fehl in der Annahme, daß es sich bei der Reststrecke um halbwildes Land handelt, in dem uns Schwierigkeiten erwarten, die alle bisherigen übertreffen werden. Natürlich, Ihnen ist bisher nichts zugestoßen, aber wer garantiert uns, daß es so bleibt? Sie laufen noch in Ihr Unglück, gnädiger Herr!«

Brunos schreckliche Prophezeiungen taten ihre Wirkung. Van Mitten wurde unsicher. Der Bursche hatte ja recht: Wer konnte schon dafür einstehen, daß nichts passierte, wenn die Reise durch die verkehrsarmen Gegenden um Trapezunt und das nördliche Anatolien ging? Es war kaum anzunehmen, daß der Arm der türkischen Polizeibehörden so weit reichte.

Van Mitten erlag also wieder einmal seiner größten Schwäche: Er ließ sich von einem anderen beeinflussen. Bruno spürte Morgenwind und verdoppelte sofort seine Bitten. Er brachte dieses und jenes Argument vor, zeigte, wie erbärmlich der Rock um seine Taille schlotterte, und sprach so überzeugend, daß Van Mitten schon fast bereit war, sich von Keraban zu trennen und dem Diener zu folgen.

Nur eines war ihm unbehaglich: Er mußte wohl oder übel mit seinen bisherigen Reisegefährten über seinen Entschluß reden. Bruno sah darin kein schwieriges Problem.

»Die Umstände sind doch mehr als günstig, gnädiger Herr«, sagte er, »der Seigneur Keraban ist nicht hier und kann uns keine Hindernisse in den Weg legen. Soll ihn doch sein Neffe allein an der Grenze suchen!«

Doch Van Mitten schüttelte wieder den Kopf.

»Keraban ist nicht das einzige Problem, Bruno«, sagte er.

»Und was bedrückt Sie sonst noch?«

»Daß wir aus Konstantinopel abgereist sind, ehe mein Geld aus Rotterdam ankam. Meine Börse ist fast leer.«

»Könnten Sie sich nicht eine größere Summe von der ottomanischen Bank hierherschicken lassen?«

»Leider nicht, denn nach meinen Berechnungen kann das Geld aus Holland noch gar nicht überwiesen sein.«

»Wir hätten also keine Mittel, um die Schiffsreise zu bezahlen?«

»Nicht die geringsten... es sei denn, ich bitte meinen Freund Keraban darum.«

Diese Auskunft war höchst beunruhigend. Bruno wußte eines genau: Geriet Van Mitten dem Seigneur Keraban erst wieder in die Finger und brachte er obendrein seine Bitte vor, so war eine Auseinandersetzung unvermeidlich. Wer als Sieger aus dem Streit hervorgehen würde, war von vornherein klar. Gab es wirklich keinen anderen Ausweg? Vielleicht Ahmet? Doch nein, der junge Mann konnte sich niemals dazu hergeben, Van Mitten bei der Flucht vor Keraban zu helfen.

Endlich schlossen Bruno und Van Mitten einen Kompromiß: Sie wollten gemeinsam mit Ahmet bis zur Grenze reiten, um Keraban wiederzutreffen. Van Mitten sollte dann einen schlechten Gesundheitszustand vortäuschen, der es ihm unmöglich machte, die anstrengende Reise zu Lande fortzusetzen. Keraban dürfte sich in solchem Falle kaum weigern, dem Freund die Mittel für die Schiffsreise vorzustrecken.

Bruno war natürlich noch nicht vollends beruhigt. Er ahnte, welch ein Kampf seinem Herrn bevorstand.

Im Hotel wartete Ahmet auf die beiden Holländer, die von ihrem Plan vorsichtshalber nichts verrieten.

Bald gingen die Reisegefährten zu Bett, und Van Mitten träumte, daß Keraban ihn zu Hackfleisch verarbeitete.

Am nächsten Morgen standen frühzeitig vier Pferde für die Reisegesellschaft bereit. Brunos Gesicht war unbeschreiblich, als er den Pferderücken unter seiner Sitzfläche spürte. Zum Glück war sein Reittier lammfromm und dachte gar nicht daran, sich aufzubäumen oder den Reiter abzuschütteln. Auch die für Nizib und Van Mitten bestimmten Pferde waren friedliche Naturen. Nur Ahmet bekam ein unruhiges Tier, aber er war ein geübter Reiter, und seine Hauptsorge bestand darin, das Pferd zu langsamer Gangart anzuhalten, damit er den anderen Reitern nicht zu weit vorauseilte.

Um fünf Uhr früh hatte man Poti verlassen. Nach zwei kurzen Frühstückspausen erreichten die Reiter um zwei Uhr nachmittags Batum, und Ahmet gab das Zeichen für eine längere Ruhepause.

Batum gehörte früher der Türkei. Seine Lage an der Mündung des Tschorok, dem Bathys des Altertums, war für einen Hafen gut geeignet, zumal selbst Schiffe mit großem Tiefgang hier ankern konnten. Die Stadt selbst glich eigentlich nur einem langgestreckten Basar aus Holzbuden, zwischen denen sich eine einzige größere Straße entlangzog. Für die Türkei war die Aufgabe von Batum ein schwerer Verlust, und überdies mußte damit gerechnet werden, daß Rußland in Zukunft seine Hand noch weiter nach den übrigen Teilen von Lasistan ausstreckte.

Noch vor Jahren hätte Ahmet in Batum bereits türkischen Boden unter den Füßen gehabt. Wie die Dinge nun aber lagen, mußte er mit seinen Begleitern noch dreißig Werst weiter bis zur neuen russisch-türkischen Grenze reiten.

Dort wartete auf der anderen Straßenseite, scharf bewacht von einer unfreundlich dreinblickenden Kosakentruppe, ein Mann, der zwar mit den Füßen bereits auf türkischem Boden stand, aber vor Wut über die russischen Soldaten zu bersten schien.

Es war der Seigneur Keraban.

Die Uhren standen auf sechs Uhr abends; Keraban wartete

Nur Ahmet bekam ein unruhiges Pferd

bereits seit Mitternacht auf die Gefährten. Ihm war nichts weiter übriggeblieben, als in einer schäbigen Hütte für die Wartezeit um Obdach zu bitten.

Schon aus der Ferne hatten Ahmet und Van Mitten den Wartenden am Straßenrand erkannt. Sie trieben ihre Pferde sofort zu größerer Eile an, waren in wenigen Minuten bei Keraban angelangt und sprangen ab. Der Starrkopf lief lebhaft gestikulierend auf und ab. Offenbar stritt er, mangels Partner, mit sich selbst. Die Reiter schien er gar nicht zu bemerken.

»Lieber Onkel!« rief schließlich Ahmet, und Van Mitten fügte ein »Freund Keraban!« hinzu.

Da blickte Keraban endlich auf und ergriff Ahmets und Van Mittens Hände.

»In die Eisenbahn ... in die Eisenbahn haben mich die Schurken gezwungen!« stöhnte er jammervoll.

Diese unwürdige Art der Beförderung hatte den eingefleischten Alttürken viel härter als alle andere Unbill der Reise getroffen. Dagegen kamen nicht einmal die Zertrümmerung der Kutsche und das Problem der Weiterreise auf!

»Das war wirklich unwürdig«, bestätigte Ahmet, der es im Augenblick für besonders wichtig hielt, den Onkel nicht noch durch einen Widerspruch zu reizen.

»Ja, unwürdig«, sagte auch Van Mitten, aber er fügte unklugerweise hinzu: »Allah sei Dank, daß Ihnen nichts Ernsthaftes zugestoßen ist!«

»Wie? Mir wäre nichts Ernsthaftes zugestoßen?« schrie Keraban. »Herr Van Mitten, hüten Sie Ihre Zunge!«

Ahmet machte dem Holländer ein beschwichtigendes Zeichen. Wenn der Onkel den Freund schon ›Herr Van Mitten‹ titulierte, sah es böse genug aus. Doch Keraban war noch längst nicht am Ende.

»Wollen Sie mir verraten, was Sie mit dem unqualifizierbaren ›nichts Ernsthaftes‹ gemeint haben?« sagte er drohend.

»Ich hatte die üblichen Eisenbahnunfälle im Sinn, eine Entgleisung oder auch einen Zusammenstoß ...«

Auf der türkischen Straßenseite wartete Keraban

»Dann kann ich nur sagen, eine Entgleisung wäre vorzuziehen gewesen, Herr Van Mitten. Lieber hätte ich Arme, Beine und den Kopf verloren, als daß ich jetzt so mit Schande bedeckt weiterleben muß.«

»Glauben Sie mir, lieber Freund...«, stammelte Van Mitten hilflos. Er wußte nicht mehr, wie er das Gespräch zu einem guten Ende bringen sollte. Schon donnerte Keraban:

»Glauben! Was soll ich Ihnen glauben? Alles, was ich weiß, ist, daß Sie in völlig falscher Weise die Mißhandlung des Mannes betrachten, der sich seit zwanzig Jahren für Ihren Freund hielt.«

Ahmet wollte Kerabans Gedanken um jeden Preis in andere Geleise lenken.

»Ich fürchte, lieber Onkel, Herr Van Mitten hat sich nur ein wenig unklar ausgedrückt. Im Grunde trägt ja auch ein anderer Mensch an diesem ganzen Unheil schuld, jener unverschämte Saffar, der uns den Bahnübergang von Poti versperrte.«

Ahmets Ablenkungsmanöver war geglückt.

»Ja, dieser Saffar!« schrie Keraban.

»Ja, tausendmal ja, dieser Saffar!« wiederholte Van Mitten.

»Der infame Saffar!« rief Keraban.

»Der infame Saffar!« wiederholte Van Mitten gehorsam.

»Wenn wir den Kerl wiedertreffen...!« drohte Ahmet.

»Und nun können wir nicht nach Poti zurückkehren, um den Schurken büßen zu lassen!« jammerte Keraban. »Ich wollte ihm die Seele aus dem Leibe reißen, dem Henker würde ich ihn ausliefern!«

»...ihn pfählen lassen«, fügte Van Mitten hinzu in der Hoffnung, durch so wilde Reden die gefährdete Freundschaft mit Keraban wieder ins Lot zu bringen.

Das Mittel, oder vielmehr der echt türkische Vorschlag wirkte. Keraban schüttelte gerührt Van Mittens Hände.

»Lieber Onkel, augenblicklich wäre es ganz unnütz, in Poti nach diesem Saffar zu forschen. Er hatte sich bereits eingeschifft, als wir im Hafen ankamen«, sagte Ahmet rasch.

»Wohin?«

Keraban drohte den Kosaken mit der Faust

»Ich weiß nur, daß er den Küstendampfer der Klein-Asien-Linie benutzt.«

»Kleinasien?« knurrte Keraban. »Dann wird mir der Elende sicher noch einmal in den Weg laufen. Wehe ihm!«

Nachdem er dieses formelhafte ›Wehe ihm!‹, den sogenannten ›Eid Gottes‹, hervorgestoßen hatte, schwieg der Starrkopf. Ihm fiel keine kräftigere Verwünschung mehr ein.

Und wie sollte die Reise weitergehen? Im Ernst dachte niemand daran, Keraban ein Reitpferd als Beförderungsmittel vorzuschlagen. Seine Leibesfülle stand dagegen, und wenn er selbst vielleicht noch einen Ritt ertragen hätte, das Pferd wäre doch bald unter ihm zusammengebrochen. Im Augenblick blieb nichts weiter übrig, als das nächste Dorf anzusteuern. Keraban wollte den Weg dorthin zu Fuß machen, genau wie Bruno, den der lange Ritt so mitgenommen hatte, daß er unter keinen Umständen mehr auf sein Reittier steigen konnte.

»Und was wird aus Ihrer Bitte um das Reisegelddarlehen?« flüsterte er rasch seinem Herrn zu, den er ein wenig beiseite gezogen hatte.

»Nachher, im Dorf«, versicherte Van Mitten. Ihm war recht unbehaglich zumute, wenn er an den gefährlichen Moment dachte.

Gleich darauf bewegte sich die kleine Reisegesllschaft die abfallende Straße hinunter, die parallel zum Ufer des Lasistan verläuft und in das Dorf Choppa führt.

Keraban wendete sich noch einmal um und hob drohend die Faust gegen die Kosaken, die ihn zu der schmählichen Eisenbahnfahrt gezwungen hatten. Dann ging es um eine Straßenbiegung, und er verlor die russische Grenze aus den Augen.

Zweites Kapitel

in welchem Van Mitten Brunos Wunsch zu erfüllen versucht,

aber kläglich scheitert

›Ein sonderbares Land‹, schrieb Van Mitten in sein Notizbuch. Kopfschüttelnd beobachtete er, daß in der Provinz Lasistan die Frauen den Acker bestellten und auch Lasten schleppten, während die Männer das Hanfhecheln und Spinnen der Wolle besorgten.

Lasistan war wenig bekannt. Das Gebiet wurde vom Kaukasus im Norden, vom Schwarzen Meer im Westen und von einem Teil des türkischen Armenien im Süden begrenzt.

Dieser Landstrich hat große historische Epochen erlebt. Auf seinem Gebirgskamm entspringen beide Arme des Euphrat, und von dort her kam Xenophon mit seinen zehntausend Mann gezogen, um gegen die Heeressäulen des Artaxerxes Mnemon am Ufer des Phasis anzurennen. Van Mitten wußte natürlich auch, daß er sich nicht um den Fluß Phasis handelte, der bei Poti ins Meer mündete, sondern um ein anderes Gewässer, dessen Quelle im Kaukasus liegt und das inzwischen Kur hieß.

Wie üblich hatte Van Mitten nur wenig Muße, seinen historischen Studien nachzugehen. Außerdem riß ihn auch Bruno immer wieder aus seinen Gedankengängen. Der Diener ließ nicht locker. Er kam immer wieder auf Van Mittens Versprechen zurück, mit Keraban über eine Geldanleihe zu verhandeln und den Weg zu Schiff fortzusetzen.

»In Choppa!« versprach Van Mitten schließlich.

Doch bis zu dem Dorf waren es noch drei Wegstunden. Finsteren Blickes schritt Keraban an der Spitze der kleinen Karawane auf der Landstraße dahin. Er machte sich ernstlich Sorgen, ob in Choppa ein Beförderungsmittel aufzutreiben sein werde. Mit einem Reisewagen rechnete er gar nicht. Er wollte schon zufrieden sein, wenn Ahmet eines der landesüblichen primitiven Fuhrwerke besorgen konnte.

Hinter Keraban ging Bruno. Der Diener führte sein eigenes Reittier und schließlich auch das Pferd seines Herrn am Zügel, denn Van Mitten war abgestiegen, um an der Seite seines Freundes zu Fuß zu gehen. Ahmet ritt inzwischen voraus, um in Choppa Quartier zu machen.

Das Trüppchen bewegte sich langsam und schweigend vorwärts. Noch immer hatte Keraban Mühe, seinen Zorn zu dämmen, und hin und wieder stieß er die verhaßten Worte ›Eisenbahn‹, ›Kosaken‹ oder ›Saffar‹ zwischen den Zähnen hervor. Van Mitten beobachtete den Freund. Er lauerte auf einen günstigen Augenblick, um Keraban von seinen Reiseplänen zu unterrichten. Doch die Gelegenheit kam nicht. Ein Wort nur, und der Starrkopf wäre wie ein Pulverfaß explodiert.

So kam man um neun Uhr abends in Choppa an und ging sofort erschöpft zu Bett, um am Morgen des 14. September frisch ausgeruht die Weiterreise anzutreten.

Vor der Gasthoftür wartete eine Araba, ein plumper zweirädriger Karren, der kaum drei Personen Platz bot. Es blieb nur zu hoffen, daß die zwei Spannpferdchen das schwerfällige Fuhrwerk in Gang setzen konnten. Glücklicherweise hatte Ahmet noch eine Regenplane auftreiben können, die notfalls die Reisenden gegen Wind und Nässe schützen würde. Leider bestand kaum Hoffnung, vor Trapezunt die primitive Araba gegen einen komfortableren Reisewagen auszutauschen.

Beim Anblick des Karrens verlor selbst Van Mitten seinen gewohnten Gleichmut. Doch genügte ein strenger Blick des Seigneur Keraban, um das Erschrecken des Holländers zu unterdrücken.

»Etwas Besseres konnte ich leider nicht finden, lieber Onkel«, sagte Ahmet entschuldigend.

»Der Wagen genügt vollkommen.« Um nichts in der Welt hätte Keraban zugegeben, daß er jetzt den Verlust seiner Kutsche ernsthaft bedauerte.

Vor der Gasthoftür stand eine Araba

»Ich besorge noch eine ordentliche Schütte Stroh«, versprach Ahmet.

»Und wir werden uns wie Fürsten fühlen«, setzte Keraban hinzu.

»Wie Schmierenkomödianten, die einen Fürsten spielen!« knurrte Bruno.

»Was?« fragte Keraban drohend.

Doch Ahmet sprang in die Bresche.

»Bis Trapezunt sind es nur sechzig Meilen, und dort bekommen wir gewiß einen besseren Wagen.«

»Und ich sage noch einmal, daß diese Araba vollkommen genügt«, entgegnete Keraban. Er schoß einen finsteren Blick zu seinen Reisegefährten hinüber. Ob wohl jemand widersprach? Er hatte kein Glück. Zerschmettert von seinem Blick schwieg jedermann still und bemühte sich obendrein, eine heitere Miene aufzusetzen.

Es wurde beschlossen, Keraban, Van Mitten und Bruno die Plätze im Wageninnern zu überlassen. Der Kutscher mußte auf einem der Zugpferde reiten und für den Gespannwechsel Sorge tragen. Ahmet und Nizib, die das Reiten gewöhnt waren, sollten zu Pferde folgen.

Einige Lebensmittelvorräte und unentbehrliche Geräte, darunter die beiden Nargilehs, die glücklicherweise aus der Kutsche gerettet werden konnten, waren schnell in der Araba verstaut.

Keraban gab das Zeichen zum Aufbruch und kletterte in den Wagen.

Van Mitten wollte ihm schon folgen; da trat Bruno an seinen Herrn heran und sagte in entschlossenem, wenn nicht sogar befehlendem Ton:

»Sie müssen jetzt mit dem Seigneur Keraban sprechen, gnädiger Herr!«

»Ich weiß nicht recht, er scheint sehr schlecht gelaunt zu sein.«

»Sie wollen doch nicht sagen, daß wir dort hineinkriechen müssen?« Bruno wies voller Verachtung auf die Araba.

»Ich fürchte...ja...vorläufig wenigstens.«

»Und wann werden Sie den Herrn um das Geld bitten?«
»Im nächsten Dorf.«
»Im nächsten Dorf?«
»Ja, ich sage es doch. In Archawa.«

Bruno warf mißbilligend den Kopf zurück und kroch hinter seinem Herrn auf das Strohlager in der Araba. Augenblicklich setzte sich das schwerfällige Gefährt in Gang und rollte mit Gepolter, aber überraschend schnell die abschüssige Straße hinunter. Leider wurde das Wetter schlechter. Im Westen hatten sich Gewitterwolken zusammengeballt. Dieser Küstenteil war schutzlos den vom Meer her anrückenden Unwettern preisgegeben, so daß Vorsicht am Platze war. Es sah ganz so aus, als wolle der alte ›Pontus Euxinus‹, was ›gastfreundliches Meer‹ bedeutet, seinem Namen untreu werden. Doch waren zumindest die eingeschworenen Anhänger Mohammeds bereit, das Wetter hinzunehmen, wie es eben kam.

Der Küstensaum von Lasistan war, im Gegensatz zum gebirgigen Landesinnern, gut befahrbar. Dafür drohten hier unten in den feuchten Niederungen andere Heimsuchungen. Von Mai bis August wurde der Mensch hier vom Typhus oder anderen Fieberkrankheiten bedroht. Man befand sich aber schon im Monat September, und die Gesundheit Kerabans und seiner Gefährten war ungefährdet. Strapazen? Ja, die mochte es schon geben... Krankheiten? Nein, ausgeschlossen. Und was wollte man mehr verlangen? Von einer Krankheit muß man nicht unbedingt wieder genesen, aber Strapazen kann man durch eine anschließende Ruhepause allemal wieder ausgleichen. Jedenfalls war das Kerabans Ansicht, und wenn der dickköpfigste aller Türken mit derartiger Bestimmtheit sprach, wagte keiner seiner Begleiter, etwa anderer Ansicht zu sein.

Im Dörfchen Archawa wurde eine einstündige Ruhepause eingelegt. Van Mitten tat sein Bestes, um einen Anknüpfungspunkt für sein Anliegen an Keraban zu finden, doch vergebens.

»Nun, gnädiger Herr, haben Sie mit ihm gesprochen?« fragte Bruno schließlich hoffnungsvoll.

Van Mitten verneinte.

»Aber, gnädiger Herr, es ist höchste Zeit.«

»Im nächsten Dorf!«

»Im nächsten Dorf?«

»Ja, in Witse.«

Bruno hing in Geldsachen ebensosehr von seinem Herrn ab, wie Van Mitten von seinem Freund Keraban. Er mußte sich also wieder geschlagen geben und in die Araba zurückklettern. Aber dieses Mal gelang es ihm nicht mehr, seinen Unmut zu verbergen.

»Was hat der Bursche?« fragte Keraban.

»Nichts«, sagte Van Mitten schnell. »Vielleicht ist er ein wenig erschöpft.«

»Erschöpft? Das ist zum Lachen! Er sieht vortrefflich aus. Ich meine sogar, er hat zugenommen.«

»Ich?« rief Bruno tief verletzt.

»Ja. Mit seinem Leibesumfang hat er Anlage zum echten Türken.«

Van Mitten packte Bruno rasch beim Arm, denn der Diener war, in tiefster Seele getroffen, angriffslustig hochgefahren.

Schließlich schwieg auch Bruno wieder still, und die Araba rollte weiter. Gegen das Tempo des Gefährts war nicht viel einzuwenden, wenn nur nicht das fürchterliche Gerüttel gewesen wäre. Die Insassen hatten schon nach kurzer Zeit allerlei schmerzhafte Prellungen.

Auf der Straße gab es viel zu sehen. Immer wieder tauchten Kaukasier oder Lasen auf, die aus den Pontischen Bergen herabkamen, um ihre Waren in der Ebene zu verkaufen. Wäre Van Mitten nicht allzusehr mit seiner Bitte an Keraban beschäftigt gewesen, er hätte sein Reisetagebuch mit mancherlei interessanten Beobachtungen füllen können. Die Landeskinder trugen zum Beispiel eine auffällige Tracht. Als Kopfbedeckung diente eine Art phrygischer Mütze mit verschlungenen Bändern. Auf der Brust der hochgewachsenen weißhäutigen Männer, die sich ausgesprochen elegant bewegten, hingen Patronentaschen, im kupferbeschlagenen Gürtel steckte ein Dolch mit langer Klinge.

Auf der Straße gab es viel zu sehen

Zwischen den Fußwanderern sah man auch Lastesel, die Obst und Feldfrüchte aus den mittleren Gebirgslagen in die Küstenorte trugen.

Wären nur die Wetteraussichten besser gewesen, die Reisenden hätten kaum Grund zum Klagen gehabt.

Die nächste Frühstückspause wurde planmäßig in Witse eingehalten. Im Altertum trug der Ort den Namen Pyxites, ›Buchsbaum‹, der zweifellos auf das reichliche Vorkommen dieser Pflanzenart zurückzuführen war. Die Frühstückspause war kurz bemessen, zu kurz nach Meinung des offensichtlich übelgelaunten Keraban.

Wieder fand Van Mitten keine Gelegenheit, sein Anliegen vorzubringen, und wieder mußte er sich vor Bruno rechtfertigen.

»Nun, Mijnheer?« hatte der Diener gefragt, und Van Mitten hatte wie schon so oft antworten müssen:

»Im nächsten Dorf, Bruno.«

»Und wo wäre das?«

»In Artachan.«

So viel Schwäche seines Herrn war für Bruno zuviel. Er kochte vor Zorn. Schließlich verzog er sich aber wieder murrend in seine Ecke, während Van Mitten wie zuvor in die romantische Landschaft hinausstarrte, die hier italienische Anmut mit holländischer Akkuratheit zu vereinen schien.

Natürlich ging es in Artachan wie vorher in Witse und in Archawa. Um drei Uhr traf die Araba an der Poststation ein, um vier Uhr fuhr man mit dem frischen Gespann weiter. Aber diesmal blickte Bruno so vorwurfsvoll drein, daß Van Mitten nicht länger zögern konnte. Noch vor der Ankunft in Atina, der nächsten Station, wollte er mit Keraban verhandeln.

Bis nach Atina waren es noch fünf Meilen. Voller Unruhe beobachtete Ahmet den Himmel. In der Ferne ballten sich Gewitterwolken zusammen, und es wurde so schwül, daß man kaum atmen konnte. Sicher würde das Unwetter noch vor dem Abend über die Reisenden hereinbrechen. Und was dann? Der Platz im Wagen reichte ja kaum aus für Keraban, Van Mitten und

Bruno. Die beiden Reiter waren also Sturm und Regen schutzlos ausgeliefert, wenn sie nicht noch rechtzeitig den nächsten Ort erreichten.

Keraban steckte den Kopf ein paarmal unter der Regenplane hervor.

»Schlecht Wetter im Anzug«, brummte er.

»Hoffentlich sind wir schon in der Poststation, wenn es losbricht«, entgegnete Ahmet.

»Keine Sorge!« sagte Keraban. »Sobald es zu regnen anfängt, kommst du zu uns in den Wagen.«

»Und wer soll mir Platz machen?«

»Bruno. Der Bursche übernimmt dann dein Pferd.«

»Ja, gewiß...«, sagte Van Mitten stellvertretend für seinen Diener. Er vermied allerdings, den zutiefst empörten Bruno anzublicken.

Ahmet machte einen Beschwichtigungsversuch.

»Das gescheiteste ist doch, so schnell wie möglich nach Atina zu kommen«, sagte er. »Wer weiß, ob die Regenplane einen richtigen Sturm aushält!«

»He, schneller!« rief Keraban dem Kutscher zu. »Nimm doch die Peitsche!«

Der Postillion tat sein Bestes, aber mehr als bisher war aus den erschöpften Tieren auf der schlechten Fahrbahn nicht herauszuholen.

Van Mitten hielt die Situation für besonders geeignet, um das gefürchtete Gespräch mit Keraban in Gang zu bringen.

»Was halten Sie denn vom Wetter, lieber Freund?« begann er ganz beiläufig.

»Vom Wetter?«

»Nun ja, ich meine... wir stehen doch kurz vor dem Herbstanfang, und ich fürchte fast, der zweite Teil unserer Reise wird unter schwierigeren Bedingungen verlaufen als der Anfang.«

»Damit haben wir uns abzufinden. Schließlich habe ich keine Gewalt über die Jahreszeiten und Naturelemente.«

»Natürlich nicht, lieber Freund. Ich wollte ja auch gar nicht klagen«, versicherte Van Mitten. Dieser Gesprächsbeginn war alles andere als ermutigend!

»Was wollten Sie dann?« fragte Keraban mißtrauisch. »Hegen Sie irgendeinen Hintergedanken?«

»Ich?«

»Ja, Sie! Ich mag Leute nicht, die eine sauertöpfische Miene aufsetzen, aber nicht sagen, was ihnen mißfällt!«

»Ich? Sauertöpfisch?«

»Vielleicht nicht? Ich möchte wirklich wissen, worüber Sie sich beklagen könnten! Schließlich bringe ich Sie nach Scutari, weil ich Sie dorthin zum Abendessen eingeladen habe. Oder wollen Sie behaupten, es sei meine Schuld, daß die verwünschte Eisenbahn unsere Reisekutsche zertrümmert hat?«

Van Mitten wußte nur zu gut, daß allein Keraban an diesem Malheur schuld hatte, aber er schwieg vorsichtshalber, während Keraban zu einer neuen Rede ansetzte.

»Vielleicht wollen Sie mir noch die Verantwortung für das schlechte Wetter zuschieben«, schrie der Starrkopf aufgebracht. »Warum reden Sie nicht endlich?«

Der Holländer wand sich vor Verlegenheit. Doch schließlich raffte er seinen Mut zusammen und setzte zu der berühmten Frage an.

»Lieber Freund«, begann er, »vielleicht macht Ihnen selbst die Weiterreise bei diesem schlechten Wetter nichts aus. Aber für Bruno und mich möchte ich doch um die Erlaubnis bitten... ja, also um die Erlaubnis bitten, in Atina zurückbleiben zu dürfen.«

»Ich soll Ihnen erlauben, in Atina zurückzubleiben?« sagte Keraban ganz langsam und betonte jede Silbe einzeln.

»Ja, wenn es Ihnen nicht allzuviel ausmacht. Ich möchte natürlich nichts ohne Ihre Zustimmung unternehmen...«

»Nichts weiter als mich zu verlassen...?«

»Ja, im Augenblick wenigstens, vorübergehend. Mein Diener ist vollkommen erschöpft... und ich auch. Wir möchten deshalb lieber auf dem Seeweg nach Konstantinopel zurückkehren... mit dem... mit dem Dampfer.«

»So, so, über das Schwarze Meer...«

»Ja, über das Meer. Oh, ich weiß nur zu gut, daß Sie das Wasser verabscheuen... ich würde auch niemals wagen, Ihnen die Schiffsreise zuzumuten... ich halte es auch für das allerbeste, wenn Sie auf der Küstenstraße weiterreisen... aber ich muß gestehen, daß mir der Landweg allmählich gar zu anstrengend wird. Ja, und wenn Sie einmal Bruno anschauen wollten... der Ärmste ist tatsächlich richtig mager geworden.«

»So, so, Ihr armer Bruno ist also abgemagert!« sagte Keraban verächtlich. Er machte sich nicht einmal die Mühe, den Burschen anzublicken, so daß Bruno ganz umsonst mit theatralischer Geste auf seine zu weit gewordenen Kleider zeigte.

Van Mitten sprach rasch weiter.

»Ja, und deshalb möchte ich Sie bitten, nicht böse zu sein, wenn wir in Atina zurückbleiben, um von dort aus auf dem kürzesten Wege nach Konstantinopel zurückzukehren... nach Scutari, meine ich. Denn das verspreche ich Ihnen: Zur Hochzeit meines jungen Freundes Ahmet werde ich auf jeden Fall zur Stelle sein.«

Nun war es heraus. Van Mitten blieb nichts weiter mehr übrig, als Kerabans Bescheid abzuwarten. Würde der Starrkopf diese harmlose Bitte erfüllen, oder gäbe es einen gewaltigen Wutausbruch?

Van Mitten senkte den Kopf. Fürs erste wagte er nicht, den Blick zu seinem schrecklichen Reisegefährten zu erheben.

Doch Keraban blieb unverhofft ruhig.

»Van Mitten«, sagte er in eisigem Ton, »Sie werden mir zugestehen, daß ich einigermaßen erstaunt bin über Ihr Ansinnen.«

»Freund Keraban«, begann Van Mitten noch einmal, aber er wurde sofort unterbrochen.

»Lassen Sie mich ausreden!« zischte Keraban. »Ich wiederhole, daß mich ein derartiger Vorschlag von einem Geschäftsfreund, mit dem ich seit zwanzig Jahren beste Verbindungen unterhalte, in höchstes Erstaunen versetzt. Ich fände es bedauerlich, wenn sich unsere Wege hier trennten. Aber Sie sind natürlich Ihr freier Herr, Van Mitten... und weder mein Verwandter noch mein

Diener … nur mein Freund, und ein Freund darf sich offenbar alles erlauben. Sogar die alten Freundschaftsbande kann er willkürlich zerreißen. Bitte sehr, bleiben Sie in Atina … oder auch in Trapezunt, wenn Ihnen das lieber ist.«

Van Mitten war von dieser Rede geradezu gerührt. »Ach Keraban … mein lieber Keraban!« sagte er begütigend, aber der Starrkopf hatte sich in seine Wagenecke zurückgelehnt und blickte die beiden Holländer so teilnahmslos an, als seien sie Fremde, die ihm der Zufall als Reisegefährten beschert hatte.

Bruno war entzückt über diese Wendung der Dinge, aber sein Herr litt ganz offensichtlich darunter, daß er seinem alten Freund so viel Kummer zugefügt hatte. Und dennoch: Er war erleichtert, daß er den Schritt gewagt hatte. Schließlich trug er auch für Bruno Verantwortung!

Allerdings mußte noch die Geldanleihe zur Sprache gebracht werden. Doch hatte Van Mitten in diesem Punkt nicht allzu schlimme Befürchtungen. Inzwischen war sicher sein bedeutender Vermögensanteil an der Firma in Rotterdam nach Konstantinopel überwiesen worden. Er brauchte also nur von Keraban die benötigte Bargeldsumme zu erbitten und dafür einen Scheck auszustellen. Er schwieg ein Weilchen, faßte dann rasch noch einmal Mut und wendete sich wieder dem Starrkopf zu.

»Lieber Freund«, begann er vorsichtig.

»Haben Sie noch mehr Wünsche, mein Herr?« sagte Keraban in so frostigem Ton, als spräche er zu einem lästigen Quälgeist.

Van Mitten war tief betroffen, daß ihn Keraban ›mein Herr‹ genannt hatte, aber er wollte sich jetzt nicht von seinem Anliegen abbringen lassen.

»Wenn wir nach Atina kommen …«

»… trennen sich unsere Wege«, fuhr Keraban dazwischen.

»Ja, Seigneur Keraban. Aber vorher muß ich Sie noch bitten, mir ein wenig Geld zu leihen.«

»Geld? Was für Geld?«

»Nun … eine kleine Summe … gegen einen Scheck, selbstverständlich … den Sie in Konstantinopel sofort einlösen können …«

»Eine kleine Summe?«

»Sie wissen doch, daß ich bei unserer Abreise kaum über Bargeld verfügte, und Sie hatten ja auch die Freundlichkeit, die Reisekosten für mich auszulegen.«

»Die Reisekosten gehen nur mich etwas an und sonst niemanden!«

»Gewiß, in diesem Punkt will ich gar nicht widersprechen...«

»Das möchte ich auch hoffen. Diese Reise sollte Sie nicht ein einziges Pfund kosten!«

»Und dafür danke ich Ihnen auch von ganzem Herzen«, entgegnete Van Mitten rasch, »aber ich muß zugeben, daß ich im Augenblick nicht einen einzigen Para mehr in der Tasche habe. Deshalb wäre ich Ihnen sehr dankbar, wenn Sie mir...«

»Ich habe kein Geld zum Verleihen«, sagte Keraban. »Was mir geblieben ist, brauche ich für den letzten Teil der Reise.«

»Aber Sie werden mir doch...«

»Nichts werde ich Ihnen geben!«

»Was?« Bruno war fassungslos.

»Wagt der Bursche, sich einzumischen?« sagte Keraban in drohendem Ton.

»Jawohl«, versetzte der Diener.

»Schweig doch, Bruno«, bat Van Mitten. Er wollte verhindern, daß der Streit durch Brunos Hineinreden noch böser wurde.

Bruno schwieg tatsächlich, und Van Mitten verlegte sich noch einmal aufs Bitten.

»Ich brauche wirklich nur eine ganz kleine Summe, mein lieber Keraban, damit ich in Trapezunt Quartier nehmen kann, bis...«

»Kleine oder große Summe, von mir bekommen Sie gar keine, mein Herr!«

»Tausend Piaster wären ja schon genug.«

»Sie bekommen weder tausend, noch hundert, noch einen.«

»Gar nichts?«

»Nichts.«

»Aber dann...«

»... müssen Sie eben mit uns weiterreisen, Herr Van Mitten.

Es wird Ihnen an nichts fehlen; das versichere ich Ihnen. Aber Geld bekommen Sie von mir auf keinen Fall.«

»Auf gar keinen Fall?«

»Nein.«

Dieses ›Nein‹ wurde so bestimmt ausgesprochen, daß Van Mitten und Bruno die Nutzlosigkeit all ihrer Bemühungen einsahen. Hatte der Starrkopf einmal nein gesagt, galt das so viel wie zehn nein eines anderen Menschen.

Van Mittens Miene verriet nicht, ob er durch die brüske Art seines langjährigen Geschäftspartners und Freundes verletzt war. Das menschliche Herz, speziell das Herz eines phlegmatischen verschlossenen Holländers, ist nur schwer zu enträtseln. Bruno machte in diesem Fall allerdings eine Ausnahme: Er war außer sich. Wie? Er sollte unter diesen verheerenden Verhältnissen weiterreisen? Wer garantierte ihm, daß der letzte Teil der Reise nicht in noch erbärmlicheren Karren oder gar zu Fuß vonstatten ging? Und all das aus purer Gefälligkeit gegen diesen dickköpfigsten Osmanen, vor dem sein Herr so schmählich zitterte? Nein, für diesen Menschen, der allen Widerwärtigkeiten zum Trotz noch nicht ein Gramm seiner Leibesfülle eingebüßt hatte, wollte Bruno ganz bestimmt nicht den Rest seiner Wohlbeleibtheit hergeben.

Doch was konnten die beiden Holländer im Augenblick schon tun? Rein gar nichts... außer zu schmollen. Und so zog sich Bruno in seinen Schmollwinkel, ein Eckchen in der Araba, zurück. Am liebsten hätte er sich allein davongemacht, aber dagegen stand wieder die leidige Geldfrage. Sein Herr konnte ihm ja nicht einmal den Lohn auszahlen! Er mußte also wohl oder übel weiter bei ihm ausharren.

Während dieser Verhandlungen war die Araba nur wenig vorangekommen. Die Grenze zwischen dem Meer und dem düsteren, wolkenverhangenen Himmel war gar nicht mehr zu erkennen. Das dumpfe Grollen der Brandung verriet aber, daß draußen auf offener See schon Sturm aufgekommen war.

Der Kutscher und Ahmet versuchten, die völlig erschöpften

Pferde ein wenig mehr in Trab zu bringen, aber sie mußten bald einsehen, daß Atina kaum noch vor Ausbruch des Unwetters zu erreichen war.

Keraban hielt die Augen geschlossen und schwieg. Van Mitten war sehr bedrückt. Er hätte einen echten Zornesausbruch seines alten Freundes leichter ertragen als dieses beharrliche Schweigen. Obendrein spürte er, daß Keraban innerlich immer neue Verwünschungen gegen seinen holländischen Begleiter aufhäufte, die doch früher oder später zu einer schrecklichen Explosion führen mußten.

Schließlich hielt Van Mitten die Spannung nicht mehr aus. Er beugte sich in einem Moment, als Bruno gerade wegschaute, hinüber zu Kerabans Ohr und flüsterte:

»Freund Keraban!«

»Was gibt es noch?« knurrte der Starrkopf.

»Ich verstehe gar nicht mehr, wie ich auf den Gedanken kommen konnte, Sie allein weiterfahren zu lassen.«

»Das möchte ich auch wissen!«

»Wahrhaftig, ich begreife es nicht mehr.«

»Ich auch nicht!«

Und damit war das Thema erledigt. Van Mitten reichte Keraban, um Versöhnung bittend, die Hand, und die Geste wurde mit edelmütiger Miene und so viel Gegendruck erwidert, daß dem Holländer noch lange danach die Finger wehtaten.

Inzwischen war es neun Uhr abends geworden. Über den kohlschwarzen Himmel zuckten grelle Blitze. Aber noch war das Unwetter so weit entfernt, daß man das Donnergrollen nicht hören konnte. Dafür heulte der Sturm schon so furchtbar, daß jeden Augenblick mit dem Umstürzen der Araba gerechnet werden mußte. Bei jedem neuen Blitz verhielten die Pferde, bäumten sich auf und rasten dann kopflos weiter, so daß der Kutscher alle Mühe hatte, die Zügel nicht aus den Händen zu verlieren.

Die Reisegesellschaft war ratlos. Auf der ungeschützten Uferstraße konnte man unmöglich haltmachen, aber der nächste Ort war frühestens in einer halben Stunde zu erreichen. Da machte die Straße eine Biegung, und ein heller Lichtschein wurde sichtbar, dessen Ursprung kaum eine Büchsenschußweite entfernt sein konnte. Ahmet entdeckte, daß das Licht von einem Leuchtturm herrührte, der außerhalb von Atina auf der Felsenküste errichtet war.

Die Leuchtturmwächter waren in dieser Sturmnacht sicher auf ihrem Posten! Vielleicht gewährten sie der Reisegesellschaft fürs erste Unterschlupf.

Ahmet klopfte an die Tür im Fuße des Leuchtturmes.

Schon wenige Augenblicke später wäre es zu spät gewesen. Die Araba mitsamt ihren Insassen hätte den immer heftiger werdenden Sturmböen nicht mehr Widerstand leisten können.

Drittes Kapitel

in welchem Bruno seinem Kollegen Nizib einen Streich spielt,

den der Leser freundlichst verzeihen möge

Der Leuchtturm von Atina war höchst einfach konstruiert. Im unteren Teil gab es eine Art Blockhaus mit zwei Zimmern, deren Fenster auf das Meer hinausgingen. Über dem Haus erhob sich ein sechzig Fuß hohes Turmgerüst aus starken Balken, in dem eine Laterne mit Reflektoren untergebracht war. Das Ganze machte einen recht urwüchsigen Eindruck.

Das Leuchtfeuer von Atina hatte der Schiffahrt schon viele Male gute Dienste erwiesen. Es war vor einigen Jahren eingerichtet worden, weil der Zugang zum Hafen von Atina viele Gefahrenstellen barg. Selbst bei Tageslicht scheiterten hier noch oft genug Schiffe, und sogar starke Dampfer waren bei heftigem Nord- oder Westwind nur mit Mühe auf Kurs zu halten.

Das Blockhaus beherbergte zwei Wächter. Die Männer hatten sich das erste Zimmer zum Wohnen und das zweite zum Schlafen hergerichtet. Einer der Männer ruhte jeweils aus, während der andere das Leuchtfeuer überwachte und auch den Signaldienst versah, wenn ein Schiff ohne Lotsen den Hafen von Atina anzusteuern wagte. Ahmet hatte nur kurz geklopft und gleich die Tür geöffnet. Vom Sturm getrieben, selber einer Sturmbö gleich, fegte der Seigneur Keraban hinter ihm hinein in das Blockhäuschen. Van Mitten und die Diener folgten ihm auf dem Fuße.

»Was wünschen Sie?« fragte der diensttuende Wächter, während sein Kollege aus dem Schlaf auffuhr.

»Ihre Gastfreundschaft für diese Nacht«, antwortete Ahmet.

»Gastfreundschaft? Das wird schwierig, aber Unterkunft können wir Ihnen bieten.«

»Eine Unterkunft ... und vielleicht auch etwas zu essen«, bat Keraban höflich.

»Meinetwegen«, sagte der Leuchtturmwärter, »aber Sie wären in irgendeinem Gasthof in Atina besser aufgehoben.«

»Wie weit ist es noch bis Atina?« fragte Van Mitten.

»Eine halbe Meile; aber Sie fahren im Rücken der Uferklippen.«

»Eine halbe Meile noch ... in diesem Sturm!« rief Keraban. »Nein, guter Mann! Lassen Sie uns hier auf diesen Bänken ausruhen, bis es hell wird. Vielleicht kann man die Araba und die Pferde hinter dem Haus vor dem Sturm schützen. Mehr verlangen wir gar nicht. Und morgen früh fahren wir sofort weiter nach Atina. Mit Allahs Hilfe werden wir dort hoffentlich ein bequemeres Fahrzeug finden.«

»Vor allem ein schnelleres«, setzte Ahmet hinzu.

»... mit besserer Federung«, flüsterte Bruno.

»... als diese Araba hier, an der ich übrigens gar nichts auszusetzen habe«, sagte Keraban prompt als Antwort auf Brunos Beschwerde.

»Unsere Behausung steht Ihnen also zur Verfügung, Herr«, sagte der Leuchtturmwärter. »Hier haben schon öfter Reisende vor dem Wetter Zuflucht gesucht und sich mit dem begnügt ... «

»... was auch uns genügen wird«, versicherte Keraban.

Die Reisenden begannen, sich für die Nacht einzurichten. Der Raum war zwar karg ausgestattet, aber er bot wenigstens Schutz vor dem heulenden Sturm und dem prasselnden Regen.

Allerdings fällt das Einschlafen schwer, wenn der Magen vernehmlich knurrt. Natürlich war es Bruno, der auf diese Schwierigkeit hinwies. Zu seinem Kummer hatte er herausgefunden, daß die Lebensmittelvorräte der Reisegesellschaft völlig aufgebraucht waren.

Diesmal nahm Keraban den Hinweis auf.

»Gute Leute«, sagte er, »könnt Ihr uns etwas zu essen bieten? Gegen anständige Bezahlung natürlich.«

»Gute oder schlechte Bezahlung... Sie müssen doch mit dem Wenigen vorliebnehmen, was wir im Hause haben. Für alle Piaster des kaiserlichen Schatzes wäre hier draußen nicht mehr aufzutreiben.«

»Was wünschen Sie?« fragte der Leuchtturmwärter

»Das genügt uns vollkommen«, versicherte Ahmet.

»Erst einmal sehen, ob alle davon satt werden«, murmelte Bruno, den ein wahrer Heißhunger peinigte.

»Das Essen steht drüben im anderen Zimmer«, sagte der Wächter. »Alles, was Sie auf dem Tisch finden, steht Ihnen zur Verfügung.«

»Bruno wird uns bedienen, und Nizib kann dem Kutscher beim Unterstellen der Pferde helfen«, erklärte Keraban.

Er gab ein Handzeichen, und Nizib verschwand durch die Tür, während sich die anderen Reisegefährten an einem kleinen Tisch niederließen, der vor dem lodernden Kaminfeuer stand. In einfachen Schüsseln lagen kalte Fleischstückchen, und Keraban, Ahmet und Van Mitten langten so kräftig zu, daß Bruno fürchtete, für ihn werde nicht mehr viel übrigbleiben.

»Wir wollen Bruno und Nizib nicht vergessen«, mahnte Van Mitten, nachdem die Herren eine endlose Viertelstunde lang unausgesetzt gegessen hatten.

»Warum auch?« sagte Keraban. »Es gibt keinen vernünftigen Grund, die Diener verhungern zu lassen, wenn die Herren weiterleben.«

»Zu gütig!« knurrte Bruno.

»Nein, man darf seine Leute nicht wie Kosaken behandeln«, fügte Keraban hinzu. »Ah, diese Kosaken... hundert Stück möchte ich auf einmal hängen sehen!«

»Oh!« sagte Van Mitten.

»Nicht hundert ... tausend! Oder zehntausend!« schrie Keraban. »Und dann wären immer noch zu viele übrig. Doch lassen wir das. Wir müssen schlafen gehen.«

»Das wäre das beste«, versicherte Van Mitten, dessen unvorsichtiges ›Oh!‹ fast zur Ursache eines Massenmordes unter den Nomadenstämmen des Moskowiterreiches geworden wäre.

Keraban, Ahmet und Van Mitten kehrten in das erste Zimmer zurück, hüllten sich in ihre Mäntel und legten sich auf den Bänken nieder, um den Rest der stürmischen Nacht zu verschlafen.

Nizib war inzwischen hereingekommen. Gemeinsam mit Bruno machte er sich daran, die Reste aus den Schüsseln und Krügen zu vertilgen.

Während der ganzen Mahlzeit spielte Bruno den Herrn, und Nizib benahm sich bereitwillig entsprechend untertänig.

»Sind Sie nicht auch der Ansicht, daß die Diener geradezu die Verpflichtung haben, alles aufzuessen, was ihre Herren übriglassen?« fragte Bruno.

»Sie haben wohl immer Appetit?« sagte Nizib höflich als Entgegnung auf Brunos Frage.

»Immer, besonders wenn ich zwölf Stunden lang rein gar nichts bekommen habe.«

»Äußerlich wenigstens merkt man Ihnen den Hunger nicht an!«

»Man merkt mir nichts an? Sehen Sie denn nicht, daß ich in den letzten acht Tagen volle zehn Pfund verloren habe? Meine Kleider sind so weit geworden, daß ich zweimal hineinpasse.«

»Das ist wirklich unerklärlich, Herr Bruno. Ich für mein Teil werde bei dieser Lebensweise immer rundlicher.«

»Daß ich nicht lache... immer rundlicher!« knurrte Bruno und schickte aus dem Augenwinkel einen bösen Blick zu Nizib hin.

»Wir wollen doch einmal sehen, was für gute Sachen in dieser Schüssel sind«, sagte Nizib.

»Hm ... für einen langt es kaum, und für zwei ganz bestimmt nicht.«

»Auf Reisen muß man sich eben mit dem begnügen, was vorhanden ist, Herr Bruno.«

»Jetzt fängt der Kerl auch noch zu philosophieren an!« sagte Bruno. »Und dicker wird er obendrein noch! Na, warte!«

Er zog Nizibs Schüssel zu sich herüber und sagte:

»Sind Sie von allen guten Geistern verlassen? Wissen Sie nicht, was Sie da essen?«

»Ich dachte, ein Stückchen Hammelfleisch«, sagte Nizib und zog das Gefäß wieder auf seine Seite herüber.

»Hammelfleisch? Ich fürchte, Sie täuschen sich!«

»Ich werde es gleich wissen«, sagte Nizib, spießte ein Fleischstückchen auf und führte es zum Munde.

»Halt!« rief Bruno und packte Nizibs Handgelenk. »Nicht so eilig, bei Mohammed ... oder wie Sie immer sagen! Ich fürchte doch, das Fleisch stammt von einem gewissen unreinen Tier – das heißt, unrein für einen Türken. Ich bin ja Christ. Erlauben Sie mir, daß ich erst einmal probiere.«

»Sie glauben wirklich, daß...«

»Ich muß erst kosten.«

Damit legte Bruno Nizibs Fleischstück auf seinen eigenen Teller und ließ es gleich darauf mit einem einzigen Bissen im Mund verschwinden.

»Nun, was ist es?« fragte Nizib ungeduldig.

»Sehen Sie, ich täusche mich nie ... es ist Schweinefleisch! Nicht auszudenken! Beinahe hätten Sie Schweinefleisch gegessen!«

»Schweinefleisch! Das ist doch verboten!« rief Nizib entsetzt.

»Absolut verboten!«

»Und doch kam es mir so vor...«

»Zum Teufel nochmal, Sie können sich wahrhaftig auf einen Mann verlassen, der mit Schweinefleisch mehr Erfahrung hat als Sie selbst!«

»Und was nun, Herr Bruno?«

»Was nun? Vielleicht versuchen Sie mal diesen Ziegenkäse hier.«

»Der ist ziemlich mager.«

»Mager schon ... aber er sieht so appetitlich aus.«

Mit diesen Worten schob Bruno den Teller zu Nizib hinüber. Dem armen Burschen blieb nichts weiter übrig, als mit dem Käse vorliebzunehmen. Er schnitt beim Essen heftige Grimassen, während Bruno mit Genuß das Fleisch verschlang, das er fälschlich für Schweinefleisch ausgegeben hatte.

»Auf Ihre Gesundheit, Nizib«, sagte der Holländer und nahm einen kräftigen Schluck aus seinem Glas, das er eben mit einem Getränk gefüllt hatte.

»Was trinken Sie denn da?« fragte Nizib.

»Hm ... das ist ... tja, das ist ...«

»Ich täusche mich nie – es ist Schweinefleisch!«

»Was denn?« drängte Nizib und hielt Bruno sein Glas hin.

»Also, zumindest ist etwas Branntwein daruntergemischt«, sagte der Holländer. »Es tut mir leid, aber soviel ich weiß, darf ein Muselmann keinen...«

»Ich kann aber nicht essen, ohne dazu etwas zu trinken«, jammerte Nizib.

»Brauchen Sie auch nicht. Hier, in dem Krug ist frisches Wasser. Was seid ihr Türken für glückliche Menschen, daß man euch beizeiten an den Genuß dieses heilsamen Getränks gewöhnt.«

Und während Nizib das klare Wasser trank, murmelte er:

»Hoffentlich wirst du davon noch fetter, mein Junge, immer fetter!«

Inzwischen ließ Nizib die Augen im Zimmer umherwandern. Tatsächlich entdeckte er auf dem Kaminsims noch eine kleine Schüssel.

»Aha!« rief er. »Jetzt bekomme ich doch noch etwas Ordentliches in den Magen.«

»Ja, Sie haben Glück!« sagte Bruno. »Aber als guter Kamerad werden Sie doch mit mir teilen. Glauben Sie mir, es hat mir in der Seele wehgetan, daß Sie sich vorhin mit dem Ziegenkäse begnügen mußten.«

Er zog den Teller, auf dem wiederum Hammelfleisch lag, näher zu sich heran und begann, das Stück mit dem Messer zu zerteilen. Nizib verschlang die Fleischbrocken mit den Augen.

»Nun?« fragte er ungeduldig.

»Hammelfleisch«, verkündete Bruno. »Wir haben während der Reise schon genug dieser interessanten Vierfüßler gesehen. Offenbar gibt es hierzulande nichts weiter als Hammel.«

»Wie ist es nun?« fragte Nizib und hielt Bruno den Teller hin.

»Abwarten, Nizib! Abwarten! In Ihrem Interesse ist es doch besser, wenn ich mir erst Gewißheit verschaffe. Sie verstehen... wir sind nur wenige Meilen von der russischen Grenze entfernt ...und da könnte es sein, daß man noch russisch kocht... und den Russen ist doch nie zu trauen.«

»Herr Bruno, diesmal ist jeder Irrtum ausgeschlossen.«

»Sie haben schon recht, Nizib, diesmal ist es Hammelfleisch, und doch...«

»Was ist denn?«

»... möchte ich behaupten, daß...«, sagte Bruno und verschlang mit ungeheurer Schnelligkeit einen Bissen nach dem anderen.

»Nicht so schnell, Herr Bruno!«

»...hm, daß dieses Hammelfleisch, wenn es überhaupt Hammelfleisch ist, einen eigentümlichen Geschmack hat.«

»Lassen Sie mich selbst probieren«, rief Nizib. Er verlor allmählich seine gewohnte Ruhe.

»Nehmen Sie sich in acht!« warnte Bruno und schluckte rasch den letzten Fleischbissen hinunter.

»Nun ist es aber genug, Herr Bruno, Sie haben ja das ganze Hammelfleisch allein verschlungen!«

»Verschlungen? Gegen diesen Ausdruck muß ich mich verwahren! Ich habe gekostet.«

»Ja, und für mich ist dabei ein hübsches Abendessen herausgekommen«, sagte Nizib kläglich. »Sie brauchten doch nicht meinen ganzen Anteil aufzuessen, wenn Sie nur herausfinden wollten, was es ist.«

»Hammelfleisch war es! Mein Gewissen treibt mich, das zuzugeben.«

»Sagen Sie lieber, Ihr Magen treibt Sie...«, warf Nizib ein.

»... das zuzugeben, und doch haben Sie keine Ursache, traurig zu sein.«

»Warum wohl nicht?«

»Weil das Hammelfleisch gespickt war, verstehen Sie, gespickt ... mit Speck ... verbotenem Speck!«

Darauf erhob sich Bruno und strich sich über den Magen wie einer, der gut gespeist hat. Dann kehrte er mit dem enttäuschten Nizib in das andere Zimmer zurück.

Dort lagen Keraban, Ahmet und Van Mitten lang ausgestreckt auf den Holzbänken, aber sie hatten noch kein Auge zugetan. Unter dem Anprall der Sturmböen ächzten die Balken des Holzgebäudes so sehr, daß man fürchtete, der ganze Leuchtturm werde umstürzen. Türen und Fenster wurden gerüttelt, als wären sie das Angriffsziel einiger kräftiger Schafböcke.

So gut es gehen wollte sicherte man eilig Türen und Fensterladen. Allerdings war es fraglich, ob das Turmgerüst und vor allem das Leuchtfeuer dem Sturm widerstehen würden.

Inzwischen war es bald Mitternacht. Keraban erhob sich von der Bank und lief nervös in dem engen Raum auf und ab.

»Hier kann man nicht schlafen!« sagte er.

»Du hast recht, lieber Onkel«, sagte Ahmet. »Ich bin auch nicht einmal sicher, daß das Häuschen stehenbleibt, falls das Unwetter noch schlimmer wird. Wir sollten uns für alle Fälle bereithalten.«

»Hallo, Van Mitten, sind Sie eingeschlafen? Können Sie hier wirklich schlafen?« fragte Keraban ungläubig und rüttelte den Holländer wach.

»Ich habe ein bißchen gedöst.«

»Dazu gehört aber eine phlegmatische Natur«, sagte Keraban. »Wenn kein Mensch auch nur ein Auge zutun kann, schläft ein Holländer seelenruhig ein.«

»So ein Unwetter haben wir noch nie erlebt«, sagte einer der Wächter. »Es sollte mich nicht wundern, wenn morgen früh allerlei Schiffstrümmer an den Klippen von Atina hängen.«

»War denn ein Schiff in Sicht?« fragte Ahmet.

»Nein, jedenfalls nicht bei Sonnenuntergang, als ich oben das Leuchtfeuer anzündete ... glücklicherweise ... die Fahrrinnen vor Atina sind ohnehin schon gefährlich, und nun erst bei diesem Sturm!«

Plötzlich drückte ein heftiger Windstoß die Stubentür auf. Aber ebenso schnell warf sich Keraban dagegen, und mit Hilfe des Wächters konnte sie wieder geschlossen werden.

»Das war ein starker Stoß!« rief Keraban. »Aber ich war stärker!«

»Der Sturm ist furchtbar«, sagte Ahmet.

»Ja, fast so furchtbar wie die Stürme, die vom Atlantik kommen und Holland überfallen«, meinte Van Mitten.

»Hört, hört!« rief Keraban. »Nur ›fast so furchtbar‹?«

»Nun ja, lieber Freund, Sie müssen bedenken, daß unsere Stürme eine Anlaufbahn haben, die schon in Amerika beginnt und den ganzen Ozean überspannt.«

»Wollen Sie vielleicht andeuten, daß man die Unwetter des Atlantik nicht mit den Unwettern unseres Schwarzen Meeres vergleichen kann?«

»Verehrter Freund, ich möchte Ihnen ja nicht widersprechen, aber bedenken Sie doch...«

»Widersprechen Sie mir etwa nicht?«

»Nein. Ich behaupte lediglich...«

»... lediglich, daß... ?«

»... daß das Schwarze Meer im Vergleich mit dem Atlantik nichts als ein See ist.«

»Bei Allah! Ein See!« brüllte Keraban und warf den Kopf nach hinten.

»Ein sehr großer See, wenn Ihnen das genügt«, sagte Van Mitten. Er wollte seine Behauptung mit allen Mitteln abschwächen, wenn auch nicht ganz widerrufen.

»Warum nicht gleich ein Teich?«

»Den Ausdruck Teich hätte ich nie gebraucht.«

»Dann vielleicht lieber Sumpfloch?«

»Das habe ich auch nicht gemeint.«

»Oder paßt Ihnen ›Waschschüssel‹ besser?«

»Auch nicht Waschschüssel. So etwas habe ich nie gesagt.«

»Nein, Van Mitten, nicht ausgesprochen, aber gedacht.«

»Ich versichere Ihnen doch...«

»Also, meinetwegen eine Waschschüssel. Aber das versichere ich Ihnen: Wenn Ihr Holland durch irgendeine gewaltige Erdverschiebung in diese Waschschüssel geschleudert würde, Sie müßten darin mit Mann und Maus ertrinken. Waschschüssel!«

Er zermalmte das Wort regelrecht zwischen den Kiefern, während er seine Wanderung durch das Zimmer wieder aufnahm.

»Und ich bin ganz sicher, daß ich das Wort ›Waschschüssel‹ nie erwähnt habe«, sagte Van Mitten ganz verstört. »Niemals, nicht im Traume hätte ich an so eine Bezeichnung gedacht«, wiederholte er, nun zu Ahmet hingewendet.

»Sie mögen schon recht haben, Herr Van Mitten, aber hier ist wohl kaum Ort noch Zeit, solche Fragen zu diskutieren.«

»Waschschüssel!« knurrte der Starrkopf noch einmal und blieb abrupt stehen, um seinem holländischen Freund grimmig ins Gesicht zu starren. Selbstverständlich unternahm Van Mitten nichts mehr, um Holland vor der Gefahr zu retten, im Schwarzen Meer ertränkt zu werden.

Wieder verging eine Stunde, und der Orkan schwoll mit jeder Minute heftiger an. Die Leuchtturmwächter waren ernstlich besorgt. Von Zeit zu Zeit erkämpften sie sich den Weg ins Freie und schickten ängstliche Blicke zum Turm hinauf, in dem die große Laterne noch immer hin und her schwankte. Ihre Gäste waren inzwischen so erschöpft, daß sie sich wieder auf die Bänke gelegt hatten und doch noch ein wenig zu schlafen hofften.

Plötzlich – es war gegen zwei Uhr morgens – riß ein Donnergetöse Herren und Diener aus dem Halbschlaf. Die Fensterläden waren in Trümmer gegangen, und jetzt flogen die Fensterscheiben klirrend in das Zimmer.

Dann setzte der Sturm eine Sekunde aus, und in der plötzlichen Stille vernahm man vom Meer her einen Kanonenschuß.

Viertes Kapitel

in welchem sich alle Geschehnisse unter zuckenden Blitzen und Donnergetöse abspielen

Die Leuchtturmwärter und ihre Gäste waren zu den Fenstern gestürzt und starrten in das undurchdringliche Dunkel hinaus, das nur für kurze Augenblicke von grellen Blitzen erhellt wurde. Der Sturm fuhr so mächtig in die aufgepeitschten Brandungswellen, daß das Blockhäuschen dauernd von Wasserschauern eingehüllt wurde.

Wieder zuckte ein Blitz über den Himmel, und da sah Ahmet einen Punkt, der auf den Wellen tanzte und gleich darauf wieder verschwand.

»Ist dort ein Schiff?« schrie er.

»Wäre es möglich, daß wir von dort her den Kanonenschuß gehört hätten?« rief Keraban zurück.

»Ich steige auf den Beobachtungsposten«, sagte einer der Leuchtturmwächter. Er lief auf eine Treppe zu, die in die Leuchtturmleiter mündete.

»Und ich komme mit«, sagte Ahmet.

Keraban, Van Mitten, Bruno, Nizib und der zweite Wächter blieben trotz Sturm und Wasserfluten auf ihrem Posten an den zertrümmerten Fenstern. Inzwischen hatten Ahmet und sein Begleiter über die Haustreppe eine Plattform in Höhe des Hausdaches erreicht. Nun begann der Aufstieg über die sechzig Stufen hohe luftige Leiter im Innern des Turmes, der lediglich aus einem Balkengerüst bestand.

Der Aufstieg war gefährlich. Die starken Stützbalken schwankten bis in ihre Bodenverankerungen. Heftige Böen preßten Ahmet immer wieder so fest gegen das Geländer, daß er fürchtete, keinen Schritt weiter tun zu können. Während der nächsten Flaute sprang er dann rasch zwei, drei Stufen weiter nach oben, und schließlich hatte er den Wärter eingeholt, der bereits auf der obersten Plattform angekommen war.

Welch packendes Schauspiel bot sich hier oben! Das tobende Meer warf die ungeheuren Wellenberge gegen die Uferklippen. Sie zerschellten und lösten sich auf in Wolken feinsten Staubregens, die an der Turmspitze vorbeiflogen. Weit draußen türmten sich weiße Schaumkämme übereinander, und über den tiefschwarzen Himmel jagten dräuende Sturmwolken, aus denen bläuliche Blitze niederfuhren. Und doch hörte man keinen Donner: Das Gewitter war offenbar noch immer weit entfernt.

Ahmet und der Wächter klammerten sich an das Geländer der Plattform. Sie starrten angestrengt auf das Meer hinaus und versuchten, den vorher gesichteten Punkt oder das Mündungsfeuer der Kanone auszumachen. Immerhin reichte der Lichtkegel der großen Laterne mehrere Meilen auf das Meer hinaus. Aber was sollte geschehen, wenn auch die Laterne noch erlosch? Immer wieder erreichte ein Windstoß die Flamme und drückte sie so zusammen, daß sie kaum noch Leuchtkraft hatte.

In das Heulen des Sturmes mischten sich die spitzen Schreie der aufgescheuchten Seevögel. Viele unglückliche Tiere wurden gegen das Schutzgitter der großen Laterne geschleudert und elendiglich zerschmettert.

Plötzlich streckte Ahmet die Hand gegen den Himmel aus. Zwei mächtige Säulen, im unteren Teil aus Wasser, im oberen Teil aus Dunst bestehend, vereinigten sich in ihren Spitzen und trieben wirbelnd über die kochende See.

Es waren Wasserhosen, und die Seefahrer haben allen Grund, dieses Naturphänomen zu fürchten, zumal seine Entstehungsart noch nicht genau erforscht ist.

Plötzlich krachte ganz in der Nähe der Wasserhosen ein neuer Schuß, dem ein greller Lichtblitz vorausgegangen war.

»Die Kanone!« schrie Ahmet und zeigte in die Richtung des Pulverblitzes.

»Ja ... dort ... da hinten!« rief nun auch der Wächter, der angestrengt auf denselben Punkt starrte.

Der Aufstieg war gefährlich

Im Feuerschein hatte Ahmet ein leichtes Schiff erkannt, das verzweifelt gegen den Sturm ankämpfte.

Es war eine Tartane. Ihr Großsegel war schon zerfetzt, und sie trieb hilflos der gefährlichen Klippenküste entgegen. Hinter dem Schiff die Wasserhosen, vor dem Schiff die Klippen ... es war verloren! Blieb nur noch abzuwarten, ob es an den Felsen zerschellte oder von dem Wasserwirbel verschlungen wurde.

Als erstes nahm die Tartane den Kampf gegen die Wasserhose auf. Die Kanonenschüsse waren nicht als Notsignal abgefeuert worden; sie sollten durch ihren Luftdruck die Wassersäule zerreißen. Der erste Versuch war schon ein wenig erfolgreich. Die Kugel trennte das obere Ende der Wasserhose ab, so daß jetzt zwei Einzelteile wie die Rüssel eines Fabeltieres über die Wasseroberfläche tanzten. Bald aber verschmolzen sie wieder miteinander zu einem Ganzen, das, wie zuvor, in unheimlichem Wirbel dahergefegt kam.

Inzwischen war es drei Uhr morgens geworden. Die Tartane taumelte noch immer richtungslos in den Wellenbergen vor dem Hafeneingang. Aber Ahmet und der Wärter mußten ihren Beobachtungsposten schleunigst verlassen. Gerade hatte ein besonders harter Windstoß den Turm bis in seine Grundfesten erschüttert. Planken und Balken ächzten gefährlich, und einen Augenblick lang war zu befürchten, daß die Winkeleisen das Gerüst nicht länger zusammenhielten. Ahmet und der Wächter begannen sofort mit dem Abstieg. Mit großer Mühe nur erreichten sie über die heftig schwankende Leiter die Treppe im Innern des Blockhauses.

»Und?« fragte Keraban kurz.

»Es ist ein Schiff«, sagte Ahmet.

»In Seenot?«

»Ja, wenn es nicht noch in die Fahrrinne von Atina getrieben wird«, sagte der Wächter.

»Ist das möglich?«

»Nun ja, wenn der Kapitän die Hafenzufahrt sehr gut kennt und das Leuchtfeuer stark genug ist.«

Aufgescheuchte Seevögel stießen spitze Schreie aus

»Und sonst gibt es kein Mittel, das Schiff zu leiten?« fragte Keraban.

»Nein, keines.«

Da tauchte ein gewaltiger Blitzschlag das Häuschen in grelles Licht. Wütendes Donnergrollen folgte im nächsten Augenblick. Die Männer waren wie gelähmt. Und schon stürzte eine schwere Masse mit furchtbarem Getöse auf das Hausdach nieder und riß die Zimmerdecke auf, so daß der Sturm freien Zutritt hatte. Unter seinem Druck stürzten sofort die Zimmerwände in sich zusammen.

Wunderbarerweise kam niemand zu Schaden. Die Hauswände waren unter dem Druck der Dachtrümmer zuerst auf der rechten Seite zusammengebrochen, und die Insassen hatten sich durch einen Sprung auf die linke Seite gerettet.

»Hinaus! Hinaus!« schrie einer der Wächter, und ehe alles zusammenbrach war man schon draußen auf einer der Uferklippen.

Jetzt erkannten alle die Ursache des Unglücks. Der Blitz hatte das Turmgerüst im unteren Teil zerschmettert. Der Oberbau war heruntergestürzt, hatte das Dach des Blockhauses durchschlagen und dem Sturm freien Zutritt verschafft. Der Rest des Zerstörungswerkes vollzog sich dann in wenigen Augenblicken.

Mit dem Zusammenbruch des Turmes gab es auch kein Leuchtfeuer mehr, das der Tartane den Weg in den Hafen weisen konnte. Noch immer wurde das kleine Fahrzeug von den beiden Wasserhosen umtanzt, und obendrein trieb es geradenwegs auf eine der Klippen zu, die höchstens fünfzig Fuß vor der äußersten Landspitze im Nordwesten aus dem Wasser ragte. Hier mußte die Tartane zerschellen, wenn sie nicht noch vorher der Wasserhose zum Opfer fiel.

Keraban und seine Begleiter liefen am Strand auf und ab und sahen entsetzt dem Drama bei den Klippen zu. An Hilfeleistung war gar nicht zu denken, denn die Männer am Ufer hatten selbst alle Mühe, den wütenden Angriffen von Wind, Sand und Wasser zu widerstehen.

Die Tartane trieb auf eine Klippe zu

Aus dem Hafenstädtchen waren schon einige Fischer herbeigelaufen. Vielleicht hatten sie es nur darauf abgesehen, möglichst große Wrackstücke der Tartane zu erbeuten, aber Keraban und seine Leute sahen das Drama mit anderen Augen: Sie wollten nichts unversucht lassen, um die Besatzung des Schiffes zu retten oder, besser noch, dem Schiff selbst den Weg in den Hafen zu weisen.

»Fackeln her! Fackeln!« schrie Keraban.

Dicht neben dem eingestürzten Blockhaus stand eine Gruppe Föhren. Schnell wurden ein paar harzige Äste abgerissen und in Brand gesetzt. Diese qualmenden Fackeln mußten wohl oder übel das zerstörte Leuchtfeuer des Turmes ersetzen.

Im fahlen Licht der Blitze sah man, wie der Kapitän und die Mannschaft nach Kräften versuchten, die Tartane manövrierfähig zu halten. Ein Sturmsegel wurde aufgezogen, um sofort wieder zerrissen zu werden und in Fetzen, gleich flatternden Sturmvögeln, an den Strand zu treiben.

Für Augenblicke schwebte das kleine Fahrzeug unheimlich hoch auf dem Kamm einer Welle, gleich darauf schoß es in die Tiefe. Es mußte zertrümmert werden, sowie es auf den felsigen Grund stieß!

»Helft doch den Unglücklichen!« rief Keraban. »Liebe Leute, kann man denn gar nichts tun?«

»Nichts«, sagten die Fischer.

»Nichts? Gar nichts? ... tausend Piaster ... zehntausend ... hunderttausend, wenn ihr ihnen Hilfe bringt!«

Das großzügige Angebot fand keinen Widerhall. Niemand wollte sich in die tobende See stürzen, um eine Verbindung zwischen dem Schiff und den Leuten am Strand herzustellen. Mit einem modernen Rettungsgerät, einer Art Mörser, hätte man eine Leine an Bord schießen können, aber solche Geräte gab es hier natürlich nicht. Der Hafen von Atina verfügte nicht einmal über ein einfaches Rettungsboot.

»Aber wir können die Leute nicht einfach aufgeben!« rief der zutiefst erregte Keraban.

Plötzlich fuhr Ahmet zusammen. Ein Schrei war vom Deck der Tartane herübergedrungen, und ihm war, als hätte er seinen eigenen Namen verstanden.

Einen Augenblick schwieg der Sturm, und da erklang es wieder:

»Ahmet!... Zu Hilfe!... Ahmet!«

Wer konnte dort nach ihm rufen? Eine fürchterliche Ahnung überfiel ihn. Sein Herz hämmerte wild. Diese Tartane?... Wo hatte er sie schon einmal gesehen?... War das nicht in Odessa... unter Selims Gartenmauer... am Tage seiner Abreise?

»Ahmet! Ahmet!«

Wieder scholl sein Name herüber an den Strand.

Keraban, Van Mitten, Bruno und Nizib traten neben Ahmet, der, zu Stein erstarrt, mit weit ausgebreiteten Armen am Ufer stand.

»Dein Name!... Ich höre doch deinen Namen!« sagte Keraban.

»Ja!... Ja!... Es ist mein Name!«

Ein mächtiger Blitz, der quer über den Horizont fuhr, tauchte die ganze Gegend in helles Licht. Die Tartane war vor dem schwarzen Himmel so deutlich zu erkennen, als sei sie mit Leuchtfarben auf eine dunkle Tafel gezeichnet. Der Großmast war vom Blitz getroffen und loderte, vom Sturm angefacht, wie eine Riesenfackel. Im Heck der Tartane hielten sich zwei junge Mädchen eng umschlungen. Und wieder schrien sie:

»Ahmet!... Ahmet!«

»Amasia!... Sie ist es!... Amasia!«

Ahmet war schon auf einen Felsenvorsprung zugestürzt.

»Ahmet!... Ahmet!« schrie nun auch Keraban und rannte hinter dem Neffen her. Nein, er wollte ihn gewiß nicht zurückhalten, aber helfen wollte er, wenn es nötig war.

»Ahmet!... Ahmet!«

Noch einmal kam der verzweifelte Ruf herüber. Es gab keinen Zweifel mehr.

»Amasia!... Amasia, ich komme!« schrie Ahmet, stürzte sich in die Brandung und war verschwunden.

Im gleichen Augenblick hatte eine der Wasserhosen das Schiff am Bug gepackt. Die Tartane begann zu kreisen und zerbarst an eine der mächtigen Klippen, die kurz vor dem Strand aus dem Meer ragten. Dann versanken die Trümmer mit rasender Schnelligkeit in den Fluten. Durch den Aufprall war auch die Wasserhose zerplatzt. Wie eine explodierende Bombe zersprühte sie ihre Substanz. Die Wassermassen sanken zurück ins Meer, die Dunstmassen der Spitze vereinigten sich mit den niedrighängenden Wolken.

Nach menschlichem Ermessen war die ganze Besatzung der Tartane verloren, und auch für den mutigen Retter bestand kaum noch Hoffnung.

Schon wollte sich Keraban in die Fluten stürzen, um seinerseits den Neffen zu retten, aber seine Gefährten rissen ihn zurück. Das Unternehmen bedeutete für ihn den sicheren Tod!

Und da tauchte Ahmet wieder auf! Mit übermenschlicher Kraft zog er sich an dem Felsen hoch... und hielt dabei eines der Mädchen im Arm! Die zweite Schiffbrüchige klammerte sich an seine Kleider und ließ sich mit nach oben zerren. Außer diesen beiden schien niemand gerettet zu sein. Die Schiffsmannschaft war beim Herannahen der Wasserhose über Bord gesprungen und offenbar in den Wellen umgekommen.

Ahmet maß jetzt mit den Augen die Entfernung zwischen der rettenden Klippe und dem Strand – es konnten höchstens fünfzehn Fuß sein. Als eine mächtige Welle zurückfloß, so daß nur wenige Zoll Wasser über dem Sand stehenblieben, eilte er mit seiner Bürde hinüber zum rettenden Strand. Das zweite Mädchen war ihm auf dem Fuße gefolgt. Eine Minute später stand der junge Mann mit den Geretteten im Kreise seiner Freunde. Er legte ihnen seine Last in die Arme und sank selbst zu Boden. Die Aufregung und die Anstrengung forderten ihren Tribut.

»Amasia!... Amasia!« rief Keraban.

Ja, es war die Tochter seines Freundes Selim, es war Amasia, die er in Odessa zurückgelassen hatte und die nun, dreihundert Meilen von ihrer Heimatstadt, am unteren Ende des Schwarzen Meeres beinahe ertrunken wäre! Und ihre Begleiterin, Nedjeb,

Ahmet hielt eines der Mädchen im Arm

war auch dabei. Irgend etwas Schreckliches mußte geschehen sein!

Die jungen Mädchen konnten fürs erste keine Erklärungen abgeben; beide waren ohnmächtig geworden.

Keraban hob Amasia auf seine Arme, während einer der Turmwächter Nedjeb davontrug. Ahmet war schon wieder zu sich gekommen, aber er vermochte noch nicht klar zu denken. So folgte er mit den anderen einem der Fischer von Atina, der seine Hütte als Obdach angeboten hatte.

Im Kamin des Häuschens loderte ein helles Feuer aus Rebenholz. Die Mädchen wurden vor dem wärmenden Feuer niedergelegt.

Ahmet stützte Amasias Kopf und sprach auf die Ohnmächtige ein.

»Amasia!« rief er. »So antworte doch!... Ach, sie hört mich nicht! Nein, wenn sie stirbt, will ich auch nicht weiterleben.«

»Aber sie ist doch nicht tot!« versicherte Keraban. »Sieh doch, Ahmet, sie atmet ja!«

Da wurde Nedjeb wach. Sie erhob sich langsam und warf sich mit einem Verzweiflungsschrei über ihre Herrin.

»Meine Herrin!« schluchzte sie. »Liebe Herrin! Aber sie lebt ja! Seht nur! Jetzt öffnet sie die Augen!«

Nedjeb hatte recht: Amasia war bei Bewußtsein.

»Amasia! Amasia!« rief Ahmet.

»Ahmet!... Mein lieber Ahmet!« antwortete das junge Mädchen mit schwacher Stimme.

Keraban drückte beide herzhaft an seine breite Brust.

»Was war das für eine Tartane?« fragte Ahmet nun eindringlich.

»Sie kennen das Schiff, Seigneur Ahmet«, antwortete Nedjeb. »Wir wollten doch an Bord Stoffe besichtigen, wenn Sie nicht abgereist wären.«

»Also die ›Guidare‹ mit dem Kapitän Yarhud?«

»Ja, dieser Yarhud hat uns entführt.«

»In wessen Auftrag?«

»Wir wissen es nicht.«

»Und wohin sollte die Tartane segeln?«

»Das wissen wir auch nicht, Ahmet«, sagte Amasia. »Aber nun bist du ja wieder bei mir und alles soll vergessen sein.«

»Das werde ich niemals vergessen!« rief Keraban dazwischen.

Hätte er sich in diesem Augenblick umgedreht, wäre sein Blick auf einen Mann gefallen, der an der Hüttentür gelauscht hatte und jetzt eilig floh.

Es war Yarhud, der einzig Überlebende der ›Guidare‹-Mannschaft. Auf seinem Lauschposten hatte er genug erfahren, zum Beispiel auch, daß Ahmet unbegreiflicherweise gerade beim Schiffbruch der ›Guidare‹ so nahe war, daß er seine Verlobte retten konnte.

Bald hatte Yarhud die letzten Häuser der Ortschaft hinter sich. Er blieb noch einmal kurz stehen und sagte drohend:

»Ha, von Atina bis zum Bosporus ist es noch ein weiter Weg! Und den Auftrag des Seigneur Saffar führe ich aus – das schwöre ich!«

Fünftes Kapitel

in welchem von Gesprächen und Beobachtungen auf dem Weg

von Atina nach Trapezunt berichtet wird

Wir wollen uns eine ausführliche Beschreibung der Wiedersehensfreude von Ahmet und Amasia ersparen. Natürlich dankten sie Allah für die Vorsehung, die Ahmet im rechten Augenblick an den Ort des Schiffbruches geführt hatte. Freude und Entsetzen über das Geschehene versetzten die jungen Leute immer noch in Erregung, und sie würden diese Nacht sicher nie vergessen.

Begreiflicherweise drängten Keraban und Ahmet nun die Mädchen, ausführlich über den Hergang der Entführung zu berichten.

Amasia und Nedjeb hatten inzwischen trockene Kleider bekommen, und auch Ahmet trug die Landestracht. Auf niedrigen Schemeln saßen jetzt alle, Herren und Diener, zusammen vor dem knisternden Kaminfeuer. Keiner kümmerte sich mehr um den Sturm, der noch immer mit unverminderter Härte tobte.

Natürlich gab es große Erregung, als die Ereignisse in Selims Villa zur Sprache kamen. Alles wies darauf hin, daß die Entführung von langer Hand vorbereitet war.

Die Männer erfuhren, daß die Tartane sofort nach der Ergreifung der Mädchen ausgelaufen war. Aber weder Amasia noch Nedjeb wußten, daß der heimkehrende Selim ihre Hilferufe gehört hatte. Sie ahnten nicht, daß vom Deck der Tartane her ein Schuß abgegeben worden war, der den Bankier vielleicht tödlich getroffen oder doch so schwer verletzt hatte, daß er seine Leute nicht mehr zur Verfolgung des Schiffes aussenden konnte.

Über die Behandlung an Bord konnten die jungen Mädchen kaum klagen. Im Gegenteil: Der Kapitän und seine Leute erwiesen den Entführten so viel Zuvorkommenheit, daß eine Empfehlung von anderer Seite dahinterstecken mußte. Den Mädchen stand die bequemste Kajüte des Schiffes zur Verfügung. Sie

An Deck wurden die Mädchen streng bewacht

durften sogar nach Belieben auf dem Deck spazierengehen, hatten aber bemerkt, daß sie dabei streng bewacht wurden. Vielleicht fürchtete man, daß sie aus Verzweiflung über ihr Schicksal von Bord springen könnten.

Ahmet versetzten diese Schilderungen in Aufruhr. Er fragte sich, ob der Kapitän auf eigene Rechnung gehandelt hatte, die Mädchen also auf den Märkten Kleinasiens verkaufen wollte, oder ob er nur den Auftrag irgendeines reichen Anatoliers ausführte.

Amasia und Nedjeb wußten auf diese Fragen keine Antwort. Gewiß, sie hatten Yarhud immer wieder weinend und bittend über seine Absichten befragt, aber er hatte geschwiegen.

Die Fahrt der ›Guidare‹ war zunächst ruhig, wenn auch langsam verlaufen, denn es hatte eine mehrtägige Windstille gegeben. Den Mädchen war nicht entgangen, daß diese Verzögerung den Kapitän nervös machte. Daraus hatten sie zumindest schließen können – und Ahmet und Keraban stimmten ihnen hierin zu –, daß Yarhud verpflichtet war, zu einem bestimmten Zeitpunkt an einem gewissen Ort einzutreffen; wo, blieb allerdings ungeklärt. Wahrscheinlich aber war ein Hafen Anatoliens das Ziel.

Als die Windstille aufhörte, war die ›Guidare‹ wieder auf Ostkurs gegangen, oder, wie Amasia es ausdrückte, dem Sonnenaufgang entgegengesegelt. Zwei Wochen lang waren sie schon unterwegs gewesen, und jedesmal, wenn ein Segelschiff, ein Kriegs- oder Handelsschiff oder einer der schnellen Schwarzmeer-Dampfer auftauchte, hatte Yarhud die Mädchen in die Kajüte verbannt. Er fürchtete, sie könnten irgendein Notsignal geben, das bemerkt würde.

Nach zwei Wochen herrlichen Wetters zog Sturm auf, der sich nach zwei Wochen zum Orkan steigerte. Yarhuds unverhohlene Wut zeigte den Mädchen an, daß er zu einer Kursänderung gezwungen war. Deshalb waren Amasia und Nedjeb beinahe glücklich über das Unwetter. Zumindest verzögerte es ihre Ankunft an dem gefürchteten unbekannten Ziel.

»Ja, Ahmet, das ist die ganze Entführungsgeschichte«, sagte

Amasia, und sie fügte hinzu: »Ich brauche dir wohl nicht zu versichern, daß Yarhud seinen Plan nie zu Ende geführt hätte. Mein Entschluß war schon gefaßt ... Nedjeb kannte ihn ... niemand hätte mich an der Ausführung hindern können. Bevor die Tartane am Ziel wäre, wollte ich mich ins Meer stürzen ... denn ohne dich hätte ich nicht weiterleben mögen. Da kam das Unglück. Was uns vernichten sollte, brachte uns Rettung! Nie werde ich vergessen, wie du plötzlich mitten in dem furchtbaren Wasserstrudel auftauchtest...«

»Allah wollte, daß du gerettest wurdest ... durch mich. Aber wenn ich meinem Onkel nicht zuvorgekommen wäre, hätte er selbst versucht, dich aus den Wellen zu holen.«

»Beim Propheten, das will ich meinen!« rief Keraban.

»So ein Starrkopf... und doch so großmütig!« flüsterte Nedjeb wider Willen.

»Die Kleine wagt es, sich an mir zu reiben! Als ob man meinem Starrsinn nicht zuweilen etwas Gutes verdankte!«

»Zuweilen?« fragte Van Mitten ungläubig, und unvorsichtigerweise setzte er hinzu: »Ich möchte doch wissen, was...«

»Da hört doch alles auf!« schrie Keraban. »Hätte ich Ahmets Laune nachgegeben und wäre mit der Eisenbahn durch die Krim und den Kaukasus gefahren, hätte er schwerlich zu Amasias Rettung an Ort und Stelle sein können.«

»Gewiß nicht«, entgegnete Van Mitten. »Aber Sie müssen doch zugeben, daß die Entführung unterblieben wäre, hätten Sie nicht Ahmet gezwungen, Odessa zu verlassen!«

»So betrachten Sie also die Sache! Ich möchte fast annehmen, Sie wollen einen Streit vom Zaun brechen.«

»Beileibe nicht, lieber Onkel!« rief Ahmet dazwischen. Der junge Mann wußte ganz genau, daß der Holländer doch unterliegen müßte, wenn es zu einem ernsten Wortwechsel käme. Und so setzte er schnell hinzu: »Wir haben auch gar keine Zeit, das Problem zu erörtern. Es wäre gescheiter, wir gingen alle ein wenig zur Ruhe.«

»Und morgen früh reisen wir weiter«, verkündete Keraban.

»Morgen schon, lieber Onkel? Amasia und Nedjeb sind viel zu erschöpft...«

»Aha! Auf einmal hat es mein Herr Neffe gar nicht mehr so eilig! Vergißt du, daß das Monatsende nicht mehr fern ist? Du mußt schon einem alten Kaufmann gestatten, praktisch zu denken, wenn es dir selbst zu schwer fällt. Meinetwegen sollen jetzt alle schlafen, so gut sie eben können, aber morgen früh reisen wir ab. Und dazu mußt du noch irgendeinen Wagen beschaffen.«

Die Gesellschaft machte es sich in dem Fischerhäuschen bequem, und letzten Endes schliefen sie nicht schlechter als in einem Gasthof der Stadt.

Allerdings wurde beinahe jedermann von Träumen geplagt. Van Mitten befand sich in dauernden Streitgesprächen mit Keraban, der Starrkopf wiederum träumte, er wäre seinem Widersacher Saffar begegnet, den er mit allen Verwünschungen Allahs und seiner Propheten bedachte.

Ahmet fand überhaupt keine Ruhe. Er grübelte jetzt weniger über die Entführung nach als über das Problem, Amasia auf dem langen Heimweg vor weiteren Gefahren zu schützen. Ahmet nahm zwar an, daß auch Yarhud in den Wellen umgekommen sei, aber das Unglück mußte bald bekanntwerden. Yarhuds Auftraggeber, sicher ein Pascha oder sonst ein Reicher aus Anatolien, würde bald von der mißglückten Entführung unterrichtet sein. Und dann wäre es für so einen mächtigen Mann nicht schwer, das Mädchen aufzuspüren. In der menschenleeren Gegend zwischen Trapezunt und Scutari war ein Überfall aus dem Hinterhalt ganz leicht zu bewerkstelligen.

Ahmet schwor sich deshalb, sehr scharf Wache zu halten. Nicht einen Augenblick mehr wollte er von Amasias Seite weichen, und niemand außer ihm selbst sollte die Führung der Reisegesellschaft übernehmen dürfen! Notfalls wollte er höchstens einen zuverlässigen Führer anheuern, der den kürzesten Weg längs der Küste kannte.

Außerdem beschloß Ahmet, den Bankier Selim über alles zu unterrichten, was sich seit Amasias Entführung zugetragen hatte. Vor allem sollte der Vater wissen, daß die Tochter gerettet war und binnen zweier Wochen in Scutari eintreffen werde.

Ein Brief von Atina oder Trapezunt nach Odessa wäre allzu lange unterwegs gewesen. So beschloß Ahmet, von Trapezunt aus nach Odessa zu telegraphieren. Nur durfte sein Onkel von diesem Unternehmen nichts erfahren. Die Haare hätten sich Keraban gesträubt, wäre ihm das Wort ›Telegramm‹ zu Ohren gekommen.

Nach einigen Ruhestunden war die Reisegesellschaft wieder auf den Beinen. Keraban konnte seine Ungeduld kaum zügeln, Van Mitten war entschlossen, von vornherein den Launen seines Freundes nachzugeben, und Bruno grollte wie eh und je. Er hatte seine schlotternden Kleider um die kläglichen Reste seiner ehemaligen Leibesfülle gehüllt und gab seinem Herrn nur noch einsilbige Antworten.

In aller Frühe hatte Ahmet schon versucht, ein annehmbares Fahrzeug aufzutreiben. Aber Atina war nur ein unbedeutendes Städtchen, wenn auch sein stolzer Name davon kündete, daß es einstmals das ›Athen des Pontus Euxinus‹ gewesen war. Es gab sogar noch einige dorische Säulen und die Reste eines Tempels der Pallas Athene. Aber diese Ruinen hätten allenfalls Van Mitten interessiert. Ahmet ließen sie ungerührt. Er suchte keine Altertümer, sondern Ersatz für die kümmerliche Araba. Doch waren seine Bemühungen vergebens; man mußte wieder mit dem Karren vorlieb nehmen. Diesmal wurden die Plätze im Wagen den Mädchen eingeräumt, und Herrn und Diener sahen sich gezwungen, den Weg nach Trapezunt auf dem Rücken von Maultieren, Eseln oder Pferden anzutreten.

Keraban dachte wehmütig an seine komfortable Kutsche, und er sparte nicht mit grimmigen Verwünschungen für den Seigneur Saffar, der an allem schuld war!

Amasia und Nedjeb dagegen gewannen dieser Art des Reisens Vergnügen ab. So eine Fahrt in der Araba war einmal etwas ganz Ungewohntes. Sie hatten selbst noch Spaß an den strohgepolsterten Sitzen, für die auf jeder Poststation neues Material gekauft wurde, und die Regenplane bot Schutz vor Nässe und Wind. Ab und zu luden die Mädchen Keraban, Ahmet oder Van Mitten ein, bei ihnen im Wagen Platz zu nehmen. Und war das gar nichts, wie Prinzessinnen von Reitern eskortiert über die Küstenstraße zu rollen? Natürlich ging diese Betrachtungsweise von Nedjeb aus. Das heitere Mädchen war stets geneigt, allen Dingen die beste Seite abzugewinnen. Amasia dagegen war einfach glücklich, weil sie Ahmet wiedergefunden hatte und überdies die Reise dem Ende zuging.

»Ich glaube fast, man kann Scutari schon sehen«, sagte Nedjeb immer wieder einmal und hob sich auf die Zehenspitzen.

Nur zwei Teilnehmer der Reisegesellschaft waren im Augenblick wirklich mißgelaunt: Keraban und Bruno. Keraban grollte, weil die Araba kein schnelleres Reisetempo zuließ, und Bruno machte der Gedanke ganz krank, daß er die fünfunddreißig Meilen nach Trapezunt auf dem Rücken eines Maulesels zurücklegen sollte. Erst dort würde man, allerdings ohne Schwierigkeiten, ein Fahrzeug finden, daß sich für die Reise durch die anatolischen Ebenen eignete. Jedenfalls behauptete das Brunos Kollege Nizib.

Der Kalender zeigte den 15.September an, und die Karawane hatte Atina um elf Uhr morgens verlassen. Wie zu erwarten, war auf den heftigen Sturm vollkommene Windstille gefolgt, und nur ein paar Wolkenfetzen hingen in höheren Luftschichten fast regungslos am Himmel, als seien sie vom vorangegangenen Sturm dort hinaufbefördert worden. Nur das Meer hatte sich noch nicht beruhigt. Hohe Wellen schlugen gegen das felsige Ufer, aber ab und zu tauchten Sonnenstrahlen die Landschaft in ein freundliches Licht.

Auf den Straßen herrschte reger Karawanenverkehr von und nach Persien. Die Lasttiere, Hunderte von Kamelen, waren so mit Schellen, Glöckchen und richtigen großen Glocken behängt, daß das Läuten fast zu ohrenbetäubendem Lärm wurde. Der buntfarbige Kopfputz der Tiere und ihre muschelgeschmückten Haarflechten waren aber ein rechter Augenschmaus.

Auf dem Weg nach Trapezunt

Jenseits der Straße, auf dem Uferstreifen, herrschte ebenso reges Leben. Zahllose Fischer und Jäger gingen dort ihrer Tätigkeit nach. Die Fischer betrieben meist Sardellenfang, während die Jäger auf Seevögel Jagd machten. Dieser Küstenstreifen wurde von unzähligen Silbertauchern bevölkert, und die Jäger erlegten Hunderttausende dieser Vögel, um die beliebten Federbälge gegen einen so hohen Preis zu verkaufen, daß Reise- und Pulverkosten sowie der Zeitaufwand in ihren Augen vollkommen gerechtfertigt waren.

Gegen drei Uhr nachmittags wurde in Mapavra eine Rast eingelegt. Der Flecken liegt an der Mündung eines gleichnamigen Flusses, dessen klares Wasser sich leider mit der übelriechenden Flüssigkeit einer benachbarten Erdölquelle mischt. Es war noch zu früh für eine ausgiebige Mahlzeit, aber bis man das Nachtquartier erreichte, würden noch viele Stunden vergehen, so daß ein kleiner Imbiß angebracht war. Jedenfalls gelang es Bruno, die Reisegesellschaft von der Notwendigkeit einer Zwischenmahlzeit zu überzeugen.

Man suchte einen Gasthof auf, wo es natürlich die Nationalspeise, Sardellen, in reichem Maße gab. Aber daneben wurden auch schwerere Speisen aufgetragen, denen jeder kräftig zusprach. Während des Essens herrschte ungetrübte Heiterkeit, die beste Würze eines jeden Mahles.

»Wie ist es, Van Mitten? Grollen Sie immer noch Ihrem Freund und Partner, daß Sie sein Starrsinn, ein ganz gerechtfertigter Starrsinn übrigens, zu dieser Reise gezwungen hat?«

»Nein, nein«, sagte Van Mitten rasch, »ich würde sogar noch einmal alles wiederholen, wenn Sie das möchten.«

»Abwarten, Van Mitten! Und was denkt meine kleine Amasia von dem bösen Onkel, der ihr den Verlobten entführte?«

»Daß es keinen besseren Menschen auf Erden gibt – was ich übrigens schon immer gesagt habe!«

»Und auch keinen nachgiebigeren«, setzte Nedjeb hinzu. »Finden Sie nicht auch, liebe Herrin, daß der Seigneur Keraban längst nicht mehr so starrsinnig ist wie früher?«

Die Fischer betrieben meist Sardellenfang

»Will mich diese kleine Törin verspotten?« rief Keraban, aber er lächelte gutmütig zu seinen Worten.

»O nein, gnädiger Herr.«

»Doch, doch. Aber die Kleine hat ja recht. Ich kann es nicht bestreiten, mein Starrsinn ist dahin. Selbst Freund Van Mitten könnte mich nicht einmal mehr zum Widerspruch reizen.«

»Oh ... das müßte man abwarten«, sagte Van Mitten und schüttelte ungläubig den Kopf.

»Sie glauben mir nicht?«

»Aber wenn das Gespräch auf gewisse Themen kommt ...«

»Auch dann nicht. Das schwöre ich!«

»Schwören Sie lieber nicht!«

»O doch! Ich will aber darauf schwören«, sagte Keraban, nun schon leicht erregt. »Warum soll ich nicht schwören können?«

»Weil es oft schwer ist, einen Schwur zu halten.«

»Aber leichter, als den Mund zu halten, Van Mitten. Sie müssen doch zugeben, daß Sie selbst jetzt aus reiner Lust am Widerspruch behaupten, ich könne ...«

»Aus Lust am Widerspruch? Ich?«

»Ja, Sie! Nun gut; aber ich muß Sie doch bitten, meinem Beispiel zu folgen und nicht weiter aus reiner Lust am Widerspruch mit mir zu streiten.«

»Tatsächlich, diesmal haben Sie unrecht, Van Mitten«, sagte Ahmet.

»Wirklich unrecht ...«, sagte Amasia.

»Ganz und gar unrecht ...«, erklärte auch Nedjeb.

Die Mehrheit stand also gegen unseren ehrenwerten Holländer, und er zog es vor zu schweigen.

»Vorwärts!« befahl Keraban, sowie die Mahlzeit beendet war. »Das Essen war gut, aber ich weiß, wo uns noch bessere Sachen erwarten.«

»Wo denn?« fragte Van Mitten.

»In Scutari.«

Für die nächste Übernachtung fand man nur ein kümmerliches Quartier in dem kleinen Flecken Rize. Die Mädchen zogen es vor, in der Araba zu schlafen. Ahmet fragte gar nicht erst danach, ob sein Lager gut oder schlecht wäre. Ihn plagte unablässig die Sorge um Amasias Sicherheit, und selbstverständlich wachte er, gut bewaffnet, neben der Araba, die draußen vor dem Gasthof stand.

Ahmets Befürchtungen waren nur allzu berechtigt. Yarhud hatte die Karawane den ganzen Tag über verfolgt, aber stets aufgepaßt, daß er weder den Mädchen noch Ahmet zu Gesicht kam.

Er spionierte, er schmiedete neue Entführungspläne, und er schrieb einen Brief an Scarpante, den Oberaufseher des Seigneur Saffar. Sicher war Scarpante schon in Trapezunt eingetroffen. Nun sollte er sich sofort wieder auf den Weg machen und Yarhud bis zu der Karawanserei von Rissar entgegenkommen. Den Untergang der ›Guidare‹ und Amasias Entkommen verschwieg Yarhud allerdings in seinem Brief.

Während der Nacht schlich sich der Malteser so nahe an die Araba heran, daß er die beiden schlafenden Mädchen im Wageninnern sehen konnte. Zu seinem Glück bemerkte ihn der wachsame Ahmet nicht; er konnte ungesehen davonschleichen.

Von nun an blieb der Kapitän nicht mehr im Rücken der Karawane, im Gegenteil, er eilte nach Trapezunt voraus. Auf dem Wege dorthin schlug er einen kleinen Bogen zur Karawanserei von Rissar.

Allah ist groß! Zugegeben! Aber er wäre noch größer, hätte er nicht nur die Mannschaft der ›Guidare‹, sondern auch ihren Kapitän auf den Meeresgrund geschickt.

Am 16.September war die Reisegesellschaft schon mit dem Morgengrauen auf den Füßen. Jedermann war fröhlich gestimmt, natürlich mit Ausnahme Brunos, der sich zum hundertsten Male die Frage vorlegte, wie viele Pfunde er bis Scutari noch verlieren werde.

Keraban rieb sich zufrieden die Hände.

»Meine kleine Amasia«, sagte er, »laß dich umarmen.«

»Gern, lieber Onkel ... sofern Sie mir diese Bezeichnung schon gestatten.«

»Und ob, liebe Tochter! Du darfst mich sogar ›Vater‹ nennen, denn ist Ahmet etwa nicht mein Sohn?«

»O doch, Onkel Keraban«, sagte Ahmet, »sogar so sehr, daß er sich ein Recht herausnimmt, das Söhnen bisweilen zugestanden wird.«

»Und das wäre?«

»Das Recht, dem Vater zu befehlen!«

»Zu befehlen? Was denn vielleicht?«

»Daß wir auf der Stelle abreisen. Die Pferde sind bereit. Noch heute abend müssen wir in Trapezunt sein.«

»Warum auch nicht!« meinte Keraban. »Aber morgen früh geht es sofort weiter! He, Freund Van Mitten, hat man Ihnen an der Wiege gesungen, daß Sie noch einmal in Trapezunt landen werden?«

»Ach, Trapezunt! Welch herrlicher Name!« schwärmte Van Mitten. »Wenn ich meinem Reiseführer trauen darf – und er scheint zuverlässig zu sein –, so erwartet uns eine wunderbare Stadt. Die Hügel von Trapezunt ... die Stadt, in der die zehntausend Spiele und sportlichen Wettkämpfe unter dem Vorsitz des Dracontius ausgetragen wurden...«

»Sie geben also zu, daß Sie von unserer Reise angenehme Erinnerungen heimtragen werden?«

»Ja. Schade nur, daß sie so lückenhaft sind.«

»Aber im Grunde genommen können Sie sich nicht beklagen.«

»Wir sind noch nicht in Scutari!« flüsterte Bruno seinem Herrn ins Ohr. Seine Miene war so unheilschwanger, als sei er ein Wahrsager, der sich dazu berufen fühlt, immer und überall an die Unzuverlässigkeit in menschlichen Angelegenheiten zu erinnern.

Um sieben Uhr in der Frühe brach die Gesellschaft auf. Das Wetter wurde zusehends besser, und die Strahlen der Morgensonne hatten den Frühnebel bald aufgelöst.

Das Mittagessen wurde in dem kleinen Ort Of eingenommen. Of ist das antike Ophis, aus dem die berühmten Familien Griechenlands stammen. Leider mußte das Essen aus den Vorräten

Der Malteser schlich sich an die Araba heran

in der Araba ergänzt werden. Die Frau des Gastwirts war nämlich schwer erkrankt, und ihr Mann gebärdete sich ganz kopflos. Hier auf dem flachen Lande gab es natürlich keinen Arzt, und einen Doktor aus Trapezunt kommen zu lassen, das war für einen armen Dorfgastwirt entschieden zu teuer.

Keraban glaubte, mit Van Mittens Hilfe ein wenig den ›Hakim‹ oder Doktor spielen zu können. Er verschrieb kurzerhand ein paar harmlose Drogen, die in Trapezunt sicher leicht zu haben waren.

»Allah segne den Herrn! Aber was mögen die Arzneien kosten?« sagte der sparsame Ehemann der Patientin.

»Kaum zwanzig Piaster«, meinte Keraban.

»Zwanzig Piaster!« rief der Wirt entsetzt. »Aber dafür kann ich mir doch schon eine neue Frau kaufen!«

Damit kehrte er Keraban den Rücken und ging hinaus. Die Arznei würde er ganz bestimmt nicht besorgen.

»Das nenne ich einen praktischen Ehemann«, sagte Keraban lachend. »Sie hätten sich hierzulande verheiraten sollen, Van Mitten.«

»Vielleicht...«, meinte der Holländer.

Für das Abendessen wurde nur eine einstündige Pause eingelegt, denn Trapezunt sollte unbedingt noch vor Einbruch der Dunkelheit erreicht werden. Da machte ein kleiner Zwischenfall den Zeitplan zunichte. Gegen neun Uhr brach ein Rad der Araba. Den Reisenden blieb nichts weiter übrig, als in einer nahegelegenen vielbesuchten Karawanserei zu übernachten.

Sechstes Kapitel

in welchem der Seigneur Keraban neue Bekanntschaften macht

Die Karawanserei von Rissar war, wie die meisten Stationen dieser Art, recht gut eingerichtet, um die Bedürfnisse der Durchreisenden zu befriedigen. Der Wirt oder auch ›Wärter‹, wie er meist genannt wurde, hieß Kidros. Er war ein verschlagener Fuchs, der viele seiner Landsleute an Schlauheit übertraf. Er sorgte für alles mit großem Eifer und am eifrigsten für seinen eigenen Geldbeutel. In zuvorkommender Weise war er stets bereit, die Rechnung nach dem Wunsch der Reisenden ein wenig niedriger zu machen, denn er hatte sie im voraus so hoch angesetzt, daß er Nachlaß gewähren konnte und doch selbst ein tüchtiges Schnittchen bei dem Geschäft machte; alles, wie gesagt, aus Freundlichkeit gegen die verehrten Gäste.

Das Zentrum der Karawanserei bildete ein weiter quadratischer Hof, der ringsum von einem Gebäude umgeben war, das einer dicken Mauer glich. Den Zugang zum Hof bildete ein breites Tor im Mauergürtel, der an dieser Stelle von zwei Türmchen gekrönt war. Die Türme dienten in unsicheren Zeiten als Auslug.

Vom Hof aus führte eine Anzahl Türen zu kleinen Zimmern in der Mauerumfriedung. In diesen Räumen übernachteten die Fremden, während ihre Trag- und Reittiere außerhalb der Anlage Futterkrippen vorfanden. Maulesel und Kamele, die ohnehin nicht an feste Ställe gewöhnt waren, wurden nachts einfach an Pfählen festgebunden, die dort draußen in die Erde gerammt waren. Für Pferde und Wagen standen dagegen richtige Ställe zur Verfügung.

Das Zentrum der gesamten Anlage beherrschte der Brunnen, in den über ein Schöpfrad Eimer auf Eimer hinabgelassen und wieder zutage gefördert wurde.

An diesem Abend war die Karawanserei gut belegt. Fast zwanzig Zimmer hatte der Wirt vermieten können, und die meisten Reisenden waren schon frühzeitig zur Ruhe gegangen. Manche befanden sich auf dem Weg nach Trapezunt, andere wollten nach Osten, bis nach Armenien, Persien oder Kurdistan ziehen.

Um neun Uhr gingen nur noch zwei Gäste im Hof auf und ab. Sie redeten lebhaft aufeinander ein und unterbrachen das Gespräch nur, um ab und zu vor das Hoftor zu treten und ungeduldig den Horizont mit Blicken abzusuchen.

Beide trugen unauffällige Kleider, als wollten sie es vermeiden, die Aufmerksamkeit anderer Reisender zu erregen. Es waren der Seigneur Saffar und sein Verwalter Scarpante.

»Ich versichere Ihnen, daß ich mit Yarhud hier verabredet bin«, sagte Scarpante schon zum wiederholten Male mit Nachdruck.

»Und warum ist der Hund nicht hier?« fragte Saffar in drohendem Ton.

»Er muß jeden Augenblick eintreffen.«

»Warum, zum Teufel, bringt er das Mädchen erst hierher? Er sollte sie doch auf dem kürzesten Wege nach Trapezunt schaffen.«

Aus diesem Satz ging hervor, daß die Nachricht von dem Schiffsunglück vor Atina noch nicht bis zu Scarpante und Saffar gedrungen war.

»Yarhuds Brief kam aus Atina. Von dem Mädchen sagte er nichts. Er bat nur um eine Zusammenkunft hier in Rissar.«

»Mich interessiert nur, daß er nicht hier ist! Der Bursche soll sich hüten, meine Geduld auf die Probe zu stellen. Ich habe das Gefühl, irgend etwas ist nicht so gelaufen, wie es geplant war.«

»Nun ja, auf dem Meer hat es ein Unwetter gegeben. Sicher ist die Tartane nach Atina abgetrieben worden, statt direkt nach Trapezunt zu segeln.«

»Und wer sagt uns, daß er das Mädchen überhaupt bei sich hatte?«

»Yarhud ist nicht nur ein kühner Seefahrer, er ist auch in anderen Geschäften sehr geschickt.«

»Mit Geschicklichkeit allein ist es nicht immer getan«, sagte eine Stimme. Yarhud war da! Er hatte sogar schon einige Augen-

Die Karawanserei von Rissar

blicke hinter dem Seigneur Saffar und seinem Intendanten gestanden und gelauscht.

»Na endlich!« sagte Saffar in barschem Ton.

Yarhud verneigte sich ehrerbietig vor seinem Auftraggeber.

»Wo ist die Tochter des Bankiers?« fragte Saffar kurz angebunden.

»Ich habe sie getreu meinem Auftrag vor fast sechs Wochen aus Odessa entführt. Wir sind auch gleich in Richtung Trapezunt unter Segel gegangen. Dann aber kam die Tag- und Nachtgleiche mit sehr schlechtem Wetter. Die ›Guidare‹ wurde trotz aller Anstrengungen nach Osten verschlagen und an den Felsen von Atina zerschmettert. Meine gesamte Mannschaft ist ertrunken.«

»Die ganze Mannschaft?« rief Scarpante.

»Ja.«

»Und das Mädchen?« fragte Saffar, den der Verlust der Tartane und ihrer Mannschaft nicht sonderlich zu rühren schien.

»Amasia wurde gerettet ... wie auch ihre junge Dienerin, die ich zusammen mit ihr entführt hatte.«

»Aber wenn sie gerettet worden ist...«, begann Scarpante.

»Ja, aber wo ist sie denn jetzt?« fuhr Saffar fort.

»Gnädiger Herr, das Schicksal hat sich gegen mich verschworen ... oder vielmehr gegen Sie.«

»So sprich endlich!« befahl Saffar, dessen Miene immer drohender wurde.

»Um es kurz zu machen, die Tochter des Bankiers wurde durch ihren Verlobten Ahmet gerettet, den sein Onkel zu einer Fahrt um das Schwarze Meer gezwungen hatte. Unglücklicherweise war er gerade im Augenblick unseres Schiffbruchs zur Stelle. Zur Zeit befindet sich die ganze Reisegesellschaft kurz vor Trapezunt. Von dort wollen sie nach Scutari weiterreisen, um noch vor Monatsende die Hochzeit zu feiern.«

»Tölpel!« schrie Saffar. »Wie konnte er Amasia entkommen lassen, anstatt sie zu retten!«

»Ich hätte mich nicht gescheut, dafür mein Leben zu riskieren,

Seigneur Saffar, und sie wäre jetzt ganz gewiß in Ihrem Palast in Trapezunt, wenn nicht dieser Ahmet im selben Augenblick auftauchte, als die ›Guidare‹ zerschellte.«

»Pah! Du verdienst nicht, daß man Dir Aufträge anvertraut!«

»Gnädiger Herr, ich glaube, Yarhud hat getan, was in seinen Kräften stand«, sagte Scarpante begütigend.

»Alles, was menschenmöglich war«, versicherte Yarhud noch einmal.

»Alles war eben nicht genug, denn mein Auftrag ist nicht ausgeführt worden.«

»Was geschehen ist, ist nicht rückgängig zu machen, gnädiger Herr«, wandte Scarpante ein. »Wie sieht denn unsere Lage aus? Die Entführung des Mädchens aus Odessa hätte mißlingen können ... sie ist aber gelungen! Diese Amasia hätte beim Schiffbruch der ›Guidare‹ umkommen können ... sie hat aber überlebt! Sie könnte schon mit dem jungen Ahmet vermählt sein ... sie ist es aber noch nicht! Im Grunde ist also nichts verloren.«

»Nein! ... nichts!« wiederholte Yarhud eifrig.

»Seit dem Schiffbruch habe ich den jungen Ahmet und seine Gefährten nicht mehr aus den Augen gelassen. Sie fühlen sich vollkommen sicher ... aber der Weg nach Scutari ist noch lang! Er führt schließlich quer durch ganz Anatolien! Außerdem wissen weder Amasia noch ihre Dienerin, wohin die ›Guidare‹ segeln sollte. Obendrein kennt niemand den Seigneur Saffar und seinen Verwalter Scarpante. Wir haben also nichts weiter zu tun, als die Reisegesellschaft in einen kleinen Hinterhalt zu locken, und schon ...«

Da unterbrach Saffar die Rede des Kapitäns. Mit eisigem Gesicht wandte er sich seinem Verwalter zu.

»Scarpante, ich will das Mädchen haben, alles andere ist mir gleichgültig. Und wenn das Schicksal mir in diesem Falle ein Schnippchen schlagen will, werde ich zu kämpfen wissen. Niemand soll sagen können, der Seigneur Saffar habe nicht bekommen, was er verlangte!«

»Er wird es bekommen«, versicherte Scarpante. »Yarhud hat

recht: Zwischen Trapezunt und Scutari liegt eine lange einsame Wegstrecke. Wir können tatsächlich einen Führer durch Bestechung dahin bringen, daß er die Karawane in die Irre führt. Den Rest besorgt dann ein Trüppchen Bewaffneter, die wir noch anwerben müßten. Allerdings wäre eine List noch besser als solche Gewaltanwendung.«

»Welche List?«

»Yarhud sagte doch, daß die Reisegesellschaft bald in Trapezunt eintreffen müßte.«

»Sie werden sogar heute nacht hier in der Karawanserei sein«, fügte Yarhud hinzu.

»Und da müßten wir eine Geschichte anzetteln, die das Mädchen von ihrem Verlobten trennt«, meinte Scarpante.

»Gewalt scheint mir erfolgversprechender«, sagte Saffar brutal.

»Sie haben natürlich recht, gnädiger Herr, aber erlauben Sie uns doch, zuerst die List zu versuchen«, bat Scarpante.

»Still!« sagte Yarhud, »dort kommt jemand.«

Zwei Männer hatten den Hof betreten. Der eine war Kidros, der Verwalter der Karawanserei, der andere mußte, nach Auftreten und Sprechweise zu urteilen, ein vornehmer Herr sein.

Saffar, Scarpante und Yarhud zogen sich in eine dunkle Ecke des Hofes zurück. In ihrem Versteck konnten sie das ganze Gespräch bequem mit anhören, zumal der Herr laut und in befehlendem Tone sprach.

Der Fremde war Kurde, und er wurde mit dem Namen Yanar angeredet.

Das alte Assyrien und das alte Medien, gebirgige Gegenden, die dem asiatischen Kontinent angehören, werden von modernen Geographen Kurdistan genannt. Je nach den Grenzen zum Nachbarland hin spricht man vom türkischen und vom persischen Kurdistan. Das türkische Kurdistan, zu dem auch Bagdad gehört, hat allein mehrere hunderttausend Einwohner.

Seigneur Yanar gehörte zum Stamm der türkischen Kurden. Er war am Vorabend mit seiner Schwester, der edlen Sarabul, in der Karawanserei von Rissar eingetroffen.

Yanar und seine Schwester hatten ihren Wohnsitz in Mossul schon vor zwei Monaten verlassen. Seither befanden sie sich auf einer Vergnügungsreise, und ihr nächstes Ziel hieß Trapezunt.

Die ›edle‹ Sarabul, wie man sie in ihrer Heimat nannte, war schon zum dritten Male Witwe geworden, obwohl sie erst zweiunddreißig Jahre zählte. Die immer noch recht ansehnliche, wenn nicht sogar hübsche Dame war aber durchaus bereit, sich durch einen vierten Gatten über den Verlust seiner drei Vorgänger hinwegtrösten zu lassen. Dieser Wunsch ließ sich aber nicht so leicht in die Tat umsetzen, denn trotz ihres Reichtums und ihrer vornehmen Herkunft verschreckte Sarabul jeden neuen Bewerber durch ihr ungestümes kurdisches Temperament. So hatte schließlich ihr Bruder Yanar, Beschützer und Leibwächter zugleich, eine ausgedehnte Reise vorgeschlagen – denn was kann nicht alles auf Reisen geschehen! Und so kam es, daß sich das kurdische Geschwisterpaar im Augenblick in der Karawanserei von Rissar aufhielt.

Der Seigneur Yanar war fünfundvierzig Jahre alt. Seine ungeduldige Miene, um nicht zu sagen, seine wild-drohenden Züge, ließen auf einen Typ schließen, der schon mit gerunzelten Brauen als reiner Kampfhahn geboren wird. Mit seiner Adlernase, den tiefliegenden Augen, dem kahlgeschorenen Schädel und dem mächtigen Schnurrbart entsprach er eher dem armenischen Typus. Zu seinem furchteinflößenden Anblick trug seine Aufmachung nicht wenig bei; denn in seinem breiten Wollshawl, der als Gürtel um die Taille gewunden war, steckte neben einem Krummschwert, dem Yatagan, ein ganzes Arsenal von Pistolen und Dolchen. Über seinem Rock mit weiten geschlitzten Ärmeln trug er eine goldgestickte Weste, und sein Haupt krönte ein hoher Filzhut, um den ein Stück scharlachrote Seide drapiert war.

Kidros, der Herr der Karawanserei, sprach zu Yanar voller Ehrerbietung oder, genauer gesagt, wie ein Mann, der in die Mündung einer geladenen Pistole schaut.

»Seigneur Yanar, ich versichere Ihnen noch einmal, daß der

Richter heute nacht hier eintreffen wird«, sagte Meister Kidros und unterstrich jedes Wort durch eine Handbewegung. »Morgen früh beginnt dann sofort die Untersuchung des Falles.«

»Meister Kidros, Sie sind verantwortlich für die Sicherheit Ihrer Gäste, und Allah soll Sie erwürgen, wenn Sie dieser Pflicht nicht nachkommen«, sagte Yanar in barschem Ton.

»Gewiß, Seigneur Yanar, gewiß!«

»Was heißt gewiß? Tatsache ist, daß in der letzten Nacht irgendwelches Gesindel versucht hat, in das Zimmer meiner Schwester einzudringen.«

Yanar zeigte auf eine der offenen Türen im rechten Flügel der Hofmauer.

»Diese Schurken!« rief Meister Kidros.

»Und wir werden Ihre Karawanserei nicht eher verlassen, als bis die Täter gefangen, verurteilt und gehenkt sind.«

Meister Kidros war, um die Wahrheit zu sagen, nicht sehr überzeugt, daß der Diebstahlsversuch wirklich stattgefunden hatte. Nur eines stand fest: Die ungetröstete Witwe war aus irgendeinem Grunde nachts erwacht und mit Zetermordiogeschrei aus dem Zimmer gestürzt. Ihr Lärm hatte alle anderen Gäste aus dem Schlaf gerissen und natürlich die Einbrecher, falls es welche gab, in die Flucht geschlagen.

Scarpante lauschte dem Gespräch mit gespitzten Ohren. Wer weiß, ob sich aus der Geschichte nicht irgendein Vorteil schlagen ließ!

Doch der Seigneur Yanar hatte seine Rede noch nicht beendet. »Vergessen Sie nicht, wir sind Kurden!« sagte er mit Nachdruck. »Wir sind Kurden aus Mossul, der herrlichen Hauptstadt Kurdistans, und ein Kurde nimmt Rache, wann immer ihm Schaden zugefügt wurde.«

»Welchen Schaden meinen Sie denn?« fragte Meister Kidros, wich aber vorsichtshalber einen Schritt zurück.

»Welchen Schaden?« rief Yanar empört.

»Nun ja, Seigneur Yanar ... ich meine ... es ist doch nichts gestohlen worden aus dem Zimmer Ihrer edlen Schwester ... wenn auch kein Zweifel besteht, daß Verbrecher dort eingedrungen sind.«

»Nichts ist gestohlen worden ... und warum wohl? Weil meine mutige edle Schwester mit der Pistole ebenso geschickt umgeht wie mit dem Yatagan.«

»Ja, und dann haben die Diebe die Flucht ergriffen.«

»Das war ja auch ihr Glück, Meister Kidros. Die tapfere edle Sarabul hätte auf jeden Fall alle beide umgebracht, wären es zwei gewesen ... und auch vier von vieren. Heute abend bleibt sie jedenfalls bewaffnet ... und ich auch. Wehe dem Burschen, der es wagt, sich ihrem Zimmer zu nähern!«

»Aber diese Vorsicht ist gewiß überflüssig, Seigneur Yanar«, sagte Kidros beschwichtigend. »Die Diebe, sofern es sich um Diebe handelte, haben längst das Weite gesucht, und sie würden kaum zurückkehren, um...«

»Höre ich richtig? Sie zweifeln an der Existenz dieser Diebe?«

»Vielleicht ... vielleicht waren es nur ein paar unverschämte Burschen, von denen einer ... nun ja, von denen einer den Reizen Ihrer edlen Schwester erlegen war und versuchte...«

»Bei Mohammed, die Ehre einer Kurdin sollte also auf dem Spiel stehen?« schrie Yanar und legte die Hand an den Dolch. »Oh nein, dann genügt keine Einkerkerung! Selbst der Pfahl ist mir zu wenig für den Schurken! Der Verbrecher verdient die furchtbarste aller Todesarten ... es sei denn, er wäre reich genug und in der Lage, sein Verbrechen wieder gutzumachen.«

»So beruhigen Sie sich doch, Seigneur Yanar!« flehte Meister Kidros. »Die Untersuchung wird gewiß zur Verhaftung der Übeltäter führen. Ich selbst habe den Richter in Trapezunt von Ihrem Fall unterrichtet. Er versicherte mir, daß er ein untrügliches Mittel kenne, um den Schuldigen zu entdecken.«

»Und das wäre?«

»Er hat es mir nicht verraten, war aber seiner Sache ganz sicher.«

»Das werden wir ja morgen früh sehen. Auf jeden Fall lege ich mich bewaffnet zu Bett.«

Mit diesen Worten zog sich der Seigneur Yanar zurück. Ehe er sein Zimmer betrat, das neben dem Schlafgemach der edlen Sarabul lag, wendete er sich noch einmal zum Innenhof um.

»Man scherzt nicht ungestraft mit der Ehre einer Kurdin!« rief er mit schrecklicher Stimme und schüttelte die hocherhobene Faust. Dann schloß sich endlich die Tür hinter dem furchterregenden Mann.

Meister Kidros seufzte erleichtert auf.

»Wir werden ja sehen, was an der Geschichte wahr ist«, sagte er leise vor sich hin. »Waren es wirklich Diebe, haben sie jedenfalls gut daran getan, das Weite zu suchen.«

Inzwischen war Scarpante wieder zu Yarhud und dem Seigneur Saffar zurückgekehrt. Mit leiser, eindringlicher Stimme sprach er auf die beiden Männer ein.

»Jetzt sehe ich einen Weg«, begann er.

»Nämlich?« fragte der Seigneur Saffar ungeduldig.

»... diesem Ahmet eine Geschichte anzuhängen, die ihn mehrere Tage in Trapezunt zurückhalten und vielleicht sogar von seiner Verlobten trennen wird.«

»Gut ... aber wenn dein Anschlag mißlingt?«

»... gebrauche ich Gewalt.«

In diesem Augenblick bemerkte Meister Kidros die drei Männer. Er kam näher und fragte nach ihren Wünschen.

»Wir warten noch auf andere Reisende, die jeden Augenblick hier eintreffen müssen«, sagte Scarpante.

Draußen vor dem Tor wurde es laut. Offenbar war eine Karawane angekommen.

»Das sind sicher Ihre Freunde«, sagte Meister Kidros und ging hinaus vor das Tor.

Scarpante folgte ihm und musterte die Neuankömmlinge.

»Ist das dieser Ahmet mit seinen Leuten?« fragte er Yarhud, der sich hinter seinem Rücken verbarg.

»Ja«, flüsterte der Kapitän und wich schnell zurück, um nicht erkannt zu werden.

»Sie sind es?« fragte nun auch der Seigneur Saffar.

Saffar und Yarhud schlüpften lautlos hinaus

»Ja«, versicherte Yarhud. »Der junge Mann dort ist Ahmet, der Verlobte des Mädchens ... da kommt sie selbst ... und jetzt ihre Dienerin, die beiden da sind die Diener ... und jetzt hören Sie schon die Stimme des Seigneur Keraban ...«

»Keraban?« rief Saffar in ungläubigem Ton und stürzte auf das Eingangstor zu.

»Was ist Ihnen, Seigneur Saffar?« fragte Scarpante überrascht. »Warum regt Sie der Name Keraban so auf?«

»Keraban! Er ist es wahrhaftig! Der Kerl, der mir den Weg versperrt hat!«

»Er kennt Sie?«

»Ja ... und es wäre ein Leichtes, hier unsere Auseinandersetzung zu Ende zu bringen und den Burschen verhaften zu lassen.«

»Dann bliebe immer noch der Neffe übrig«, sagte Scarpante.

»Ich kann mich des Neffen ebenso leicht wie des Onkels entledigen«, entgegnete Saffar kaltblütig.

»Nein, nein, keinen Lärm ... nicht erst Aufsehen erregen!« mahnte Scarpante. »Glauben Sie mir, Seigneur Saffar, dieser Keraban ahnt nicht im geringsten, daß Sie hier sind. Und er darf vor allem nicht wissen, daß Selims Tochter in Ihrem Auftrage entführt wurde. Wir könnten sonst das Spiel verlieren.«

»Meinetwegen«, sagte Saffar. »Ich ziehe mich zurück und verlasse mich auf deine Geschicklichkeit. Sieh zu, daß du zum Ziele kommst!«

»Das verspreche ich Ihnen, Seigneur Saffar ... wenn Sie mich nur frei handeln lassen. Kehren Sie noch heute abend nach Trapezunt zurück!«

»Ich fahre sofort ab.«

»Und du verschwindest auch, Yarhud«, sagte Scarpante. »Die Leute kennen dich; du darfst ihnen nicht begegnen.«

»Da kommen sie schon«, flüsterte Yarhud.

»Verschwinde! Verschwinde doch endlich!« rief Scarpante und stieß den Kapitän zurück.

»Aber wie kommen wir hinaus, ohne gesehen zu werden?« flüsterte der Seigneur Saffar zurück.

»Hier hinaus!« rief Scarpante leise und öffnete ein Pförtchen, das in die Mauer zur Linken eingelassen war und ins Freie führte.

Saffar und der Kapitän schlüpften lautlos hinaus.

»Das war höchste Zeit!« sagte Scarpante erleichtert. »Aber nun heißt es: Augen auf und ans Werk!«

Siebentes Kapitel

in welchem der Leser die einfallsreichen Untersuchungsmethoden

des Richters von Trapezunt kennenlernt

Keraban und seine Begleiter hatten zunächst die Araba samt ihrem Gespann und die Reittiere in den Ställen vor der Karawanserei untergebracht. Nun wurden die Gäste von Meister Kidros unter zahlreichen Verbeugungen in den Innenhof geleitet. Seine Laterne, die den weiten Platz nur schwach erhellte, hatte der Wirt in einer Hofecke abgestellt.

»Bitte, treten Sie ein«, bat er höflich. »Willkommen in der Karawanserei von Rissar!«

»Und nach Trapezunt sind es nur zwei Meilen?« fragte Keraban.

»Zwei Meilen.«

»Gut. Lassen Sie die Pferde ordentlich versorgen. Wir fahren weiter, sobald es hell wird.«

Keraban entließ Meister Kidros und wendete sich Ahmet zu, der Amasia gerade zu einer Bank geführt hatte.

»Sieh einer an, seit mein Herr Neffe die Kleine wiedergefunden hat, überläßt er mir seelenruhig die Sorge um unser Unterkommen!« rief Keraban gutgelaunt.

»Das gehört sich auch so für einen Onkel«, meinte Nedjeb scherzhaft.

»Ach bitte, lieber Onkel, verzeih meine Nachlässigkeit«, bat Ahmet.

»Nun ja, ich klage doch über niemanden«, meinte Keraban gutmütig, »nicht einmal über unseren holländischen Freund, obwohl er die Absicht hatte, mich mitten auf der Reise im Stich zu lassen!«

»Bitte, sprechen wir nicht mehr davon«, sagte Van Mitten rasch, »ich schlage vor, wir legen uns jetzt zur Ruhe.«

»Fragt sich nur, ob man hier Ruhe findet«, brummte Bruno, dessen Laune während der letzten Tage nicht gerade besser geworden war.

Scarpante hatte von seinem Versteck aus die Gespräche Kerabans und seiner Gefährten belauscht. Er wartete gespannt auf einen günstigen Augenblick, um mit der Ausführung seines Planes beginnen zu können.

Keraban wendete sich noch einmal an Meister Kidros.

»In welchem Zimmer werden die beiden Mädchen schlafen?« fragte er.

»Gleich hier«, antwortete der Wirt und wies auf eine Tür zur Linken.

»Dann wünsche ich gute Nacht, meine Kleine. Und Allah schenke dir süße Träume!«

»So wie Ihnen, lieber Onkel«, entgegnete Amasia. »Auf Wiedersehen morgen früh, Ahmet! Nun komm, Nedjeb!«

»Ich komme, teure Herrin ... und ich weiß auch schon, wovon wir mindestens noch eine Stunde lang plaudern werden«, sagte die schlaue Nedjeb.

Die beiden Mädchen zogen sich in ihre Kammer zurück.

»Und wo bringen wir diese wackeren Burschen unter?« fragte Keraban und wies auf die Diener.

»In einem Raum an der Außenfront. Ich werde sie gleich hinbringen.«

Die beiden ›wackeren Burschen‹ waren höchst erschöpft und froh, daß sie sich zurückziehen durften.

»Jetzt ... oder nie!« sagte Scarpante leise vor sich hin.

Keraban, Van Mitten und Ahmet warteten auf die Rückkehr des Wirtes. Der Starrkopf war ganz zufrieden. Alles hatte sich nach Wunsch gestaltet, und er durfte hoffen, zum geplanten Termin in Scutari zu sein. Er freute sich heute schon auf die langen Gesichter der ottomanischen Beamten. Und Ahmet, der ungeduldige Ahmet würde endlich seine Amasia heiraten können. Van Mitten, nun ja, für Van Mitten wäre die Rückkehr eben eine Rückkehr, sonst nichts.

Doch zunächst einmal wurde Keraban schon wieder ungeduldig. »Vergißt uns der Wirt? Wo sollen wir denn schlafen?«

Da war Scarpantes Augenblick gekommen. Er trat aus seinem Versteck, verbeugte sich und sagte, als sei er ein Hausdiener:

»Darf ich Ihnen die Zimmer für den Seigneur Keraban und seine Begleiter zeigen?«

»Ja, wir warten darauf!«

»Bitte, hier ... nach rechts!«

Scarpante öffnete die Tür zu dem Gang, an dem die Zimmer Yanars und der edlen Sarabul lagen.

»Kommt, Freunde!« rief Keraban und stieß geräuschvoll die Tür auf.

Die drei Herren traten in den Gang, aber sie kamen nicht einmal mehr dazu, die Tür zu schließen.

Gellendes Geschrei, wildes Gerenne und eine fürchterliche weibliche Stimme, der sich gleich noch eine ebenso schreckliche männliche zugesellte, ließen die Eintretenden vor Schreck erstarren.

So schnell sie konnten, flohen Keraban und seine Freunde. Da gingen schon überall die Türen auf, und aus allen Zimmern quollen Reisende in den Hof. Amasia und Nedjeb stürzten ins Freie, Nizib und Bruno kamen angelaufen, und mitten aus dem Gewimmel aufgeregter Menschen ragte die drohende Gestalt des schrecklichen Yanar. Zu allerletzt kam eine Frauengestalt aus dem Gang herausgestürzt, den Keraban und seine Gefährten so unklugerweise betreten hatten.

»Diebe! Mörder! Unholde!« schrie die erregte Dame.

Es war natürlich die edle Sarabul, das weibliche Ebenbild des furchtbaren Yanar. Zu der großen kräftigen Gestalt paßten das herrische Gebaren, der gebieterische Zug um die Lippen, die zwei herrliche Zahnreihen freigaben, der lebhafte Augenausdruck und das prachtvolle rabenschwarze Haar.

Die Kurdin war übrigens vollkommen angekleidet. Sie hatte offenbar in ihrem Zimmer auf das Erscheinen irgendwelcher Eindringlinge gewartet. Wie ihr Bruder trug sie im Gürtel ein

»Darf ich Ihnen die Zimmer zeigen?«

damasziertes Pistolenpaar und einen Yatagan in grüner Lederhülle. Auch Sarabuls Überkleid war goldbestickt, und ihren Fez schmückten, außer einem herabhängenden ›Puskul‹, ebenfalls leuchtend-bunte Seidentücher. Der untere Teil ihrer orientalischen Beinkleider steckte in roten Lederstiefeln. Orient-Reisende behaupten gelegentlich, die kurdische Frau sähe aus wie eine Wespe! Sie mögen sogar recht haben. Zumindest sprach der Aufzug der edlen Sarabul keineswegs gegen diese Behauptung. Und wenn sie schon eine Wespe war, dann hatte sie bestimmt einen besonders giftigen Stachel!

»War für ein Weib!« flüsterte Van Mitten.

»Und was für ein Mann!« setzte Keraban hinzu und zeigte auf den Seigneur Yanar.

Und da begann der fürchterliche Kurde schon zu brüllen:

»Wieder ein Attentat! Verhaftet die Leute! Verhaftet allesamt!«

»Ganz stillbleiben!« flüsterte Ahmet seinem Onkel zu. »Ich fürchte, der Aufruhr gilt uns.«

»Pah! Wer hat uns denn gesehen? Niemand!« sagte Keraban.

»Was ist denn geschehen, Ahmet?« fragte Amasia und drängte sich an die Seite ihres Verlobten.

»Nichts, Amasia, gar nichts«, erwiderte Ahmet ruhig.

Im gleichen Augenblick trat Meister Kidros aus dem großen Tor im Hintergrund des Hofes.

»Sie kommen gerade zur rechten Zeit, Herr Richter!« rief er.

Tatsächlich war der Richter aus Trapezunt im selben Moment in der Karawanserei eingetroffen, um schon bei Morgengrauen mit seinen Untersuchungen zum Fall der edlen Sarabul beginnen zu können. Er wurde von einem Gerichtsdiener begleitet, der auf der Schwelle stehenblieb.

»Was höre ich? Die Schurken haben ihr Bubenstück wiederholt?« rief der Richter.

»Es sieht so aus, Herr Richter«, entgegnete Meister Kidros.

»Lassen Sie alle Tore und Türen der Karawanserei schließen!« befahl der Beamte mit strenger Stimme. »Niemand darf ohne meine Erlaubnis hinausgehen.«

Die edle Sarabul kam herausgestürzt

Der Befehl wurde umgehend ausgeführt, so daß sich alle Reisenden zunächst als Gefangene betrachten mußten, denen die Karawanserei als Haftort zugewiesen war.

»Herr Richter, ich verlange die sofortige Bestrafung der Schurken, die es gewagt haben, zweimal eine wehrlose Frau zu überfallen«, begann die edle Sarabul.

»Eine Kurdin, nicht nur irgendeine Frau...«, setzte ihr Bruder hinzu und schüttelte drohend die Faust.

Scarpante verfolgte die Szene mit höchster Spannung.

Der Richter, ein spitznasiger Mann mit stechenden Augen, tat sein Bestes, alle im Hof befindlichen Personen scharf zu mustern, ein schwieriges Unternehmen, da das weite Viereck nur von einer einzigen Laterne erhellt wurde. Schließlich wendete er sich an die vornehme Klägerin.

»Sie behaupten also, daß in der vergangenen Nacht Einbrecher in Ihr Zimmer eindringen wollten.«

»Das behaupte ich.«

»Ferner behaupten Sie, daß dieselben Verbrecher den Versuch heute wiederholt haben.«

»Dieselben Schurken ... oder andere.«

»Wann war das?« – »Vor wenigen Minuten.«

»Würden Sie die Männer wiedererkennen?«

»Nein. Mein Zimmer war dunkel und der Hof ebenfalls. Ich konnte die Gesichter nicht erkennen.«

»Waren es mehrere Männer?«

»Das weiß ich nicht.«

»Wir werden es gleich herausbekommen, Schwester!« schrie der Seigneur Yanar. »Gleich haben wir die Schurken, und dann ... wehe ihnen!«

»Wir haben nichts zu fürchten. Niemand hat uns gesehen«, flüsterte Keraban seinem holländischen Freunde rasch zu.

»Hoffentlich«, sagte Van Mitten besorgt. »Mit diesen kurdischen Teufeln ist nicht zu spaßen.«

Der Richter spazierte indessen auf und ab. Sehr zum Mißfallen der Kläger schien er sich noch nicht recht schlüssig zu sein.

»Herr Richter«, mahnte die edle Sarabul, »wollen Sie der Gerechtigkeit nicht endlich zum Siege verhelfen? Habe ich als Untertanin des Sultans nicht Anspruch auf den Schutz der Gesetze? Wie? Eine Frau meines Standes könnte das Opfer eines so schimpflichen Verbrechens werden, und die Täter dürften ungestraft entkommen?«

»Ist diese Kurdin, in ihrer Art, nicht ein prächtiges Weib?« meinte Keraban voll ehrlicher Bewunderung.

»Prächtig ... und furchterregend«, war Van Mittens Urteil.

»Was werden Sie beschließen, Herr Richter?« fragte Yanar.

»Lichter her ... bringt Fackeln! Dann will ich doch sehen, ob ich die Schurken nicht erkenne!« rief die edle Sarabul dazwischen.

»Ganz unnötig«, sagte der Richter lakonisch. »Ich verbürge mich dafür, daß ich die Schurken finde.«

»Ohne Licht?«

»Ohne Licht.«

Der Richter machte seinem Diener ein Zeichen, der Mann nickte und verschwand durch die Hintertür des Hofes.

»Ich weiß nicht, warum mir die Geschichte ganz unheimlich wird«, raunte Van Mitten seinem Freund Keraban ins Ohr.

Im Hof breitete sich Totenstille aus.

Dennoch spürte man, daß jeder mit Neugier den Ausgang der Geschichte erwartete.

»He, Richter, wie zum Teufel wollen Sie in dieser Finsternis die Kerle erkennen?« fragte Yanar noch einmal.

»Gar nicht«, antwortete der Richter. »Das besorgt ein Tier, ein sehr kluges Tier, das mir schon oft gute Dienste geleistet hat.«

»Ein Tier?« rief die edle Sarabul.

»Ein Tier ... eine höchst pfiffige Ziege, die den Schuldigen mit Sicherheit herausfinden wird, sofern er noch hier ist. An seiner Anwesenheit hege ich kaum Zweifel, denn die Karawanserei ist ja seit dem Augenblick des Verbrechens abgeriegelt.«

»Welch ein Narr!« knurrte Keraban.

Tatsächlich erschien jetzt der Gerichtsdiener mit einer Ziege. Er zerrte das Tier an den Hörnern bis in die Hofmitte.

Es war eine der hübschen kaukasischen Wildziegen, in deren Wiederkäuermagen häufig der Bezoarstein, eine harte Absonderung, gefunden wird, dem man im Orient heilkräftige Eigenschaften zuschreibt.

Das Tier, dem der Richter so hohe Intelligenz zutraute, war nur mittelgroß. Ein schwarzer Fleck auf Stirn und Kinn und die dunkle Rückgratlinie hoben sich scharf von dem weißen Fell ab. Die ›Prophetin‹ legte sich anmutig im Sand nieder und betrachtete die versammelte Gemeinde aus boshaften Augen.

»So ein hübsches Tier!« rief Nedjeb.

»Was der Richter wohl vorhat?« fragte Amasia.

»Sicher irgendeine Zauberei«, meinte Ahmet. »Und ganz bestimmt fallen diese Dummköpfe auf den Spuk herein.«

Keraban war derselben Ansicht. Er wagte sogar, verächtlich mit den Achseln zu zucken, während sein holländischer Freund die Vorbereitungen des Verfahrens mit Unbehagen betrachtete.

»Sehe ich richtig? Dieses Tier soll den Schuldigen entdecken?« fragte die edle Sarabul ungläubig.

»Ja, diese Ziege.«

»Und sie wird ein Zeichen geben?«

»Zweifellos.«

»Wie soll das zugehen?« fragte Yanar, der, als echter Kurde, durchaus geneigt war, dieser Hexerei zuzustimmen.

»Ganz einfach«, sagte der Richter. »Jeder der Anwesenden wird einzeln die Hand auf den Rücken der Ziege legen. Sowie das Tier die Hand des Schuldigen spürt, beginnt es zu meckern.«

»Der Bursche ist ein Jahrmarktsscharlatan«, murmelte Keraban.

Die edle Sarabul wollte noch Einwände erheben.

»Aber, Herr Richter, noch nie hat ein Tier, ein einfaches Tier...«

»Warten Sie es nur ab!«

»Warum auch nicht?« warf Yanar ein. »Obwohl ich als Angeklagter nicht in Frage komme, will ich mit gutem Beispiel vorangehen und als erster die Probe machen.«

»Ich mache als erster die Probe«, sagte Yanar

Er schritt auf die Ziege zu und ließ seine Hand vom Kopf des Tieres über den Rücken bis zum Schwanz gleiten.

Die Ziege blieb stumm.

»Der nächste!« rief der Richter.

Und einer nach dem anderen folgte dem Beispiel des Seigneur Yanar. Offenbar waren sie alle unschuldig, denn die Ziege gab keinen Meckerlaut von sich.

Achtes Kapitel

welches für Jan Van Mitten einen unerwarteten Ausgang nimmt

Während die Probe ihren Fortgang nahm, zog Keraban seinen Freund und seinen Neffen beiseite und sprach heftig auf sie ein.

»Wahrhaftig, liebe Freunde, dieser Hexenmeister ist der größte Dummkopf der Welt!«

»Und weshalb?« fragte der Holländer.

»Weil den Schuldigen – oder auch die Schuldigen – nichts daran hindert, der Ziege nur scheinbar über den Rücken zu streichen. Der Richter hätte für die Probe wenigstens helles Licht verlangen sollen. Dann wäre ein Betrug schon schwieriger. Im Dunkeln ... das ist doch der Gipfel der Dummheit!«

»Sie haben recht, lieber Freund«, bestätigte Van Mitten.

»Ich werde jedenfalls nur so tun, als ob ich dem Tier über den Rücken streiche«, fuhr Keraban fort. »Und ich rate euch, folgt meinem Beispiel.«

»Aber, lieber Onkel, du weißt doch genau, daß das Tier ebensogut bei einem Unschuldigen wie bei einem Schuldigen meckern kann, ganz gleich, ob es nun gerade gestreichelt wird oder nicht.«

»Natürlich, lieber Neffe. Aber so einen Dummkopf von einem Richter muß man einfach überlisten. Ich werde sein Tier nicht anrühren und bitte euch, dasselbe zu tun.«

»Aber Onkel...«

»Keine Widerrede mehr!«

»Aber, wenn ich...«, begann der Holländer.

»Wenn Sie so dumm sind, die Ziege zu berühren, werde ich es Ihnen niemals verzeihen«, fuhr Keraban dazwischen.

»Also gut. Ich werde die Ziege nicht berühren, um Sie nicht zu erzürnen. Es ist ja auch egal. Im Dunkeln sieht ohnehin niemand, was wir tun.«

Die meisten Reisenden hatten die Probe inzwischen bestanden. Der Schuldige war noch immer nicht entdeckt.

»Jetzt sind wir an der Reihe«, sagte Nizib zu Bruno.

Nacheinander streichelten sie die Ziege, die wieder keinen Laut von sich gab.

»Ihre Ziege taugt nichts!« sagte die erboste Sarabul zum Richter.

»Das Ganze ist wohl ein Scherz?« knurrte Yanar. »Der Kerl soll sich hüten, mit einem Kurden Scherz zu treiben!«

»Geduld!« mahnte der Richter und blinzelte spöttisch in die Runde. »Wenn die Ziege noch nicht gemeckert hat, ist der Schuldige eben noch nicht an der Reihe gewesen.«

»Teufel nochmal! Jetzt sind wir ganz allein übrig«, flüsterte Van Mitten seinem türkischen Freund zu. Er war wider Willen beunruhigt.

»Wir sind an der Reihe«, sagte Ahmet.

»Ich gehe als erster«, verkündete Keraban.

Beim Vortreten beschwor er seinen Neffen und den Freund noch einmal, das Tier ja nicht anzufassen. Dann streckte er die Hand aus und ließ sie über den Rücken der Ziege gleiten, ohne jedoch das Fell zu berühren.

Alles blieb still.

»Das klappt gut«, sagte Ahmet, schritt vor und ahmte das Beispiel seines Onkels nach.

Wieder schwieg die Ziege.

Nun war die Reihe an Van Mitten. Er ging auf die Prophetin zu, die ihn von unten her schief anblickte. Um Keraban nicht zu erzürnen, ließ er seine Hand in einem kleinen Abstand über den Rücken der Ziege gleiten.

Wieder ertönte kein Meckern.

Oh- und Ah-Geschrei erfüllte den Hof.

»Eure Ziege ist erzdumm!« brüllte der stimmgewaltige Yanar.

»Ja, erzdumm!« kreischte seine edle Schwester. »Sie hat den Schuldigen nicht erkannt, obwohl er hier im Hof sein muß.«

Alle starrten den Richter an, dessen boshafte Augen wie Karfunkelsteine in der Dunkelheit blitzten.

Keraban wendete sich an den Beamten.

»Ihre Untersuchungen sind wohl hiermit abgeschlossen, und Sie werden uns kaum daran hindern wollen, zur Ruhe zu gehen«, sagte er in etwas sarkastischem Ton.

»Das darf nicht sein!« heulte die empörte Sarabul. »Hier ist ein Verbrechen begangen worden...«

»Aber Sie werden anständige Leute kaum daran hindern können, schlafen zu gehen, wenn ihnen danach zumute ist, verehrte Dame«, sagte Keraban ein wenig spitz.

»In welchem Ton sprechen Sie denn mit uns, Herr Türke!« rief Yanar sofort dazwischen.

»In einem Ton, der der Situation angemessen ist, Herr Kurde.«

Scarpante, der schon alle Hoffnung aufgegeben hatte, sah mit Befriedigung, daß Keraban und Yanar in einen heftigen Streit gerieten.

Eben wollte sich Ahmet zur Unterstützung seines Onkels in das Rededuell einmischen, doch da erhob der Richter gebieterisch die die Stimme.

»Alle im Kreis aufstellen! Und Lichter bringen!« befahl er.

Vier Hausdiener brachten Fackeln, die den Hof sofort hell erleuchten.

»Heben Sie die rechte Hand!« rief der Richter.

Augenblicklich fuhren sämtliche rechten Hände in die Höhe. Alle waren am Ballen und an den Fingern schwarz gefärbt – nur nicht die der Herren Keraban, Ahmet und Van Mitten.

Blitzschnell zeigte der Richter auf die drei Unglücklichen.

»Das sind die Schuldigen!« verkündete er.

»Wir?« rief Keraban.

»Wir?« rief der Holländer ganz verwirrt.

»Ja ... dort stehen die Schuldigen. Ob die Ziege sie herausgefunden hat oder nicht, spielte keine Rolle. Aber in ihrem Schuldbewußtsein haben die Verbrecher nicht gewagt, den Rücken des Tieres zu berühren. Und der war rußgeschwärzt! Die Schuldigen haben sich selbst überführt!«

Der scharfsinnige Richter wurde mit beifälligem Gemurmel bedacht. Keraban und seine Gefährten ließen die Köpfe hängen.

Und nun trat der Seigneur Yanar an die vermeintlichen Übeltäter heran und sagte drohend:

»Das sind also die Burschen, die schon in der letzten Nacht...«

»Oh, in der vergangenen Nacht waren wir ja noch zehn Meilen vor Rissar«, warf Ahmet ein.

»Wer soll das beweisen?« sagte der Richter. »Tatsache ist, daß Sie versucht haben, in das Gemach der edlen Dame einzudringen.«

»Aber doch nur aus Versehen!« rief Keraban wutentbrannt. »Wir sind irrtümlich in diesen Gang geraten ... ja nicht einmal irrtümlich! Ein Hausdiener hat uns dorthin gewiesen.«

»Ein Hausdiener! Daß ich nicht lache«, sagte Yanar ironisch.

»Jawohl, und er hat uns irrtümlich das Zimmer der Dame angewiesen.«

»Faule Ausreden!« schrie der Richter.

»In der Falle«, seufzte Bruno, »alle in der Falle, der Onkel, der Neffe – und mein Herr obendrein.«

Diesmal verlor der sonst so unerschütterliche Keraban ganz und gar die Fassung, und er gewann sie erst recht nicht wieder, als der Richter den Befehl gab, die ›Schuldigen‹ ins Gefängnis abzuführen.

»Ins Gefängnis?« rief er entsetzt.

»Ja ... ins Gefängnis!« wiederholte der furchtbare Yanar.

»Ins Gefängnis ... ins Gefängnis!« schrien auch gleich alle Zuschauer im Chor.

Scarpante konnte sich zu der Wendung der Dinge wahrhaftig beglückwünschen. Keraban, Van Mitten und Ahmet kamen hinter Schloß und Riegel, die Hochzeit war verzögert, und Amasia blieb schutzlos zurück. Die geplante Entführung konnte ungehindert noch einmal in Szene gesetzt werden.

Ahmet vermochte seinen Zorn auf den halsstarrigen Onkel kaum zu verhehlen. War es nicht allein Kerabans Schuld, daß sie die Ziege nicht gestreichelt hatten, nur, weil der alte Starrkopf den listigen Richter noch übertrumpfen wollte!

Wir müssen allerdings zugeben, daß Keraban diesmal mit sich

»Ins Gefängnis!« schrien die Zuschauer

selbst haderte. So nahe am Ziel ... und nun sollte er kostbare Zeit im Gefängnis vergeuden und vielleicht noch das Vermögen des Neffen aufs Spiel setzen!

Van Mitten wagte kaum, seinem Diener ins Gesicht zu schauen. Er trat verlegen von einem Bein aufs andere und wäre am liebsten im Erdboden versunken. In Brunos Augen las er den stummen Vorwurf, daß er nun doch in sein schon lange prophezeites Unglück gelaufen sei.

Aber seinem Freunde Keraban konnte er diesmal einen Vorwurf nicht ersparen.

»Warum mußten Sie uns auch überreden, das unschuldige Tier nicht zu berühren!« sagte er traurig, und zu seiner Verblüffung blieb ihm Keraban die Antwort schuldig.

Der Ruf ›Ins Gefängnis‹ schallte immer lauter, und am allerlautesten schrie natürlich Scarpante.

»Ja, schafft sie fort, alle drei ... falls sich nicht einer selbst als schuldig bekennt!« warf die edle Sarabul ein. Offenbar wollte sie doch nicht, daß vielleicht zwei Unschuldige für einen Übeltäter mitbüßen sollten.

»Die Dame hat recht«, sagte der Richter. »Nun, wer von Ihnen hat also versucht, in das bewußte Zimmer einzudringen?«

Die drei Angeklagten sahen einen Augenblick unentschlossen drein. Aber dann bat Keraban den Richter um kurze Zeit für eine Aussprache mit seinen Freunden, was ihm zugestanden wurde. Die drei Herren traten kurz beiseite.

»Es ist wohl selbstverständlich, daß einer von uns die Schuld auf sich nimmt«, begann Keraban. »Schlimm kann die Geschichte ohnehin nicht werden.«

Jan Van Mitten horchte auf. Eine trübe Ahnung hatte in beschlichen. Und tatsächlich sagte Keraban auch schon:

»Die Wahl ist nicht schwer. Ahmet muß in Kürze in Scutari sein, um seinen Ehekontrakt zu unterzeichnen. Ich selbst werde als Zeuge ebenfalls benötigt. Sie sehen also, lieber Freund, daß nur Sie sich opfern können. Ich darf wohl hoffen, daß Sie nicht widersprechen werden.«

»Ich? … Der Schuldige?«

»Ja, Sie müssen sich natürlich selbst anklagen. Was riskieren Sie schon? Ein paar lächerliche Hafttage. Und seien Sie unbesorgt. Wir werden Sie schon aus dem Gefängnis befreien.«

Van Mitten hatte das Gefühl, daß man recht eigenmächtig über seine Person verfügte. Aber da verlegte sich auch schon Ahmet aufs Bitten.

»Lieber Herr Van Mitten, es muß sein! Ich flehe Sie an … auch in Amasias Namen … Sie wollen doch sicher nicht, daß sie wegen der paar Tage ein ganzes Vermögen einbüßt!«

»Ach, tun Sie es doch, lieber Herr Van Mitten!« bat nun auch Amasia.

»Sie verlangen ernstlich, daß ich…«

»Wieder eine Dummheit, zu der sich mein Herr überreden läßt«, murmelte Bruno. Er hatte sehr schnell begriffen, was auf Jan Van Mitten zukam.

»Welch ein großmütiger Entschluß!« sagte da auch schon Keraban und schüttelte dem Opfer kräftig die Hand.

Der unglückselige Holländer wußte nicht mehr aus noch ein. Bald gab er kopfnickend seine Zustimmung, bald sagte er kopfschüttelnd nein.

Als aber schließlich die Hausdiener anrückten, um alle drei Herren gemeinsam abzuführen, riß er sich zusammen und stammelte nicht sehr überzeugend:

»So wartet doch! … Ich glaube … ich glaube, ich war der Schuldige…«

»Immer weiter so«, brummte Bruno. »Nun haben wir die Bescherung!«

»Danebengeschossen!« zischte Scarpante wütend.

»Sie waren also der Einbrecher?« sagte der Richter zu Van Mitten.

»Ich … ja. Ich…«

»Lieber Herr Van Mitten!« flüsterte Amasia dem Opfer ins Ohr.

»So ein edler Herr!« fügte Nedjeb hinzu.

Indessen warf die edle Sarabul einen prüfenden und keineswegs uninteressierten Blick auf den Mann, der sich erkühnt hatte, ihrer Person nahezutreten.

»Sie sehen gar nicht aus wie ein Dieb!« schrie nun Yanar den erschreckten Holländer an.

»Ich? Ein Dieb?« Das war selbst für Van Mittens Gleichmut zuviel. »Ich verbitte mir diesen Ausdruck. Sie haben es mit einem Kaufmann zu tun, einem Holländer aus Rotterdam!«

»Sie wollten also gar nichts...«, begann Yanar noch einmal.

»Er wollte gar nichts stehlen. Er hatte es auf meine Ehre abgesehen!« fiel ihm die Schwester ins Wort.

»Auf die Ehre einer Kurdin!« schrie Yanar und legte schon die Hand an den Yatagan.

»Dieser Holländer ist vielleicht gar nicht so übel«, sagte die edle Dame rasch und ein wenig geziert.

»Und sein ganzes Blut wird nicht ausreichen, um den Schimpf zu sühnen!« schrie Yanar.

»Bruder ... lieber Bruder, höre doch!«

»... wenn der Kerl nicht meine Schwester heiratet. Heirat oder den Tod!«

»Wie?« rief Ahmet.

»Bei Allah, schon wieder eine Komplikation!« seufzte Keraban.

»Sie weigern sich?« brüllte Yanar.

»Und ob!« erwiderte der entsetzte Van Mitten. »Ich bin doch längst verh...«

»So schweigen Sie doch!« zischte Keraban und rüttelte Van Mitten am Arm. »Kein Wort mehr! Stimmen Sie sofort zu!«

»Ich soll zustimmen? Ein verheirateter Mann? Ich ... ein Bigamist!«

»Bigamist, Trigamist, Quadrigamist ... papperlapapp, in der Türkei ist alles erlaubt! Sagen Sie endlich ja! Sie ersparen sich damit das Gefängnis. Und wir können sofort alle abreisen. In Scutari machen Sie sich aus dem Staube ... und dann, ›adieu! Frau Van Mitten Nummer Zwei!‹«

»Sie verlangen Unmögliches von mir, Freund Keraban!«

»Es muß sein ... oder alles ist verloren.«

»Es muß sein!« sagte Yanar und packte Van Mittens rechten Arm.

»Es muß sein!« hauchte die edle Sarabul und ergriff Van Mittens linken Arm.

»Wenn es sein muß«, flüsterte das Opfer, das sich nur noch mit Mühe auf den Beinen hielt.

»Gnädiger Herr, Sie werden doch nicht schon wieder nachgeben?« mahnte der entsetzte Bruno.

»Was bleibt mir weiter übrig«, erwiderte Van Mitten mit so schwacher Stimme, daß man die Worte kaum noch verstand.

»Auf denn!« schrie Yanar und gab seinem künftigen Schwager einen kräftigen Stoß.

»Und schön geradehalten!« sagte die edle Sarabul, während sie dem zukünftigen Gatten vollends auf die Beine half.

»So, wie man es vom Schwager...«

»... und vom Gatten einer Kurdin erwarten darf!«

Die doppelte Nachhilfe wirkte sofort. Van Mitten stand wieder sicher auf den Füßen, wenn auch sein Kopf noch bedenklich schwankte.

»Eine Kurdin!« flüsterte er. »Eine Kurdin... und ich, ein Bürger der Stadt Rotterdam...«

»Fürchten Sie nichts! Eine Heirat zum Lachen!« sagte ihm Keraban schnell ins Ohr.

»Solche Sachen sind nie zum Lachen«, erwiderte Van Mitten in so jämmerlichem Ton, daß seine Gefährten kaum ernst bleiben konnten.

Nedjeb machte Amasia auf das Antlitz der edlen Sarabul aufmerksam, das sichtlich heiterer geworden war.

»Bestimmt eine Witwe, die auf Männerfang war!« flüsterte die Dienerin.

»Armer Herr Van Mitten«, sagte Amasia mitleidig.

»Lieber acht Tage im Gefängnis sitzen, als acht Tage mit dieser Frau verheiratet sein«, meinte Bruno achselzuckend.

Und schon wendete sich der Seigneur Yanar an die Zuschauer und erklärte mit dröhnender Stimme:

»Die Verlobung des Seigneur Van Mitten und der edlen Sarabul wird morgen in Trapezunt in aller Feierlichkeit vollzogen.«

Das Wort ›Verlobung‹ gab Van Mitten und seinen Begleitern wieder Hoffnung. Sie wußten aber nicht, daß nach kurdischer Sitte schon die Verlobung das unlösbare Band zwischen den zukünftigen Ehegatten knüpft. Der Verlobte hat zwar noch keine besonderen Rechte, aber die Pflicht zur absoluten Treue gegenüber der Braut, die er erwählt hat ... oder die ihn erwählt hat, wie im vorliegenden Falle.

Der Seigneur Yanar unterrichtete auch gleich den Bräutigam über seine Pflichten und schloß mit der Aufforderung:

»Fahren wir nach Trapezunt ... zur Verlobungsfeier!«

»Und dann zur Trauung nach Mossul!« setzte die edle Sarabul in zärtlichem Tonfall hinzu.

Die Tore der Karawanserei wurden wieder geöffnet, und Scarpante suchte sofort den Weg ins Freie. Er kochte vor Wut und sagte drohend:

»Na schön, mit der List war es nichts ... nun also Gewalt!«

Er verschwand, ohne daß er Keraban und seinen Gefährten unter die Augen gekommen wäre.

»Armer Herr Van Mitten«, sagte Ahmet. Der niedergeschlagene Holländer tat ihm aufrichtig leid.

»Nun, ist nicht alles gut ausgegangen?« rief Keraban. »Verlobung? Das ist doch nur zum Lachen! In zehn Tagen erinnert sich niemand mehr daran!«

»Zugegeben, lieber Onkel. Aber zehn Verlobungstage mit dieser fürchterlichen Kurdin vergißt niemand so schnell!«

Fünf Minuten später lag der Hof der Karawanserei verlassen da. Die Gäste hatten sich in ihren Zimmern schlafen gelegt. Friedliche Stille senkte sich über den Schauplatz der Tragikomödie. Nur der unglückliche Hauptakteur mußte dulden, daß sein fürchterlicher neuer Schwager über seinen Schlummer wachte.

Neuntes Kapitel

in welchem Jan Van Mitten die Ehre widerfährt, durch Verlobung mit der edlen Sarabul der Schwager des Seigneur Yanar zu werden

Das alte und berühmte Trapezunt hat Anspruch auf eine Sonderstellung in der Geschichte der Welt. Die Stadtgründung fällt in das ›Weltjahr‹ 4790 und ist den Bewohnern einer milesischen Kolonie zu verdanken. Später gerät Trapezunt nacheinander in die Hände des Mithridates, des Pompejus, der Perser und der Skythen. Unter Konstantin dem Großen wird es vorübergehend christlich und dann bis zum sechsten Jahrhundert unserer Zeitrechnung wieder heidnisch. Belisar befreit es von den Eroberern, Justinian macht es reich und prächtig, es gehört den Komnenen, von denen Napoleon seine Herkunft ableitet, es ist zweihundertsechsundfünfzig Jahre lang eine Kaiserstadt und fällt um die Mitte des fünfzehnten Jahrhunderts Mohammed dem Zweiten zu. Kein Wunder also, daß Van Mitten der Begegnung mit dieser Stadt erwartungsvoll entgegengesehen hatte – zumindest, solange ihn noch keine Sorge bedrückte.

Am 17. September gegen neun Uhr morgens hielt eine stattliche Karawane Einzug in der Bezirkshauptstadt. Die Mitglieder der Reisegesellschaft waren Keraban und seine Gefährten sowie der Seigneur Yanar mit seiner Schwester und deren Dienerschaft. Die Stadt lag in eine hochalpine Landschaft eingebettet, und die Täler, Berge und launischen Wasserläufe ließen glauben, ein Stück schweizerischen oder Tiroler Bodens sei ans Schwarze Meer versetzt.

Trapezunt zerfiel in zwei Teile, die sich, gleich Amphitheatern, an einem Berghang emporzogen. Der türkische Stadtteil, von Mauern und Türmen umgürtet, hatte nicht weniger als vierzig Moscheen, deren Minaretts sich anmutig über dichten Orangen- und Ölbaumhainen erhoben. Der christliche Teil war dagegen das Zentrum des Handels. In dem großen Basar gab es Teppiche, Stoffe, Schmuck, Waffen und alte Münzen und noch viele andere Waren in reicher Auswahl. Der Hafen bildete das Bindeglied zu den Hauptplätzen um das Schwarze Meer.

In dieser Stadt lebten – und vegetierten manchmal auch nur – vierzigtausend Einwohner der verschiedensten Herkunft. Türken mischten sich mit Persern und Christen des armenischen oder lateinischen Ritus, dazu kamen orthodoxe Griechen, Kurden und Europäer. Bei Kerabans Einzug hatte sich diese Menschenmenge sogar verfünffacht, denn Gläubige aus ganz Kleinasien waren gekommen, um ein Fest zu Ehren Mohammeds zu feiern.

Die kleine Karawane wollte nur vierundzwanzig Stunden in Trapezunt bleiben, hatte aber dennoch Mühe, eine Unterkunft zu finden. Schließlich fand man Zimmer in einem Hotel außerhalb der türkischen Stadt, aber die Herberge war so gut, daß Keraban keinen Punkt fand, über den er mit dem Wirt Streit anfangen konnte.

Während der Starrkopf und die Seinen glaubten, dem Reiseziel schon sehr nahe zu sein, wurde im Hause ihres Todfeindes Saffar ein neues Komplott geschmiedet.

Schon eine Stunde vor Kerabans Einzug in Trapezunt war Scarpante im Palast seines Herrn angekommen. Saffar wohnte hoch über der Stadt am Berge Bostepeh, dessen untere Ausläufer in sanfter Linie im Meer enden.

Scarpante wurde sofort von Saffar und Kapitän Yarhud empfangen. Er erzählte, wie Amasia einer neuen Entführung durch die Opferbereitschaft dieses beschränkten Holländers entgangen war und daß Keraban und Ahmet obendrein die Gefängnishaft nicht anzutreten brauchten.

Die drei Ränkeschmiede befaßten sich nun mit der zweihundertfünfundzwanzig Meilen langen Strecke zwischen Trapezunt und Scutari. Ohne von den religiösen Feierlichkeiten des Tages Notiz zu nehmen, begaben sich Saffar und Yarhud nach kurzer Beratung auf die westwärts führende anatolische Hauptstraße, die zur Mündung des Bosporus führt.

Keraban zog endlich in Trapezunt ein

Scarpante blieb in der Stadt zurück. Sein kurzer Auftritt als falscher Hausdiener der Karawanserei von Rissar hatte wohl kaum genügt, um Keraban sein Gesicht unvergeßlich zu machen. So hatte er es auf sich genommen, den gewalttätigen Teil des Planes auszuführen.

Gleich nach der Ankunft war Ahmet über die schlecht gehaltenen Straßen hinter dem Giaur-Meidan-Platz zum Hafen hinuntergegangen, und Scarpante war ihm auf den Fersen gefolgt.

Ahmet erkundigte sich nach dem Telegraphenbüro, und sein Verfolger beobachtete, daß der Verlobte Amasias ein langes Telegramm an den Bankier Selim in Odessa aufgab.

»Pah!« sagte Scarpante verächtlich. »Ein Telegramm an einen Toten! Nun ja, das ist nicht meine Sache.«

Ahmet kehrte ins Hotel zurück und versicherte der ungeduldig wartenden Amasia, daß der Vater in Odessa in wenigen Stunden über ihr Schicksal beruhigt sein werde.

»Ein Brief hätte viel zuviel Zeit gebraucht«, erklärte er, »und außerdem fürchte ich noch immer, daß ...«

»Was denn, Ahmet?«

»Ach, nichts, Amasia, nichts Wichtiges. Ich habe übrigens deinen Vater gebeten, rechtzeitig zu unserer Hochzeit in Scutari zu sein. Vielleicht kann er schon vor unserer Ankunft einige Formalitäten erledigen.«

In Wahrheit hatte Ahmet den Bankier darüber informiert, daß noch immer nicht alle Gefahren für seine Tochter vorüber seien. Der junge Mann fürchtete, daß die Komplizen des Maltesers von dem Schiffbruch der ›Guidare‹ erfahren hatten und neue Pläne schmiedeten. Er hütete sich jedoch, seine Braut zu beunruhigen. Ohnehin konnte er nur Vermutungen anstellen, aber keine Beweise bringen.

Und der bejammernswerte Van Mitten? Ihm widerfuhr soeben, ganz gegen seinen Willen, die Ehre, der glückliche Verlobte der edlen Sarabul und der Schwager des fürchterlichen Yanar zu werden.

Wie sollte er sich auch dagegen wehren, zumal Keraban ihn

Ahmet suchte das Telegraphenamt

dauernd ermahnte, das Opfer nun auch richtig darzubringen, damit der Richter nicht noch zu guter Letzt ihn und seine Gefährten ins Gefängnis würfe. Im übrigen, so behauptete wenigstens der Starrkopf, wäre diese kurdische Heirat in Holland doch null und nichtig, weil dort Vielweiberei verboten sei. Dem Freund stünde es also in Zukunft frei, nach Belieben der Gatte einer einzigen Holländerin oder mehrerer Frauen im Reiche des Padischah zu sein. Van Mitten hatte indessen schon gewählt: Er wollte überhaupt keine Frau mehr haben.

Außer Keraban wachte natürlich das kurdische Geschwisterpaar darüber, daß der Holländer zu seinem Worte stand, und Van Mitten konnte im Augenblick nichts weiter tun als hoffen, daß er an den Ufern des Bosporus Gelegenheit zur Flucht fände.

Glücklicherweise hatte Keraban den Seigneur Yanar überreden können, vor der Trauung in Mossul noch einen Besuch in Scutari zu machen. Yanar war einverstanden, erst zwei oder drei Tage nach Ahmets Hochzeit in die Heimat aufzubrechen.

Brunos Gefühle waren zwiespältig. Einerseits meinte er, so viel Nachgiebigkeit seines Herrn verdiente auch Strafe, andererseits tat ihm Van Mitten unter dem Joch der edlen Sarabul von Herzen leid. Aber trotz dieser Anwandlung von Mitleid brach er in schallendes Gelächter aus, als er jetzt seines Herrn ansichtig wurde. Selbst Keraban, Ahmet und die Mädchen konnten nicht ernst bleiben; Van Mitten sah einfach zu komisch aus.

Was war geschehen? Nicht mehr und nicht weniger, als daß man das Opfer für die Verlobungszeremonie in kurdische Nationaltracht gesteckt hatte!

»Sind Sie es wirklich, Van Mitten?« rief Keraban belustigt.

»Ja, wirklich.«

»Van Mitten ... ein Kurde!«

»Sie sagen es.«

»Aber lieber Freund, was sehen Sie so sauertöpfisch drein? Sagen Sie sich, heute wäre Karneval und Sie hätten zum Spaß diese Tracht angelegt.«

»Die Verkleidung ließe sich schon ertragen.«

»Was bedrückt Sie denn sonst noch?«

»Natürlich die Verheiratung.«

»Pah, Sie meinen die provisorische Heirat! Madame Sarabul wird es noch bitter bereuen, daß sie mit Gewalt nicht mehr Witwe sein wollte. Wenn Sie ihr in ein paar Tagen erklären, daß Sie schon in Rotterdam verheiratet und folglich zu gar nichts verpflichtet sind, möchte ich unbedingt dabei sein. Es wäre ja noch schöner, wenn man einen Mann gegen seinen Willen zur Ehe zwingen könnte! Genug damit, daß Sie überhaupt erst zugestimmt haben!«

Vielleicht hatte Keraban recht: Man sollte die Geschichte von der lächerlichen Seite her auffassen und sich so lange dareinschicken, wie es im Interesse aller nötig war.

Im übrigen blieb für lange Überlegungen gar keine Zeit mehr. Das edle Geschwisterpaar sagte sich: Gefangen ... gehangen! und hatte im Handumdrehen alles Nötige für die Verlobung vorbereitet, um den phlegmatischen Sohn der Niederlande auf ewig zu fesseln.

Aber man glaube nur nicht, daß der Zeremonie etwas Provisorisches anhaftete. O nein, keiner der kurdischen Bräuche wurde ausgelassen. In Trapezunt gab es genügend Kurden, darunter sogar einige Freunde der Geschwister aus Mossul. Diese Leute betrachteten es als ihre Pflicht, der edlen Landsmännin als Zeugen zu dienen, wenn es darum ging, den lästigen Witwenstand wieder einmal zu beenden.

So hatte Sarabul eine ganze Kurdensippe auf die Beine gebracht, während Keraban, Ahmet und die Ihren Van Mitten beistehen wollten. Der Bräutigam fand übrigens keine Gelegenheit mehr, allein mit seinen Freunden zu sprechen.

Die Verlobung wurde mit allem erforderlichen Anstand vollzogen. Van Mitten gelang es, sein Unbehagen zu verbergen, und die edle Sarabul strahlte vor Stolz, daß es ihr gelungen war, einen Mann aus dem Norden Europas an eine Frau aus dem Norden Asiens zu fesseln. Ihr allein gebührte der Ruhm, Holland mit Kurdistan verbunden zu haben!

Die Braut sah in ihrer Hochzeitstracht ganz prachtvoll aus. Offenbar hatte sie dieses Kostüm – vorsichtshalber – auf Reisen stets mitgeführt, wie wir sehen, eine praktische Maßnahme. Zu ihrem Gewand aus kostbaren Geweben der Manufakturen von Saloniki trug sie Stirnbänder aus Goldmünzen, die bis zu den Augenbrauen herabreichten, Ohrgehänge aus Rosettenornamenten, Granatagraffen am Gürtel und ein wunderbares doppelreihiges Halsgeschmeide aus Achaten in Filigranfassung.

Doch die prächtige Braut brauchte sich ihres Bräutigams nicht zu schämen. Van Mitten sah in seinem kurdischen Kostüm so großartig aus, daß ihn Keraban mit Komplimenten überschüttete – ernstgemeinten Komplimenten, denn dem eingeschworenen Alttürken wäre es nie in den Sinn gekommen, über eine alte Nationaltracht zu spotten.

Das Kostüm verlieh Van Mitten einen geradezu kriegerischen Anstrich. Er sah viel stolzer, viel wilder aus, als sein Rotterdamer Kaufmannsgemüt von Natur aus war, zumal er in seiner herrlich gestickten Schärpe ein ganzes Arsenal von Waffen tragen mußte. Die gesamte Ausstattung, die ihm wie angegossen paßte, hatte der Bazar von Trapezunt geliefert, und dazu noch die Dolche, die Pistolen, den Säbel und das Krummschwert.

Armer Van Mitten! Wer hätte voraussehen können, daß aus ihm noch einmal ein so kriegerischer Mann würde! Glücklicherweise war der ganze Mummenschanz nur ein Scherz – das behaupteten jedenfalls immer wieder Keraban, Ahmet und die Mädchen; nur Bruno hatte dazu seine eigenen Ansichten.

In Trapezunt gab es genügend Beamte, die es sich einerseits zur Ehre angerechnet hätten, bei der Verlobung zu amtieren, und andererseits gern die damit verbundene Gebührensumme eingesteckt hätten. Das Geschwisterpaar beauftragte aber jenen Richter, der sein Können bei der Verhandlung in der Karawanserei von Rissar in so glänzender Weise gezeigt hatte.

Der Vertrag wurde unterzeichnet, und das Paar begab sich mit seinem Gefolge unter einem ungeheuren Volkszulauf in eine alte Moschee.

Die religiöse Feier wurde von kurdischen Gesängen eingeleitet, die melodischer und in Klang und Rhythmus künstlerischer sind als türkische und armenische Lieder. Dann sprach der Imam ein schlichtes Gebet ... und Van Mitten war verlobt, verlobt nach kurdischem Brauch, wie Keraban bei der Beglückwünschung nicht ohne Hintergedanken betonte.

Die Hochzeit sollte später in Kurdistan stattfinden, und dann würden die Festlichkeiten mehrere Wochen andauern. Während dieser Zeit hätte Van Mitten Muße, sich mit der kurdischen Lebensweise vertraut zu machen. Doch bis dahin mußte sich die Braut noch einige Zeit gedulden!

Am Abend des Verlobungstages strömte eine unübersehbare Volksmenge im größten Palast der Stadt zusammen. Gläubige Mohammedaner waren aus allen Himmelsrichtungen nach Trapezunt gezogen, um die Wiederkehr der Himmelfahrt des Propheten zu feiern.

Die edle Sarabul war eitel genug, sich bei dieser Gelegenheit mit ihrem Verlobten der Öffentlichkeit zu zeigen. Und nicht einmal der Seigneur Keraban und seine Begleiter blieben im Hotel; das Schauspiel der religiösen Feier war so überwältigend, daß man es um keinen Preis versäumen durfte.

Auch der wortgewaltigste Dichter müßte scheitern, wollte er das Fest schildern. Man müßte schon Maler sein, um mit dem Pinsel die ganze Farbenpracht wiederzugeben, die zu Ehren Mohammeds entfaltet wurde. Wie lautet ein türkisches Sprichwort? ›Der Reichtum ist in Indien zu Hause, der Geist in Europa, der Pomp aber bei den Ottomanen!‹

Und tatsächlich war der Pomp ungeheuerlich, mit dem das Kernstück des Festes, eine poetische Fabel um Mohammed, umkleidet war. Die anmutigsten Töchter Kleinasiens erhöhten mit ihrer Schönheit und dem Reiz ihrer Tänze die festliche Darstellung.

Die Fabel selbst erzählte, daß das Paradies bis zum Tode des Propheten im Jahre 10 der Hedschra – oder im Jahre 632 der christlichen Zeitrechnung – verschlossen war. Die Gläubigen

Der Imam sprach ein schlichtes Gebet

schlummerten währenddessen im Weltenraum. An seinem Todestage aber erschien der Prophet auf ›el-borak‹, dem Hippogryphen, der an der Pforte des Tempels von Jerusalem für ihn bereitstand. Das Grab Mohammeds erhob sich schließlich wundersamerweise in die Lüfte und durchschwebte die Himmelsräume, bis es schließlich zwischen Zenith und Nadir, mitten im Paradies der Mohammedaner, zum Stillstand kam. In diesem Augenblick erwachten die Gläubigen aus ihrem Schlummer und huldigten dem Propheten. Endlich war das lang versprochene Zeitalter der Glückseligkeit angebrochen! Der Prophet erhob sich in herrlicher Apotheose, während die Sterne des arabischen Himmels in Gestalt zahlloser Huris Allahs strahlendes Haupt umschwebten.

Zehntes Kapitel

in welchem Keraban gegen Ahmets Wunsch den Rat

eines Karawanenführers befolgt

Der nächste Tag war der 18. September. Als die ersten Sonnenstrahlen die höchsten Minaretts von Trapezunt vergoldeten, zog eine kleine Karawane durch eines der Tore im Stadtmauergürtel.

Die Reisegesellschaft wurde von einem Führer auf die Küstenstraße hinausgeleitet. Der Mann hatte Keraban seine Dienste angeboten und war auch gern angenommen worden, denn auf Grund seines Berufes mußte er sich bestens in Westanatolien auskennen. Er gehörte nämlich zu den nomadisierenden ›Knorrenjägern‹. Diese Leute durchstreifen ständig die Wälder Anatoliens, in denen der Walnußbaum besonders gut gedeiht. Die Bäume neigen dazu, knorrige Auswüchse zu bekommen, deren Holz außergewöhnlich hart ist und von Kunsttischlern sehr begehrt wird.

Keraban hatte dem Mann einige Fragen gestellt und war zufrieden gewesen mit den Antworten. So war der Knorrenjäger für einen guten Lohn in Kerabans Dienste getreten und hatte versprochen, die Reisenden spätestens bis zu Ahmets Hochzeitstermin auf die Bosporushöhen bei Scutari zu führen. Nach pünktlicher Erfüllung seines Auftrages sollte sein Lohn sogar verdoppelt werden.

Ahmet war von dem Führer nicht ganz so angetan wie sein Onkel. Er entdeckte in den Gesichtszügen des Mannes eine gewisse Kälte, die nicht gerade für ihn einnahm. Dennoch sagte auch er sich, daß es keinen besseren Führer als so einen erfahrenen Knorrenjäger geben konnte.

Die Karawane verfügte jetzt über zwei Talikas, recht bequeme Kaleschen, die bei Regenwetter geschlossen wurden. Zu den vier Zugpferden für die Kutschen kamen noch die zwei Reittiere für

Die Nußbäume haben knorrige Auswüchse

Ahmet und den Führer. Ahmet war glücklich gewesen, daß er die Fuhrwerke und Zugtiere ohne weiteres in Trapezunt erwerben konnte, selbst wenn sie ein saftiges Stück Geld gekostet hatten.

Der Führer versicherte vor der Abreise, daß die Gegend völlig frei von Räubern sei. Dennoch hatten sich Keraban und die Seinen gut mit Flinten und Revolvern versorgt, die die Waffen des Seigneur Yanar und der edlen Sarabul ergänzten.

Nach Lage der Dinge durfte es eigentlich nicht schwer sein, in den verbleibenden zwölf Tagen die zweihundert Meilen bis nach Scutari zurückzulegen, selbst wenn die Poststationen nur dünn gesät waren und den Pferden jeweils nur die Nacht als Ruhepause gegönnt werden konnte.

Tatsächlich verliefen die nächsten neun Tage ohne jeden Zwischenfall. Ahmet war zwar wachsam wie zuvor, aber er hatte noch nichts Verdächtiges entdecken können. Gewiß, der Führer war auffallend schweigsam, aber das lag sicher in seiner Natur, und im übrigen tat er seine Pflicht zur Zufriedenheit aller Mitglieder der Reisegesellschaft. Dennoch wurde Ahmet sein Mißtrauen nicht los, und ohne daß die anderen davon etwas merkten, wachte er mit noch größerer Aufmerksamkeit über die Sicherheit seiner Gefährten.

Am 26. September traf die Karawane gegen Mitternacht in dem Flecken Erekli ein. Jeder nutzte die Ruhepause bis zum Morgengrauen, um sich durch ein paar Stunden Schlaf von den Anstrengungen des letzten Tages zu erholen. Die wenigen Raststunden waren als Erholungspause eigentlich viel zu kurz bemessen, aber in vier Tagen mußte die Reise beendet sein, und genaugenommen durfte der vierte Tag schon gar nicht mehr dazugezählt werden, weil er der Heiratszeremonie vorbehalten war.

Erekli, das alte Heraklea, ist griechischen Ursprungs. Die ehemals riesigen Ausmaße der Stadt ließen sich noch aus der Linie der verfallenen Stadtmauer berechnen, die jetzt durch ungewöhnlich große Feigenbäume gekennzeichnet war. Doch die Stadt war verfallen und mit ihr der einstmals so wichtige Hafen. Nur sechs- bis siebentausend Menschen fristeten hier noch ihr Dasein. Sie waren jetzt Untertanen des Herrschers der Ottomanen, nachdem ihre Vorfahren hintereinander den Griechen, den Römern und den Genuesen gehorcht hatten.

Sarabuls glücklicher Verlobter hätte seine historischen Interessen in Erekli vielfach befriedigen können, zumal die Halbinsel Acherusia ganz in der Nähe liegt. Die Sage berichtet, daß es dort eine Höhle mit einem Eingangstor zum Tartarus gäbe. Obendrein berichtete Diodorus von Sizilien, daß Herkules durch dieses Tor den Zerberus aus der Unterwelt in die Oberwelt gebracht habe.

Doch Van Mitten war nicht mehr nach historischen Studien zumute. Obendrein hatte er in seinem wachsamen Schwager schon ein getreues Abbild des berühmten Zerberus gefunden. Gewiß, Yanar hatte nicht drei Köpfe, aber wenn er seinen einzigen Kopf in wütender Gebärde zurückwarf, dann glaubte man ohne weiteres, daß seine blitzenden Zähne unter dem buschigen Schnurrbart ebenso gut zupacken konnten wie das Gebiß des Höllenhundes.

Am Abend des 27. September machte die Karawane am Kap Kerpe halt, wo Kaiser Aurelian vor sechzehnhundert Jahren den Tod gefunden hatte. Ehe man sich zur Nachtruhe niederlegte, schlug der Führer vor, die Reiseroute des nächsten Tages ein wenig abzuändern, damit man bestimmt am Morgen des 30. September in Scutari wäre. Der Mann gab vor, einen kurzen Verbindungsweg zwischen dem Schwarzen und dem Marmara-Meer zu kennen. Die Hauptstraße dagegen folgte der Küstenlinie in sämtlichen Windungen, wodurch der Weg beträchtlich verlängert wurde.

»Aber auf der Küstenstraße sind wir sicherer als im Landesinnern«, wendete Ahmet ein.

»Sie haben auf dem vorgeschlagenen Weg nicht das Geringste zu befürchten«, entgegnete der Führer.

»Und Sie kennen den Weg wirklich gut?« fragte Keraban noch einmal.

»Vollkommen«, antwortete der Mann. »Bei meiner Arbeit in den Wäldern habe ich ihn mindestens zwanzigmal benutzt.«

Die Karawane machte am Kap Kerpe halt

»Dann sehe ich nicht ein, warum wir ihn nicht auch benutzen sollten«, meinte Keraban.

Ahmet hatte schweigend zugehört.

»Was hältst du von dem Vorschlag?« fragte ihn sein Onkel.

Ahmet schwieg noch immer. Er hatte dem Mann von Anfang an nicht getraut, und je näher man dem Reiseziel kam, desto mehr wuchs sein Mißtrauen, nicht ohne Grund, wenn man über das seltsame Gebaren des Führers nachdachte. War der Mann nicht oft genug einfach aus dem Gesichtsfeld der Karawane verschwunden? Gewiß, er hatte angeblich schon jeweils den nächsten Rastplatz vorbereitet, aber was bedeuteten die Blicke, die er den Mädchen und ganz besonders Amasia zuwarf? Nein, Ahmet traute dem Kerl nicht über den Weg. Man wußte ja nicht einmal, woher er kam und wie er wirklich hieß. Aber Ahmet hoffte kaum, mit seinen Befürchtungen bei Keraban Gehör zu finden.

Deshalb sagte er nur vorsichtig:

»Lieber Onkel, wir sind doch bisher auf dieser Küstenstraße gut vorangekommen. Vielleicht ist es unklug, auf eine Nebenstraße abzubiegen.«

»Was heißt unklug?« brauste Keraban auf. »Du hörst doch, daß der Mann den Weg durch das Binnenland bestens kennt! Der Zeitgewinn sollte wohl das Risiko wert sein.«

»Wenn wir die Pferde ein wenig mehr antreiben, könnten wir auch ...«

»Gar nichts könnten wir! Du sprichst nur so, weil Amasia bei dir ist. Wenn sie in Scutari wartete, wärest du sicher meiner Meinung.«

»Schon möglich, lieber Onkel.«

»Siehst du! Und nun höre mir einmal zu: Du weißt ganz genau, daß ich nichts als deine Interessen vertrete. Unsere Zeit ist wirklich knapp, und die Einsparung von zwölf Meilen kommt mir doch gelegen.«

»Nun gut, lieber Onkel, wenn es dein Wunsch ist, folgen wir dem Mann.«

»Mein Wunsch! Wir folgen der Vernunft, und im übrigen hast du deine Einwände auch gar nicht begründet.«

Wieder schwieg Ahmet; aber dem Führer konnte das Mißtrauen des jungen Mannes kaum entgangen sein. Einen Augenblick lang kreuzten sich ihre prüfenden Blicke. Für Ahmet stand es jetzt ganz fest: Der Mann war ein Verräter und wartete nur auf eine günstige Gelegenheit, um die Reisegesellschaft zu überfallen.

Natürlich wurde der Vorschlag des Führers angenommen. In dieser Nacht sollten sich alle Reiseteilnehmer tüchtig ausschlafen, damit am nächsten Tag eine größere Wegstrecke zurückgelegt werden konnte. Der Führer gab auch noch einige sorgliche Hinweise. Vor allen Dingen mußte genügend Proviant eingekauft werden, denn auf dem Abkürzungsweg gab es weder Ortschaften noch Herbergen. Zu guter Letzt brauchte die Reisegesellschaft noch einen Esel, um den zusätzlichen Proviant zu transportieren.

Keraban hatte eine Schwäche für Esel ... vielleicht, weil sie ihm in ihrer Starrköpfigkeit seelenverwandt waren. So hegte er auch sofort Zuneigung zu dem Tier, das am Kap Kerpe erstanden wurde.

Der Esel war klein und kräftig. Er konnte gut zwei Zentner tragen, also die zumutbare Last für ein Pferd. In dieser Gegend Anatoliens traf man Tausende solcher Lasttiere, die das Getreide zu den Schwarzmeerhäfen schleppten. Kerabans munteres Langohr hatte künstlich gespaltene Nasenlöcher, damit er leichter Fliegen verjagen konnte, die sich in die Nase verirrt hatten. Der Eingriff war auf den Gesichtsausdruck des Tieres nicht ohne Wirkung geblieben; fast hätte man es einen ›lachenden Esel‹ nennen mögen. Für den Transport der Nahrungsmittel wurde der Esel vor einen kleinen zweirädrigen Karren gespannt.

Am 28. September war die ganze Reisegesellschaft schon vor Sonnenaufgang munter. Kurz darauf setzte sich die Karawane in Bewegung. Ahmet und der Führer ritten an der Spitze, wenn man den Esel nicht rechnet, der den Reitern voranschritt.

Schon nach einer Stunde hatte man das Schwarze Meer aus den

Augen verloren. Vor den Reisenden lag dafür eine leicht gewellte Landschaft.

Da die Straße nicht besonders gut war, brach Keraban bald wieder in sein Klagelied über die ottomanischen Behörden aus.

»Man merkt es«, schimpfte er, »wir nähern uns ihrem neumodischen Konstantinopel!«

»Die Straßen in Kurdistan sind besser«, meinte Yanar.

»Das will ich glauben«, entgegnete Keraban. »Van Mitten wird nicht einmal behaupten können, daß Holland in diesem Punkt Kurdistan übertrifft.«

»Was heißt in diesem Punkt? In gar keinem Punkt!« rief die edle Sarabul mit Bestimmtheit. Ihr rechthaberischer Charakter war immer mehr zutage getreten.

Van Mitten hätte Keraban am liebsten zum Teufel geschickt. Mußte der Freund ihn dauernd necken? Aber wartet nur! Binnen achtundvierzig Stunden wollte der Sohn der Niederlande schon seine volle Freiheit wiedererlangen!

Am Abend machte die Karawane in einem elenden Dorf Station. Nur gut, daß man sich mit Lebensmitteln versehen hatte. Die armseligen Einwohner der Ortschaft schienen eher Gaben der Fremden nötig zu haben, als daß sie selbst etwas abgeben konnten. Sie lebten in der Hauptsache von Milchspeisen, minderwertigem Fleisch und einem Brot, das aus sehr viel Kleie und wenig Mehl bestand. Über dem ganzen Dorf hing ein widerlicher Geruch. Er rührte von dem landesüblichen Brennmaterial her, getrocknetem Tierkot, der sogar manchmal als Baumaterial diente.

Die Reisenden fanden in einem zerfallenen Schuppen Unterkunft. Während die anderen Reiseteilnehmer auf Strohschütten schliefen, hielt Ahmet heimlich Wache. So beobachtete er, daß der Führer gegen Mitternacht davonschlich.

Ahmet folgte dem Mann geräuschlos bis vor das Dorf, verharrte dort ebensolange wie der Mann und kehrte in den Schuppen zurück.

Was hatte sich dort draußen ereignet? Der Führer war doch

mit niemandem zusammengetroffen! Ahmet hatte auch keinen Ruf hören, kein Signal wahrnehmen können. Oder doch? War nicht ein Feuer am Himmel aufgeflammt? Und hatte sich der Vorgang nicht noch zweimal wiederholt? Ahmet war zunächst der Meinung gewesen, es handele sich um Hirtenfeuer. Aber als er im Halbschlaf noch einmal die Sache überdachte, gab es plötzlich keinen Zweifel mehr. Der Führer war ein Verräter! Er lockte die Reisenden in eine Falle. Aber in wessen Auftrag? Ahmet wußte keine Antwort. Er spürte nur ganz deutlich, daß dieser offenbar geplante Verrat mit Amasias Entführung zusammenhing.

Ahmet fand keinen Schlaf mehr. Ruhelos wälzte er sich auf seinem Lager und überlegte, ob er seine Reisegefährten warnen sollte. Schließlich hielt er es aber doch für besser, noch den kommenden Tag abzuwarten. Sicher würde sich der Führer in den nächsten Stunden auf die eine oder andere Weise verraten. Auf jeden Fall aber mußte der Kerl daran gehindert werden, irgendwann einmal der Karawane vorauszueilen. Nur gut, daß die Reisegesellschaft ausreichend bewaffnet war. Wenn ihm nicht um Amasia bange gewesen wäre, hätte Ahmet den Kampf mit dem Verräter schon aufnehmen wollen!

Die nächste Reiseetappe begann mit großen Schwierigkeiten. Das Gelände war so bergig, daß die Reisenden öfter die Wagen verlassen mußten, wenn die Pferde überhaupt noch vorwärtskommen sollten. Amasia, Nedjeb und die edle Sarabul bewiesen bei diesen Fußmärschen bewundernswerte Energie. Van Mitten dagegen, der seit dem Aufbruch aus Trapezunt niedergedrückt aussah, mußte sich auf einen Stock stützen.

So unübersichtlich das Gelände war, der Führer schien hier vollkommen zu Hause zu sein. Keraban fand die Wegkenntnisse des Mannes jedenfalls lobenswert; Ahmet dagegen waren sie allzu gut, und er konnte nicht freimütig in die Lobreden seines Onkels einstimmen. Immerhin stellte er fest, daß der Mann den ganzen Tag über nicht einmal versuchte, der Karawane vorauszulaufen.

Ahmet folgte dem Mann geräuschlos

So schien auch dieser Reiseabschnitt nach Wunsch zu verlaufen, wenn man bereit war, die schlechten und steilen Pfade der Abkürzung des Gesamtweges zugute zu halten.

Selbst der kleine Esel hielt sich tapfer. Er hatte wirklich Kerabans Zuneigung erworben.

»Bei Allah! Das Tier gefällt mir«, sagte sein neuer Herr öfter. »Ich hätte Lust, auf seinem Rücken in Scutari einzuziehen. Dann würden sich die ottomanischen Beamten noch mehr ärgern.«

Zugegeben, die Idee war amüsant ... und entsprach so ganz Kerabans Gemüt. Die Reisegefährten gaben aber vorsichtshalber keinen Kommentar; sonst hätte der Starrkopf seine Idee tatsächlich noch in die Tat umgesetzt.

Gegen neun Uhr abends wurde auf Rat des Führers das Nachtlager aufgeschlagen.

»Wie weit ist es denn noch bis Scutari?« fragte Ahmet.

»Noch fünf oder sechs Meilen.«

»Warum fahren wir dann nicht weiter? Wir wären doch in wenigen Stunden am Ziel!«

»Weil ich in dieser Finsternis den Weg nicht mehr sicher erkennen kann. Wenn wir morgen früh aufbrechen, sowie es hell wird, kommen wir immer noch in den Vormittagsstunden in Scutari an.«

»Der Mann hat recht«, sagte Keraban sofort. »Warum sollten wir jetzt noch alles aufs Spiel setzen und uns vielleicht verlaufen? Nein, nein, Ahmet. Wir übernachten hier, und morgen früh um zehn Uhr begrüßen wir den Bosporus!«

Außer Ahmet stimmten alle Reiseteilnehmer für den Vorschlag des Führers, der den Rastplatz sehr geschickt ausgewählt hatte. Es war ein kleiner Paß, der auch ›Schlucht von Nerissa‹ genannt wurde. Die Berge in dieser Gegend waren, genau betrachtet, nur noch Hügel, aber die Felsen im Hintergrund bildeten doch die Basis für ein richtiges kleines Bergmassiv. Zur Linken stiegen die Felsstufen halbkreisförmig an, während sich zur Rechten eine geschützte Bodensenke für die Übernachtung anbot.

Der Rastplatz war ein kleiner Paß

Auch die erschöpften Pferde waren gut versorgt. Nur wenige hundert Schritt jenseits des Passes gab es eine Wiese mit genügend Gras und Wasser. Nizib führte die Tiere dorthin zum Weiden und blieb als Wächter bei ihnen, wie er es schon so oft während der Raststunden getan hatte.

Ahmet half dem Diener beim Forttreiben der Tiere. Ihm lag daran, die Gegend genau kennenzulernen. Gleichzeitig achtete er darauf, ob sich etwas Verdächtiges zeigte. Doch die Wiese lag vollkommen einsam und ruhig da. Und wenn der Mond in zwei Stunden aufgehen würde, müßte man den Platz gut überschauen können. Vereinzelte Wolken hingen fast regungslos am Himmel, und dazwischen blinkten die Sterne. Kein Laut, nicht ein Lufthauch störte die nächtliche Stille.

Ahmets Augen suchten angestrengt den Horizont ab. Ob dort hinten wieder ein Feuersignal aufflammen würde? So aufmerksam er Ausschau hielt, weder auf der Weide noch in der Ferne entdeckte er Verdächtiges. So blieb ihm weiter nichts übrig, als Nizib zu höchster Wachsamkeit anzuhalten. Er mahnte den Diener eindringlich, beim geringsten Zeichen von irgend etwas Auffälligem sofort zum Lager zu kommen. Dann lief er eilig zu seinen Reisegefährten in der Schlucht von Nerissa zurück.

Elftes Kapitel

in welchem zwischen der edlen Sarabul und ihrem Verlobten

ein ernstes Gespräch stattfindet

Als Ahmet die Höhle erreichte, hatten seine Gefährten schon das Nachtmahl bereitet. Die hohe, mit zahlreichen Winkeln versehene Höhle war als Schlafraum vorgesehen. Gespeist wurde dagegen auf einem kleinen Platz, der von Felsbrocken übersät war, die als Tische und Sitze dienen konnten.

Die Eßvorräte aus dem kleinen Eselskarren waren zwar gleich ausgepackt worden, aber das brave Langohr durfte als Tischgast bei den Reisenden bleiben. Keraban hatte seinen Freund ausdrücklich eingeladen, und der ließ sich nicht zweimal bitten. Mit fröhlichem Geschrei bekundete er seine Dankbarkeit.

»Zu Tisch, Freunde! Zu Tisch!« rief Keraban. »Und tüchtig zugelangt! Dann hat mein kleiner Freund morgen früh nicht mehr so viel zu schleppen!«

Der Platz wurde von ein paar Harzfackeln beleuchtet. Jeder hatte sich niedergelassen, wo es ihm gerade gefiel. Keraban thronte im Hintergrund auf einem hohen Felsblock und nahm sozusagen den Ehrenplatz ein. Amasia und Nedjeb hockten wie zwei echte Freundinnen dicht beieinander, aber sie hatten doch für Ahmet ein Plätzchen aufgehoben.

Der arme Van Mitten war zur Rechten von dem unvermeidlichen Yanar und zur Linken von der anhänglichen Sarabul flankiert. Eigentlich hätten seine Seufzer den Felsblock erweichen müssen, zu dessen Füßen sich das Dreiergespann niedergelassen hatte.

Bruno, der arme vollkommen abgemagerte Bruno mußte Dienst tun. Kauend und stöhnend lief er hin und her und servierte seinen Herrschaften die Abendmahlzeit.

Keraban war so prächtig gelaunt wie einer, dem alles nach

Wunsch geht und der an seinem Wohlbehagen auch die Freunde teilnehmen lassen möchte. Er machte seiner überströmenden Zufriedenheit in spaßigen Reden Luft, die meistens an die Adresse des armen Van Mitten gingen. Das Eheabenteuer seines holländischen Freundes reizte Keraban zu immer anzüglicheren Witzeleien. Schließlich würde die ganze Geschichte in zwölf Stunden zu Ende sein. Und warum sollte man dann nicht noch ausgiebig Spaß damit treiben?

»Nun, lieber Freund«, begann er und rieb sich die Hände. »bald haben Sie es geschafft! Nur noch ein bißchen Geduld ... und Sie sind am Ziel Ihrer Wünsche. Was wollen Sie mehr? Gute Freunde, die Ihnen das Geleit geben, eine entzückende Frau, die Ihnen auf unserer Reise beschert wurde ... Allah hat Sie wahrhaftig so ins Herz geschlossen, als wären Sie einer seiner getreuesten Gläubigen!«

Der Holländer starrte den Freund an, bewegte auch ein wenig die Lippen, brachte aber kein Wort zustande.

»Haben Sie gar nichts zu erwidern?« erkundigte sich Yanar.

»Nein ... nein, ich rede ... sozusagen innerlich.«

»Mit wem denn?« fragte die edle Sarabul in strengem Ton und packte Van Mitten beim Ellenbogen.

»Mit Ihnen, verehrte Sarabul ... mit Ihnen natürlich«, stammelte Van Mitten. Sein Tonfall klang nicht sehr überzeugend.

Schließlich stand er auf und machte einen kleinen Schritt beiseite. »Puh!« sagte er, aber im selben Augenblick hatte ihn das Geschwisterpaar schon wieder eingerahmt.

»Wenn es Ihnen lieber ist, bleiben wir nur ein paar Stunden in Scutari«, flötete die edle Sarabul in den süßesten Tönen, die ihr zu Gebote standen.

»Ob mir das lieber ist?«

»Nun, Sie sind doch mein Herr und Gebieter, und ich füge mich ...«

»Herr und Gebieter! Daß ich nicht lache!« flüsterte Bruno. »Vielleicht der Herr einer Dogge, die ihm in jedem Augenblick an die Kehle fahren kann.«

Felsbrocken dienten als Tische und Sitze

Van Mittens Gedanken waren natürlich auch beim morgigen Tag angelangt. Morgen... das hieß: Scutari... Ende des grausigen Spuks... und Freiheit!

Amasia tat der Holländer aufrichtig leid. Sie wagte zwar nicht, ihm selbst Mut zuzusprechen, drückte aber dem treuen Bruno ihre Teilnahme aus.

»Ihr armer Herr!« sagte sie. »Was hat er auf sich genommen, um uns aus der Not zu helfen!«

»Und um dem Herrn Keraban nicht widersprechen zu müssen«, knurrte Bruno. Nein, so viel Nachgiebigkeit konnte er seinem Herrn um nichts in der Welt verzeihen.

»Ach was!« schimpfte Nedjeb. »Wollen Sie nicht zugeben, daß der Herr Van Mitten unendlich gut und großmütig ist?«

»Für meinen Geschmack zu großmütig. Ich habe ihm immer gesagt, daß ihn seine Nachgiebigkeit noch ins Unglück bringen wird. Daß es aber so schlimm kommt, habe ich auch nicht geahnt. Verlobter ... noch dazu von diesem kurdischen Teufelsweib! Dagegen war ja die erste Frau Van Mitten ein reines Unschuldslamm.«

Das Opfer hatte sich inzwischen an einem neuen Platz hingesetzt, selbstverständlich wieder zwischen dem furchtbaren Yanar und seiner edlen Schwester. Bruno bot ihm noch etwas zu essen an, aber Van Mitten schüttelte den Kopf. Er brachte keinen Bissen mehr hinunter.

»Warum essen Sie nicht?« fragte Sarabul streng.

»Ich habe keinen Hunger.«

»Keinen Hunger? In Kurdistan hat man immer Lust zum Essen, sogar nach dem Essen«, belehrte ihn Yanar.

»So? In Kurdistan...?« sagte Van Mitten geistesabwesend, würgte aber aus reinem Gehorsam ein paar Bissen hinunter.

»Sie müssen auch trinken!« befahl die edle Sarabul.

»Aber ich trinke ja, ich trinke... Ihre Worte«, hauchte Van Mitten. Am liebsten hätte er hinzugefügt: »Hoffentlich bekommt es auch meinem Magen!«, aber selbstverständlich unterdrückte er den Zusatz.

Ahmet hatte den Führer während der Mahlzeit nicht aus den Augen gelassen. Der Mann hatte sich ein wenig abseits gelagert. Seinem Beobachter entging aber nicht, daß er unruhiger als gewöhnlich war. Wenigstens glaubte Ahmet, an dem Mann eine Veränderung wahrzunehmen. Sicher hatte er seine Opfer in diese Höhle geführt, damit sie im Schlaf leicht übermannt werden konnten. Und wie sollte man sich wehren? Nichts war schwerer, als sich von einer Höhle aus zu verteidigen. Ob der Führer nur bei der Reisegesellschaft blieb, weil er Ahmets Wachsamkeit spürte?

»Nun, liebe Freunde, wünsche ich eine gute Nacht in frischer Luft!« rief da gerade Keraban. »Und meine kleine Amasia wird im Schlaf neue Kraft für das letzte Wegstück sammeln. Der Führer soll uns rechtzeitig wecken!«

»Selbstverständlich, Seigneur Keraban«, versicherte der Mann eifrig und fügte hinzu: »Erlauben Sie mir doch, daß ich an Nizibs Stelle die Nachtwache bei den Pferden übernehme.«

»Nein, Sie bleiben besser hier und halten mit mir zusammen Wache vor der Höhle«, sagte Ahmet rasch.

»Aber warum denn? Ihre Leute haben doch hier unten nicht das Geringste zu befürchten«, entgegnete der Führer verärgert.

»Das mag stimmen«, antwortete Ahmet. »Aber man kann nie vorsichtig genug sein. Wenn alles ruhig bleibt, werde ich später Nizib ein wenig ablösen.«

»Wie Sie wollen, Seigneur Ahmet. Dann werde ich gleich die Schlafstellen vorbereiten, damit die Herrschaften bequem ausruhen können.«

»Recht so. Und Bruno soll Ihnen helfen.«

Tatsächlich verschwanden der Führer und der holländische Diener gleich darauf mit einem Berg von Decken, Reisemänteln und Kaftans im Innern des Unterschlupfes.

Währenddessen plauderte Amasia noch ein wenig mit ihrem Verlobten.

»Warum willst du denn die ganze Nacht aufbleiben?« fragte sie arglos.

»Laß nur, es ist ja doch zum letzten Male. Morgen haben wir alles überstanden.«

»Morgen ... wenn es nur schon so weit wäre!«

»Aber was dann kommt, wird ewig dauern.«

»Ewig«, flüsterte Amasia und blickte schwärmerisch zu Ahmet auf.

Die edle Sarabul hatte ebenfalls die Hand ihres Verlobten ergriffen. Sie seufzte wie Amasia, zeigte auf das junge Paar und sagte zu Van Mitten:

»Sehen Sie nur, das junge Paar...«

»Wie? Wen?« fragte Van Mitten völlig geistesabwesend. Ihm war so gar nicht nach Zärtlichkeiten zumute.

»Wen? Natürlich die jungen Verlobten«, sagte Sarabul. Ihre Stimme klang schon wieder um einige Grade schärfer. »Im übrigen finde ich, daß Sie einfach übertrieben zurückhaltend sind.«

»Sie haben doch sicher schon gehört, wie wir Holländer sind. Unser Land ist ganz von Deichen umschlossen...«

»Aber Kurdistan hat keine Deiche«, entgegnete Sarabul ungeduldig. Van Mittens Kälte hatte sie tief verletzt.

»Nein, dort gibt es keine Deiche«, versicherte nun auch Yanar und seine Hand umklammerte Van Mittens Arm so fest wie ein furchtbarer Schraubstock.

Inzwischen waren die Nachtlager bereitet.

»Sie kommen doch mit, Herr Van Mitten?« sagte die edle Sarabul schließlich in nicht allzu einladendem Ton.

»Natürlich«, sagte Van Mitten gehorsam, fügte aber hoffnungsvoll hinzu: »Es sei denn, mein Freund Ahmet will zusammen mit mir Wache halten.«

»Wache halten? Ja, gut, aber vor meinem Lager«, befahl die edle Sarabul.

»Eines haben Sie sicher inzwischen begriffen, Herr Van Mitten«, sagte Yanar und schüttelte den Schwager heftig an den Schultern.

»Und das wäre?«

»Daß Sie mit meiner Schwester einen Vulkan heiraten.«

Der Holländer bekam einen tüchtigen Puff…

Der Holländer bekam abschließend einen tüchtigen Puff und landete am Eingang zur Höhle, wo er mit Keraban und Ahmet zusammentraf. Der junge Mann hielt den Onkel noch einen Augenblick zurück, während die edle Sarabul, Van Mitten und Yanar im Gänsemarsch in der Höhle verschwanden.

»Auf ein Wort noch, Onkel Keraban!« bat Ahmet.

»Aber wirklich nur eines. Ich bin sehr müde.«

»Ich muß dich trotzdem bitten, mir zuzuhören.«

»Was gibt es denn?«

»Weißt du, wie dieser Ort hier genannt wird?«

»Ja, die Schlucht von Nerissa.«

»Und wie weit ist es noch bis Scutari?«

»Ich denke, fünf bis sechs Meilen.«

»Woher weißt du das?«

»Von unserem Führer.«

»Du traust diesem Mann?«

»Und warum nicht?«

»Weil er mir von Stunde zu Stunde verdächtiger vorkommt. Überlege doch einmal: Wissen wir, wie er heißt? Nein. Wissen wir, woher er kommt? Nein. Wir haben ihn einfach als Führer genommen, weil er sich dazu selber anbot.«

»Und hat er nicht genügend Sachkenntnis bewiesen? Ich möchte meinen, ja.«

»Ganz zweifellos, lieber Onkel.«

»Na also, was soll es? Oder willst du mit mir streiten?« Kerabans Stirn umwölkte sich gefährlich.

»Nein, ich will nicht streiten, aber ich habe ganz einfach Angst um Amasia und meine Freunde.«

Ahmet war jetzt so erregt, daß Keraban ihm allmählich aufmerksamer zuhörte. Zumindest sagte er beruhigend:

»Lieber Neffe, ich will dir ja gern zugestehen... aber nur dir allein, verstanden!... daß meine Dickköpfigkeit an dieser verrückten Reise schuld war... und daß Amasia vielleicht nicht einmal entführt worden wäre, hätte ich dich nicht gewaltsam in Odessa von ihrer Seite gerissen. Ja, ich bin nicht ganz schuldlos!

Aber nun hat doch alles ein Ende. In weniger als vierundzwanzig Stunden seid ihr verheiratet ... morgen schon ...«

»Und wenn wir morgen gar nicht in Scutari sind? Wenn uns der Führer absichtlich in die falsche Richtung gelenkt hat? Schließlich hat er uns doch hartnäckig zu dieser angeblichen Wegabkürzung überredet. Wenn er nun einen Verrat geplant hat?«

»Verrat?«

»Ja, vielleicht einen Überfall im Auftrag der Entführer meiner Amasia.«

»Wie kommst du auf solche Gedanken?«

»Gedanken ... nein! Ich habe handfeste Beweise. Hast du nicht bemerkt, daß der Mann schon seit Tagen immer wieder unserer Karawane vorauseilt, angeblich, weil er einen guten Weg sucht? Letzte Nacht war er sogar eine ganze Stunde fort. Ich bin ihm heimlich nachgelaufen und habe festgestellt, daß man ihm Leuchtsignale gibt. Ein Irrtum ist ausgeschlossen.«

»Das sieht tatsächlich böse aus«, meinte Keraban. »Aber weshalb bringst du das Verhalten dieses Mannes mit Amasias Entführung aus Odessa in Verbindung?«

»Aus vielen Gründen. Überlege doch einmal, lieber Onkel! Die ›Guidare‹ hatte bestimmt nicht Atina zum Ziel. Sie war nur durch das Unwetter in diese Richtung abgetrieben worden. Ich möchte viel eher annehmen, daß sie nach Trapezunt segeln sollte. Dort versorgen sich die anatolischen Nabobs mit Mädchen für ihre Harems. Und dort laufen auch alle Nachrichten über die Schwarzmeerküsten zusammen. Ganz bestimmt hat man in Trapezunt vom Untergang der ›Guidare‹ und der Rettung des entführten Mädchens gesprochen. Was wäre einfacher gewesen, als uns den falschen Führer zuzuspielen und uns in diesen Hinterhalt zu locken?«

»Du könntest recht haben, Ahmet. Tatsächlich ... jedenfalls will ich nicht leugnen, daß wir vielleicht in Gefahr sind. Und du hast uns bewacht, ohne daß ich es ahnte! Heute nacht bleibe ich an deiner Seite.«

»Aber nein, Onkel. Du solltest dich lieber ausruhen. Ich bin doch gut bewaffnet, und beim ersten verdächtigen Zeichen wecke ich dich.«

»Ich wache mit dir! Niemand soll sagen können, daß dieser Starrkopf Keraban eine neue Katastrophe verschuldet hat.«

»Ich bitte dich, lieber Onkel, geh doch...«

»Wagst du zu widersprechen? Hüte dich, Ahmet!«

»Schon gut. Wir halten zusammen Wache.«

»Und wehe demjenigen, der sich an uns heranwagt!«

Keraban und Ahmet gingen also geräuschlos vor dem Eingang zur Höhle hin und her, suchten die schmale Straße in beiden Richtungen mit den Augen ab und horchten angestrengt in die nächtliche Stille hinaus. Die Nacht war außergewöhnlich ruhig, und schon das geringste Geräusch hätte auffallen müssen.

Zwei Stunden vergingen, und noch eine dritte. Nichts war geschehen, und schon hofften die beiden Wächter, daß die Nacht ohne Zwischenfall verlaufen werde.

Da, plötzlich, gegen drei Uhr morgens, gab es in der Ferne Geschrei. Keraban und Ahmet waren mit einem Satz bei ihren Waffen, die sie neben einem Felsbrocken niedergelegt hatten. Diesmal schien selbst Keraban seinen ebenso schönen wie altmodischen Pistolen nicht genug zuzutrauen. Jedenfalls griff er gleich nach einem guten Gewehr.

Und da kam auch schon Nizib atemlos den Engpaß heraufgelaufen.

»Gnädiger Herr! Gnädiger Herr!« schrie er.

»Was gibt es?«

»Da unten...ja, da unten!«

»Da unten?«

»Die Pferde!«

»Unsere Pferde?«

»Ja...unsere Pferde!«

»Dummer Kerl, sprich doch endlich!« schrie Keraban und schüttelte den armen Burschen. »Was ist mit unseren Pferden?«

»Gestohlen...sie sind alle gestohlen!«

»Gestohlen?«

»Ja. Zwei oder drei Männer waren plötzlich auf der Wiese und sind gleich mit den Pferden davongelaufen.«

»Begreifst du, was er sagt, Onkel? Wir haben keine Pferde mehr!« schrie Ahmet und wendete sich noch einmal an Nizib.

»In welche Richtung sind die Kerle gelaufen?«

»Dorthin«, antwortete Nizib und zeigte nach Westen.

»Schnell, schnell! Wir müssen die Banditen einholen!« schrie Keraban.

»Nein, Onkel. Wir holen sie ohnehin nicht mehr ein. Die Pferde sind verloren. Aber schnell jetzt! Wir müssen unser Lager für eine Verteidigung bereit machen.«

»Gnädiger Herr, sehen Sie nur... dort... dort oben!« flüsterte Nizib aufgeregt.

Er wies auf einen hohen Felsen, der sich links vor ihnen erhob.

Zwölftes Kapitel

in welchem Keraban zuerst seinem Esel und dann seinem Todfeind Trotz bietet

Keraban und Ahmet blickten in die Richtung, die Nizibs Hand angab. Augenblicklich drückten sie sich an die Felswand, um nicht gesehen zu werden. Dort oben, hart am Rand des Felsens, kroch ein Mann entlang, der offenbar die Lage der Höhle ausspionieren wollte. Es lag auf der Hand, daß zwischen diesem Mann und dem Karawanenführer eine Verbindung bestand.

Selbst Keraban mußte zugeben, daß Ahmets Verdacht in allen Punkten gerechtfertigt war. In der ersten Bestürzung riß er das Gewehr an die Schulter und legte auf den Spion an. Aber Ahmet war besonnener.

»Nicht schießen!« flüsterte er.

»Aber Ahmet!«

»Nein! Keinen Schuß! Das könnte zum Angriffssignal werden. Wir müssen den Kerl lebendig in die Hand bekommen. Ich will wissen, wer hinter dem Anschlag steht!«

»Und wie sollen wir ihn fangen?«

»Das besorge ich allein«, flüsterte Ahmet und verschwand nach links. Er wollte den Felsen umgehen und den Mann von hinten überfallen.

Keraban und Nizib hielten sich aber bereit, um im Notfall einzugreifen.

Der Spion lag flach auf dem Bauch und hatte sich inzwischen bis zur Vorderkante des Felsens vorgearbeitet. Sein Kopf ragte bereits ins Freie, und sicher erkannte er bei dem klaren Mondlicht schon den Eingang zur Höhle.

Wenige Sekunden später tauchte Ahmet hoch oben auf dem Felsen auf. Er stand im Rücken des Spions und war unbemerkt geblieben.

Ahmet wollte den Spion von hinten überfallen

Und dann gab es einen Zwischenfall, der Ahmets Plan zunichte machte. Amasia trat vor den Eingang der Höhle. Eine unerklärliche Unruhe hatte sie nicht einschlafen lassen. In ihrer Phantasie sah sie Ahmet dauernd von Flinten und Dolchen bedroht.

Keraban gab Amasia durch ein Zeichen zu verstehen, daß sie sofort zurücktreten solle. Aber das junge Mädchen war zu verwirrt. Sie blickte in die Höhe, sah Ahmet auf dem Felsen und stieß einen Schrei aus.

Der Spion fuhr zusammen, drehte sich um, sprang auf die Füße und war mit einem Satz bei Ahmet.

Amasia war zwar vor Schreck wie versteinert, hatte aber noch die Geistesgegenwart, Ahmet durch einen Ruf zu warnen.

Doch schon wollte ihm der Spion ein Messer in den Leib rennen. Da legte Keraban an, feuerte ab und traf den Angreifer mitten in die Brust. Die Hand mit dem erhobenen Dolch sank nieder, und der Mann glitt zu Boden. In der nächsten Sekunde lag Amasia in Ahmets Armen. Der junge Mann hatte sich einfach über die Felswand herabgleiten lassen.

Der Schuß hatte alle anderen Reiseteilnehmer aus der Höhle gelockt... alle, bis auf den Führer.

Keraban senkte die Waffe und rief voller Genugtuung:

»Bei Allah! Das war ein Meisterschuß!«

»Wieder neue Gefahren!« stöhnte Bruno.

»Van Mitten, Sie dürfen mich nicht verlassen!« befahl die energische Sarabul und klammerte sich an den Arm ihres Verlobten.

»Er verläßt dich nicht, liebe Schwester«, versicherte Yanar.

Ahmet beugte sich über den Spion.

»Der Mann ist tot«, sagte er, »leider... wir hätten ihn lebend haben müssen.«

Inzwischen war Nedjeb näher gekommen.

»Das ist doch... ja, wahrhaftig, das ist ja der Kapitän Yarhud!«

»Yarhud?« rief Keraban.

»Ich hatte also recht!« sagte Ahmet.

»Nedjeb täuscht sich nicht, das ist unser Entführer«, bestätigte Amasia.

»Ich erkenne ihn jetzt auch wieder«, sagte Ahmet. »Dieser Mann hat uns damals zur Besichtigung seiner Waren auf die ›Guidare‹ eingeladen. Aber paßt auf! Er ist bestimmt nicht allein hergekommen. Wir müssen mit einer ganzen Räuberbande rechnen! Unsere Pferde haben sie auch schon gestohlen.«

»Unsere Pferde sind gestohlen?« rief die edle Sarabul.

»Das hätten wir uns ersparen können, wären wir gleich nach Kurdistan gereist«, schimpfte Yanar, und er ließ auf Van Mitten einen so strafenden Blick fallen, als sei der Holländer für das Malheur allein verantwortlich.

»Und für wen hat dieser Yarhud gearbeitet?« fragte Keraban.

»Wenn er noch lebte, wollte ich es schon aus ihm herausbekommen«, versicherte Ahmet.

»Vielleicht hat er Papiere bei sich«, meinte Amasia schüchtern.

Ahmet kniete neben dem Toten nieder und durchwühlte die Kleider des Mannes.

»Hier ist ein Brief«, sagte er endlich und zog ein Stück Papier aus Yarhuds Jackentasche.

»So lies doch!« befahl Keraban. Er konnte seine Ungeduld kaum noch zügeln.

»Scarpante bringt Keraban und seine Leute in die Höhle der Schlucht von Nerissa«, las Ahmet, »und wenn alle schlafen, werden die Pferde entführt, so daß ...«

»Höre ich richtig? Scarpante?« rief Keraban dazwischen. »Ich glaube, unser Führer heißt Scarpante!«

»Du siehst, lieber Onkel, ich habe mich leider nicht getäuscht«, entgegnete Ahmet und fuhr mit dem Vorlesen des Briefes fort.

»... so daß die Reisenden nicht fliehen können. Dann gibt uns Scarpante ein Fackelsignal, und unsere Männer dringen in die Schlucht ein.«

»Wer unterschreibt den Brief?« fragte Keraban.

»Ein gewisser ... Saffar.«

»Saffar! Saffar! Sollte es tatsächlich dieser Kerl sein ...«

»Ich fürchte, Onkel, es ist derselbe Saffar, der uns in Poti den Weg versperrte und später mit dem Schiff nach Trapezunt abreiste. Jetzt ist alles klar: Dieser Saffar hat den Auftrag zu Amasias Entführung gegeben, und nun will er sie um jeden Preis doch noch bekommen.«

»Wehe dem Seigneur Saffar!« schrie Keraban und ließ die Faust auf einen imaginären Schädel niedersausen. »Wenn ich den Burschen erwische!«

»Und wo steckt jetzt dieser Scarpante?« fragte Ahmet.

Bruno stürzte in die Höhle, war aber gleich wieder da.

»Entwischt«, keuchte er, »entwischt durch einen geheimen Ausgang.«

Nun war der verbrecherische Plan des Seigneur Saffar bis in alle Einzelheiten enthüllt. Doch was nützte diese Erkenntnis? Die kleine Reisegesellschaft saß in einer gefährlichen Falle. Ahmet sah nur einen schwachen Hoffnungsschimmer.

»Wir verlassen augenblicklich die Schlucht«, befahl er. »Wenn wir hier von obenher angegriffen werden, sind wir verloren.«

»Vorwärts!« rief auch Keraban. »Nizib! Bruno! Seigneur Yanar! Haltet die Waffen bereit!«

»Sie können sich auf uns verlassen, Seigneur Keraban«, versicherte der Kurde.

»Ganz bestimmt!« sagte seine edle Schwester und schwang drohend den Krummdolch. »Schließlich habe ich einen Verlobten zu verteidigen!«

Diese kühnen Worte der Kurdin waren für Van Mitten erniedrigender als alles Vorangegangene. Er wollte wenigstens seine Pflicht tun und ergriff einen Revolver.

Die Reisegefährten drängten aus dem Engpaß heraus auf die davorliegende Hochebene zu. Da fiel Bruno, dem das Essen fast mehr als das Leben am Herzen lag, noch etwas Wichtiges ein.

»Der Esel!« rief er. »Wir können doch nicht den Esel zurücklassen!«

»Bruno hat recht«, meinte Ahmet. »Wer weiß, wie weit uns Scarpante von der Straße nach Scutari weggeführt hat! Und auf dem Eselskarren sind wenigstens noch ein paar Vorräte.«

»Also gut, ich sehe nicht ein, warum der Esel nicht mit uns flie-

»Hier ist ein Brief… von Saffan.«

hen sollte«, sagte Keraban, packte das Tier am Halfter und wollte es zum Höhleneingang führen.

Der Esel bockte.

»Willst du wohl kommen?«

Der Esel rührte sich nicht vom Fleck.

»Schieben!« befahl Keraban.

Bruno und Nizib schoben den Esel vorwärts, aber der war letzten Endes stärker: Er ging rückwärts.

»Du spielst wohl den Widerspenstigen!« rief Keraban hitzig.

»Wirklich amüsant: Ein Starrkopf kämpft gegen den anderen«, sagte Bruno schadenfroh vor sich hin, und Nizib flüsterte er ins Ohr:

»Ihr Herr hat seinen Meister gefunden!«

»Das sollte mich wundern«, entgegnete Nizib ebenso leise.

Tatsächlich hatte Keraban den Esel schon bei den Ohren gepackt und zerrte daran mit voller Kraft.

Der Esel wich und wankte nicht.

»Ich zwinge dich schon!« versprach Keraban, lief zum Höhleneingang, machte aus einer Handvoll ausgerissener Gräser ein Büschel, band es an die vorderste Spitze der Karrendeichsel und wartete.

Wahrhaftig reckte das Tier den Hals nach der Lockspeise, machte ein Schrittchen, noch eines und wieder eines, bis es sich endgültig entschloß, in Richtung der Hochebene hinter dem Grasbüschel an seiner eigenen Deichsel herzutrotten.

»Wie sinnreich!« sagte Van Mitten.

»Nicht wahr?« entgegnete Sarabul, die ihren Verlobten hinter dem Karren herschleppte. »Machen Sie es wie der Esel! Laufen Sie einfach hinter mir her!«

Sie betrachtete sich allen Ernstes als einen verlockenden Köder, der ihrem müden Verlobten auf die Beine helfen sollte. Freilich war Van Mitten genau entgegengesetzter Ansicht. Nach Möglichkeit wollte er diesen Köder nie im Leben einholen!

Die Gefährten hielten sich dicht beieinander. Schon bald lag der gefährliche Rastplatz in ihrem Rücken. Aber sie sollten nicht

Die Felsen wimmelten von Bewaffneten

weit kommen. Auf einmal wimmelten die Felsen zu Seiten des Weges von bewaffneten Männern, Schreie ertönten, und dazwischen krachten Flintenschüsse.

»Zurück! Zurück!« schrie Ahmet den nachfolgenden Gefährten zu.

Es war zu spät, um noch auf die Hochebene zu entkommen. Etwa ein Dutzend Männer drängte gegen die Karawane an.

»Die Frauen in die Mitte!« befahl Keraban und bildete mit den fünf Männern seines Trupps eine schwache Verteidigungslinie gegen die große Übermacht der Angreifer.

Augenblicklich begann der Kampf. Bruno und Nizib wurden gleich zu Anfang leicht verwundet, wichen aber nicht von der Stelle. An Mut war ihnen die edle Sarabul durchaus ebenbürtig. Ihre Pistole blieb keinem Gewehrschuß die Antwort schuldig.

Bald wurde die Taktik der Angreifer deutlich. Sie wollten ja Amasia um jeden Preis lebend in die Hand bekommen. Um das Mädchen nicht durch verirrte Kugeln zu gefährden, gingen sie deshalb lieber mit der blanken Waffe als mit dem Gewehr vor. So kam es, daß sie schon mehrere Schwerverwundete beklagten, während die Verteidiger noch keine echten Verluste erlitten hatten.

Doch plötzlich bekamen die Angreifer Verstärkung. Saffar und Scarpante waren bei ihren Leuten eingetroffen.

»Ha! Der Elende!« schrie Keraban. »Das ist der Kerl vom Eisenbahnübergang in Poti!«

Er legte immer von neuem auf seinen Todfeind an, mußte sich aber jedesmal wieder gegen einen anderen Angreifer verteidigen und sein Ziel noch einmal anvisieren.

Kerabans Trüppchen hatte nur einen Gedanken: Amasia durfte nicht in die Hände dieses Schurken Saffar fallen. Aber trotz allen Opfermutes war das traurige Ende ihres Kampfes abzusehen. Ihre feste Verteidigungslinie geriet ins Wanken; die Männer mußten hinter den Felsbrocken Deckung suchen.

Da rief Saffar:

»Nun tu deine Pflicht, Scarpante!«

»Diesmal entwischt uns das Mädchen nicht!« rief der Oberaufseher zurück, stürzte sich auf Amasia und schleppte sie fort.

»Amasia! Amasia!« schrie Ahmet verzweifelt, aber ehe er Scarpante verfolgen konnte, mußte er sich schon wieder gegen neue Angreifer verteidigen. Yanar wollte in die Bresche springen und Amasia dem Entführer entreißen. Doch es war zu spät. Scarpante war mit seiner Beute außer Reichweite.

Da krachte ein Schuß aus Kerabans Gewehr. Scarpante sank zu Boden, und Amasia entglitt seinen Armen. Augenblicklich versuchte sie, zu den Ihren zurückzulaufen, aber die Angreifer warfen sich jetzt mit ungezügelter Wut auf Kerabans Trüppchen.

»Rache für Scarpante!« schrien die Räuber. Sie bedrängten die Verteidiger so sehr, daß kaum noch ans Schießen zu denken war.

»Amasia! Amasia!« schrie Ahmet noch einmal. Hilflos mußte er mit ansehen, wie Saffar das Mädchen vom Lagerplatz zerrte.

Und wieder krachte ein Schuß. Diesmal kam er von der Höhe eines Felsens. Einer der Räuber stürzte zu Boden. Gleich darauf gab es eine ganze Salve von Schüssen, immer mehr Angreifer brachen zusammen, während die Überlebenden von Panik ergriffen wurden.

Saffar war mit seiner Beute eine Sekunde stehengeblieben.

»Vater! Vater!« schrie da Amasia und entwand sich den Armen des Entführers.

Wirklich stand Selim mit zwanzig bewaffneten Leuten oben auf dem Felsen.

»Rette sich, wer kann!« brüllte der Anführer der Räuber und lief mit dem Rest seines Trupps in die Höhle und durch den geheimen Ausgang hinaus in die Freiheit.

»Feige Hunde!« schrie Saffar. »Aber das Mädchen sollen sie nicht lebend haben!«

Er stürzte sich wieder auf Amasia, doch da kam schon Ahmet mit einem weiten Satz herangesprungen. Saffar feuerte auf ihn die letzte Kugel seines Revolvers ab, fehlte... und sank selbst zu Boden. Keraban hatte den Schurken bei der Kehle gepackt und mit einem Dolchstoß mitten ins Herz getroffen.

Er war auf der Stelle tot und hatte auch nicht mehr gehört, wie Keraban rief:

»Das ist die Rache für meine zertrümmerte Kutsche!«

Keraban und seine Gefährten waren gerettet. Jeder hatte sein Bestes getan. Selbst Van Mitten war lobenswert tapfer gewesen, ganz zu schweigen von seiner energischen Braut, deren Pistole immer dort gekracht hatte, wo das Kampfgetümmel am heißesten gewesen war.

Doch ohne Selims unerklärliches Eingreifen hätte aller Mut nichts genützt.

Amasia htte sich inzwischen in die Arme des Vaters geworfen.

»Lieber Freund... wie kommen Sie hierher?« rief schließlich Keraban.

»Nicht rein zufällig. Ich hätte mich schon viel eher auf die Suche nach meiner Tochter gemacht, aber ich mußte erst meine Verwundung ausheilen.«

»Du warst verwundet, Vater?« fragte Amasia erschreckt.

»Ja... durch einen Schuß eurer Entführer. Aber als Ahmets Telegramm kam, war ich so weit geheilt, daß ich aufbrechen konnte.«

»Telegramm?« Kerabans Ohr war tödlich beleidigt von dem modernen Wort.

»Ja, Ahmets Telegramm aus Trapezunt.«

»Es stimmt schon, lieber Onkel«, warf Ahmet begütigend ein. »Aber dieses eine Vergehen wirst du mir doch verzeihen! Schließlich hat es uns das Leben gerettet.«

»Endlich hat das Schlechte mal etwas Gutes bewirkt«, gab Keraban gnädig zu. »Aber daß du es nie wieder tust!« fügte er schnell hinzu.

»Aus dem Telegramm erfuhr ich auch, daß noch nicht alle Gefahr vorüber sei«, sagte Selim, »und so bin ich sofort nach Scutari aufgebrochen und habe mich von dort aus immer auf der Küstenstraße gehalten.«

»Aber wie konnten Sie uns hier, so weit entfernt von der Hauptstraße, wiederfinden?« fragte Keraban erstaunt.

Scarpante sank zu Boden

»Ihr seid doch ganz dicht neben der Straße. Bis zum Meer sind es nur ein paar Meilen.«

»Wie?« fragte Keraban ungläubig.

»Ja, dort hinten liegt schon das Ufer des Bosporus.«

Augenblicklich kletterten die Reisegefährten auf den nächsten Felsen und blickten gespannt in die angegebene Richtung.

»Das Meer!... Ich sehe das Meer!« rief Ahmet als erster.

»Das Meer!... Das Meer!« riefen auch seine Freunde wie aus einem Munde.

Tatsächlich sahen sie im Licht der aufgehenden Sonne nur eine Luftspiegelung der so heiß herbeigesehnten Bosporus-Ufer. Je heller es wurde, desto deutlicher erschienen in diesem Gaukelbild alle Landstriche, die unterhalb des Horizonts lagen. Dagegen schienen die Hügel, die die Hochebene begrenzten, im Sonnenglast langsam, wie eine Theaterkulisse, im Boden zu versinken.

Die Fata Morgana wurde immer deutlicher.

»Bei Allah! Das ist ja Scutari!« rief Keraban. »Ich erkenne die Moschee von Buyuk Djami!«

Wirklich sah man Scutari, das Selim vor drei Stunden verlassen hatte, ganz deutlich in dem herrlichen Bild auftauchen.

»Vorwärts, Freunde, vorwärts!« rief Keraban, aber als guter Mohammedaner vergaß er nicht, Allah für seine Güte zu danken. Erst nachdem er sich gen Osten verbeugt hatte, durfte die kleine Karawane aufbrechen.

Vier Stunden später, in den Vormittagsstunden des 30. September, standen Keraban und seine Gefährten auf der Anhöhe über Scutari und begrüßten mit Jubelrufen die Gestade des Bosporus. Der Starrkopf hatte seine Reise um das Schwarze Meer vollendet, gerade noch rechtzeitig, um den Hochzeitstermin des Neffen Ahmet nicht zu versäumen.

Dreizehntes Kapitel

in welchem sich Van Mitten bemüht, der edlen Sarabul reinen Wein einzuschenken

Keraban hatte sich eine traumhafte Lage für die Errichtung seines Landhauses ausgesucht. Die Villa stand hoch oben am Hang, und von ihren Fenstern schaute man weit hinaus auf den Bosporus, hinweg über das Häusergewirr der Stadt Scutari.

Das alte Chrysopolis, inzwischen Scutari genannt, war die asiatische Vorstadt von Konstantinopel. Fünfzigtausend Einwohner drängten sich in dem engen Gassengewirr, zwischen den Moscheen mit herrlich vergoldeten Dächern und am schwimmenden Kai unten am Bosporusufer. Majestätisch hob sich von diesem bunten Bild der abseits gelegene Zypressenhain ab, in dem sich die reichen Muselmanen von Konstantinopel beisetzen ließen, um nicht einstmals unter Ungläubigen ruhen zu müssen. Eine alte Prophezeiung besagte nämlich, daß die Hauptstadt eines Tages, wenn alle Gläubigen beim Gebet versammelt wären, in die Hände der Feinde fallen werde.

Dem prächtigen Garten mit seinen Terrassen und schattenspendenden großen Platanen, Buchen und Zypressen war das Innere der Villa ebenbürtig. Welch ein Jammer, hätte Keraban das Haus verkaufen müssen, um die Überfahrt-Gebühren von einigen Paras zu sparen!

Es war jetzt Mittag. Seit drei Stunden schon erholten sich der Herr des Hauses und seine Gäste von den Strapazen der Reise. Keraban war ungeheuer stolz auf seine Tat. Er hatte dem Muzir und seinen schändlichen Steuerbestimmungen die Zähne gezeigt! Amasia und Ahmet waren einfach glücklich. Sie dachten nur noch an die bevorstehende Hochzeit, ein Ereignis, das auch Nedjeb in angenehme Aufregung versetzte. Bruno war zwar für seine Person zufrieden, denn nun durfte er wieder ans Zunehmen denken, aber um seinen Herrn machte er sich ernstlich Sorgen. Nizib war so voll ruhiger Ergebenheit wie eh und je, der Seigneur Yanar hatte kein bißchen von seiner Wildheit eingebüßt, und die edle Sarabul trat so herrisch auf, als sei sie daheim in ihrem Kurdistan. Und Van Mitten? Der dachte an nichts anderes als die Beendigung seines Ehe-Abenteuers.

Bruno konnte tatsächlich wieder beruhigt in die Zukunft blikken. Der erste Schritt zu neuem Fettansatz war gemacht: Keraban hatte seinen Gästen ein vortreffliches Frühstück servieren lassen, sozusagen als Ersatz für das berühmte Abendessen, zu dem er Van Mitten vor sechs Wochen eingeladen hatte. Die ganze Gesellschaft saß nun in einem hübschen Salon, dessen weit geöffnete Fenster auf den Bosporus hinausgingen, und plauderte angeregt über die Ereignisse der letzten Wochen.

Keraban lief zwischen seinen Gästen auf und ab, drückte bald diesem, bald jenem die Hand und sagte zu Van Mitten:

»Lieber Freund, zürnen Sie mir nur nicht, daß aus der Abendmahlzeit ein Frühstück geworden ist. Aber Sie verstehen, die Zeit ist knapp...«

»Ich beklage mich keineswegs, verehrter Freund. Ihr Koch hat uns eine ausgezeichnete Mahlzeit bereitet.«

»Gute Küche! Wirklich gute Küche!« stöhnte der Seigneur Yanar. Selbst für einen Kurden hatte er einfach zuviel gegessen.

»In Kurdistan könnte man nicht besser kochen«, meinte sogar die edle Sarabul anerkennend, »und wenn uns der Seigneur Keraban einmal mit einem Besuch in Kurdistan beehrt, wollen wir...«

»Keine Frage, verehrte Sarabul!« rief Keraban schnell dazwischen, »natürlich werde ich Sie und meinen lieben Freund Van Mitten eines Tages besuchen.«

»Und Sie werden Ihre eigene Küche und Ihr eigenes Heim keineswegs vermissen, ebensowenig, wie sich mein Verlobter nach Holland zurücksehnen wird.«

Wenigstens nicht, so lange Sie bei mir sind, liebste Sarabul, hätte Van Mitten antworten müssen. Aber er brachte den Satz nicht zustande.

Kerabans Villa in Scutari

Glücklicherweise hatte sich die Kurdin gerade abgewendet und war an eines der Fenster getreten.

»Jetzt müssen wir ihr reinen Wein einschenken«, flüsterte Van Mitten seinem Freund ins Ohr. »Ich sage ihr, daß der Ehevertrag von Trapezunt null und nichtig ist.«

»So null und nichtig, als wäre er nie abgeschlossen worden!«

»Helfen Sie mir ein wenig in dieser heiklen Angelegenheit?«

»Hm«, machte Keraban, »meinen Sie nicht, daß man so vertrauliche Dinge unter vier Augen besprechen sollte?«

»Ach, Teufel nochmal!« sagte Van Mitten unwillkürlich, zog sich in einen Winkel des Salons zurück und dachte angestrengt über seine Lage nach.

»Das wird eine tolle Szene geben«, sagte Keraban zu Ahmet.

»Und unseretwegen! Ich meine, wir sollten dem armen Van Mitten beistehen.«

»Natürlich helfen wir ihm aus der Patsche. Pah! Was können diese Leute schon verlangen. Schließlich war er verheiratet, als er, obendrein gezwungenermaßen, den Ehevertrag unterschrieb. Nach westeuropäischen Gesetzen ist seine Unterschrift ungültig. Er hat also gar nichts zu befürchten.«

»Das mag schon stimmen, lieber Onkel. Aber wenn Madame Sarabul diesen Dolchstoß versetzt bekommt, fährt sie sicher wie ein verletzter Panther auf den armen Van Mitten los, von ihrem Bruder ganz zu schweigen. Der explodiert wie ein ganzer Pulverturm!«

»Warten wir es ab! Ich werde ihnen schon Vernunft beibringen. Wer hat denn an der ganzen Verwirrung schuld? Doch nicht Van Mitten. Als wenn er es je auf die Ehre dieser edlen Dame abgesehen hätte! Das ist zum Lachen.«

»Daran zweifle ich gar nicht, ebensowenig wie an der Absicht unserer Freundin, mit Gewalt den Witwenstand zu beenden.«

»Und da hat sie ohne Zögern die Hand auf den guten Van Mitten gelegt.«

»Eine eiserne Pranke!«

»Eine stählerne Faust!«

Alle erholten sich von den Reisestrapazen

»Und jetzt müssen wir diese falsche Heirat schleunigst verhindern, lieber Onkel.«

»Damit eine richtige endlich zustande kommt, wenn ich recht verstehe.«

»Ja, unsere, lieber Onkel«, sagte Amasia ganz ruhig. »Ich meine, wir haben es verdient.«

»Redlich verdient«, fügte der Bankier Selim hinzu.

»Wahrhaftig, kleine Amasia«, sagte Keraban ganz ernst, »wenn ich mir vorstelle, daß du durch mein Verschulden beinahe...«

»Sprechen wir nicht mehr davon!« bat Ahmet.

»Nein, nie wieder!« rief Amasia und schloß Keraban mit der Hand den Mund.

»Aber ich habe mir geschworen, ehrlich geschworen, daß ich nie wieder meinen Dickkopf aufsetzen werde«, fuhr Keraban fort.

»Das muß er noch beweisen!« rief Nedjeb und brach in helles Gelächter aus.

»Wie? Was sagt dieser junge Spottvogel?«

»Oh, nichts, Seigneur Keraban.«

»Ja, wahrhaftig, ich werde nie wieder auf etwas beharren... außer auf meiner Liebe zu Ahmet und Amasia«, fuhr Keraban fort. Bruno hörte ungläubig zu. Schließlich sagte er:

»Wenn der Seigneur Keraban kein Starrkopf mehr sein will, müßte er schon...«

»...zuvor den Kopf verlieren«, ergänzte Nizib.

»Und selbst dann wäre er noch der alte Starrkopf«, fügte Bruno boshaft hinzu.

Inzwischen war der edlen Sarabul der verzweifelte Gesichtsausdruck Van Mittens aufgefallen.

»Worüber machen Sie sich Gedanken?« fragte sie.

»Ja, tatsächlich, da hockt er trübsinnig in einem Winkel, statt uns Scutari und den Bosporus zu zeigen!« rief auch Yanar. »In wenigen Tagen revanchieren wir uns und zeigen Ihnen Kurdistan!«

Beim Namen ›Kurdistan‹ zuckte Van Mitten zusammen, als hätte man ihm einen elektrischen Schlag versetzt.

»Also gehen wir, Herr Van Mitten!« befahl Sarabul und zog den Widerstrebenden aus seinem Winkel.

»Wie Sie wünschen, liebe Sarabul, ganz wie Sie wünschen«, stammelte das Opfer gehorsam, wurde aber glücklicherweise durch einen Ausruf Nedjebs im Salon zurückgehalten.

»Sehen Sie nur! Dort unten in Scutari gibt es irgendeine Sensation! Ach, wenn man doch dabei sein könnte!«

Das Mädchen beugte sich aus dem Fenster.

Nun schauten auch die anderen Gäste des Hauses hinunter in das Gassengewirr.

»Nedjeb hat recht, dort unten muß etwas Besonderes zu sehen sein«, meinte Keraban schließlich. »So viele geschmückte Boote sind an gewöhnlichen Tagen nicht auf dem Bosporus. Wahrscheinlich findet irgendein Fest statt. Da sind auch Akrobaten und Jongleure! Und hört ihr die Musik? Der Quai ist ja vollkommen mit Menschen verstopft!«

»Hoffentlich wird dadurch unsere Hochzeit nicht verzögert«, meinte Ahmet besorgt.

»Keineswegs«, versicherte Keraban. »Was Van Mitten bei seiner Verlobung in Trapezunt recht war, soll dir bei deiner Hochzeit in Scutari billig sein.! Ein Fest, um deinen Festtag zu verschönen!«

»Er zieht mich noch auf bis zum bitteren Ende«, sagte Van Mitten zähneknirschend.

»Freund Keraban, es ist Zeit, an die Hochzeit unserer Kinder zu denken«, mahnte Selim schließlich. »Wir wollen doch nicht den allerletzten Termin versäumen.«

»Nur Geduld«, erwiderte Keraban.

Doch Selim ließ sich nicht mehr aufhalten.

»Ich gehe jetzt zum Richter von Scutari und bereite den Vertrag vor«, sagte er entschlossen.

»Und wir folgen in einer Stunde«, versprach Ahmet.

Selim verließ den Salon und Ahmet wendete sich an seine Braut.

»Eine Stunde noch, Amasia ... dann ein Gebet beim Imam ... und ...«

Eine Straße in Scutari

»... und wir sind verheiratet«, rief Nedjeb so begeistert, als handele es sich um ihre eigene Hochzeit.

Während dieser Gespräche war Van Mitten in eine andere Ecke des Salons geflüchtet. Umsonst! Auch diesmal ließ ihm Sarabul keine Ruhe zum Nachdenken.

»Wollen wir nicht bis zum Beginn der Hochzeit am Bosporus spazierengehen?« fragte sie harmlos.

»Wie? Am Bosporus? Wieso am Bosporus?« stotterte Van Mitten geistesabwesend.

»Ja, am Bosporus«, wiederholte Yanar. »Sie sehen fast so aus, als verstünden Sie nicht recht...«

»Doch...doch«, versicherte Van Mitten und kam unter dem kräftigen Griff seines Schwagers ziemlich schnell auf die Beine. »Aber ehe wir gehen, möchte ich...hätte ich gern...«

»Was denn nur?« fragte Sarabul ungeduldig.

»Ich möchte Sie gern unter vier Augen sprechen, verehrte Sarabul.«

»Sie...allein...mit mir?«

»Also schön, ich lasse euch allein«, sagte Yanar.

»Nein, nein, lieber Bruder, du bleibst hier. Vielleicht brauche ich deinen Rat.«

»Bei Allah, ich bin gespannt, wie er sich aus der Patsche zieht«, flüsterte Keraban seinem Neffen zu.

»Es wird hart hergehen!« meinte Ahmet. »Wir wollen in der Nähe bleiben und Van Mitten notfalls helfen.«

»Jetzt geht es ihm an den Kragen!« sagte Bruno düster.

Keraban, Ahmet, Amasia, Nedjeb und die Diener verließen den Salon. Die Kämpfer hatten freie Bahn.

Als erstes kratzte sich Van Mitten am Kopf und seufzte:

»Wenn ich nur wüßte, wie ich beginnen soll.«

Doch die edle Sarabul erleichterte ihm die Sache. Sie kam auf ihn zu und sagte in verhältnismäßig sanftem Ton:

»Was haben Sie uns zu sagen, Herr Van Mitten?«

»So reden Sie doch endlich!« befahl Yanar, nicht ganz so entgegenkommend.

»Vielleicht setzen wir uns hin«, schlug Van Mitten vor. Er fühlte, daß seine Beine nachgaben.

»Was man im Sitzen sagen kann, läßt sich auch im Stehen sagen. Also bitte, wir hören!« entgegnete die edle Sarabul.

Van Mitten faßte sich ein Herz und eröffnete seine Rede mit einigen Wendungen, die geradezu für Hasenfüße seiner Art erfunden wurden.

»Verehrte Sarabul... Sie dürfen überzeugt sein, daß ich..., daß es mir aufrichtig leid tut, wenn...«

»Was tut Ihnen denn leid? So reden Sie doch deutlicher! Sprechen Sie vielleicht von unserer Heirat?« fragte Sarabul mißtrauisch. Und sie fügte rasch hinzu:

»Schließlich ist diese Ehe nichts weiter als eine Wiedergutmachung für...«

»Wiedergutmachung! Sie reden von Wiedergutmachung, und ich habe doch gar nichts...«, begann Van Mitten etwas lauter.

Doch Sarabul ließ ihn nicht aussprechen.

»Mir tut es genauso leid...«, sagte sie.

»Aha!« warf Van Mitten ein.

»Mir tut es genauso leid, daß ausgerechnet Sie damals in meine Schlafkammer in Rissar eingedrungen sind. Der junge Ahmet oder meinetwegen auch der Seigneur Keraban wären mir lieber gewesen! Dann hätte ich wenigstens einen Mann zum Gatten bekommen und nicht einen, einen...«

»Gut gesprochen, Schwester«, rief Yanar beifällig.

Van Mitten fühlte sich nun doch in seiner Mannesehre angegriffen. Er setzte zu einer Erklärung an, kam aber nicht weit, denn schon machte Sarabul aufs neue ihrer Empörung Luft.

»Jawohl!« schrie sie, »anstelle eines Mannes habe ich diesen holländischen Eiszapfen bekommen. Daß ausgerechnet dieser Typ ein Attentat auf eine wehrlose Frau verüben konnte... unerklärlich!«

»Genug jetzt!« schrie Van Mitten, endlich hoch empört. Der ›Eiszapfen‹ hatte das Maß vollgemacht.

»Zunächst einmal nehmen Sie bitte zur Kenntnis, daß dieses

Attentat nie verübt worden ist, verehrte Dame«, sagte er mit schneidender Stimme.

»Wirklich nicht?« höhnte Yanar.

»Nein, das Ganze war ein Irrtum oder noch nicht einmal das. Wahrscheinlich bin ich sogar in böser Absicht in das falsche Zimmer geschickt worden.«

»Hört! Hört!« sagte Sarabul.

»Und ich wiederhole: Es war ein Irrtum, den ich ganz ungerechtfertigt mit einer Gefängnisstrafe oder dieser übereilten Heirat büßen sollte.«

»Ob übereilt oder nicht, spielt gar keine Rolle mehr. Sie haben den Ehevertrag unterschrieben, Sie sind unwiderruflich mit mir verbunden, und was wir in Trapezunt begonnen haben, wird in Kurdistan zu Ende gebracht!«

»So, so, nun sind wir auch schon in Kurdistan!« sagte Van Mitten. Allmählich wuchs seine Kampflust.

»Und da ich merke, daß die Gegenwart Ihrer Freunde Sie nicht gerade liebenswürdiger gegen Ihre zukünftige Gattin macht, werden wir noch heute abreisen. Daheim in Kurdistan will ich Ihnen schon ein bißchen kurdischen Mannesmut beibringen!«

»Ich muß doch bitten...«

»Noch ein Wort, und wir reisen auf der Stelle!«

»So reisen Sie doch ab, Madame Sarabul«, sagte Van Mitten in einem Tonfall, den man fast schon energisch nennen konnte. »Sie dürfen jeden Augenblick abreisen, und niemand wird Sie zurückhalten. Aber ich, ich bleibe hier.«

»Sie bleiben hier?« Sarabul war fassungslos. Hatte Van Mitten nicht eben noch wie ein Lamm zwischen zwei Tigern zitternd vor ihnen gestanden, und jetzt wagte dieses Lamm offenen Widerstand?

»Finden Sie nicht, daß Sie unverschämt werden?« fragte Yanar drohend.

»Meinetwegen auch unverschämt!«

»Und das gegen eine Kurdin!«

»Ich glaube, Sie unterschätzen mich, Herr Holländer«, sagte die edle Sarabul. »Hören Sie gut zu: Ich war schon mit fünfzehn Jahren zum ersten Male Witwe...«

»...und wer sich früh daran gewöhnt hat, kann es auch später nicht lassen!« fuhr Yanar höhnisch fort.

»Und doch werde ich Ihnen keine Gelegenheit geben, auch noch meine Witwe zu werden!« entgegnete Van Mitten unerschrocken.

»Herr Van Mitten, dazu bedarf es nur eines einzigen Stoßes!« rief Yanar. Die Hand des furchtbaren Kurden umklammerte bereits den Dolchgriff.

»Sie begreifen gar nichts, Seigneur Yanar«, sagte Van Mitten ganz ruhig. »Auch der Dolchstoß würde aus Madame Sarabul nicht meine Witwe machen... weil der Ehevertrag von Trapezunt null und nichtig ist.«

»Null und nichtig?«

»Der Grund ist einfach. Madame Sarabul hat zwar das Glück, Witwe ihres letzten Gatten zu sein... aber ich bin nicht der Witwer meiner ersten Frau!«

»Verheiratet! Er ist verheiratet!« rief die Kurdin ganz außer sich.

»Jawohl. Ich war und bin verheiratet. Und nur, um meinen Freunden eine Verhaftung zu ersparen, habe ich mich geopfert und...«

»Geopfert! Er hat sich geopfert!« stöhnte die edle Sarabul und sank auf dem nächstbesten Diwan nieder.

»Ich habe mich geopfert«, fuhr Van Mitten fort, »aber ich wußte, daß aus der Heirat mit Ihnen nichts werden kann, denn die erste Frau Van Mitten ist alles andere als tot. Sie erwartet mich in Holland.«

Die geprellte Braut erhob sich ganz langsam vom Diwan, wendete sich zu ihrem Bruder um und sagte: »Hörst du, was er sagt?«

»Ich höre!«

»Man treibt mit deiner Schwester ein schändliches Spiel!«

»Unerhört!«

»Und dieser Verbrecher lebt noch?«

»Nur noch eine Sekunde!«

Da wurde Van Mitten hellwach.
»Sind Sie von Sinnen?« schrie er.
»O nein, ich räche nur meine Schwester!« schrie Yanar ebenso laut, riß die bewaffnete Hand hoch und ging langsam auf Van Mitten zu.
»Halt! Ich räche mich selbst!« rief die edle Sarabul und stürzte sich mit entsetzlichem Wutgeheul auf den Holländer.

Vierzehntes Kapitel

in welchem Keraban der Starrkopf seinem Namen alle Ehre macht

Die Tür zum Salon sprang auf. Keraban, Ahmet, Amasia, Nedjeb und Bruno kamen hereingelaufen.

Im Handumdrehen hatte Keraban den holländischen Freund aus dem Würgegriff der wütenden Kurdin befreit.

»Aber, Madame«, sagte Ahmet, »Sie können doch nicht unseren Freund wegen eines Mißverständnisses umbringen!«

»Puh, das war höchste Zeit!« rief Bruno erschrocken.

»Armer Herr Van Mitten«, sagte Amasia. Der Holländer tat ihr aufrichtig leid.

»Und ich finde, diese Frau paßt gar nicht zu ihm«, meinte Nedjeb und schüttelte mißbilligend den Kopf.

Inzwischen kam Van Mitten wieder zu Atem.

»Ein harter Kampf!« sagte Keraban.

»Noch eine Sekunde, und ich wäre tot gewesen«, entgegnete Van Mitten. Die edle Sarabul stürzte sich jetzt auf Keraban.

»Sie ... Sie waren einverstanden mit ...«

»... diesem Täuschungsmanöver ... ja, so möchte ich es nennen, ein Täuschungsmanöver, aus der Not geboren«, fuhr Keraban in liebenswürdigem Ton fort.

»Und ich werde mich rächen! Ich verlange Gerechtigkeit ... in Konstantinopel gibt es Richter ...«

»Verehrte Sarabul«, begann Keraban noch einmal, »hier gibt es nur einen Schuldigen ... Sie selbst! Wegen eines angeblichen Attentats wollten Sie uns verhaften lassen, so daß wir zu spät in Scutari gewesen wären. Bei Allah! Sie müssen verstehen, daß uns kein anderer Ausweg blieb als die Täuschung. Ich meine sogar, wir hatten ein Recht auf diese kleine Rache.«

Die edle Sarabul warf sich zum zweiten Male auf den Diwan. Sie bekam einen jener Nervenanfälle, die den Frauen, sogar in Kurdistan, bei Bedarf stets zu Gebote stehen.

Nedjeb und Amasia standen ihr sofort hilfreich zur Seite.

»Laßt mich fort! Fort von hier!« schrie sie auf dem Höhepunkt der Krise.

»Gute Reise!« wünschte Bruno.

Da trat Nizib in den Salon.

»Eine Depesche für Herrn Van Mitten. Sie wurde aus dem Kontor in Galata herübergebracht.«

Van Mitten öffnete das Telegramm und schaute zuerst auf die Unterschrift.

»Es ist von meinem Prokuristen in Rotterdam«, sagte er und begann, den Text halblaut vorzulesen:

»Frau Van Mitten ... vor fünf Wochen ... verschieden ...«

Van Mittens Hand zerknüllte mechanisch das Telegrammblatt. Seine Augen – warum sollen wir es verschweigen? – füllten sich mit Tränen.

Aber Sarabul war blitzschnell genesen. Verzückt rief sie:

»Vor fünf Wochen ... vor fünf Wochen!«

»Wie unvorsichtig!« murmelte Ahmet. »Mußte er denn das Datum verraten!«

»Vor fünf Wochen ...«, sagte Sarabul noch einmal und fügte hinzu:

»Und da ich Ihnen, Herr Van Mitten, erst vor zehn Tagen die Ehre antat, Sie zu meinem Gatten zu wählen, ist der Ehevertrag voll gültig, denn Sie waren schon Witwer.«

Diesmal war es Van Mitten, der auf dem Diwan niedersank. Die Lage der Dinge war so eindeutig, daß sich jeder weitere Einwand erübrigte.

»Armer Van Mitten! Ihm bleibt nichts weiter übrig, als sich in den Bosporus zu stürzen«, sagte Ahmet zu seinem Onkel.

»So? Und wozu sollte das gut sein?« fragte Keraban spöttisch. »Die edle Dame springt ja doch hinterher und holt ihn heraus ... und sei es nur aus Rache.«

Sarabul hatte den Arm des Mannes, der nun mit Haut und Haaren ihr Eigentum war, fest umklammert.

»Stehen Sie auf!« befahl sie.

»Ich komme schon, liebe Sarabul«, sagte Van Mitten ganz ergeben und ließ den Kopf hängen.

»Wir brechen auf«, verkündete Yanar.

»Ja, lieber Schwager, und ich folge Ihnen, wohin Sie wollen.«

»Wir fahren sofort nach Konstantinopel, und dort nehmen wir das nächste Postschiff«, entschied Sarabul.

»Wohin?«

»Natürlich nach Kurdistan.«

»Nach K ... K... Kurdistan! Bruno, du begleitest mich. Du weißt ja: In Kurdistan ißt man gut und viel! Du wirst also nichts entbehren.«

Bruno konnte gerade noch zustimmend mit dem Kopf nicken, da hatte das edle Kurdenpaar den unglücklichen Holländer schon aus dem Salon geführt. Ehe die türkischen Freunde die Lage Van Mittens richtig erfaßten, war das Dreiergespann verschwunden, und der treue Bruno eilte hinterher und wiederholte dauernd seinen Lieblingsspruch:

»Ich wußte ja, daß er in sein Unglück läuft!«

Die Zurückgebliebenen brachten zunächst kein Wort heraus. Schließlich seufzte Amasia:

»Nun muß er heiraten.«

»Und nur unseretwegen«, fügte Ahmet hinzu.

»Da bleibt unserem Freund nur ein Trost«, sagte Keraban, ohne das Gesicht zu verziehen.

»Was meinst du, lieber Onkel?«

»Nun, er wird sich nach kurdischem Brauch gleich ein Dutzend Frauen zulegen müssen. Die bringen sich untereinander schon zur Raison.«

Ehe jemand Einwände machen konnte, ging die Tür auf, und Selim kam atemlos in den Salon hereingestürzt.

»Vater, warum kommst du zurück?« fragte Amasia erschrokken.

»Freunde, die Hochzeit unserer Kinder kann nicht stattfinden...«

»Vater!«

»Bruno, Du begleitest mich nach Kurdistan!«

»Jedenfalls nicht in Scutari.«

»Nicht in Scutari?«

»Nein, nur in Konstantinopel.«

»In Konstantinopel?« Keraban horchte auf. »Und warum ... wenn man fragen darf?«

»Der Richter von Scutari weigert sich, den Vertrag zu beglaubigen.«

»Aus welchem Grunde?«

»Er behauptet, Kerabans und Ahmets eigentlicher Wohnsitz sei in Konstantinopel.«

»In Konstantinopel?« Keraban runzelte unheilverkündend die Stirn.

»In Konstantinopel. Und da heute der allerletzte Termin für die Hochzeit unserer Kinder ist, sollten wir keine Zeit mehr verlieren. Wir müssen zum Richter von Konstantinopel hinüberfahren ... oder die Erbschaft ist verloren.«

»Also fahren wir«, sagte Ahmet und lief schon zur Tür.

»Ja, fahren wir«, wiederholte Amasia.

Sie wendete sich aber noch rasch zu Keraban um und bat höflich:

»Verehrter Onkel, Sie kommen doch mit?«

Keraban rührte sich nicht vom Fleck.

»Lieber Onkel...«, flehte Ahmet.

»Wie, Sie wollen nicht mitkommen?« fragte Selim. »Wir brauchen doch nur den Bosporus zu überqueren.«

»Den Bosporus! Und wie steht es mit dieser unverschämten Steuer? Muß ich immer noch zehn Paras für die Überfahrt bezahlen?«

»Natürlich, lieber Freund«, sagte Selim vorsichtig. »Aber nun haben Sie doch den Behörden erfolgreich die Zähne gezeigt, und da könnten Sie ruhig einmal...«

»Nichts kann ich! Ich weigere mich...«

»Dann wird man Sie nicht überfahren lassen.«

»Und unsere Hochzeit? Wir müssen doch noch heute heiraten!« rief Ahmet verzweifelt.

»Ihr werdet ohne mich heiraten.«

»Das ist ausgeschlossen, lieber Onkel. Du bist mein Zeuge und Vormund.«

»Wartet, bis ich meinen Wohnsitz offiziell nach Scutari verlegt habe. Dann muß auch der Richter von Scutari den Vertrag beglaubigen.«

Jedermann sah ein, daß es der Starrkopf bitterernst meinte. Nur Selim verlegte sich noch einmal aufs Bitten.

»Freund Keraban«, sagte er eindringlich, »ich wiederhole: Wenn Amasia und Ahmet heute nicht heiraten, ist die Erbschaft verloren! Verstehen Sie uns nicht?«

»Und ob! Aber wenn ich für die Überfahrt zehn Paras bezahlen soll, bleibe ich hier. Eher würde ich noch einmal um das Schwarze Meer fahren, als die Steuer zu zahlen.«

Niemand zweifelte, daß Keraban zu einer derartigen Torheit fähig wäre.

Doch Ahmet wollte den Kampf noch nicht verloren geben.

»Onkel, du tust Unrecht«, sagte er mutig. »So viel Starrköpfigkeit, noch dazu in unserem besonderen Falle, ist einmalig. Verzeih mir die harten Worte, aber jetzt geht es um das Glück derjenigen, die dir bisher nur Liebe und Verständnis entgegengebracht haben.«

»Hüte deine Zunge, Ahmet!«

»Nein, Onkel, diesmal schweige ich nicht. Laß mich ausreden!«

»Lieber Ahmet, beruhige dich doch«, bat Amasia flehentlich. »Wenn das Vermögen verloren ist, auf das du mit vollem Recht gehofft hast, gebe ich dich frei.«

»Wie? Ich soll dich verlieren? Niemals! Komm, gehen wir! Und wir wollen auch nie wieder den Fuß nach Scutari setzen. Ich meine, uns bleibt auch so noch genug, um die zehn Paras für die Überfahrt zu bezahlen.«

Ganz außer sich zog der junge Mann das Mädchen fast gewaltsam zur Tür.

»Keraban«, sagte Selim bittend.

»Laßt mich in Ruhe!«

»So komm, Vater!« sagte Amasia, die kaum noch die Tränen unterdrücken konnte.

»Leb wohl, Onkel!« rief Ahmet von der Tür her. »Dein Starrsinn kostet uns ein Vermögen! ... Du hast das Mädchen ruiniert, das deine Nichte werden wollte! ... Aber lassen wir das! Ich trauere um mehr als das verlorene Geld! Du siehst mich nie mehr wieder!«

Im nächsten Augenblick hatten Ahmet, Amasia, Selim und Nedjeb die Villa verlassen, und wenig später stiegen sie in das Fährboot nach Konstantinopel.

Keraban lief indessen in seinem Salon auf und ab. Er war noch immer hoch erregt.

»Nein! Bei Allah, nein! Und nein! Bei Mohammed, nein!« schrie er. Nachgeben? Wie unwürdig! Um das ganze Schwarze Meer reisen, damit ich die Steuer nicht zahle ... und dann doch zahlen? Das ist Verrat an mir selbst. Lieber setze ich nie wieder den Fuß nach Konstantinopel! Ja, so mache ich es: Ich verkaufe das Haus in Galata ... ich ziehe mich aus dem Geschäft zurück. Ahmet bekommt mein Vermögen ... als Ersatz für Amasias verlorene Erbschaft. Dann ist er reich genug ... und ich bin arm ... na, wenn schon ... aber die Steuer habe ich nicht bezahlt! Soll ich vielleicht vor diesen ekelhaften Polizeibeamten treten und die zehn Paras zahlen, damit der Kerl mich auslacht ... nachdem ich ihn so schön hereingelegt habe! Niemals!«

So schlug sich Keraban mit seinem eigenen Gewissen herum. Er spürte nur allzu deutlich, daß andere, daß Menschen, die ihm lieb und teuer waren, nun für seinen Starrsinn büßen mußten. Und wie würde Ahmet auf sein Angebot reagieren? War der Neffe nicht verzweifelt und zutiefst verletzt aus dem Hause gelaufen? O ja, Keraban verstand den jungen Mann nur allzu gut. Auch Ahmet hatte seinen Stolz ... sonst wäre er nicht Kerabans Neffe gewesen! Nein, er konnte das Angebot des Onkels gar nicht annehmen. Wie sollte es nun weitergehen? Ach, wenn doch Mohammed die ganze Regierung samt allen Anbetern der neuen Zeit erdrosseln wollte!

Keraban durchkreuzte den Salon wie ein gefangener Löwe. Lehnsessel und Polsterstühle wurden die Opfer seiner Fußtritte. Seine Augen suchten nach einem zerbrechlichen Gegenstand, an dem er seine Wut kühlen konnte. Bald lagen zwei Vasen in Scherben am Boden, aber der Starrkopf hatte sich noch immer nicht gefaßt.

»Amasia … Ahmet … nein, ich kann doch nicht an ihrem Unglück schuld sein … aus reiner Eigenliebe! Die Heirat verzögern …? Nein … vielleicht kommt es dann nie mehr dazu. Aber nachgeben? Ich soll nachgeben? Ach, Allah, hilf deinem Diener Keraban!«

Mit diesem Ausruf stürzte der Starrkopf, kaum noch seiner Sinne mächtig, aus dem Salon.

Fünfzehntes Kapitel

in welchem der Zufall, wie so oft, eine verfahrene Sache ins Geleise bringt

Wir wissen schon, daß sich ganz Scutari in festlicher Stimmung am Hafen eingefunden hatte. Am anderen Ufer des Bosporus, drüben an den Quais von Galata, sah es nicht anders aus. Auch dort drängte sich eine unübersehbare Menschenmenge, und selbst im Bosporus lagen so viele mit Fahrgästen überladene Schiffe, daß man kaum noch das Wasser sah. All diese Europäer und Asiaten, Türken, Albanier und Griechen waren hier zusammengeströmt, um einem außergewöhnlichen Schauspiel beizuwohnen.

So sahen sich Ahmet und seine Begleiter bei der Überfahrt unerwartet von lärmendem Vergnügen umgeben, aber dem jungen Mann und seinen Begleitern war das Herz so schwer, daß sie kaum auf die freudige Erregung der Menschen achteten.

Unter der Masse der Zuschauer befand sich übrigens, wenn auch widerwillig, der Herr Jan Van Mitten. Er trug noch immer die Tracht eines vornehmen Kurden. In seiner Begleitung waren die edle Sarabul, seine nunmehr rechtmäßige Verlobte, und deren Bruder Yanar sowie der treue Bruno.

Als Ahmet und die Seinen am Quai von Galata ausstiegen, stießen sie bald auf Van Mitten und seine Familie. Damit war die Reisegesellschaft – bis auf Keraban – wieder vereinigt.

»Sehr hübsch, Herr Van Mitten«, sagte die edle Sarabul gnädig, »aber in Kurdistan gibt es noch großartigere Feste!«

»Daran zweifle ich nicht, verehrte Sarabul«, sagte Van Mitten nachgiebig, wenn auch ohne Überzeugung.

»Und Sie tun gut daran!« fügte Yanar streng hinzu.

Zuweilen erschollen aus der Menschenmenge laute Rufe, als werde irgend etwas oder irgend jemand voller Ungeduld erwartet.

Aber Ahmet und Amasia hatten für diese Vorgänge weder Auge noch Ohr.

»Nein, Amasia«, beteuerte Ahmet immer wieder, »ich glaubte meinen Onkel zu kennen. Daß er es so weit treiben könnte, hätte ich nie gedacht. Welche Hartherzigkeit!«

»Und er wird nie mehr nach Konstantinopel fahren, wenn die Steuer nicht aufgehoben wird?« fragte Nedjeb.

»Nie mehr«, sagte Ahmet voller Überzeugung.

»Am meisten bedaure ich den Verlust der Erbschaft deinetwegen, Ahmet«, sagte Amasia niedergeschlagen. »Ich selbst wollte schon darüber hinwegkommen.«

»Wir wollen alles vergessen. Laßt uns gleich nach Odessa abreisen! Dann kommt mir auch der Onkel Keraban am ehesten aus dem Sinn ... und ich hatte ihn doch immer als Vater betrachtet!« sagte Ahmet, nicht weniger traurig als Amasia.

»Dieser Keraban hätte wirklich eine Strafe verdient!« rief Selim ehrlich entrüstet.

»Ja, vielleicht die Heirat mit dieser Kurdin! Warum hat er sie denn nicht genommen?« meinte Nedjeb.

Die edle Sarabul war glücklicherweise so sehr mit ihrem Verlobten beschäftigt, daß sie Nedjebs vorlaute Bemerkung überhörte.

Auch Selims Antwort war ihr entgangen.

»Eine Strafe für Keraban? Der hätte mit seinem Starrsinn selbst noch diese Frau gezähmt«, hatte der Bankier bitter gesagt.

»Und ob! Aber was nützt das ... vorläufig sitzt mein armer Herr im Käfig ... und nicht der Seigneur Keraban«, sagte Bruno mutlos.

Ahmet und seine Freunde hatten zwar kein Interesse an den Vorgängen am Hafen, aber sie kamen nicht umhin, ein paar Bemerkungen aus der Menge aufzufangen.

»Ein tollkühner Bursche, dieser Storchi!« rief jemand.

»Ja, die Steuerbeamten hätten sich nicht träumen lassen, daß man ihre Bestimmungen auf diese Weise umgeht«, meine ein anderer höchst belustigt.

Ahmet fing diese Sätze nur mit halbem Ohr auf, aber er nahm doch wahr, daß ihn ein Zuschauer direkt ansprach.

»Ah, der Seigneur Ahmet. Willkommen in Konstantinopel ... und herzlichen Glückwunsch für Ihren Onkel. Ich höre soeben, daß er in Scutari eingetroffen ist. Ich muß schon sagen ... eine Heldentat! Um zehn Paras zu sparen, hat er ein paar tausend Pfund bezahlt!«

Der Sprecher war natürlich niemand anderes als der Polizeichef.

»Die Steuerbestimmung ist übrigens noch in Kraft«, fuhr der Beamte fort. »Wenn Ihr Herr Onkel also weiter auf seinem Eigensinn besteht, muß er denselben Weg rückwärts machen, falls er in Konstantinopel zu tun hat.«

»Und das wird er auch tun, wenn er dazu Lust hat«, entgegnete Ahmet kurz angebunden. So sehr ihn auch die Dickköpfigkeit Kerabans erregte ... nein, von einem Polizeibeamten duldete er keine Spottreden.

»Pah! Eines Tages gibt er doch nach und kommt wieder über den Bosporus«, erwiderte der Beamte. »Aber eines versichere ich Ihnen: Meine Leute überwachen sämtliche Kajiks, und wenn er nicht gerade herüberschwimmt oder angeflogen kommt...«

»Warum sollte er nicht fliegen ... wenn es ihm Spaß macht?« fragte Ahmet bissig zurück.

Diesmal blieb der Beamte die Antwort schuldig, denn durch die Menschenmenge ging eine heftige Bewegung. Tausende von Händen streckten sich zum Bosporus, in die Richtung von Scutari. Alle Augen waren nach oben gerichtet.

»Dort!... Er kommt!... Storchi!... Storchi!« schrie die erregte Menge.

Ahmet und seine Begleiter standen an der Landungstreppe von Top-Hane. Sie konnten ohne Mühe sehen, was die Gemüter so erregte.

Ungefähr sechshundert Fuß vor dem Ufer von Scutari ragte ein Turm aus dem Wasser, der fälschlich nach dem berühmten Schwimmer der Antike, dem jungen Leander, benannt war. In Wahrheit hatte der Jüngling die Meerenge der Dardanellen

Storchi schob seinen Begleiter vor sich her

durchschwommen, um zu seiner reizenden Hero, einer Priesterin der Diana, zu gelangen. Das Unternehmen war in diesem Jahrhundert an derselben Stelle von Lord Byron nachgeahmt worden. Der Engländer hatte für die Strecke von zwölfhundert Metern nur eine Stunde und zehn Minuten gebraucht und war auf seine Leistungen so stolz, wie es nur ein Sohn Britanniens sein konnte.

Hatte sich vielleicht wieder ein kühner Schwimmer gefunden, dem die Ruhmestaten des antiken Jünglings und des großen Dichters keine Ruhe ließen?

O nein, diesmal war ein Seil hoch oben in der Luft quer über die Meerenge gespannt. Dreizehnhundert Meter war es lang und fand über dem Wasser nur einmal, an der Spitze des Leanderturmes, Halt.

Storchi, ein berühmter Akrobat, unternahm es, den Bosporus auf diesem Seil zu überqueren. Freilich, ein Sturz aus hundertundfünfzig Fuß Höhe in die Wellen des Bosporus war sicher unangenehm, aber doch kaum lebensgefährlich. Um das Unternehmen zu erschweren, hatte er sich daher einen Begleiter genommen, den er in einer Schubkarre über das Seil schob.

Schon hatten die beiden Akrobaten die erste Wegstrecke ohne Unfall zurückgelegt. Eben schob Storchi den Karren auf die Plattform der Turmspitze. Aus tausend Mündern brauste Beifall auf.

Und schon lief er weiter. Mit großer Gewandtheit und sicheren Fußes schob er den Karren mit dem unerschrockenen Begleiter langsam über das tief durchhängende Seil. Trotz größter Bemühungen war es nicht gelungen, das Tau parallel zur Wasseroberfläche zu spannen, so daß die Akrobaten sich hinter dem Stützpunkt am Turm erst schräg abwärts bewegen mußten, um dann zum Haltemast am Ufer von Galata hin wieder schräg aufzusteigen.

Welch eine Aufgabe! Aber Storchi hatte kräftige Muskeln, und sein Begleiter saß völlig regungslos und offenbar ohne Angst in dem Karren.

Über die Zuschauermenge hatte sich nun doch beklommenes

Schweigen gebreitet. Da ... endlich ... es war geschafft! Gesund und munter hatten die beiden Akrobaten das Ziel erreicht. Sie stiegen von der Plattform des Haltemastes über eine Leiter zur Erde ... und standen unmittelbar vor Ahmet und seinen Gefährten.

Helle Jubelschreie begrüßten jetzt die beiden Helden, und wir müssen zugeben, daß sich auch der Mann in dem Schubkarren den Beifall ehrlich verdient hatte.

Doch lauter als alle anderen schrie Ahmet. Konnte er seinen Augen trauen? Der Begleiter Storchis hatte dem Meister noch einmal die Hand gedrückt und kam nun lächelnd auf Ahmet zu.

»Onkel Keraban! ... Keraban!« rief der junge Mann überwältigt, und die ehemaligen Reisegefährten schlossen einen engen Kreis um den Starrkopf.

»Ich bin es wirklich, Freunde!« rief Keraban triumphierend. »Es war ganz einfach. Dieser Storchi wollte gerade mit einem Kollegen den Bosporus überqueren, nein, über den Bosporus *gehen,* und da bat ich ihn, die Stelle des Begleiters einnehmen zu dürfen. Und nun fort! Zum Richter! Wir müssen den Ehekontrakt unterschreiben!«

»Onkel! Ich wußte, daß Sie uns nicht im Stich lassen!« jubelte Amasia.

»Welch ein Mann!« sagte Van Mitten anerkennend. »Seinesgleichen müßte man in Holland mit der Lupe suchen.«

»Das fürchte ich auch«, setzte Sarabul bitter hinzu.

»Nun, Herr Polizeichef, ich bin doch herübergekommen, ohne die zehn Paras zu zahlen«, sagte Keraban triumphierend, als er den Beamten herankommen sah. »Abgesehen natürlich von den zweitausend Piastern für den Transport in der Schubkarre und den achthunderttausend für die Rundreise ums Schwarze Meer«, fügte er ironisch hinzu.

»Meinen aufrichtigen Glückwunsch!« sagte der Beamte und verneigte sich tief. Vor Verblüffung fehlten ihm die Worte.

Nun prasselten von allen Seiten her Beifallsrufe auf Keraban ein, der in strahlender Laune Ahmet und Amasia umarmt hielt.

Einen Augenblick lang sonnte er sich im Ruhm, dann aber drängte er gleich zur Eile.

»Ja, lieber Onkel, gehen wir zum Richter«, sagte Ahmet zustimmend, und rasch fügte er hinzu:

»Du bist doch der beste aller Menschen!«

»... und kein bißchen starrköpfig... solange mir niemand widerspricht«, fuhr Keraban fort.

Was nun folgte, wollen wir nur kurz andeuten. Wie gewünscht fertigte der Richter den Ehevertrag aus, der Imam in der nahen Moschee sprach ein Gebet und segnete die jungen Leute, und dann begab sich das Brautpaar mit seinen Gästen zur Hochzeitsfeier in Kerabans Haus in Galata. Wie geplant hatte Ahmet seine geliebte Amasia, die reiche Tochter des Bankiers Selim, zur Frau bekommen, noch ehe der 30. September verstrichen war.

Nur einer war zutiefst niedergeschlagen: der arme Van Mitten. Noch in den Abendstunden des 30. September bereitete er sich für die Abreise nach Kurdistan vor, wo sein Schicksal endgültig besiegelt, das heißt, die Hochzeit mit Sarabul gefeiert werden sollte.

Als er von seinen Freunden Abschied nahm, verlor er ein wenig die Beherrschung. Beinahe vorwurfsvoll sagte er zu Keraban:

»Daß ich nun wieder heiraten soll ... zum zweiten Male heiraten! ... und nur, weil ich Ihnen nicht widersprochen habe...«

Aber Keraban tröstete ihn wie so oft in den letzten Tagen:

»Ach was«, sagte er, »irgendwie kommen Sie schon um die Heirat herum ... und dann war das Ganze nur ein böser Traum!«

»Ich fürchte, es ist mehr als ein Traum. Ja, wenn diese schreckliche Depesche nicht gekommen wäre...«

Er zog das zerknüllte Telegrammblatt noch einmal aus der Tasche und las mechanisch den Text:

»Frau Van Mitten ... vor fünf Wochen ... verschieden ... abzureisen, um ihren Gatten...«

»Wie, ›verschieden abzureisen‹? Was soll der Unsinn?« rief Keraban, entriß dem Freund das Papier und las den Text, wie er nur lauten konnte:

»Frau Van Mitten ... hat sich vor fünf Wochen entschieden ... nicht verschieden! ... entschieden abzureisen, um ihren Gatten in Konstantinopel wiederzutreffen.«

»Er ist nicht Witwer, er ist nicht Witwer!« riefen alle wie aus einem Munde, und diesmal widersprach niemand, als Keraban den Telegraphen beschimpfte.

»Sage ich es nicht immer: Diese neumodischen Erfindungen machen Fehler über Fehler! Verschieden ... entschieden! Eine dümmere Verwechslung konnte sich die Maschine wahrhaftig nicht einfallen lassen.«

»... nicht Witwer! Ich bin nicht Witwer!« jubelte sogar Van Mitten. Aus Furcht vor der zweiten Frau war er überglücklich, daß er die erste wiederbekam.

Die edle Sarabul und der furchtbare Yanar nahmen die neue Wendung der Dinge so auf, wie man es von ihnen erwarten konnte: Es gab einen wahren Höllenspektakel. Und doch mußten sie sich fügen. Zu allem Überfluß traf die erste und einzige Frau Van Mitten noch vor Ablauf des Abends ein ... und überreichte ihrem Gatten als Versöhnungsgabe eine kostbare Valentia-Tulpenzwiebel.

»Laß nur, Schwester, wir finden für dich einen Besseren«, versprach Yanar der untröstlichen Witwe, »einen Besseren als diesen ...«

»... diesen Eiszapfen«, schluchzte Sarabul und verließ den Ort ihrer Schmach.

Das Geschwisterpaar brach unverzüglich nach Kurdistan auf. Die Rückreise wurde ihnen durch eine reichlich bemessene Entschädigung aus Kerabans Schatulle erleichtert. Der Starrkopf wollte damit die sinnlose Reise von Trapezunt nach Scutari wiedergutmachen.

Doch ein Problem war noch ungelöst: Keraban konnte nicht für alle Zeiten auf einem Hochseil den Bosporus überqueren. Sollte er tatsächlich sein Geschäft in Konstantinopel oder seine Villa in Scutari aufgeben müssen?

Nein! Ein Weilchen unternahm der Starrkopf gar nichts. Aber eines Tages bat er die Regierung, die Besteuerung der Kajiks ein für allemal gegen eine hohe Ablösungssumme aus seiner Tasche einzustellen. Der Vorschlag fand bei den Steuerbehörden Beifall. Zwar wurde Keraban dadurch um vieles ärmer, aber zugleich auch um vieles beliebter bei seinen Zeitgenossen, und noch heute bestaunen die Fremden ›Keraban den Starrkopf‹ als eine der Sehenswürdigkeiten von Konstantinopel.

Inhaltsverzeichnis

ERSTER TEIL

ZWEITER TEIL

ISBN 3 7632 1423 2
Aus dem Französischen übersetzt und bearbeitet von Gisela Geisler
Satz: Fotosatz Tutte Salzweg-Passau
Druck und Bindung: Passavia Druckerei AG, Passau
Schrift: 9 Punkt Times (Monophoto)
Papier: 80 g holzfrei Werkdruck der Fa. Schachenmayr, Mochenwangen
Printed in Germany 1970

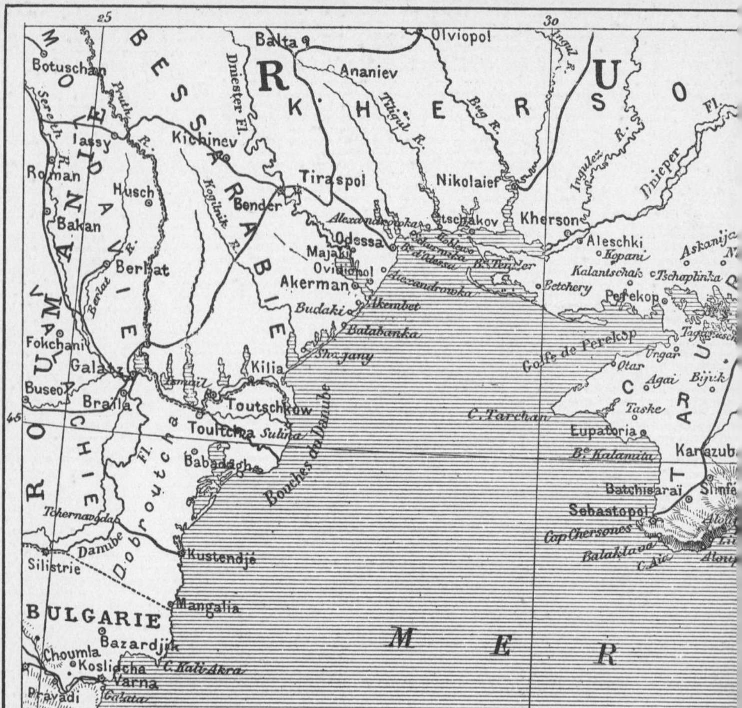

Gravé par E. Morieu, 45 r. Vavin. Paris